Georges Simenon

Dreimal Beifall für Maigret

Kriminalromane

Aus dem Französischen
von Annerose Melter, Lislott Pfaff,
Wolfram Schäfer

Verlag Volk und Welt
Berlin

Zusammengestellt von Gerhard Böttcher

ISBN 3-353-00286-3

2. Auflage
Lizenzausgabe des Verlages Volk und Welt, Berlin 1988
für die Deutsche Demokratische Republik
mit Genehmigung des Diogenes Verlags, Zürich
L. N. 302, 410/228/88

Printed in the German Democratic Republic
Einbandentwurf: Marlies Schlegel
Satz, Druck und Einband:
Karl-Marx-Werk Pößneck V 15/30
LSV 7324
Bestell-Nr. 648 631 7

00700

Maigrets Pfeife

1
Das Haus, in dem sich die Gegenstände bewegen

Es war halb acht. Mit einem erleichterten und zugleich müden Seufzer, dem Seufzer eines schweren Mannes am Ende eines heißen Julitages, zog Maigret im Büro des Chefs mechanisch die Uhr aus der Westentasche. Dann streckte er den Arm aus und raffte seine Akten auf dem Mahagonischreibtisch zusammen. Die Polstertür schloß sich hinter ihm, und er ging durchs Vorzimmer. Kein Mensch in den roten Sesseln. Der alte Bürodiener saß in seinem Glaskäfig. Der Korridor des Kriminalpolizeigebäudes war leer und bot einen langgezogenen, grauen und doch sonnenbeschienenen Ausblick.

Das tägliche Einerlei. Er kehrte in sein Büro zurück. Es roch immer noch nach Tabak, obwohl das Fenster gegen den Quai des Orfèvres weit geöffnet war. Er legte die Akten in eine Ecke des Schreibtischs, klopfte seine noch warme Pfeife auf dem Fenstersims aus, ging zurück, setzte sich und tastete mechanisch nach einer andern Pfeife rechts von ihm, dort, wo sie hätte liegen sollen.

Sie war nicht dort. Es lagen zwar drei Pfeifen umher, eine davon, die Meerschaumpfeife, neben dem Aschenbecher; aber die richtige, die er suchte, auf die er immer wieder zurückkam, die er ständig bei sich trug, eine große, leicht geschwungene Bruyèrepfeife, die ihm seine Frau vor zehn Jahren zum Geburtstag geschenkt hatte und die er seine liebe alte Pfeife nannte, die war nicht da.

Überrascht klopfte er seine Taschen ab und steckte die Hände hinein. Er schaute auf dem schwarzen Marmorkamin nach. Eigentlich dachte er sich nichts dabei. Es war nichts Außergewöhnliches, wenn er eine seiner Pfeifen nicht auf der Stelle fand. Er ging zwei- oder dreimal im Büro auf und ab, öffnete den Wandschrank, wo sich ein Emailbecken befand, in dem man sich die Hände waschen konnte.

Er suchte wie alle Männer ziemlich unüberlegt, denn er hatte ja diesen Wandschrank den ganzen Nachmittag nicht geöffnet, und als etwas nach sechs Uhr der Anruf von Coméliau, dem Untersuchungsrichter, gekommen war, hatte er ebenjene Pfeife im Mund gehabt.

Dann klingelte er dem Bürodiener: »Sagen Sie mal, Emile, war niemand hier, während ich beim Chef war?«

»Niemand, Herr Kommissar.«

Er durchsuchte erneut alle seine Jacken- und Hosentaschen. Er bot den Anblick eines dicken verärgerten Mannes, und ihm wurde heiß von der vergeblichen Sucherei.

Er betrat das leere Inspektorenbüro. Es kam vor, daß er eine seiner Pfeifen dort liegenließ. Es war ein seltsames und angenehmes Gefühl, die Räume am Quai des Orfèvres so einsam, in einer Art Ferienstimmung vorzufinden. Keine Pfeife. Er klopfte beim Chef an. Dieser war soeben fortgegangen. Maigret betrat sein Büro, wußte aber im voraus, daß seine Pfeife nicht hier war, daß er eine andere geraucht hatte, als er gegen halb sieben da gewesen war, um über die laufenden Fälle sowie über seine bevorstehenden Ferien auf dem Land zu plaudern.

Zwanzig vor acht. Er hatte versprochen, um acht Uhr zu Hause am Boulevard Richard-Lenoir zu sein, wo seine Schwägerin und ihr Mann zu Gast waren. Was hatte er noch mitzubringen versprochen? Früchte. Natürlich. Seine Frau hatte ihn gebeten, Pfirsiche zu kaufen.

Aber unterwegs in der schwülen Abendluft dachte er immer noch an seine Pfeife. Das beschäftigte ihn ein wenig gegen seinen Willen, so wie ein unbedeutender, aber unerklärlicher Vorfall einen beschäftigen kann.

Er kaufte die Pfirsiche, ging nach Hause und begrüßte seine Schwägerin, die noch dicker geworden war. Er servierte die Aperitifs. In diesem Augenblick hätte die Lieblingspfeife in seinen Mund gehört.

»Viel Arbeit?«

»Nein. Es ist ruhig.«

Solche Zeiten gab es eben. Zwei seiner Kollegen waren auf Urlaub. Der dritte hatte morgens angerufen, um mitzuteilen, daß soeben Verwandtschaft aus der Provinz angekommen sei und er zwei Tage freinehme.

»Du siehst aus, als hättest du Sorgen, Maigret«, bemerkte seine Frau während des Abendessens.

Und er wagte nicht zuzugeben, daß er sich seiner Pfeife wegen plagte. Gewiß, es war kein Drama. Trotzdem war er nicht in Stimmung.

Um zwei Uhr. Ja, er hatte sich einige Minuten nach zwei Uhr an seinen Schreibtisch gesetzt. Lucas war gekommen, um ihm über eine Schieberaffäre zu berichten, dann über Inspektor Janvier, bei dem wieder ein Kind unterwegs war.

Hierauf, nachdem er seine Jacke ausgezogen und seine Krawatte etwas gelockert hatte, hatte er geruhsam einen Bericht über einen Selbstmord abgefaßt, den man zunächst für ein Verbrechen gehalten hatte. Er hatte dabei seine dicke Pfeife geraucht.

Dann Gégène. Ein kleiner Zuhälter vom Montmartre, der seiner Dirne einen Messerstich versetzt hatte. Weil sie ihn »ein wenig geärgert« hatte, wie er sagte. Aber Gégène hatte sich dem Schreibtisch nicht genähert. Überdies hatte er Handschellen getragen.

Man servierte den Likör. Die beiden Frauen redeten über das Kochen. Der Schwager hörte mit halbem Ohr zu und rauchte dabei eine Zigarre, und die Geräusche vom Boulevard Richard-Lenoir kamen durchs offene Fenster herein.

Er hatte an diesem Nachmittag nicht einmal sein Büro verlassen, um in der Brasserie Dauphine ein Halbes zu trinken.

Also, da war die Frau gewesen . . . Wie hieß sie nur? Roy oder Leroy. Sie hatte sich vorher nicht angemeldet. Emile war gekommen und hatte angekündigt: »Eine Dame mit ihrem Sohn.«

»Worum handelt es sich?«

»Sie will es nicht sagen. Sie besteht darauf, mit dem Chef zu sprechen.«

»Führen Sie sie herein.«

Ein reiner Zufall, daß er zeitlich nicht vollständig ausgebucht war, denn sonst hätte er sie nicht empfangen. Er hatte diesem Besuch so wenig Bedeutung beigemessen, daß er jetzt Mühe hatte, sich an die Einzelheiten zu erinnern.

Seine Schwägerin und der Schwager gingen fort. Beim Aufräumen der Wohnung sagte seine Frau zu ihm: »Du warst nicht gesprächig heute abend. Etwas ist nicht in Ordnung.«

Das stimmte nicht. Es ging im Gegenteil alles sehr gut, außer der Pfeife. Es war nun fast dunkel, und Maigret stützte sich hemdsärmlig aufs Fensterbrett, so wie Tausende zur gleichen Zeit an den Fenstern von Paris frische Luft schnappten und dabei eine Pfeife oder eine Zigarette rauchten.

Die Frau – besser gesagt Madame Leroy – hatte genau dem Kommissar gegenüber Platz genommen. Mit dem etwas steifen Gehabe eines Menschen, der sich vorgenommen hat, seine Würde zu wahren. Eine Frau von etwa fünfundvierzig, von der Sorte, die beim Altern allmählich austrocknen. Er, Maigret, hatte eher eine Vorliebe für solche, die mit den Jahren dick werden.

»Ich bin zu Ihnen gekommen, Herr Direktor, um . . .«

»Der Direktor ist abwesend. Ich bin Kommissar Maigret.«

Wahrhaftig! Jetzt fiel ihm ein kleines Detail wieder ein. Die Frau hatte nicht einmal mit der Wimper gezuckt. Zweifellos las sie keine Zeitungen und hatte sicher noch nie von ihm gehört. Sie schien eher verärgert zu sein, nicht dem Direktor der Kriminalpolizei in Person gegenüberzusitzen, und mit einer Handgeste hatte sie angedeutet: »Dann eben nicht! Ich muß mich wohl damit abfinden.«

Der Bursche hingegen, den Maigret zuvor gar nicht beachtet hatte, hatte offensichtlich vom Stuhl aufspringen wollen und den Kommissar lebhaft, sehnsüchtig angeblickt.

»Willst du dich nicht hinlegen, Maigret?« fragte seine Frau, die soeben das Bett zurechtgemacht hatte und sich auszuziehen begann.

»Gleich.«

Also, was hatte ihm diese Frau eigentlich erzählt? Sie hatte so viel geredet! Wortreich und eindringlich, so wie die Menschen, die jedem einzelnen Wort die größte Bedeutung beimessen und immer befürchten, man nehme sie nicht ernst. Eine Manie der Frauen übrigens, besonders der Frauen, die gegen die Fünfzig gehen.

»Mein Sohn und ich, wir wohnen . . .«

Sie hatte im Grunde genommen nicht einmal so unrecht, denn Maigret hörte ihr nur mit halbem Ohr zu.

Sie war verwitwet, nun gut! Sie hatte gesagt, sie sei seit ein paar – fünf oder sechs – Jahren verwitwet, er hatte vergessen wie viele. Ziemlich lange, denn sie beklagte sich, die Erziehung ihres Sohnes habe ihr Mühe bereitet. »Ich habe alles für ihn getan, Herr Kommissar.«

Wie hätte er den Worten Aufmerksamkeit schenken sollen, die alle Frauen dieses Alters in dieser Situation wiederholen, mit demselben Stolz und dem gleichen verkniffenen, schmerzlichen Ausdruck? Im Zusammenhang mit dieser Witwenschaft war übrigens etwas vorgefallen. Was? Ach ja . . .

Sie hatte gesagt: »Mein Mann war Berufsoffizier.«

Und ihr Sohn hatte richtiggestellt: »Adjutant, Mutter. In der Intendantur von Vincennes.«

»Bitte . . . Wenn ich sage Offizier, so weiß ich, was ich sage. Wenn er nicht gestorben wäre, wenn er sich nicht zu Tode gearbeitet hätte für Vorgesetzte, die es nicht verdienten und die ihn allein schuften ließen, so wäre er zum jetzigen Zeitpunkt Offizier . . . Also . . .«

Maigret vergaß seine Pfeife nicht. Im Gegenteil, seine Gedanken kreisten immer um diese Frage. Ein Beweis dafür war, daß er das Wort Vincennes mit der Pfeife in Zusammenhang brachte. Er war sicher, daß er sie im Augenblick, da es ausgesprochen worden war, geraucht hatte. Danach war von Vincennes nicht mehr die Rede gewesen.

»Verzeihung. Wo wohnen Sie?«

Er hatte den Namen des Quais vergessen, erinnerte sich aber, daß er die unmittelbare Fortsetzung des Quai de Bercy in Charenton bildete. In seinem Gedächtnis haftete das Bild eines sehr breiten Quais mit Lagerschuppen und Lastkähnen, die entladen wurden.

»Ein kleines einstöckiges Haus zwischen einem Café, das die Straßenecke einnimmt, und einem großen Mietshaus.«

Der junge Mann saß am äußersten Ende des Schreibtischs mit seinem Strohhut auf den Knien.

»Mein Sohn wollte nicht, daß ich mich an Sie wende, Herr Direktor, Verzeihung, Herr Kommissar. Aber ich habe zu ihm gesagt: ›Wenn du dir nichts vorzuwerfen hast, besteht kein Grund . . .‹«

Was für eine Farbe hatte ihr Kleid gehabt? Etwas Schwarzes mit Mauve darin. Eines dieser Kleider, die reife Frauen tragen, wenn sie vornehm wirken wollen. Ein ziemlich komplizierter Hut, der wahrscheinlich etliche Male umgearbeitet worden war, Handschuhe aus dunklem Garn. Sie hörte sich gerne reden. Sie begann ihre Sätze mit Wendungen wie: »Stellen Sie sich vor, daß . . .« Oder: »Jeder wird Ihnen sagen . . .«

Maigret, der bei ihrem Kommen die Jacke angezogen hatte, hatte sich heiß und schläfrig gefühlt. Eine undankbare Aufgabe. Er hatte bedauert, sie nicht gleich ins Inspektorenbüro geschickt zu haben.

»Schon mehrmals habe ich nun beim Nachhausekommen festgestellt, daß während meiner Abwesenheit jemand dort war.«

»Entschuldigung, Sie wohnen allein mit Ihrem Sohn?«

»Ja. Ich dachte zuerst, er sei es gewesen. Aber es war während seiner Arbeitszeit.«

Maigret schaute den Burschen an, der sich zu ärgern schien. Auch einer der Typen, die er gut kannte. Wahrscheinlich siebzehn Jahre alt. Mager und aufgeschossen, Pickel im Gesicht, rötliches Haar und Sommersprossen rund um die Nase.

Ein Duckmäuser? Vielleicht. Seine Mutter sollte es etwas später behaupten, denn es gibt Leute, die über ihre Angehörigen gern schlecht reden. Auf jeden Fall schüchtern. Verschlossen. Er hatte auf den Teppich oder auf irgendeinen Gegenstand im Büro gestarrt, und wenn er glaubte, man sehe ihn nicht an, hatte er Maigret verstohlen einen scharfen Blick zugeworfen.

Es paßte ihm nicht, dabeisein zu müssen, das war offensichtlich. Er war nicht gleicher Meinung wie seine Mutter über den Sinn dieser Maßnahme. Vielleicht schämte er sich ihretwegen, ihrer Anmaßung, ihrer Schwatzhaftigkeit wegen ein wenig?

»Was macht Ihr Sohn?«

»Er ist Friseurgehilfe.«

Und der Jüngling hatte voller Bitterkeit erklärt: »Da ich einen Onkel habe, der in Niort einen Friseursalon führt, hat es sich meine Mutter in den Kopf gesetzt . . .«

»Es ist keine Schande, Friseur zu sein. Ich wollte damit sagen, Herr Kommissar, daß er den Salon bei der Place de la République, wo er arbeitet, nicht verlassen kann. Ich habe mich übrigens vergewissert.«

»Wie bitte? Sie haben Ihren Sohn verdächtigt, während Ihrer Abwesenheit nach Hause zu gehen, und haben ihn überwacht?«

»Ja, Herr Kommissar. Ich verdächtige niemanden besonders, aber ich weiß, daß die Männer zu allem fähig sind.«

»Was hätte denn Ihr Sohn zu Hause ohne Ihr Wissen anstellen sollen?«

»Ich weiß es nicht.« Dann, nach einer Pause: »Vielleicht Frauen mitnehmen! Vor drei Monaten hab ich doch in seiner Hosentasche einen Brief von einem Mädchen gefunden. Wenn sein Vater . . .«

»Weshalb sind Sie so sicher, daß sich jemand bei Ihnen eingeschlichen hat?«

»Zunächst spürt man das sofort. Schon wenn ich die Tür öffne, könnte ich sagen . . .«

Nicht sehr wissenschaftlich, aber eigentlich ziemlich wahr, ziemlich menschlich. Maigret hatte auch schon solche Empfindungen gehabt.

»Und sonst?«

»Und sonst – nichtssagende Kleinigkeiten. Zum Beispiel die Tür des Spiegelschranks, die ich nie verschließe und deren Schlüssel einmal umgedreht worden war.«

»Befinden sich in Ihrem Spiegelschrank wertvolle Gegenstände?«

»Unsere Kleider und unsere Wäsche, außerdem einige Familienandenken, aber es war nichts verschwunden, wenn Sie das meinen. Im Keller stand auch eine Kiste nicht mehr am gleichen Ort.«

»Und was enthielt sie? . . .«

»Leere Einmachgläser.«

»Also ist bei Ihnen nichts verschwunden?«

»Ich glaube nicht.«

»Wie lange haben Sie schon das Gefühl, daß Ihre Wohnung durchsucht wird?«

»Es ist kein Gefühl. Es ist eine Gewißheit. Seit etwa drei Monaten.«

»Wie oft ist das nach Ihrer Meinung geschehen?«

»Im ganzen vielleicht zehnmal. Nach dem ersten Mal ging es lange, vielleicht drei Wochen, bis wieder jemand kam. Oder ich habe es nicht bemerkt. Dann zweimal nacheinander. Dann wieder drei Wochen oder länger Ruhe. Seit einigen Tagen gibt es eine Durchsuchung nach der anderen, und vorgestern, als wir das schreckliche Gewitter hatten, fand ich Fußspuren und nasse Flecken.«

»Sie wissen nicht, ob die Spuren von einem Mann oder von einer Frau stammen?«

»Eher von einem Mann, aber ich bin nicht sicher.«

Sie hatte noch viele andere Dinge gesagt. Sie hatte so viel geredet, ohne daß man sie dazu drängen mußte! Am Montag zuvor zum Beispiel war sie mit ihrem Sohn absichtlich ins Kino gegangen, weil die Friseure am Montag nicht arbeiten. Auf diese Weise konnte sie ihn im Auge behalten. Er war den ganzen Nachmittag bei ihr gewesen. Sie waren zusammen nach Hause gegangen.

»Nun, es war jemand dagewesen.«

»Und doch wollte Ihr Sohn nicht, daß Sie die Polizei benachrichtigen?«

»Eben, Herr Kommissar. Gerade das verstehe ich nicht. Er hat die Spuren genauso gesehen wie ich.«

»Sie haben die Spuren gesehen, junger Mann?«

Der zog es vor, nicht zu antworten und ein störrisches Gesicht zu machen. Bedeutete dies, daß seine Mutter übertrieb, daß sie nicht bei Sinnen war?

»Wissen Sie, auf welchem Weg der oder die Besucher ins Haus eindrangen?«

»Ich vermute durch die Tür. Ich lasse die Fenster nie offen. Die Mauer ist zu hoch, als daß man über den Hinterhof ins Haus gelangen könnte, und man müßte die Hinterhöfe der Nachbarhäuser durchqueren.«

»Sie haben am Türschloß keine Spuren gesehen?«

»Keinen einzigen Kratzer. Ich habe sogar mit der Lupe meines verstorbenen Mannes nachgeschaut.«

»Und niemand hat einen Schlüssel zu Ihrem Haus?«

»Niemand. Da wäre allerdings meine Tochter« (unauffällige Gebärde des Burschen), »aber sie wohnt mit ihrem Mann und ihren beiden Kindern in Orléans.«

»Sie kommen gut mit ihr aus?«

»Ich habe ihr immer gesagt, es sei ein Fehler gewesen, diesen Nichtsnutz zu heiraten. Davon abgesehen, da wir uns gegenseitig nicht besuchen . . .«

»Sie sind oft von zu Hause weg? Sie haben mir gesagt, Sie seien verwitwet. Die Pension, die Sie von der Armee bekommen, reicht wahrscheinlich nicht aus.«

Sie setzte eine bescheiden-würdige Miene auf: »Ich arbeite. Was wollen Sie! Zuerst, ich meine nach dem Tod meines Mannes, hatte ich Pensionäre, zwei. Aber die Männer sind zu schmutzig. Wenn Sie gesehen hätten, in welchem Zustand sich ihre Zimmer befanden!«

In jenem Augenblick war Maigret sich nicht bewußt gewesen, daß er zuhörte, und doch erinnerte er sich jetzt nicht nur an ihre Worte, sondern auch an deren Betonung.

»Seit einem Jahr bin ich Gesellschafterin von Madame Lallemant. Eine sehr vornehme Dame. Mutter eines Arztes. Sie lebt allein in der Nähe, das heißt gerade gegenüber der Schleuse von Charenton, und jeden Nachmittag . . . Es ist eher eine Freundin, verstehen Sie?«

Eigentlich hatte Maigret dem keine Bedeutung beigemessen. War sie hysterisch? Vielleicht. Es interessierte ihn nicht. Es war genau die Sorte von Besuch, bei dem man eine halbe Stunde lang seine Zeit verliert. Der Chef war eben ins Büro gekommen, besser gesagt, er hatte die Tür aufgestoßen, wie er es oft tat. Er hatte einen Blick auf die Besucher geworfen, und auch er hatte allein aus ihrer Erscheinung entnommen, daß es sich um eine Banalität handelte.

»Können Sie einen Augenblick kommen, Maigret?«

Sie hatten beide eine Weile im Büro nebenan gestanden,

um über einen Verhaftungsbefehl zu diskutieren, der soeben telegrafisch aus Dijon eingetroffen war.

»Torrence wird das übernehmen«, hatte Maigret gesagt.

Er hatte da nicht seine Lieblingspfeife, sondern eine andere Pfeife geraucht. Die Lieblingspfeife hatte er also logischerweise in dem Moment auf den Schreibtisch legen müssen, als Coméliau ihn kurz vorher angerufen hatte. Aber da hatte er noch nicht daran gedacht.

Er war dann zurückgekehrt und mit den Händen auf dem Rücken am Fenster stehen geblieben: »Kurz und gut, man hat Ihnen nichts gestohlen, Madame?«

»Ich nehme es nicht an.«

»Ich meine, Sie machen keine Diebstahlsanzeige?«

»Ich kann nicht, angesichts der Tatsache, daß....«

»Sie haben einfach das Gefühl, daß in den letzten Monaten, besonders in den letzten Tagen, es sich jemand zur Gewohnheit gemacht hat, in Ihrer Abwesenheit Ihre Wohnung zu betreten?«

»Und einmal sogar nachts.«

»Haben Sie jemanden gesehen?«

»Ich habe etwas gehört.«

»Was haben Sie gehört?«

»In der Küche ist eine Tasse zu Boden gefallen und zerbrochen. Ich ging sogleich hinunter.«

»Hatten Sie eine Waffe?«

»Nein. Ich bin nicht ängstlich.«

»Und es war niemand da?«

»Es war niemand mehr da. Die Scherben der Tasse lagen am Boden.«

»Und Sie haben keine Katze?«

»Nein. Weder eine Katze noch einen Hund. Tiere bringen zuviel Schmutz ins Haus.«

»Hätte sich nicht eine fremde Katze in Ihr Haus einschleichen können?«

Und dem Burschen auf seinem Stuhl schien das immer peinlicher zu werden.

»Du mißbrauchst die Geduld von Kommissar Maigret, Mama.«

»Kurz, Sie wissen nicht, Madame, wer in Ihre Wohnung

eindringt, und Sie haben keine Ahnung, was man dort suchen könnte?«

»Nicht die geringste. Wir waren immer anständige Leute und . . .«

»Wenn ich Ihnen einen Rat geben darf, so lassen Sie ein neues Türschloß anbringen. Dann werden wir ja sehen, ob die geheimnisvollen Besuche fortgesetzt werden.«

»Die Polizei wird nichts unternehmen?«

Er hatte sie auf die Tür zugeschoben. Es war kurz vor dem Zeitpunkt gewesen, da ihn der Chef stets in seinem Büro erwartete.

»Für alle Fälle schicke ich Ihnen morgen einen meiner Männer. Aber außer einer Überwachung des Hauses von morgens bis abends und von abends bis morgens weiß ich nicht recht . . .«

»Wann kommt er?«

»Sie haben mir gesagt, daß Sie morgens zu Hause sind.«

»Außer wenn ich einkaufen gehe.«

»Paßt es Ihnen um zehn Uhr? . . . Morgen um zehn Uhr. Auf Wiedersehen, Madame. Auf Wiedersehen, junger Mann.«

Es klingelte. Lucas kam herein.

»Bist du es? . . . Du gehst morgen um zehn Uhr in diese Wohnung. Du wirst sehen, worum es sich handelt.«

Er war nicht im geringsten von der Sache überzeugt. Die Polizeipräfektur teilt mit den Zeitungsredaktionen das Privileg, alle Verrückten und alle Hysteriker anzulocken.

Und als er nun am Fenster seiner Wohnung stand und ihn die Frische der Nacht allmählich durchdrang, brummte Maigret. »Verflixter Schlingel!«

Denn sicher hatte der die Pfeife vom Schreibtisch geklaut.

»Gehst du nicht zu Bett?«

Er ging zu Bett. Er war schlecht gelaunt und mürrisch. Das Bett war schon warm und vom Schweiß ein wenig feucht. Er brummelte vor sich hin, bis er einschlief. Und am nächsten Morgen erwachte er lustlos wie einer, der mit einem unangenehmen Gefühl eingeschlafen ist. Er hatte nicht eigentlich eine Vorahnung, und doch spürte er genau – seine Frau spürte es auch, wagte aber nichts zu sagen –, daß er mit dem linken Fuß aus dem Bett gestiegen war. Überdies zog ein Gewitter herauf, die Luft war schon schwül.

Er ging zu Fuß die Quais entlang bis zum Quai des Orfèvres, und es passierte ihm zweimal, daß er in der Hosentasche nach seiner Lieblingspfeife suchte. Er stieg schnaufend die verstaubte Treppe hinauf. Emile empfing ihn mit den Worten: »Es will jemand zu Ihnen, Herr Kommissar.«

Er ging zum Wartezimmer, warf einen Blick durch die Glasscheiben und sah Madame Leroy, die wie sprungbereit auf der äußersten Kante eines mit grünem Samt bezogenen Stuhls saß. Sie erblickte ihn, stürzte sich förmlich auf ihn, aufgeregt, wütend, verängstigt, von tausend verschiedenen Gefühlen bewegt, und schrie, indem sie ihn am Jackenaufschlag packte: »Was hab ich Ihnen gesagt? Sie sind heute nacht gekommen! Mein Sohn ist verschwunden! Glauben Sie mir jetzt? Oh, ich hab schon gespürt, daß Sie mich für eine Verrückte hielten. Ich bin nicht so blöd. Und sehen Sie, sehen Sie . . .«

Sie wühlte fieberhaft in ihrer Handtasche, zog ein Taschentuch mit blauem Rand hervor und schwenkte es triumphierend.

»Das hier . . . Ja das, *ist* das ein Beweis? Wir haben kein einziges blaugemustertes Taschentuch im Haus, und doch hab ich das hier unter dem Küchentisch gefunden. Und das ist nicht alles.«

Maigret blickte trübsinnig den Korridor entlang, wo morgendlicher Betrieb herrschte und man sich nach ihnen umdrehte.

»Kommen Sie mit, Madame«, seufzte er.

Natürlich, die unangenehme Überraschung! Er hatte sie doch vorausgeahnt. Er stieß seine Bürotür auf und hängte den Hut an den gewohnten Platz.

»Setzen Sie sich! Ich bin ganz Ohr. Sie sagen, daß Ihr Sohn . . .«

»Ich sage, daß mein Sohn heute nacht verschwunden ist, und Gott mag wissen, was inzwischen aus ihm geworden ist.«

2
Josephs Pantoffeln

Es war schwer, ihre wahren Gedanken über das Verhängnis, das ihren Sohn ereilt hatte, zu erraten. Vorhin, bei der Kriminalpolizei, hatte sie während des Tränenausbruchs, der mit der Plötzlichkeit eines Sommergewitters eingesetzt hatte, gestöhnt: »Sehen Sie, ich bin sicher, daß sie ihn getötet haben. Und Sie, Sie haben inzwischen nichts unternommen. Glauben Sie etwa, ich wisse nicht, was Sie dachten? Sie hielten mich für eine Verrückte. Ach, und jetzt ist er bestimmt tot. Und ich, ich bin nun ganz allein, ohne Stütze.«

Jetzt aber, im Taxi, das unter dem Laubdach des Quai de Bercy dahinrollte, der wie eine Provinzpromenade wirkte, war ihr Gesicht wieder entspannt, ihr Blick wieder stechend, und sie sagte: »Sehen Sie, Herr Kommissar, er ist ein Schwächling. Er wird den Frauen nie widerstehen können. Wie sein Vater, der mich damit so leiden machte!«

Maigret saß neben ihr auf dem Hintersitz des Taxis. Lucas hatte neben dem Chauffeur Platz genommen.

Tatsächlich! Jenseits der Pariser Stadtgrenze, auf dem Gebiet von Charenton, hieß der Quai immer noch Quai de Bercy. Aber es gab keine Bäume mehr. Fabrikschlote auf der anderen Seite der Seine. Diesseits Lagerhäuser, die gebaut worden waren, als die Gegend noch fast ländlich war, und die jetzt zwischen Mietshäusern eingekeilt waren. An einer Straßenecke ein Café-Restaurant mit grellroter Fassade und einer gelben Inschrift, einigen Metalltischen und zwei dürren Lorbeerbäumen in Fässern.

Madame Roy – nein, Leroy – wurde unruhig, klopfte an die Glasscheibe.

»Hier ist es. Bitte achten Sie nicht auf die Unordnung! Ich brauche Ihnen ja nicht zu sagen, daß ich mich nicht um den Haushalt gekümmert habe.«

Sie suchte in ihrer Handtasche einen Schlüssel. Die Haustür war in düsterem Braun gestrichen, die Fassade war rauchgrau. Maigret hatte Muße, sich zu vergewissern, daß keine Einbruchspuren vorhanden waren.

»Kommen Sie herein bitte. Ich nehme an, Sie möchten alle Zimmer inspizieren. Schauen Sie, die Scherben der Tasse liegen immer noch an der Stelle, wo ich sie gefunden habe!«

Sie hatte nicht gelogen, als sie sagte, es sei sauber. Kein Stäubchen war zu sehen. Es roch förmlich nach Ordnung. Aber mein Gott, wie traurig war das! Mehr als traurig, unheimlich! Ein allzu schmaler Korridor, der in der unteren Hälfte braun, in der oberen gelb gestrichen war. Braune Türen. Tapeten, die vor mindestens zwanzig Jahren angebracht worden und so verblichen waren, daß sie keine Farbe mehr erkennen ließen.

Die Frau redete ständig. Vielleicht redete sie auch, wenn sie ganz allein war, da sie die Stille nicht ertragen konnte.

»Am meisten erstaunt mich, daß ich nichts gehört habe. Ich hab einen so leichten Schlaf, daß ich nachts mehrmals erwache. Nun, letzte Nacht schlief ich wie ein Murmeltier. Ich frage mich . . .«

Er schaute sie an. »Sie fragen sich, ob man Ihnen nicht ein Schlafmittel gegeben hat?«

»Das ist nicht möglich. Das hätte er doch nicht getan! Weshalb? Sagen Sie mir, weshalb er es getan hätte!«

Würde sie wieder aggressiv werden? Bald schien sie ihren Sohn zu beschuldigen, bald stellte sie ihn als Opfer hin, während Maigret, schwer und langsam, wie er war, bewegungslos wirkte, selbst wenn er in dem kleinen Haus hin und her ging. Er war da und sog wie ein Schwamm alles auf, was seine Umgebung absonderte.

Und die Frau folgte ihm auf Schritt und Tritt, beobachtete mißtrauisch jede seiner Bewegungen, jeden seiner Blicke und versuchte zu erraten, was er dachte.

Auch Lucas, verunsichert durch diese Untersuchung, die etwas Unseriöses, wenn nicht gar Unsinniges an sich hatte, belauerte die Reaktionen seines Chefs.

»Das Eßzimmer befindet sich rechts, am andern Ende des Korridors. Aber wenn wir allein waren – und wir waren immer allein –, aßen wir in der Küche.«

Sie wäre recht erstaunt, vielleicht entrüstet gewesen, wenn sie gewußt hätte, daß das, was Maigret mechanisch rings um sich herum suchte, seine Pfeife war. Er ging zum Treppenhaus, das noch schmaler war als der Korridor und ein lotteriges Geländer sowie knarrende Stufen hatte. Sie folgte ihm. Sie erklärte – denn Erklärungen waren ihr ein Bedürfnis: »Joseph schlief im Zimmer linker Hand ... Mein Gott, da sagte ich doch soeben ›schlief‹, wie wenn ...«

»Sie haben nichts angefaßt?«

»Nichts, ich schwöre es. Wie Sie sehen, ist das Bett nicht gemacht. Aber ich wette, daß er nicht darin geschlafen hat. Mein Sohn schläft sehr unruhig. Morgens sind die Leintücher immer zerknüllt, und die Decken liegen oft am Boden. Es kommt vor, daß er im Traum sehr laut spricht und im Schlaf sogar schreit.«

Dem Bett gegenüber ein Kleiderschrank, dessen Tür der Kommissar halb öffnete.

»Sind seine Kleider alle hier?«

»Eben nicht. Wenn sie da wären, hätte ich auf einem Stuhl seinen Anzug und sein Hemd gefunden, denn er räumte nie auf.«

Man hätte annehmen können, der Bursche habe nachts ein Geräusch gehört, sei in die Küche hinuntergegangen und dort von dem oder den geheimnisvollen Besuchern angegriffen worden.

»Sahen Sie ihn gestern abend in seinem Bett liegen?«

»Ich ging ihm immer gute Nacht wünschen, nachdem er sich hingelegt hatte, auch gestern abend, wie jeden Tag. Er war ausgezogen. Seine Kleider lagen auf dem Stuhl. Der Schlüssel hingegen ...«

Da fiel ihr etwas ein. Sie erklärte: »Ich war immer die letzte, die noch unten war, und ich schloß die Tür ab. Ich behielt den Schlüssel in meinem Schlafzimmer, unter dem Kopfkissen, um zu verhindern ...«

»Schlief Ihr Mann oft auswärts?«

Und sie, mit würde- und schmerzvoller Stimme: »Er hat es einmal getan, nach drei Ehejahren.«

»Und von da an pflegten Sie den Schlüssel unter Ihr Kopfkissen zu legen?«

Sie gab keine Antwort, und Maigret war davon überzeugt, daß der Vater ebenso scharf bewacht worden war wie der Sohn.

»Heute morgen also war der Schlüssel immer noch an seinem Platz?«

»Ja, Herr Kommissar. Ich dachte nicht sofort daran, aber ich kann mich jetzt erinnern. Das heißt also, daß er nicht fortgehen wollte, nicht wahr?«

»Einen Augenblick. Ihr Sohn ging zu Bett. Dann stand er wieder auf und zog sich an.«

»Ach! Da liegt seine Krawatte am Boden! Er hat keine Krawatte angelegt.«

»Und die Schuhe?«

Sie drehte sich schnell gegen eine Ecke des Zimmers um, in der etwas voneinander entfernt zwei abgetragene Schuhe standen.

»Auch nicht. Er ging in den Pantoffeln weg.«

Maigret suchte immer noch seine Pfeife, fand sie aber nicht. Er wußte übrigens nicht so recht, was er suchte. Er durchforschte auf gut Glück das armselige, düstere Zimmer, das der Bursche bewohnt hatte. Ein Anzug im Schrank, ein blauer Anzug, sein »guter Anzug«, der sicher nur für den Sonntag bestimmt war, und ein Paar Lackschuhe. Einige Hemden, fast alle abgetragen, mit geflickten Kragen und geflickten Manschetten. Ein angebrochenes Paket Zigaretten.

»Übrigens, raucht Ihr Sohn nicht Pfeife?«

»In seinem Alter hab ich es ihm nicht erlaubt. Vor vierzehn Tagen ist er mit einer kleinen Pfeife nach Hause gekommen, die er sicher in einem Warenhaus gekauft hatte, denn es war Schund. Ich habe sie ihm aus dem Mund gerissen und ins Feuer geworfen. Sein Vater hat nicht einmal mit fünfundvierzig Jahren Pfeife geraucht.«

Maigret seufzte und betrat das Schlafzimmer von Madame Leroy, die nochmals sagte: »Mein Bett ist nicht gemacht. Entschuldigen Sie die Unordnung.«

Die Schäbigkeit des Zimmers war abstoßend.

»Oben sind Mansarden, wo wir während der ersten Monate nach dem Tod meines Mannes schliefen, als ich noch

Mieter hatte. Sagen Sie, da er ja weder Schuhe noch eine Krawatte angezogen hat, glauben Sie . . .«

Und Maigret, am Ende seiner Geduld: »Ich weiß es doch nicht, Madame!«

Schon seit zwei Stunden durchsuchte nun Lucas das Haus bis in den hintersten Winkel hinein, mit Madame Leroy auf den Fersen, die man hie und da sagen hörte: »Sehen Sie, diese Schublade wurde einmal aufgemacht! Sogar der Wäschestapel in dem Regal darüber ist umgedreht worden.«

Draußen brannte die Sonne nieder, dickflüssig wie Honig, im Haus jedoch herrschte Halbschatten, immerwährendes Grau. Maigret spielte je länger, je mehr den Schwamm, ohne die Energie zu finden, seine Kollegen zu unterstützen.

Vor dem Verlassen des Quai des Orfèvres hatte er einen Inspektor beauftragt, sich telefonisch in Orléans zu vergewissern, daß die verheiratete Tochter in letzter Zeit nicht in Paris gewesen war. Es war keine Fährte.

War es möglich, daß Joseph hinter dem Rücken seiner Mutter einen Schlüssel hatte anfertigen lassen? Aber wenn er beabsichtigt hatte, in jener Nacht fortzugehen, weshalb hatte er dann keine Krawatte und vor allem keine Schuhe angezogen?

Maigret wußte jetzt, wie die berühmten Pantoffeln ungefähr aussahen. Aus Sparsamkeitsgründen fertigte Madame Leroy sie aus alten Stoffresten selbst an und schnitt die Sohlen aus einem Stück Filz aus.

Alles war armselig, und diese Armseligkeit war um so peinlicher, um so bedrückender, als sie sich nicht bekennen wollte.

Die früheren Mieter? Madame Leroy hatte von ihnen erzählt. Der erste, der sich meldete, nachdem sie ein Schild ins Fenster gestellt hatte, war ein alter lediger Angestellter von Soustelle, dem Weinhändler, dessen Lagerhaus er vom Quai de Bercy aus gesehen hatte.

»Ein anständiger Mensch mit guten Manieren, Herr Kommissar. Das heißt, kann man jemanden, der seine Pfeife überall ausklopft, als einen anständigen Menschen bezeichnen? Und dann hatte er die Manie, nachts aufzustehen und hinunterzugehen, um sich Tee zu kochen. Eines Nachts stand ich auf, und ich begegnete ihm auf der Treppe, er war im Nachthemd und in Unterhosen. Er war immerhin ein gebildeter Mensch.«

Im zweiten Zimmer hatte zuerst ein Maurer gewohnt, sie sagte ein »Polier«, aber ihr Sohn hätte diesen anspruchsvollen Titel sicher richtiggestellt. Der Maurer hatte ihr den Hof gemacht und sie unbedingt heiraten wollen.

»Er erzählte mir immer von seinen Ersparnissen, von einem Haus bei Montluçon, das ihm gehöre und wohin er mich mitnehmen wolle, wenn wir verheiratet seien. Ich muß sagen, ich habe ihm nicht ein Wort, nicht eine ungebührliche Geste vorzuwerfen. Wenn er heimkam, sagte ich jeweils zu ihm: ›Waschen Sie sich die Hände, Monsieur Germain!‹

Und er tat es, unter dem Wasserhahn. Er war es, der an ein paar Sonntagen den Hof zementiert hat, und ich mußte darauf bestehen, den Zement zu bezahlen.«

Dann war der Maurer, vielleicht aus Enttäuschung, ausgezogen und durch einen Monsieur Bleustein ersetzt worden.

»Ein Ausländer. Er sprach sehr gut französisch, aber mit einem leichten Akzent. Er war Handelsreisender und übernachtete nur ein- bis zweimal in der Woche hier.«

»Hatten Ihre Mieter einen Schlüssel?«

»Nein, Herr Kommissar, denn damals war ich immer zu Hause. Wenn ich ausgehen mußte, schob ich ihn in einen Spalt in der Fassade hinter der Dachrinne, und sie wußten, wo er zu finden war. Eines Tages dann erschien Monsieur Bleustein nicht mehr. In seinem Zimmer fand ich nichts als einen zerbrochenen Kamm, ein altes Feuerzeug und völlig zerrissene Wäsche.«

»Hatte er Sie nicht benachrichtigt?«

»Nein. Und doch war auch er ein Mensch mit guten Manieren.«

Auf der Nähmaschine, die in einer Ecke des Eßzimmers stand, lagen ein paar Bücher. Maigret blätterte flüchtig darin. Es waren billige Ausgaben, vor allem Abenteuerromane. Hie und da waren am Rand der Buchseiten bald mit Bleistift, bald mit Tinte zwei ineinander verschlungene

Buchstaben hingemalt: »J« und »M«, wobei das M fast immer größer war und kunstvoller geschwungen als das J.

»Kennen Sie jemanden, dessen Name mit M beginnt, Madame Leroy?« rief er ins Treppenhaus.

»Mit einem M? ... Nein, es fällt mir nichts ein. Warten Sie ... Die Schwägerin meines Mannes hieß Marcelle, aber sie ist während einer Entbindung in Issoudun gestorben.«

Es war Mittag, als Lucas und Maigret das Haus wieder verließen.

»Gehen wir einen trinken, Chef?«

Und sie setzten sich an einen Tisch des kleinen roten Bistros an der Ecke. Es war beiden gleich trübsinnig zumute. Lucas war ziemlich schlecht gelaunt.

»Ist das ein Laden!« seufzte er. »Übrigens habe ich diesen Papierfetzen hier entdeckt. Und wissen Sie wo? Im Zigarettenpäckchen des Bengels. Der muß eine Höllenangst haben vor seiner Mutter, wenn er seine Liebesbriefe in Zigarettenpäckchen versteckt!«

Es war tatsächlich ein Liebesbrief:

Mein lieber Joseph,
Du hast mir gestern weh getan, als Du sagtest, ich verachte Dich und ich würde nie einwilligen, einen Mann wie Dich zu heiraten. Du weißt sehr gut, daß ich nicht so bin und daß ich Dich ebenso liebe, wie Du mich liebst. Ich bin zuversichtlich, daß Du eines Tages jemand sein wirst. Aber warte um Himmels willen nicht mehr so nahe beim Laden auf mich. Man hat Dich gesehen, und Madame Rose, die dasselbe tut, die aber ein altes Reff ist, hat sich bereits Bemerkungen erlaubt. Warte künftig an der Metrostation auf mich. Morgen nicht, denn meine Mutter wird mich abholen, weil wir zum Zahnarzt gehen. Und mache Dir vor allem keine Gedanken mehr. Ich küsse Dich so, wie ich Dich liebe. Mathilde

»Da haben wir's!« sagte Maigret und schob das Papier in seine Brieftasche.

»Da haben wir was?«

Das J und das M. Das Leben! So fing es an, und es hörte auf in einem kleinen Haus, das nach Mief und Resignation roch.

»Wenn ich daran denke, daß dieser Trampel meine Pfeife gestohlen hat!«

»Glauben Sie wirklich, daß man ihn entführt hat?«

Lucas glaubte es nicht, das spürte man. Und ebensowenig all die Geschichten der Mutter Leroy. Er hatte bereits genug von diesem Fall, und er wurde aus dem Benehmen des Chefs nicht klug, der über weiß Gott was nachzugrübeln schien.

»Wenn er mir die Pfeife nicht geklaut hätte . . .«, begann Maigret.

»Nun, was beweist das?«

»Du verstehst das nicht. Ich würde mir weniger Sorgen machen. Garçon, was bin ich Ihnen schuldig?«

Sie warteten nebeneinander auf den Autobus und blickten auf den fast menschenleeren Quai, wo die Kräne während der Imbißzeit unbeweglich ihre Arme in die Luft reckten und die Lastkähne zu schlafen schienen.

Im Autobus meinte Lucas: »Gehen Sie nicht nach Hause?«

»Ich habe Lust, noch am Quai vorbeizugehen.«

Und plötzlich verzog sich sein Mund um den Pfeifenstiel herum zu einem eigentümlichen Lachen:

»Armer Kerl! . . . Mir fällt der Adjutant ein, der seine Frau vielleicht einmal in seinem Leben betrogen hat und für den Rest seiner Tage jede Nacht im eigenen Haus eingesperrt wurde.«

Dann, nachdem er eine Weile düster vor sich hin geträumt hatte: »Lucas, hast du schon bemerkt, daß es auf den Friedhöfen viel mehr Gräber von Witwen als von Witwern gibt? ›Hier ruht Soundso, verstorben im Jahr 1901.‹ Dann, darunter, eine neuere Inschrift: ›Hier ruht die und die, Witwe von Soundso, verstorben im Jahr 1930.‹ Sie hat sich selbstverständlich wieder mit ihm vereint, aber neunundzwanzig Jahre später.«

Lucas versuchte nicht zu begreifen und stieg in einen anderen Autobus, um mit seiner Frau zu Mittag zu essen.

Während man sich im Strafregister mit allen Bleusteins beschäftigte, mit denen das Gericht ein Hühnchen zu rupfen gehabt hatte, beschäftigte sich Maigret mit den laufenden

Fällen, und Lucas verbrachte einen großen Teil seines Nachmittags im Viertel der République.

Das Gewitter brach nicht los. Die Hitze wurde immer drückender, der Himmel war bleifarben und schimmerte violett wie ein häßliches Furunkel. Mindestens zehnmal streckte Maigret die Hand nach seiner Lieblingspfeife aus, die nicht da war, und brummte jedesmal: »Verflixter Bengel!«

Zweimal rief er die Zentrale an: »Noch keine Nachricht von Lucas?«

Es war doch sicher nicht so schwierig, die Kollegen von Joseph Leroy im Friseursalon auszufragen und durch sie auf die Spur dieser Mathilde zu kommen, die ihm zärtliche Liebesbriefe schrieb!

Zunächst einmal hatte Joseph seine, Maigrets, Pfeife gestohlen.

Dann hatte in der vorigen Nacht dieser gleiche Joseph, obwohl er sonst fertig angezogen war, Pantoffeln angehabt – wenn man das Pantoffeln nennen konnte.

Maigret unterbrach plötzlich die Lektüre eines Protokolls, verlangte am Telefon das Strafregister und fragte mit einer für ihn ungewöhnlichen Ungeduld:

»Also, diese Bleusteins?«

»Wir sind am Suchen, Herr Kommissar. Es gibt eine ganze Menge davon, echte und falsche. Wir kontrollieren die Daten, die Adressen. Jedenfalls finde ich keinen, der zu irgendeinem Zeitpunkt am Quai de Bercy registriert war. Sobald ich etwas habe, gebe ich Ihnen Bescheid.«

Schließlich Lucas, ein schwitzender Lucas, dem gerade noch die Zeit gereicht hatte, in der Brasserie Dauphine ein Halbes hinunterzustürzen, bevor er heraufkam: »Ich bin soweit, Chef. Hat einige Mühe gekostet, kann ich Ihnen sagen. Ich dachte, das würde ganz von selbst gehen. Weit gefehlt! Unser Joseph ist ein komischer Kauz, der sich nicht ohne weiteres jemandem anvertraute. Stellen Sie sich einen Friseursalon in seiner ganzen Länge vor. Palace-Coiffure heißt das, mit fünfzehn oder zwanzig vor den Spiegeln aufgereihten Drehsesseln und ebenso vielen Angestellten ... Da herrscht von morgens bis abends ein Hin und Her, ein Kommen und Gehen, da wird das Haar geschnitten, dort einem der Kopf gewaschen, hier eine Spülung gemacht.

›Joseph?‹ sagt der Patron, ein kleiner Dicker mit graumeliertem Haar zu mir, ›zunächst, welcher Joseph? Ach ja, der Joseph mit den Pickeln. Na, was hat er angestellt, der Joseph?‹

Ich bitte ihn um die Erlaubnis, seine Angestellten zu befragen, und da gehe ich nun von Sessel zu Sessel, rede mit Leuten, die sich verständnisvoll zulächeln und Blicke tauschen.

›Joseph? Nein, ich habe ihn nie begleitet. Er ging immer ganz allein weg. Ob er eine Freundin hatte? Es ist möglich . . . Allerdings, mit einem solchen Gesicht . . .‹

Und es werden Witze gerissen.

›Vertraulichkeiten? Ebensogut könnte man das von einem Holzbock erwarten. Der Herr schämte sich seines Berufs, er ließ sich nicht dazu herab, mit Haarschneidern zu verkehren.‹

Sie sehen, Chef, was für ein Ton da herrschte. Überdies mußte ich jeweils warten, bis ein Kunde fertig bedient war. Der Patron fand mich mit der Zeit lästig.

Schließlich komme ich zur Kasse. Eine etwa dreißigjährige rundliche Kassiererin mit sehr sanften, sehr empfindsamen Gesichtszügen.

›Hat Joseph Dummheiten gemacht?‹ fragte sie mich zuerst.

›Aber nein, Mademoiselle. Im Gegenteil. Er hatte ein Verhältnis mit einem Mädchen dieses Viertels, nicht wahr?‹«

Maigret knurrte: »Mach's kurz, sei so gut!«

»Um so mehr, als es Zeit ist, hinzugehen, wenn Ihnen daran liegt, die Kleine zu sehen. Kurz und gut, durch die Kassiererin erhielt Joseph die Briefchen, wenn seine Mathilde das Rendezvous nicht einhalten konnte. Dasjenige, das ich im Zigarettenpäckchen entdeckt habe, muß von vorgestern sein. Ein kleiner Junge betrat jeweils eilig den Friseursalon und händigte das Briefchen an der Kasse aus, wobei er murmelte: ›Für Monsieur Joseph.‹

Glücklicherweise hatte die Kassiererin gesehen, daß der

Junge mehrmals in ein Ledergeschäft am Boulevard Bonne-Nouvelle hineinging.

So ergab sich eins aus dem andern, bis ich schließlich Mathilde aufstöbern konnte.«

»Du hast ihr hoffentlich nichts gesagt?«

»Sie weiß nicht einmal, daß ich mich mit ihr beschäftige. Ich habe ihren Patron nur gefragt, ob eine seiner Angestellten Mathilde heiße. Er zeigte sie mir hinter ihrem Ladentisch. Er wollte sie rufen. Ich bat ihn, nichts zu sagen. Wenn Sie wollen . . . Es ist halb sechs. In einer halben Stunde wird der Laden geschlossen.«

»Entschuldigen Sie, Mademoiselle . . .«

»Nein, Monsieur.«

»Nur ein Wort . . .«

»Lassen Sie mich in Ruhe!«

Eine kleine Frauensperson, ziemlich hübsch übrigens, die sich einbildete, Maigret . . . Also gut: »Polizei.«

»Wie bitte? Meinen Sie mich . . .?«

»Ja, ich möchte ein paar Worte mit Ihnen sprechen. Wegen Ihres Freundes.«

»Joseph? . . . Was hat er getan?«

»Ich weiß es nicht, Mademoiselle. Aber ich möchte wissen, wo er sich jetzt gerade aufhält.«

Im selben Augenblick dachte er: Verdammt! Ein Schnitzer . . .

Er hatte eine Dummheit begangen, wie ein Anfänger. Er merkte es, als sie besorgt in die Runde blickte. Was hatte ihn eigentlich veranlaßt, sie anzusprechen, anstatt sie zu beschatten? Hatte sie nicht mit Joseph abgemacht, sich an der Metrostation zu treffen? Hoffte sie nicht, ihn dort zu finden? Weshalb verlangsamte sie ihre Schritte, anstatt weiterzugehen?

»Ich nehme an, er ist auf Arbeit, wie gewöhnlich.«

»Nein, Mademoiselle. Und zweifelsohne wissen Sie es so gut wie ich, wenn nicht sogar besser.«

»Was wollen Sie damit sagen?«

Es war die Tageszeit, da auf den großen Boulevards ein starkes Gedränge herrscht. Wahre Prozessionen wälzten sich auf die Metroeingänge zu, in die sich die Menge hineinschob.

»Bleiben wir einen Augenblick hier, bitte«, sagte er und zwang sie, in der Nähe der Station stehenzubleiben.

Und sie wurde nervös, das war offensichtlich. Sie drehte den Kopf nach allen Seiten. Sie besaß die Frische ihrer achtzehn Jahre, ein rundes Gesichtchen, das Selbstbewußtsein einer kleinen Pariserin.

»Wer hat Sie über mich informiert?«

»Das spielt keine Rolle. Was wissen Sie von Joseph?«

»Was sollte ich von ihm wissen?«

Auch der Kommissar spähte in die Menge, denn er sagte sich, wenn Joseph ihn mit Mathilde sähe, würde er sicher so rasch wie möglich verschwinden.

»Hat Ihr Freund nie mit Ihnen über eine baldige Veränderung seiner Situation gesprochen? . . . Na, Sie wollen lügen, ich spüre es.«

»Weshalb sollte ich lügen?« Sie biß sich auf die Lippe.

»Sehen Sie! Sie stellen eine Frage, um Zeit für eine Lüge zu gewinnen.«

Sie klopfte mit dem Absatz auf den Gehsteig.

»Und überhaupt, wer beweist mir, daß Sie wirklich von der Polizei sind?«

Er zeigte ihr seinen Ausweis.

»Joseph litt doch unter seiner Mittelmäßigkeit, nicht wahr?«

»Na und?«

»Er litt fürchterlich, übermäßig darunter.«

»Er hatte vielleicht keine Lust, Friseurgehilfe zu bleiben. Ist das ein Verbrechen?«

»Sie wissen sehr gut, daß ich nicht das meine. Er haßte das Haus, in dem er wohnte, das Leben, das er führte. Er schämte sich sogar seiner Mutter, nicht wahr?«

»Das hat er nie zu mir gesagt.«

»Aber Sie haben es gespürt. Nun, er hat in letzter Zeit sicher mit Ihnen über einen Wechsel in seiner Existenz gesprochen.«

»Nein.«

»Wie lange kennen Sie sich schon?«

»Seit etwas mehr als sechs Monaten. Es war im Winter. Er betrat den Laden, um eine Brieftasche zu kaufen. Ich begriff, daß sie ihm zu teuer waren, aber er wagte nicht, es zu sagen, und kaufte eine. Abends sah ich ihn auf dem Gehsteig. Er folgte mir mehrere Tage lang, bevor er den Mut hatte, mich anzusprechen.«

»Wo trafen Sie sich mit ihm?«

»Meist sahen wir uns nur für einige Minuten auf der Straße. Manchmal begleitete er mich in der Metro bis zur Station von Championnet, wo ich wohne. Es kam vor, daß wir sonntags zusammen ins Kino gingen, aber das war schwierig wegen meiner Eltern.«

»Sie waren nie bei ihm zu Hause, wenn seine Mutter abwesend war?«

»Nie, ich schwöre es. Einmal wollte er mir von weitem sein Haus zeigen, um mir zu erklären ...«

»Daß er sehr unglücklich war ... Sehen Sie?«

»Hat er etwas angestellt?«

»Aber nein, mein kleines Fräulein. Er ist einfach verschwunden. Und ich zähle ein bißchen auf Sie – nicht sehr, das gebe ich zu –, um ihn wiederzufinden. Es erübrigt sich wohl, Sie zu fragen, ob er in der Stadt ein Zimmer hatte.«

»Man sieht schon, daß Sie ihn nicht kennen. Überhaupt hätte er dafür nicht genug Geld gehabt. Er händigte alles, was er verdiente, seiner Mutter aus. Sie ließ ihm kaum so viel, daß er ein paar Zigaretten davon kaufen konnte.« Sie errötete. »Wenn wir ins Kino gingen, bezahlte jeder seinen Eintritt, und einmal, als ...«

»Fahren Sie fort ...«

»Mein Gott, weshalb nicht? ... Es ist nichts Unrechtes ... Einmal, vor einem Monat, als wir zusammen aufs Land fuhren, hatte er nicht genug Geld bei sich, um das Mittagessen zu bezahlen.«

»In welche Gegend sind Sie gefahren?«

»An die Marne. Wir verließen den Zug in Chelles und machten einen Spaziergang zwischen der Marne und dem Kanal.«

»Ich danke Ihnen, Mademoiselle.«

War sie erleichtert, Joseph nicht in der Menschenmasse gesehen zu haben? Enttäuscht? Sicher beides.

»Weshalb wird er von der Polizei gesucht?«

»Weil seine Mutter uns darum ersucht hat. Machen Sie sich keine Sorgen, Mademoiselle. Und hören Sie auf mich: Sollten Sie vor uns Nachricht von ihm bekommen, so geben Sie uns sofort Bescheid!«

Als er sich umdrehte, sah er, wie sie zögernd die Treppenstufen zur Metro hinunterstieg.

Auf seinem Schreibtisch im Quai des Orfèvres lag ein Zettel für ihn bereit: »Ein siebenunddreißigjähriger Mann namens Bleustein Stéphane wurde am 15. Februar 1919 in seinem Appartement im Hôtel Negresco in Nizza ermordet, wo er einige Tage zuvor abgestiegen war. Bleustein erhielt ziemlich häufig, oft spät in der Nacht, Besuche. Das Verbrechen wurde mit einem 6,35-mm-Revolver begangen, der nicht aufgefunden worden ist.

Mit den damaligen Nachforschungen konnte der Schuldige nicht ermittelt werden. Das Gepäck des Opfers war vom Mörder gründlich durchsucht worden, und am Morgen herrschte im Schlafzimmer eine unbeschreibliche Unordnung.

Was Bleustein anbetrifft, so blieb seine Person ziemlich geheimnisumwittert, und vergeblich stellte man Nachforschungen an, um seine Herkunft zu erfahren. Er war mit dem Schnellzug aus Paris in Nizza eingetroffen.

Die Kriminalpolizei von Nizza verfügt sicher über ausführlichere Informationen.«

Das Datum, an dem der Mord passiert war, stimmte mit dem Datum überein, an dem Bleustein vom Quai de Barcy verschwunden war, und Maigret, der wieder einmal seine nicht vorhandene Pfeife suchte und sie nicht fand, brummte verdrießlich: »Verflixter kleiner Idiot!«

3
Nachforschungen im Auftrag der Familie

Es gibt Refrains, die einem so leicht eingehen und die sich – zum Beispiel in der Bahn – dem Fahrtrhythmus so gut anpassen, daß man einfach nicht von ihnen loskommt. Von einem solchen Refrain wurde Maigret in einem alten Taxi verfolgt, und den Rhythmus gab ein schwerer Gewitterregen an, der auf das weiche Autodach hämmerte:

Nach-for-schun-gen-im-Auf-trag-der-Fa-mi-lie. Nach-for-schun-gen-im-Auf . . .

Eigentlich hatte er absolut keinen Grund, hier zu sitzen und durch die Dunkelheit über die Straße zu rasen, mit einem bleichen, angespannten jungen Mädchen neben sich und dem folgsamen kleinen Lucas auf dem Klappsitz. Wenn man von einer Person wie Madame Leroy belästigt wird, hört man ihrem Gejammer nicht einmal bis zum Schluß zu.

»Man hat Ihnen nichts gestohlen, Madame? Sie reichen keine Klage ein? In dem Fall bedaure ich.«

Und selbst wenn ihr Sohn verschwunden ist:

»Sie sagen, er sei fortgegangen? Wenn wir alle Menschen suchen müßten, die von zu Hause weglaufen, hätte die gesamte Polizei nichts anderes mehr zu tun, und das vorhandene Personal würde nicht einmal ausreichen.«

»Nachforschungen im Auftrag der Familie« nannte man das. Man unternahm sie nur auf Kosten derer, die solche Nachforschungen verlangten. Die Ergebnisse aber . . .

Es waren übrigens immer anständige Leute, alte oder junge, Männer oder Frauen, gutmütige Gesichter, sanfte, etwas bestürzte Augen, eindringliche, demütige Stimmen.

»Ich schwöre es Ihnen, Herr Kommissar, meine Frau – und ich kenne sie besser als irgend jemand – ist nicht freiwillig weggegangen.«

Oder die Tochter, »so unschuldig, so weichherzig, so . . .«.

Und solche gab es täglich Hunderte. »Nachforschungen im Auftrag der Familie.« Hatte es einen Wert, ihnen zu sagen, daß es für sie besser wäre, wenn man ihre Frau oder ihren Mann oder ihre Tochter nicht wiederfände, weil es doch nur eine Enttäuschung wäre? *Nachforschungen im . . .*

Und doch hatte er sich wieder auf so was eingelassen! Sie hatten Paris hinter sich gelassen, das Auto fuhr auf der Landstraße, außerhalb des Zuständigkeitsbereichs der Kriminalpolizei. Er hatte hier nichts zu suchen, man würde ihm nicht einmal seine Spesen vergüten.

Das alles wegen einer Pfeife. Das Gewitter war in dem Augenblick ausgebrochen, als er gegenüber dem Haus am Quai de Bercy aus dem Taxi gestiegen war. Als er geklingelt hatte, war Madame Leroy am Essen gewesen, ganz allein hatte sie in der Küche Brot, Butter und einen sauren Hering verzehrt. Trotz ihres Kummers hatte sie versucht, den Hering zu verstecken!

»Kennen Sie diesen Mann, Madame?«

Und sie, ohne zu zögern, aber überrascht:

»Das ist mein früherer Mieter, Monsieur Bleustein. Sonderbar . . . Auf dem Foto trägt er Kleider wie ein . . .«

Ja, wie ein Mann von Welt, während er in Charenton eher wie ein armer Kerl gewirkt hatte. Und dabei hatte man die Fotografie im Archiv einer großen Zeitung suchen müssen, weil man sie – weiß Gott weshalb – in den Polizeiarchiven nicht gefunden hatte!

»Was bedeutet das, Herr Kommissar? Wo ist dieser Mann? Was hat er getan?«

»Er ist tot. Sagen Sie mal. Ich sehe« (er ließ den Blick im Zimmer umherschweifen, in dem Schränke und Schubladen geleert worden waren), »daß Sie auf denselben Gedanken gekommen sind wie ich . . .«

Sie war errötet. Schon hatte sie sich rechtfertigen wollen. Aber der Kommissar hatte an jenem Abend keine Geduld: »Sie haben von allem, was sich im Haus befindet, ein Inventar gemacht. Streiten Sie es nicht ab. Sie mußten sich vergewissern, ob Ihr Sohn nicht etwas mitgenommen hat, nicht wahr? Resultat?«

»Nichts, ich schwöre es Ihnen. Es fehlt nichts. Was meinen Sie? Wohin gehen Sie?«

Denn er war weggegangen wie jemand, der es eilig hat,

und wieder in sein Taxi gestiegen. Nochmals sinnlos verlorene Zeit! Vorhin, am Boulevard Bonne-Nouvelle, hatte er dem jungen Mädchen gegenübergestanden. Da hatte er nicht daran gedacht, sie um ihre genaue Adresse zu bitten. Und nun brauchte er sie. Glücklicherweise wohnte der Besitzer des Ledergeschäfts in demselben Haus, in dem sich der Laden befand.

Wieder ein Taxi. Auf dem Straßenpflaster zerplatzten dicke Tropfen. Die Passanten beeilten sich. Das Auto schleuderte.

»Rue Championnet. Nr. 67 . . .«

Er stürzte in eine kleine Stube, in der vier Personen, der Vater, die Mutter, die Tochter und ein zwölfjähriger Junge, um einen runden Tisch saßen und Suppe aßen. Mathilde sprang erschreckt auf und öffnete den Mund, um einen Schrei auszustoßen.

»Entschuldigen Sie, Messieurs-dames. Ich brauche Ihre Tochter, um einen Kunden zu identifizieren, den sie im Laden gesehen hat. Mademoiselle, wollen Sie mir bitte folgen.«

Nachforschungen im Auftrag der Familie! Ach, das war nicht dasselbe, wie wenn man einen anständigen Leichnam vor sich hatte, der einem sofort Hinweise gab, oder wenn man einem Mörder nachlief, dessen Reaktionen unschwer zu erraten sind.

Aber diese Amateure! Man weint. Und man zittert. Und man muß auf Papa oder auf Mama Rücksicht nehmen.

»Wohin gehen wir?«

»Nach Chelles.«

»Sie glauben, daß er dort ist?«

»Ich kann es wirklich nicht sagen, Mademoiselle. Chauffeur . . . Fahren Sie zuerst am Quai des Orfèvres vorbei.«

Und dort hatte er Lucas mitgenommen, der auf ihn gewartet hatte.

Nachforschungen im Auftrag der Familie. Er saß auf dem hinteren Autositz mit Mathilde, die immer wieder zu ihm hinüberrutschte. Durch das schadhafte Dach sickerten dicke Wassertropfen und fielen auf sein linkes Knie. Gegenüber sah er die Zigarette von Lucas glimmen.

»Sie erinnern sich gut an Chelles, Mademoiselle?«

»O ja!«

Natürlich! War das nicht ihr schönstes Liebeserlebnis? Das einzige Mal, da sie aus Paris geflüchtet waren, da sie zusammen durchs hohe Gras hatten rennen können, dem Fluß entlang!

»Meinen Sie, Sie können uns trotz der Dunkelheit den Weg zeigen?«

»Ich glaube schon. Vorausgesetzt, daß wir beim Bahnhof anfangen. Denn wir sind mit dem Zug hingefahren.«

»Sie haben mir gesagt, daß Sie in einem Gasthof zu Mittag aßen.«

»Ja, in einem schäbigen Gasthof. Er war so schmutzig, so unheimlich, daß wir fast Angst hatten. Wir schlugen den Weg längs der Marne ein. An einer bestimmten Stelle wurde es ein Fußweg. Warten Sie mal . . . Links ist ein zusammengefallener Kalkofen und vielleicht fünfhundert Schritte davon entfernt ein einstöckiges Häuschen. Wir waren ganz überrascht, als wir es sahen.

Wir gingen hinein. Rechts eine Theke . . . Weißgekalkte Wände mit ein paar Bildern und nur zwei Metalltische mit einigen Stühlen . . . Der Mann . . .«

»Sie reden vom Wirt?«

»Ja, ein kleiner braunhaariger Mann, der eher nach etwas anderem aussah. Ich kann Ihnen nicht sagen, weshalb. Man hat manchmal so Ideen. Wir haben gefragt, ob wir essen könnten, und er hat uns Pastete und Würste serviert, dann aufgewärmten Kaninchenbraten. Es war sehr gut. Der Wirt hat mit uns geplaudert und uns von den Anglern erzählt, die seine Kunden seien. Übrigens standen in einer Ecke eine Menge Angelruten. Wenn man nichts weiß, macht man sich so seine Gedanken.«

»Ist es hier?« fragte Maigret durch die Scheibe hindurch, denn der Chauffeur hatte angehalten.

Ein kleiner Bahnhof. Einige Lichter in der Dunkelheit.

»Nach rechts«, sagte das junge Mädchen, »dann die zweite Straße wieder rechts. Dort haben wir nach dem Weg gefragt. Aber weshalb glauben Sie, Joseph sei hierhergekommen?«

Er hatte keinen Grund für diese Annahme! Oder besser: die Pfeife war der Grund, aber das wagte er nicht zu sagen.

Nachforschungen im Auftrag der Familie! Man hätte sich gut über ihn lustig machen können. Und doch . . .

»Jetzt geradeaus, Chauffeur«, unterbrach Mathildes Stimme seine Gedanken, »bis Sie zum Fluß kommen. Dort ist eine Brücke, aber Sie müssen vorher nach links abbiegen. Vorsicht, die Straße ist nicht breit!«

»Geben Sie doch zu, meine Kleine, daß Ihr Joseph mit Ihnen von einer möglichen und sogar wahrscheinlichen Veränderung seiner Verhältnisse gesprochen hat!«

Später würde sie vielleicht ebenso hart werden wie die Mutter Leroy. War diese denn nicht auch ein liebenswertes und sicher hübsches junges Mädchen gewesen?

»Er war ehrgeizig.«

»Ich rede nicht von der Zukunft, ich rede von der Gegenwart.«

»Er wollte etwas anderes sein als Friseur.«

»Und er rechnete damit, zu Geld zu kommen, nicht wahr?«

Sie stand Höllenqualen aus. Sie hatte eine solche Angst, ihren Joseph zu verraten!

Der Wagen fuhr langsam auf einem schlechten Weg der Marne entlang, und links sah man ein paar ärmliche Häuser, selten eine vornehmere Villa. Hie und da ein Licht oder ein bellender Hund. Dann, etwa einen Kilometer vor der Brücke, sanken die Räder plötzlich ein, das Taxi hielt an, und der Chauffeur sagte: »Ich kann nicht weiterfahren.«

Es fing wieder stärker zu regnen an. Als sie aus dem Auto stiegen, goß es in Strömen, alles war naß und schlammig, der Boden glitt unter ihren Füßen weg, und während sie an den Büschen entlanggingen, strichen ihnen die Zweige übers Gesicht. Etwas weiter vorn mußten sie ihren Weg im Gänsemarsch fortsetzen; der Chauffeur hatte sich brummend in seinen Wagen gesetzt und bestimmt schon für ein Nickerchen eingerichtet.

»Es ist komisch. Ich glaubte, es sei näher. Sehen Sie noch kein Haus?«

Die Marne floß ganz nahe an ihnen vorbei. Wasserlachen spritzten unter ihren Füßen. Maigret ging voraus und drückte die Zweige auf die Seite. Mathilde folgte ihm dicht auf den Fersen, und Lucas bildete mit dem Gleichmut eines Neufundländers den Schluß des Zuges.

Das junge Mädchen bekam Angst.

»Ich hab doch die Brücke und den Kalkofen erkannt. Es ist nicht möglich, daß wir uns geirrt haben.«

»Es hat wohl seine Gründe«, knurrte Maigret, »daß die Zeit Ihnen heute länger vorkommt als damals mit Joseph . . . Sehen Sie . . . links brennt ein Licht.«

»Das ist es sicher.«

»Still! Machen Sie wenn möglich kein Geräusch!«

»Glauben Sie . . .?«

Seine Stimme wurde plötzlich schroff: »Ich glaube gar nichts. Ich glaube nie etwas, Mademoiselle.«

Er wartete, bis sie ihn eingeholt hatten, und sprach dann leise mit Lucas.

»Du wartest hier mit der Kleinen. Rührt euch nicht von der Stelle, außer wenn ich rufe! Bücken Sie sich, Mathilde! Von hier aus sieht man die Fassade. Erkennen Sie sie wieder?«

»Ja. Ich könnte es schwören.«

Schon schob sich Maigrets breiter Rücken zwischen sie und das schwache Licht.

Und sie stand mitten in der Nacht allein im Regen, am Flußufer, mit durchnäßten Kleidern, neben einem kleinen Mann, den sie nicht kannte und der gelassen eine Zigarette nach der andern rauchte.

4

Der Treffpunkt der Angler

Mathilde hatte nicht übertrieben, als sie behauptete, der Ort sei unheimlich, ja sogar angsteinflößend. Neben dem Häuschen mit den trüben Fensterscheiben hinter den geschlossenen Läden befand sich eine schäbige Gartenlaube. Die Tür stand offen, denn erst jetzt begann sich die Luft nach dem Gewitter abzukühlen.

Ein gelbliches Licht beschien einen schmutzigen Fußboden. Maigret trat plötzlich aus der Dunkelheit hervor, erschien in übernatürlicher Größe im Türrahmen, hob mit der Pfeife im Mund die Hand grüßend an den Hutrand und murmelte dabei: »Guten Abend, Messieurs.«

An einem Metalltisch, auf dem eine Flasche Marc und zwei dicke Gläser standen, saßen plaudernd zwei Männer. Einer davon, ein kleiner Braunhaariger in Hemdsärmeln, hob langsam, mit etwas erstauntem Blick den Kopf, stand auf, indem er seinen Hosenbund hochzog, und murmelte: »Guten Abend . . .«

Der andere kehrte ihm den Rücken zu; aber es war eindeutig nicht Joseph Leroy. Seine breiten Schultern waren beeindruckend. Er trug einen sehr hellen grauen Anzug. Es war eigenartig: Obwohl Maigrets plötzliches Auftauchen zu so später Stunde einigermaßen überraschen mußte, rührte er sich nicht; es sah sogar aus, als bemühe er sich, nicht zusammenzuzucken. Eine an der Wand aufgehängte Emailreklameuhr zeigte zehn Minuten nach Mitternacht, aber es mußte später sein. War es normal, daß der Mann nicht neugierig wurde und sich nicht einmal umdrehte, um zu sehen, wer hereinkam?

Maigret blieb in der Nähe der Theke stehen, während das Wasser von seinen Kleidern tropfte und auf dem grauen Fußboden dunkle Flecken bildete.

»Haben Sie ein Zimmer für mich, Patron?«

Und der andere ging, um Zeit zu gewinnen, hinter seine Theke, wo auf dem Wandbrett nur zwei oder drei undefinierbare Flaschen standen, und fragte seinerseits: »Darf ich Ihnen etwas einschenken?«

»Wenn Sie darauf bestehen. Ich habe Sie gefragt, ob Sie ein Zimmer haben.«

»Leider nicht. Sind Sie zu Fuß gekommen?«

Diesmal gab Maigret keine Antwort und sagte dafür: »Einen Marc.«

»Ich glaubte den Motor eines Autos gehört zu haben.«

»Das ist schon möglich. Haben Sie ein Zimmer oder nicht?«

Immer noch war dieser Rücken einige Meter von ihm entfernt, ein Rücken, der so unbeweglich war, als sei er in Stein gehauen. Es gab kein elektrisches Licht. Der Raum wurde nur vom armseligen Schein einer Petrollampe erhellt.

Da sich der Mann nicht umgedreht hatte . . . Da er auf so unerbittliche, auf so peinliche Weise regungslos sitzen blieb . . .

Maigret war beunruhigt. Er hatte soeben rasch ausgerechnet, daß entsprechend der Größe des Raumes und der Küche, die man im Hintergrund sehen konnte, der erste Stock mindestens drei Zimmer haben mußte. So wie der Wirt aussah und angesichts der schäbigen Einrichtung, der etwas Unordentliches, Vernachlässigtes anhaftete, hätte er geschworen, daß keine Frau im Haus war.

Und doch hatte er über seinem Kopf soeben verstohlene Schritte gehört. Das mußte irgendeine Bedeutung haben, denn der Wirt hob mechanisch den Kopf und schien sich zu ärgern.

»Haben Sie jetzt gerade viele Logiergäste?«

»Niemanden. Außer . . .«

Er deutete auf den Mann oder eigentlich auf den regungslosen Rücken, und plötzlich hatte Maigret die Vorahnung einer ernsten Gefahr, er begriff, daß er sehr schnell handeln mußte und keine falsche Bewegung machen durfte. Er sah gerade noch, wie sich die Hand des Mannes der Lampe auf dem Tisch näherte, und sprang nach vorn.

Er kam zu spät. Die Lampe zerschellte auf dem Fußboden mit einem Ton, wie wenn ein Glas in Scherben geht, und der Raum füllte sich mit Petroleumgestank.

»Es schien mir doch, daß ich dich kenne, du Dreckskerl.«

Es war ihm gelungen, den Mann an der Jacke zu packen. Er versuchte, ihn besser in den Griff zu bekommen, aber der andere schlug zu, um sich ihm entwinden zu können . . . Sie waren völlig im Dunkeln. Nur das Rechteck der Tür war als unbestimmter nächtlicher Schimmer zu erkennen. Wie verhielt sich der Wirt? Würde er seinem Gast zu Hilfe kommen?

Maigret schlug zurück. Dann spürte er, daß in seine Hand

gebissen wurde, und da warf er sich mit seinem ganzen Gewicht auf den Gegner, und beide wälzten sich mitten in den Glasscherben auf dem Boden.

»Lucas!« rief Maigret, so laut er konnte, »Lucas . . .«

Der Mann war bewaffnet, Maigret spürte die harten Umrisse eines Revolvers in seiner Jackentasche, und er bemühte sich, die Hand des Mannes daran zu hindern, sich in diese Tasche zu schieben.

Nein, der Wirt rührte sich nicht. Man hörte nichts von ihm. Er stand offenbar unbeweglich, vielleicht unbeteiligt hinter seiner Theke.

»Lucas! . . .«

»Ich komme, Chef.«

Lucas rannte draußen in den Radspuren durch die Wasserlachen und wiederholte ständig: »Ich sage Ihnen, bleiben Sie dort. Hören Sie? Ich verbiete Ihnen, mir zu folgen.«

Das zweifellos zu Mathilde, die sicherlich bleich vor Schreck war.

»Wenn du nochmals zu beißen wagst, Dreckskerl, dann schlag ich dir die Fresse ein. Verstanden?«

Und Maigrets Ellbogen klemmten den Revolver in der Jackentasche fest. Der Mann war ebenso stark wie er. In der Dunkelheit wäre der Kommissar vielleicht nicht ganz allein mit ihm fertig geworden. Sie stießen sich am Tisch, und dieser stürzte auf sie.

»Hier, Lucas. Deine Taschenlampe!«

»Da bin ich, Chef.«

Und plötzlich fiel ein bleicher Lichtstrahl auf die mit Armen und Beinen ineinander verschlungenen Männer.

»Donnerwetter! Nicolas! Man trifft sich doch immer wieder, was?«

»Meinen Sie etwa, *ich* habe Sie nicht erkannt? Ich brauchte nur Ihre Stimme zu hören.«

»Hilf mir, Lucas! Der Dummkopf ist gefährlich. Hau ihm eine runter, um ihn zu beruhigen! Schlag nur zu! Keine Angst! Der kann etwas ertragen . . .«

Und Lucas ließ mit aller Kraft seinen kleinen Gummiknüppel auf den Kopf des Mannes niedersausen.

»Die Handschellen! Leg sie ihm an! Wer hätte gedacht, daß ich diesen Dreckskerl hier wiederfinden würde! Jetzt ist es soweit, du kannst aufstehen, Nicolas. Brauchst gar nicht so zu tun, als wärst du ohnmächtig! Dein Schädel hält mehr aus als das . . . Patron!«

Er mußte ein zweites Mal rufen, und es war ziemlich seltsam, als die friedliche Stimme des Wirts aus der Dunkelheit hinter der Theke hervor ertönte: »Messieurs . . .«

»Gibt es keine andere Lampe, keine Kerze im Haus?«.

»Ich hol Ihnen eine Kerze. Wenn Sie so freundlich wären, mir in der Küche zu leuchten.«

Maigret stillte mit seinem Taschentuch das Blut am Handgelenk, in das der andere kräftig hineingebissen hatte. An der Tür hörte man jemanden schluchzen. Sicher Mathilde, die nicht wußte, was vorging, und die vielleicht glaubte, daß es Joseph war, mit dem er, der Kommissar . . .

»Kommen Sie herein, Kind! Keine Angst! Ich glaube, es ist alles vorbei. Du, Nicolas, setzt dich hierhin, und wenn du dich zu rühren wagst . . .«

Er legte seinen Revolver und den seines Gegners auf den Tisch in Reichweite seiner Hand. Ruhig, als wäre nichts geschehen, kam der Wirt mit einer Kerze zurück.

»Und jetzt«, sagte Maigret zu ihm, »holst du den Jungen.«

Ein Augenblick des Zögerns. Würde er eine Lüge vorbringen?

»Ich habe gesagt, du sollst den Jungen holen, verstanden?«

Und während er ein paar Schritte auf die Tür zu machte: »Hat er wenigstens eine Pfeife?«

Zwischen zwei Schluchzern fragte das Mädchen: »Sind Sie sicher, daß er hier ist und ihm nichts geschehen ist?«

Maigret gab keine Antwort und spitzte die Ohren. Oben klopfte der Wirt an eine Tür. Er sprach halblaut und eindringlich. Man konnte einige Satzfetzen verstehen: »Es sind zwei Herren aus Paris und ein Fräulein. Sie können aufmachen. Ich schwöre Ihnen, daß . . .«

Und Mathilde, in Tränen gebadet: »Wenn sie ihn getötet haben . . .«

Maigret zuckte die Achseln und ging nun ebenfalls auf die Treppe zu.

»Paß auf das Gepäck auf, Lucas! Du hast unseren alten Freund Nicolas erkannt, nicht wahr? Und ich glaubte, er sei immer noch in Fresnes!«

Er stieg langsam die Treppe hinauf und schob den Wirt, der zur Tür gebeugt dastand, zur Seite.

»Ich bin es, Joseph. Kommissar Maigret. Sie können aufmachen, junger Mann.«

Und zum Wirt: »Was stehen Sie denn da herum, anstatt hinunterzugehen? Geben Sie der Kleinen etwas zu trinken, einen Grog, irgend etwas Stärkendes! Nun, Joseph!«

Endlich drehte sich ein Schlüssel im Schloß. Maigret stieß die Tür auf.

»Gibt es hier kein Licht?«

»Warten Sie! Ich mache es gleich hell. Ich habe noch einen kleinen Kerzenstumpf.«

Josephs Hände zitterten, und als die Kerzenflamme sein Gesicht beleuchtete, sah man ihm die Todesangst an.

»Ist er immer noch unten?« keuchte er.

Und zusammenhanglose Worte und Gedanken überstürzten sich: »Wie haben Sie mich gefunden? Was haben sie Ihnen erzählt? Wer ist das Fräulein?«

Ein ländliches Zimmer, ein sehr hohes, ungemachtes Bett, eine Kommode, die offenbar wie bei einer regelrechten Besetzung vor die Tür geschoben worden war.

»Wo haben Sie sie hingetan?« fragte Maigret, als wäre es die selbstverständlichste Sache der Welt.

Joseph schaute ihn verblüfft an und begriff, daß der Kommissar alles wußte. Hätte der liebe Gott selbst das Zimmer betreten, er hätte ihn nicht anders angeblickt.

Fieberhaft fingerte er in der Gesäßtasche seiner Hose herum und zog ein kleines Paket aus Zeitungspapier daraus hervor.

Er war ungekämmt, seine Kleider waren zerknittert. Der Kommissar schaute mechanisch auf Josephs Füße, die in unförmigen Pantoffeln steckten.

»Meine Pfeife . . .«

Jetzt war der Schlingel dem Weinen nahe, und seine Lippen wölbten sich zu einem kindischen Schmollen. Maigret fragte sich sogar, ob er wohl vor ihm auf die Knie gehen und um Verzeihung bitten würde.

»Nur immer mit der Ruhe, junger Mann«, riet er ihm, »unten sind Leute!«

Und er ergriff lächelnd die Pfeife, die der andere ihm mit erneutem Zittern hinstreckte.

»Psst! Mathilde ist im Treppenhaus. Sie kann nicht warten, bis wir hinuntergehen. Bringen Sie Ihr Haar in Ordnung!«

Er ergriff einen Krug, um Wasser ins Waschbecken zu gießen, aber der Krug war leer.

»Kein Wasser?« wunderte sich der Kommissar.

»Ich habe es getrunken.«

Ja natürlich! Weshalb hatte er nicht daran gedacht? Dieses bleiche Gesicht, der erschöpfte Ausdruck, die verquollenen Augen.

»Sind Sie hungrig?«

Und ohne sich umzudrehen zu Mathilde, deren Gegenwart im dunklen Treppenhaus er spürte: »Kommen Sie herein, Kind ... Keine zu großen Gefühlsausbrüche, wenn ich bitten darf! Er hat Sie sehr gern, zugegeben, aber ich glaube, er sollte vor allem etwas essen.«

5

Josephs extravagante Flucht

Es war schön, jetzt ringsum den Regen auf dem Laub klimpern zu hören und vor allem durch die weitgeöffnete Tür den feuchten, frischen Hauch der Nacht hereinzulassen.

Trotz seines großen Hungers brachte Joseph das Sandwich, das der Wirt für ihn zubereitet hatte, nur mit Mühe hinunter, denn seine Kehle war wie zugeschnürt, und man sah, wie sich sein Adamsapfel von Zeit zu Zeit noch auf und ab bewegte.

Maigret hingegen trank schon sein zweites oder drittes

Glas Marc und rauchte nun seine endlich wiedergefundene Lieblingspfeife.

»Sehen Sie, junger Mann, wenn Sie nicht meine Pfeife geklaut hätten – ich sage dies nicht, um Sie zu Gelegenheitsdiebstählen zu ermuntern –, so hätte man wahrscheinlich eines schönen Tages Ihre Leiche im Schilf der Marne gefunden. Maigrets Pfeife, was?«

Und wahrhaftig, Maigret sprach diese Worte mit einer gewissen Genugtuung aus, wie ein Mann, der sich nicht wenig geschmeichelt fühlt. Man hatte ihm die Pfeife geklaut, so wie man einem großen Schriftsteller den Bleistift, einem berühmten Maler den Pinsel, einem beliebten Star das Taschentuch oder irgendeinen anderen unbedeutenden Gegenstand klaut.

Das hatte der Kommissar vom ersten Tag an begriffen. *Nachforschungen im Auftrag der Familie* . . . Ein Fall, um den er sich nicht einmal hätte kümmern müssen.

Aber da war nun dieser Bursche, der unter seiner Mittelmäßigkeit litt und ihm die Pfeife geklaut hatte. Und dieser Junge war in der Nacht darauf verschwunden. Derselbe Junge hatte seine Mutter davon abzubringen versucht, zur Polizei zu gehen.

Weil er die Untersuchung unbedingt selbst in die Hand nehmen wollte, bei Gott! Weil er sich dazu imstande fühlte, weil er sich mit Maigrets Pfeife zwischen den Zähnen für fähig hielt . . .

»Wann sind Sie daraufgekommen, daß der geheimnisvolle Besucher in Ihrem Haus nach Diamanten suchte?«

Joseph hätte aus Eitelkeit fast gelogen, besann sich aber, nachdem er Mathilde einen Blick zugeworfen hatte, eines Besseren.

»Ich wußte nicht, daß es sich um Diamanten handelte. Es mußte zwangsläufig etwas Kleines sein, denn es wurden alle Winkel und Ecken durchsucht, es wurden sogar winzig kleine Pillendöschen geöffnet.«

»Sag mal, Nicolas! Hallo, Nicolas!«

Dieser saß, auf einem Stuhl zusammengesunken, in einer Ecke, die mit den Handschellen gefesselten Fäuste auf den Knien, und schaute grimmig vor sich hin.

»Als du Bleustein in Nizza umgebracht hast . . .«

Er zuckte mit keiner Wimper. In seinem knochigen Gesicht bewegte sich kein einziger Muskel.

»Du hörst, daß ich mit dir rede, nicht? Das heißt, daß ich mich mit dir unterhalte, wie du dich elegant ausdrücken würdest. Als du Bleustein im ›Negresco‹ kaltgemacht hast, hast du da nicht begriffen, daß er dich betrog? . . . Du willst nicht auspacken? . . . Gut, gut, ich kann warten. Was hat Bleustein zu dir gesagt? Die Diamanten seien in dem Haus am Quai de Bercy, einverstanden. Aber du hättest dir vorstellen können, daß es einfach ist, diese kleinen Dinger zu verstecken. Hat er dir vielleicht ein falsches Versteck angegeben? Oder hast du dich vielleicht für schlauer gehalten, als du bist? Ach nein, red nicht soviel! Ich frage dich nicht, wo die Diamanten herkamen. Wir werden das morgen erfahren, nachdem die Experten sie geprüft haben.

Pech, daß du dich gerade in jenem Augenblick wegen einer alten Sache hast erwischen lassen! Worum handelte es sich bloß? . . . Um einen Einbruch am Boulevard Saint-Martin, wenn ich mich nicht irre. Tatsächlich, ebenfalls ein Juweliergeschäft! Wenn man sich einmal spezialisiert hat, nicht wahr? . . . Du bekamst drei Jahre. Und vor drei Monaten, als du wieder auf freiem Fuß warst, hast du ums Haus herum geschnüffelt. Du hattest den Schlüssel, den Bleustein sich gebastelt hatte . . . Was sagst du? . . . Gut, wie du willst.«

Der Bursche und das Mädchen blickten ihn erstaunt an. Sie konnten Maigrets plötzliche Heiterkeit nicht verstehen, weil sie nicht wußten, wie sehr er sich in den verflossenen Stunden Sorgen gemacht hatte.

»Siehst du, Joseph – ach, jetzt duze ich dich schon –, das alles war eine einfache Sache. Ein Unbekannter, der sich in ein Haus einschleicht, und zwar drei Jahre, nachdem man in diesem Haus aufgehört hat, Mieter aufzunehmen . . . Ich habe mir sofort gedacht, es müsse jemand sein, der im Gefängnis gewesen war. Eine Krankheit hätte keine drei Jahre gedauert. Ich hätte sofort im Verzeichnis der Haftentlassenen nachsehen sollen, da wäre ich auf unseren Freund Nicolas gestoßen . . . Hast du Feuer, Lucas? Meine Zündhölzer sind völlig durchnäßt.

Und nun erzähl uns, Joseph, was sich in jener berühmten Nacht zugetragen hat!«

»Ich war entschlossen, es zu finden. Ich dachte, es müsse etwas sehr Wertvolles sein, etwas, das ein Vermögen wert sei . . .«

»Und da deine Mama mir den Fall übertragen hatte, wolltest du um jeden Preis den Fund in jener Nacht machen?«

Er senkte den Kopf.

»Und um nicht gestört zu werden, hast du weiß Gott was in Mamas Tee geschüttet.«

Er stritt es nicht ab. Sein Adamsapfel bewegte sich immer schneller auf und ab.

»Ich wollte so gern ein anderes Leben führen!« stammelte er so leise, daß man ihn kaum hören konnte.

»Du gingst in den Pantoffeln die Treppe hinunter. Warum warst du so sicher, es in jener Nacht zu finden?«

»Weil ich außer dem Eßzimmer schon das ganze Haus durchsucht hatte. Ich hatte die Zimmer in Sektoren aufgeteilt. Ich war überzeugt, daß nur das Eßzimmer in Frage kam.«

Durch seine Demut und seine Niedergeschlagenheit hindurch schimmerte ein Anflug von Stolz, als er erklärte: »Ich habe es gefunden.«

»Wo?«

»Sie haben vielleicht bemerkt, daß das Eßzimmer eine alte Gashängelampe mit Kerzenhaltern und künstlichen Kerzen aus Porzellan hat. Ich weiß nicht, weshalb ich auf den Gedanken kam, die Kerzen abzumontieren. Ich fand darin Papierröllchen und in dem Papier harte Gegenstände.«

»Moment! Als du dein Schlafzimmer verließest und hinuntergingst, was hattest du vor für den Fall, daß du Erfolg haben würdest?«

»Ich weiß nicht.«

»Wolltest du nicht fortgehen?«

»Nein, ich schwöre es.«

»Aber den Schatz vielleicht anderswo verstecken?«

»Ja.«

»Im Haus?«

»Nein. Denn ich rechnete damit, daß Sie es ebenfalls durchsuchen würden, und ich war sicher, daß Sie darauf stoßen würden. Ich hätte sie im Friseursalon versteckt. Später dann . . .«

Nicolas lachte höhnisch. Der Wirt, der sich mit den Ellbogen auf die Theke stützte, rührte sich nicht, und sein Hemd bildete im Halbdunkel einen weißen Fleck.

»Nachdem du den Trick mit den Kerzenhaltern entdeckt hattest . . .«

»Ich war im Begriff, den letzten wieder zu montieren, da spürte ich, daß jemand neben mir stand. Ich glaubte zuerst, es sei Mama. Ich schaltete die Taschenlampe aus, mit der ich mir geleuchtet hatte. Es war ein Mann da, der immer näher kam, und da stürzte ich auf die Tür zu und sprang auf die Straße hinaus. Ich hatte schreckliche Angst. Ich bin gelaufen. Die Tür fiel krachend ins Schloß. Ich hatte Pantoffeln an, keinen Hut, keine Krawatte. Ich lief immer weiter und hörte Schritte hinter mir.«

»Bist kein so guter Läufer wie dieser junge Windhund, Nicolas«, spöttelte Maigret.

»Bei der Bastille war eine Polizeistreife. Ich rannte in ihre Nähe, überzeugt, daß der Mann es dann nicht wagen würde, mich anzugreifen. So gelangte ich zur Gare de l'Est, und da kam ich auf den Gedanken . . .«

»Nach Chelles zu fahren, ach ja! Eine süße Erinnerung! Und dann?«

»Ich blieb bis fünf Uhr morgens im Wartesaal. Es waren Leute dort. Und solange Leute in meiner Nähe waren . . .«

»Ich verstehe.«

»Nur, ich wußte nicht, wer mich verfolgte. Ich schaute die Menschen an, einen nach dem andern. Als der Schalter geöffnet wurde, drängte ich mich zwischen zwei Frauen. Ich verlangte mit leiser Stimme meine Fahrkarte. Es fuhren mehrere Züge ungefähr zur gleichen Zeit. Ich stieg einmal in den einen, dann in den andern ein, indem ich auf der falschen Seite ein- und ausstieg.«

»Nanu, Nicolas, mir scheint, dieser Schlingel hat dir noch mehr Mühe gemacht als mir.«

»Da er ja nicht wußte, wohin ich meine Fahrkarte gelöst

hatte, nicht wahr? In Chelles wartete ich mit Aussteigen, bis der Zug wieder angefahren war.«

»Nicht schlecht, nicht schlecht!«

»Ich stürzte aus dem Bahnhof. Die Straßen waren leer. Ich begann wieder zu laufen. Ich hörte niemanden hinter mir. Ich traf hier ein. Ich fragte sofort nach einem Zimmer, denn ich war am Ende und wollte sie so rasch als möglich loswerden, die . . .«

Er zitterte immer noch, wenn er davon sprach.

»Meine Mutter läßt mir nie viel Taschengeld. Im Zimmer stellte ich fest, daß ich nur noch fünfzehn Francs und ein paar Jetons hatte. Ich wollte wieder weg, zu Hause sein, bevor Mama . . .«

»Und da kam Nicolas.«

»Ich sah ihn vom Fenster aus, wie er fünfhundert Meter von hier entfernt aus dem Taxi stieg. Es war mir sofort klar, daß er nach Lagny gefahren war, dann mit einem Wagen nach Chelles und hier wieder auf meine Fährte gestoßen war. Da schloß ich mich ein. Dann, als ich Schritte auf der Treppe hörte, schob ich die Kommode vor die Tür. Ich war sicher, daß er mich töten würde.«

»Ohne zu zögern«, knurrte Maigret, »nur eben, er wollte sich vor dem Wirt nicht verraten. Nicht wahr, Nicolas? Daher hat er sich hier niedergelassen, denn er sagte sich, du würdest dein Zimmer schon einmal verlassen . . . und wäre es nur, um zu essen.«

»Ich habe nichts gegessen. Ich hatte auch Angst, daß er eine Leiter nehmen und nachts zum Fenster hereinsteigen würde. Deshalb ließ ich die Läden geschlossen. Ich wagte nicht zu schlafen.«

Draußen hörte man Schritte. Es war der Chauffeur, der sich, da das Gewitter vorbei war, um seine Kunden zu sorgen begann.

Da klopfte Maigret mit leichter Hand seine Pfeife auf dem Absatz aus, stopfte sie und streichelte sie liebevoll: »Wenn du es gewagt hättest, sie kaputtzumachen . . .«, brummte er. Dann, ohne Übergang: »Brechen wir auf, Kinder! Übrigens, was wirst du deiner Mutter erzählen, Joseph?«

»Ich weiß es nicht. Es wird schrecklich sein.«

»Aber nein doch! Du bist ins Eßzimmer hinuntergegangen, um Detektiv zu spielen. Du hast einen Mann hinausgehen sehen. Du bist ihm gefolgt, voller Stolz, dich als Polizist betätigen zu können.«

Zum erstenmal öffnete Nicolas den Mund, um verächtlich ein paar Worte hinzuwerfen: »Glauben Sie etwa, ich werde da mitmachen?«

Und Maigret, mit unerschütterlicher Ruhe: »Das werden wir gleich sehen, nicht wahr, Nicolas? Unter vier Augen, in meinem Büro . . . Na, Chauffeur, ich glaube, wir werden ziemlich zusammengepfercht sein in Ihrem Schlitten. Gehen wir?«

Ein wenig später flüsterte er ins Ohr von Joseph, der mit Mathilde in einer Ecke des Rücksitzes kauerte: »Ich gebe dir eine andere Pfeife, weißt du. Und sogar eine größere, wenn du willst.«

»Nur«, erwiderte der Junge, »es wird nicht Ihre sein.«

Paris, Juni 1945

Maigret
und der Mann
auf der Bank

1
Die gelben Schuhe

Für Maigret war das Datum leicht zu behalten, denn es war der Geburtstag seiner Schwägerin, der 19. Oktober. Außerdem war es ein Montag – auch daran mußte er sich erinnern –, denn montags, so hatte man am Quai des Orfèvres die Erfahrung gemacht, ließen sich die Leute nur selten umbringen. Und schließlich hatte mit dieser Untersuchung in diesem Jahr sozusagen die »Wintersaison« begonnen.

Den ganzen Sonntag war ein nieselnder, kühler Regen niedergegangen, und die Dächer und das Pflaster glänzten schwarz. Ein gelblicher Nebel schien fast sichtbar durch die Fensterritzen ins Zimmer zu dringen, so daß Madame Maigret gesagt hatte: »Es wird Zeit, daß die Filzstreifen zwischen die Fenster kommen.« Seit mindestens fünf Jahren versprach Maigret in jedem Herbst, sie »am nächsten Sonntag« anzubringen.

»Du solltest lieber deinen dicken Mantel anziehen.«

»Wo ist er?«

»Ich hole ihn.«

Um halb neun Uhr morgens mußte man in den Zimmern noch Licht brennen.

Maigrets Überzieher roch nach Mottenpulver.

Tagsüber hatte es nicht geregnet, aber die Luft war feucht geblieben, so daß das Pflaster nicht trocknen konnte und dort, wo viele Leute gingen, ein schmieriger Film entstand. Dann, gegen vier Uhr nachmittags, kurz vor Einbruch der Dämmerung, legte sich wieder derselbe gelbliche Nebel wie am Morgen auf Paris und verhüllte das Licht der Laternen und der Schaufenster.

Weder Lucas noch Janvier, noch der kleine Lapointe waren im Büro gewesen, als das Telefon geläutet hatte. Santoni, ein Korse, Neuling in der Abteilung, der zehn Jahre im Glücksspiel- und dann im Sittendezernat tätig gewesen war, hatte sich am Apparat gemeldet.

»Es ist Inspektor Neveu vom dritten Bezirk, Chef. Er fragt, ob er Sie persönlich sprechen kann. Es scheint dringend zu sein.«

Maigret hatte den Hörer ergriffen. »Was gibt's, mein Lieber?«

»Ich rufe aus einem Bistro am Boulevard Saint-Martin an. Hier ist soeben ein Mann gefunden worden. Durch Messerstiche getötet.«

»Auf dem Boulevard?«

»Nein, nicht direkt. In einer Art Sackgasse.«

Neveu, der ein alter Hase in seinem Beruf war, hatte sofort erraten, was Maigret dachte. Messerstechereien, vor allem in einem Armeleuteviertel, sind selten interessant. Zusammenstöße zwischen Betrunkenen sind dort an der Tagesordnung, und auch die in dieser Gegend wohnenden Spanier oder Nordafrikaner haben häufig ein Hühnchen untereinander zu rupfen.

Neveu hatte deshalb eilig hinzugefügt: »Der Fall erscheint mir merkwürdig. Am besten, Sie kommen vielleicht her. Es ist zwischen dem großen Juweliergeschäft und dem Laden für künstliche Blumen.«

»Ich komme.«

Es war das erstemal, daß der Kommissar Santoni in dem kleinen schwarzen Auto der Kriminalpolizei mitnahm, und der Parfümgeruch, der von dem Inspektor ausging, war ihm nicht gerade angenehm. Santoni trug, weil er klein war, hohe Absätze. Sein Haar hatte er mit Pomade eingefettet, und an seinem Ringfinger prangte ein großer gelber, wahrscheinlich unechter Brillant.

Wie schwarze Schatten huschten die Fußgänger in der Dunkelheit vorbei, und man hörte das Klitsch-Klatsch der Sohlen auf dem schmutzigen Pflaster. Auf dem Bürgersteig des Boulevard Saint-Martin hatte sich eine Gruppe von etwa dreißig Menschen gebildet, die von zwei Polizisten in Pelerinen zurückgedrängt wurde. Neveu wartete schon und öffnete den Wagenschlag.

»Ich habe den Arzt gebeten, bis zu Ihrem Kommen hierzubleiben.«

Es war gerade die Zeit, in der der Verkehr in diesem dichtbevölkerten Teil der Grands Boulevards seinen Höhepunkt erreichte. Die große Leuchtuhr über dem Juweliergeschäft zeigte fünf Uhr zwanzig. Der Laden mit den künstlichen Blumen, der nur ein Schaufenster hatte, war so schlecht beleuchtet und wirkte so trübe und verstaubt, daß man sich fragen mochte, ob sich je ein Kunde dorthin verirrte.

Zwischen den beiden Geschäften mündete eine Art Sackgasse auf den Boulevard, so schmal, daß man sie leicht übersehen konnte. Es war lediglich ein Durchgang zwischen zwei Hauswänden, ohne Beleuchtung. Wahrscheinlich führte er auf einen der vielen Höfe in diesem Viertel.

Neveu bahnte Maigret einen Weg durch die Zuschauermenge. Drei oder vier Meter entfernt warteten im Dunkel der Sackgasse einige Männer. Zwei von ihnen hielten Taschenlampen in den Händen. Trotzdem mußte man schon sehr genau hinblicken, um die Gesichter erkennen zu können. Es war hier noch feuchter und kälter als auf dem Boulevard, und es zog unaufhörlich. Ein Hund, den einer der Männer vergeblich zurückscheuchte, schlüpfte ihnen immer wieder zwischen den Beinen hindurch.

Vor der abgeblätterten Hauswand lag ein Mann der Länge nach auf dem Boden. Der eine Arm krümmte sich unter seinem Körper, während der andere mit der ausgestreckten blassen Hand fast den Durchgang versperrte.

»Tot?«

Der Arzt aus dem Viertel nickte. »Der Tod muß sofort eingetreten sein.«

Wie um diese Worte zu unterstreichen, glitt der Lichtkreis einer Taschenlampe über die Leiche, von der sich das immer noch im Rücken steckende Messer seltsam abhob. Der Schein der anderen Lampe fiel auf das Gesicht, auf ein geöffnetes Auge, eine Wange, die sich beim Sturz des Opfers an den Mauersteinen aufgeschürft hatte.

»Wer hat ihn entdeckt?«

Einer der Polizisten in Uniform, der nur auf diesen Augenblick gewartet hatte, trat vor. Seine Gesichtszüge waren kaum zu erkennen. Er war jung, aufgeregt.

»Ich machte meine Runde. Dabei werfe ich gewöhnlich einen Blick in all diese Sackgassen, weil es immer Leute gibt, die dort im Schutz der Dunkelheit ihre Schweinereien treiben. Ich sah eine Gestalt auf dem Boden liegen. Im ersten Moment dachte ich an einen Betrunkenen.«

»War er schon tot?«

»Ja, ich glaube. Aber der Körper war noch warm.«

»Um welche Zeit war das?«

»Vier Uhr fünfundvierzig. Ich pfiff einen Kollegen herbei und rief dann sofort die Wache an.«

Neveu fiel ihm ins Wort: »Ich habe den Anruf entgegengenommen und mich gleich auf den Weg gemacht.«

Das Polizeirevier des Viertels befand sich ganz in der Nähe, in der Rue Notre-Dame de Nazareth.

»Ich habe meinen Kollegen beauftragt, den Arzt zu benachrichtigen«, fuhr Neveu fort.

»Hat niemand etwas gehört?«

»Nicht daß ich wüßte.«

Etwas tiefer in der Sackgasse konnte man eine Tür erkennen, auf die von oben herab ein schwacher Lichtschein fiel.

»Wohin führt die?«

»In das Büro des Juweliers. Sie wird selten benutzt.«

Bevor Maigret vom Quai des Orfèvres weggefahren war, hatte er den Erkennungsdienst benachrichtigen lassen. Die Spezialisten mit ihren Fotoapparaten und dem anderen Zubehör trafen jetzt ein. Wie alle Fachleute kümmerten sie sich nur um ihre eigene Aufgabe, stellten keinerlei Fragen und hatten nur die eine Sorge, wie sie in einem so engen Gang ihre Arbeit verrichten sollten.

»Was ist im Hintergrund des Hofes?« fragte Maigret.

»Nichts. Nur Mauern und eine schon lange abgesperrte Tür, die zu einem Haus in der Rue Meslay führt.«

Offensichtlich war der Mann von hinten erstochen worden, als er ein paar Schritte in die Gasse hineingegangen war. Jemand war ihm leise gefolgt. Die Passanten, die in dem großen Strom draußen auf dem Boulevard dahintrieben, hatten nicht das geringste gesehen.

»Ich habe seine Taschen durchsucht und diese Brieftasche hier gefunden«, sagte Neveu und reichte sie Maigret. Einer der Männer vom Erkennungsdienst richtete unaufgefordert seine Lampe, die viel stärker als die des Inspektors war, auf die Brieftasche. Diese war ganz gewöhnlich, weder neu noch sonderlich abgenutzt, von guter Qualität, mehr nicht. Sie enthielt drei Tausendfrancsnoten und einige Hundertfrancsscheine sowie einen auf den Namen Louis Thouret lautenden Personalausweis, aus dem hervorging, daß dieser Lagerverwalter war und in der Rue des Peupliers Nummer 37 in Juvisy wohnte. Außerdem befanden sich in der Brieftasche noch eine auf den gleichen Namen ausgestellte Wahlkarte, ein Blatt Papier, auf das fünf oder sechs Worte mit Bleistift geschrieben waren, und eine sehr alte Fotografie eines kleinen Mädchens.

»Können wir anfangen?«

Maigret nickte. Blitzlichter flammten auf, Auslöser klickten.

Immer mehr Menschen sammelten sich am Eingang der Gasse an, und die Polizei hatte Mühe, sie zurückzuhalten. Nachdem die Aufnahmen gemacht waren, zogen die Leute vom Erkennungsdienst behutsam das Messer aus dem Rükken, legten es in einen Spezialkasten und drehten dann endlich die Leiche herum. Das Gesicht eines Mannes von vierzig bis fünfzig Jahren kam zum Vorschein, in dem nur eine große Verwunderung stand.

Er hatte nicht begriffen, wie ihm geschah. Er war gestorben, ohne zu verstehen. Die Überraschung in seinen Zügen hatte etwas so Kindliches, so wenig Tragisches, daß einer der Männer nervös auflachen mußte.

Der Tote war sauber und anständig gekleidet. Er trug einen dunklen Anzug und einen beigefarbenen Herbstmantel. Seine seltsam verrenkten Füße steckten in gelben Schuhen, die schlecht zu der Atmosphäre dieses Tages paßten.

Bis auf die Schuhe wirkte er so unauffällig, daß niemand auf der Straße oder auf einer der zahlreichen Terrassen am Boulevard ihn beachtet hätte. Dennoch meinte der Polizist, der ihn entdeckt hatte: »Ich muß ihn schon einmal gesehen haben.«

»Wo?«

»Ich erinnere mich nicht. Sein Gesicht ist mir irgendwie vertraut. Wissen Sie, er gehört zu den Leuten, denen man täglich begegnet, die man aber nicht weiter beachtet.«

Neveu stimmte zu: »Mir kommt er auch bekannt vor. Wahrscheinlich hat er hier im Viertel gearbeitet.«

Aber das gab nicht den geringsten Hinweis darauf, was Louis Thouret in dieser Sackgasse, die nirgendwo hinführte, gewollt hatte. Maigret wandte sich an Santoni, weil dieser lange im Sittendezernat gearbeitet hatte. Tatsächlich gibt es gerade in diesem Viertel einige Sonderlinge, die allen Grund haben, sich abseits zu halten. Sie sind der Polizei fast alle bekannt, und darunter sind manchmal Leute in hohen Positionen. Hin und wieder erwischt man sie; kaum freigelassen, beginnen sie ihr Treiben von neuem.

Aber Santoni schüttelte den Kopf. »Nie gesehen.«

Daraufhin entschied Maigret: »Machen Sie weiter, Messieurs. Wenn Sie fertig sind, lassen Sie ihn ins gerichtsmedizinische Institut transportieren. Und wir suchen seine Familie auf, falls er eine hat«, wandte er sich an Santoni.

Eine Stunde später, und er hätte sich wahrscheinlich nicht mehr selbst nach Juvisy begeben. Aber er hatte den Wagen und war vor allem durch die so ganz besondere Gewöhnlichkeit dieses Mannes und seines Berufes neugierig geworden.

»Nach Juvisy«, befahl er kurz.

Sie hielten kurz an der Porte d'Italie, um in einem Bistro schnell ein Bier zu trinken. Dann fuhren sie über die Landstraße. Scheinwerfer blendeten, ein Lastwagen nach dem anderen wurde überholt. Am Bahnhof von Juvisy erkundigten sie sich nach der Rue des Peupliers, mußten aber nicht weniger als fünfmal fragen, bis sie die richtige Auskunft erhielten.

»Das ist ganz da unten in der Siedlung. Sie müssen dort genau auf die Straßenschilder achten. Die Straßen tragen alle die Namen von Bäumen und sehen alle gleich aus.«

Sie fuhren an dem riesigen Rangierbahnhof vorbei, wo

ständig lange Züge von einem Gleis auf das andere geschoben wurden. Zwanzig Lokomotiven dampften, zischten, keuchten; mit dumpfem Gepolter stießen die Waggons aneinander. Zur Rechten erstreckte sich ein neues Viertel, in dem elektrische Straßenlampen den Verlauf der schmalen Straßen anzeigten. Dort standen Hunderte, vielleicht auch Tausende kleiner Häuser, die sich alle wie ein Ei dem anderen glichen. Die Bäume, die den Straßen ihre Namen gaben, hatten noch keine Zeit zum Wachsen gehabt. Die Gehsteige waren stellenweise ungepflastert. Hier und da sah man dunkle Löcher, unbebautes Gelände, anderswo aber kleine Gärten, in denen die letzten Blumen des Herbstes welkten.

Eichenstraße ... Fliederstraße ... Buchenstraße ...

Vielleicht würde eines Tages diese ganze Gegend einem großen Park gleichen, wenn die schlecht gebauten Häuser, die wie aus einem Kinderbaukasten zusammengefügt dastanden, nicht einstürzten, bevor die Bäume ihre rechte Größe erreicht hatten.

Hinter den Küchenfenstern sah man die Frauen das Abendessen vorbereiten. Die Straßen waren verlassen. Nur hier und dort waren kleine Lädchen, aber auch sie wirkten allzu neu, wie von Dilettanten geführt.

»Fahr mal nach links.«

Sie fuhren zehn Minuten im Kreis, bis sie an ein blaues Straßenschild kamen, das den gesuchten Namen trug. Sie verpaßten erst das Haus, weil Nummer 37 gleich nach Nummer 21 kam. Im Erdgeschoß der Nummer 37 brannte nur ein Licht – offensichtlich die Küche. Hinter dem Vorhang sahen sie eine ziemlich korpulente Frau hin und her gehen.

»Also los«, seufzte Maigret und zwängte sich nicht ohne Mühe aus dem kleinen Auto. Er klopfte seine Pfeife am Absatz aus. Als er den Gehsteig überquerte, bewegte sich der Vorhang, und das Gesicht einer Frau zeigte sich am Fenster. Sie schien nicht daran gewöhnt zu sein, daß ein Auto vor ihrem Häuschen hielt. Maigret stieg drei Stufen zur lackierten Haustür hinauf, in die zwei kleine, mit Schmiedeeisen vergitterte Fenster aus dunkelblauem Glas eingelassen waren. Er suchte nach dem Klingelknopf, aber bevor er ihn gefunden hatte, rief schon jemand hinter der Tür: »Wer ist da?«

»Madame Thouret?«

»Ja, das bin ich.«

»Ich möchte Sie sprechen.«

Sie öffnete noch nicht.

»Polizei«, fügte Maigret halblaut hinzu.

Daraufhin entschied sie sich, die Kette abzunehmen und aufzuschließen. Durch einen Spalt, der nur einen Teil ihres Gesichtes erkennen ließ, musterte sie die beiden auf der Schwelle stehenden Männer.

»Was wollen Sie?«

»Ich muß Sie sprechen.«

»Was beweist mir, daß Sie von der Polizei sind?«

Es war purer Zufall, daß Maigret seine Marke in der Tasche hatte. Meistens ließ er sie zu Hause. Er hielt sie in den Lichtkegel.

»Gut. Ich hoffe, sie ist echt.«

Sie ließ sie eintreten. Der Flur war eng. Die Wände waren weiß gestrichen, Türen und Scheuerleisten aus lackiertem Holz. Die Küchentür stand noch offen. Die Frau führte sie in das Zimmer neben der Küche und knipste das Licht an.

Sie war ungefähr so alt wie ihr Mann, aber kräftiger gebaut, ohne jedoch unförmig zu wirken. Sie hatte einen starken Knochenbau und eine straffe Figur. Über ihrem grauen Kleid trug sie eine Schürze, die sie mechanisch abstreifte. Sie wirkte streng.

Sie standen in einem im Bauernstil möblierten Eßzimmer, das gleichzeitig wohl auch als Salon diente. Die Möbel waren wie in einem Schaufenster oder in dem Lager eines Möbelhändlers aufgestellt. Nichts lag herum, keine Pfeife, keine Zigarettenschachtel, keine Handarbeit, keine Zeitung, nichts, was darauf schließen ließ, daß hier Menschen einen Teil ihres Lebens verbrachten. Die Frau forderte sie nicht zum Sitzen auf, sondern musterte die Schuhe der Männer, als fürchte sie, daß sie ihr Linoleum beschmutzten.

»Was haben Sie mir zu sagen?«

»Ihr Mann heißt doch Louis Thouret?«

Sie runzelte die Brauen, deutlich bemüht, den Zweck ihres Besuches zu erraten, und nickte dann stumm.

»Er arbeitet in Paris?«

»Er ist stellvertretender Direktor bei Kaplan & Zanin in der Rue de Bondy.«

»Hat er nie als Lagerverwalter gearbeitet?«

»Doch, früher einmal.«

»Ist das lange her?«

»Einige Jahre. Aber schon damals war er der eigentliche Leiter des Hauses.«

»Haben Sie vielleicht ein Foto von ihm?«

»Wofür?«

»Ich möchte mich vergewissern . . .«

»Worüber vergewissern?«

Sie wurde immer argwöhnischer und fragte: »Ist Louis etwas zugestoßen?«

Unwillkürlich blickte sie dabei auf die Uhr in der Küche nebenan. Sie schien zu überlegen, wo ihr Mann sich zu dieser Stunde aufhalten mußte.

»Ich möchte mich vor allen Dingen vergewissern, ob er es auch wirklich ist.«

»Auf dem Büfett . . .«, sagte sie.

Dort standen fünf oder sechs Fotos in Metallrahmen, darunter das eines jungen Mädchens und das des in der Sackgasse erstochenen Mannes. Er war auf dem Bild jünger und schwarz gekleidet.

»Wissen Sie, ob Ihr Mann Feinde hat?«

»Warum sollte er Feinde haben?« antwortete sie und ging einen Augenblick in die Küche, um das Gas abzudrehen, denn auf dem Herd kochte etwas.

»Wann kommt er gewöhnlich von seiner Arbeit zurück?«

»Er nimmt immer den gleichen Zug, den um sechs Uhr zweiundzwanzig von der Gare de Lyon. Unsere Tochter kommt mit dem nächsten Zug, sie hat erst etwas später Feierabend. Sie hat eine Vertrauensstellung und . . .«

»Ich muß Sie leider bitten, uns nach Paris zu begleiten.«

»Ist Louis tot?«

Sie sah die beiden Männer fest an. Sie war eine Frau, die es nicht erträgt, daß man sie belügt.

»Sagen Sie mir die Wahrheit.«
»Er ist heute nachmittag ermordet worden.«
»Wo?«
»In einer Sackgasse am Boulevard Saint-Martin.«
»Was hat er da gemacht?«
»Ich weiß es nicht.«
»Um welche Zeit war es?«
»Soweit es sich feststellen läßt, kurz nach halb fünf.«
»Um halb fünf ist er bei Kaplan. Haben Sie mit der Firma gesprochen?«
»Wir hatten noch keine Zeit dazu. Außerdem wußten wir nicht, wo er arbeitete.«
»Wer hat ihn ermordet?«
»Das wissen wir noch nicht.«
»War er allein?«
Maigret wurde ungeduldig.
»Wäre es nicht besser, wenn Sie sich jetzt anzögen und mit uns kämen?«
»Was haben Sie mit ihm gemacht?«
»Er wird inzwischen in das gerichtsmedizinische Institut gebracht worden sein.«
»Ist das das Schauhaus?«
Was sollte Maigret antworten?
»Wie kann ich meine Tochter benachrichtigen?«
»Sie könnten ihr ein paar Zeilen hinterlassen.«
Sie überlegte. »Nein, wir werden bei meiner Schwester vorbeifahren, und ich werde ihr den Hausschlüssel geben. Sie kann dann hierherkommen und auf Monique warten. Müssen Sie sie auch sehen?«
»Es wäre besser.«
»Wo kann sie uns treffen?«
»In meinem Büro am Quai des Orfèvres, das wäre das einfachste. Wie alt ist sie?«
»Zweiundzwanzig.«
»Können Sie sie nicht anrufen?«
»Wir haben kein Telefon. Außerdem ist sie jetzt schon auf dem Weg zum Bahnhof. Warten Sie bitte.«
Sie ging die Treppe hinauf, deren Stufen nicht aus Altersschwäche, sondern des leichten Holzes wegen knarrten. Das

ganze Haus schien aus billigstem Material gebaut zu sein, dem man keine lange Lebensdauer zutrauen konnte.

Die beiden Männer schauten sich stumm an, während sie die Frau über ihren Köpfen hin und her gehen hörten. Bestimmt zog sie sich jetzt ein schwarzes Kleid an und frisierte sich auch wahrscheinlich noch einmal.

Als sie wieder herunterkam, wechselten sie von neuem stumm einen Blick. Sie hatten richtig geraten. Sie war bereits in Trauerkleidung und duftete nach Kölnischwasser.

»Ich muß noch das Licht ausmachen und den Hauptschalter abdrehen. Wenn Sie draußen warten wollen . . .«

Sie zögerte, in das kleine Auto zu steigen, als fürchtete sie, dort keinen Platz zu finden. Aus dem Nachbarhaus beobachtete jemand die drei.

»Meine Schwester wohnt zwei Straßen von hier. Der Chauffeur braucht nur rechts einzubiegen. Es ist dann gleich die zweite Straße links.«

Die beiden Häuschen glichen einander wie Zwillinge. Nur die Farbe der kleinen Fenster an der Eingangstür war anders: aprikosengelb.

»Ich bin gleich wieder da.«

Sie blieb dennoch fast eine Viertelstunde fort und kam dann in Begleitung einer Frau zurück, die ihr verblüffend ähnelte und ebenfalls schwarz gekleidet war.

»Meine Schwester will mitfahren. Ich denke, wenn wir ein bißchen zusammenrücken, wird es schon gehen. Mein Schwager wird bei mir zu Hause auf meine Tochter warten. Er ist Zugkontrolleur und hat heute seinen freien Tag.«

Maigret setzte sich neben den Chauffeur. Die beiden Frauen ließen sich hinten neben Inspektor Santoni nieder, der nicht mehr viel Platz hatte. Hin und wieder hörte man sie flüstern, und es klang, als säßen sie im Beichtstuhl.

Als sie das gerichtsmedizinische Institut nahe dem Pont d'Austerlitz erreichten, war die Leiche von Louis Thouret nach Maigrets Anweisungen noch angezogen auf eine Steinplatte gebettet. Während Maigret die Decke von dem Gesicht des Toten zurückschlug, beobachtete er die beiden Frauen, die er jetzt zum erstenmal in vollem Licht sah. Vorhin im Straßendunkel hatte er sie für Zwillinge gehalten.

Jetzt sah er, daß die Schwester drei oder vier Jahre jünger war und daß sich ihr Körper noch eine gewisse, wohl auch bald schwindende Geschmeidigkeit bewahrt hatte.

»Erkennen Sie ihn wieder?«

Madame Thouret hielt ihr Taschentuch in der Hand, weinte aber nicht. Ihre Schwester hatte sie untergefaßt, wie um sie zu stützen.

»Es ist Louis, ja. Mein armer Louis. Als er mich heute morgen verließ, hat er nicht geahnt . . .«

Und jäh setzte sie hinzu: »Werden ihm nicht die Augen zugedrückt?«

»Sie können es jetzt tun.«

Sie blickte ihre Schwester an, und sie schienen sich zu fragen, wer von ihnen es auf sich nehmen sollte. Schließlich tat es die Ehefrau, nicht ohne eine gewisse Feierlichkeit, wobei sie murmelte: »Armer Louis.«

Gleich darauf bemerkte sie die Schuhe, die unter der Decke hervorragten, und sie runzelte die Brauen. »Was ist denn das?«

Maigret begriff nicht sofort.

»Wer hat ihm diese Schuhe angezogen?«

»Er hatte sie an, als wir ihn gefunden haben.«

»Das ist nicht möglich. Niemals hat Louis gelbe Schuhe getragen. Jedenfalls nicht in den sechsundzwanzig Jahren unserer Ehe. Er wußte, daß ich das nie geduldet hätte. Sieh doch bloß, Jeanne!«

Jeanne nickte nur.

»Es wäre vielleicht gut, wenn Sie sich vergewisserten, daß die Kleidungsstücke, die er trägt, ihm gehören. Es besteht doch wohl kein Zweifel, daß er es ist?«

»Nein, nicht der geringste. Aber das sind nicht seine Schuhe. Ich habe sie jeden Tag geputzt, muß sie also kennen. Heute morgen hatte er seine schwarzen Schuhe an, die mit den Doppelsohlen, die er bei der Arbeit trug.«

Maigret schob die Decke ganz zurück.

»Ist das sein Mantel?«

»Ja.«

»Sein Anzug?«

»Ja, auch sein Anzug. Aber es ist nicht seine Krawatte. Er

hätte nie eine so auffallende Krawatte getragen. Die hier ist ja fast rot.«

»Führte Ihr Mann ein regelmäßiges Leben?«

»Ein regelmäßigeres kann es gar nicht geben. Meine Schwester wird es Ihnen bestätigen. Morgens stieg er an der Straßenecke in den Autobus, mit dem er rechtzeitig zu dem Zug acht Uhr siebzehn den Bahnhof von Juvisy erreichte. Er fuhr immer zusammen mit Monsieur Beauduin, unserem Nachbarn, der beim Finanzamt ist. An der Gare de Lyon nahm er dann die Metro und fuhr bis zur Station Saint-Martin.«

Der Beamte des gerichtsmedizinischen Instituts gab Maigret ein Zeichen, der daraufhin die beiden Frauen an einen Tisch führte, wo der Inhalt der Taschen des Toten aufgereiht lag.

»Ich nehme an, daß Sie diese Gegenstände wiedererkennen?«

Es lagen da eine silberne Taschenuhr mit Kette, ein ungezeichnetes Taschentuch, ein angebrochenes Päckchen Gauloise, ein Feuerzeug, ein Schlüssel und neben der Brieftasche zwei kleine blaue Kärtchen. Sofort fiel Madame Thourets Blick auf diese Kärtchen.

»Kinokarten«, sagte sie.

Nachdem Maigret die Karten genauer betrachtet hatte, meinte er: »Sie sind von einem Aktualitätenkino am Boulevard Bonne Nouvelle. Wenn ich die Zahlen richtig entziffere, waren sie für heute gelöst.«

»Das kann nicht sein. Was sagst du dazu, Jeanne?«

»Mir kommt es merkwürdig vor«, erwiderte die Schwester in ruhigem Ton.

»Wollen Sie einen Blick auf den Inhalt der Brieftasche werfen?«

Sie tat es, und wieder verdüsterte sich ihr Gesicht.

»Louis hatte heute früh nicht so viel Geld bei sich.«

»Sind Sie sicher?«

»Ich überzeugte mich jeden Tag davon, wieviel Geld er in seiner Tasche hatte. Er hatte niemals mehr als eine Tausendfrancsnote und zwei oder drei Hundertfrancsscheine bei sich.«

»Sollte er Geld bekommen?«

»Es ist doch nicht Monatsanfang!«

»Hatte er, wenn er abends zurückkam, immer noch den gleichen Betrag in der Tasche?«

»Abzüglich der Kosten für die Metro und seine Zigaretten. Für die Bahn hatte er eine Karte.«

Sie zögerte, die Brieftasche in ihre Handtasche zu stekken.

»Sie werden sie wohl noch brauchen?«

»Vorläufig ja.«

»Was ich am wenigsten verstehe, ist, daß er seine Schuhe und seine Krawatte gewechselt hat. Und daß er zu der Zeit, als es passierte, nicht in seinem Geschäft war.«

Maigret ging nicht darauf ein, sondern legte ihr einige Formulare zur Unterschrift vor.

»Fahren Sie nach Hause zurück?«

»Wann können wir den Leichnam bekommen?«

»Wahrscheinlich in ein oder zwei Tagen.«

»Wird er obduziert?«

»Möglicherweise wird der Untersuchungsrichter das anordnen, aber sicher ist es nicht.«

Sie sah auf ihre Uhr. »In zwanzig Minuten geht ein Zug«, sagte sie zu ihrer Schwester. Und zu Maigret: »Könnten Sie uns am Bahnhof absetzen?«

»Willst du nicht auf Monique warten?« fragte die Schwester.

»Sie wird schon allein nach Hause kommen.«

So machte man den Umweg über die Gare de Lyon, und Maigret und Santoni sahen dann die zwei so ähnlichen Frauen die Steinstufen hinaufsteigen.

»Zähes Weib!« brummte Santoni. »Der arme Kerl hatte bestimmt nichts zu lachen.«

»Jedenfalls nicht bei ihr.«

»Was halten Sie von der Geschichte mit den Schuhen? Wären sie neu, könnte man annehmen, daß er sie gerade heute gekauft hätte.«

»Das hätte er nicht gewagt. Hast du nicht gehört, was sie sagte?«

»Weder gelbe Schuhe noch eine auffallende Krawatte hätte sie geduldet.«

»Ich bin neugierig, ob die Tochter so ist wie die Mutter.«

Sie fuhren nicht gleich zum Quai des Orfèvres zurück, sondern hielten vor einer Brasserie, um dort zu Abend zu essen. Maigret rief seine Frau an, um ihr zu sagen, daß es unbestimmt sei, wann er nach Hause komme.

In dem Lokal hingen überall feuchte Mäntel und Hüte. Es roch nach Winter. Die Fensterscheiben waren beschlagen.

Als sie vor dem Portal des Polizeipräsidiums ankamen, meldete der Pförtner: »Ein junges Mädchen hat nach Ihnen gefragt. Sie scheint bestellt zu sein. Ich habe sie nach oben geschickt.«

»Wartet sie schon lange?«

»Etwa zwanzig Minuten.«

Der Nebel hatte sich in feinen Regen verwandelt. Auf den immer staubigen Stufen der breiten Treppe sah man feuchte Fußspuren. Die meisten Büros waren leer. Nur hinter einigen Türen sah man noch Licht.

»Soll ich noch bleiben?« fragte Santoni.

Maigret nickte. Da Santoni nun einmal von Anfang an dabei war, sollte er die Untersuchung auch weiter mit ihm durchführen.

Ein junges Mädchen saß in einem Sessel im Vorzimmer. Am meisten fiel ihr hellblauer Hut auf. Der Raum war nur schlecht beleuchtet. Der Bürodiener las in einer Abendzeitung.

»Sie wartet auf Sie, Chef.«

»Ich weiß«, antwortete Maigret und wandte sich an das Mädchen.

»Mademoiselle Thouret? Wollen Sie bitte mit mir in mein Büro kommen?«

Er knipste die Lampe mit dem grünen Schirm an, deren Schein auf den ihm gegenüberstehenden Sessel fiel, bat das Mädchen, dort Platz zu nehmen, und merkte dann, daß sie geweint hatte.

»Mein Onkel hat mir mitgeteilt, daß mein Vater tot ist.«

Er antwortete nicht sofort. Wie ihre Mutter hielt auch sie ein Taschentuch in der Hand, aber ihres war zerknüllt; unablässig zupfte sie daran – eine Bewegung, die Maigret daran erinnerte, wie er als Kind Knetgummi zwischen den Fingern zerrieben hatte.

»Ich dachte, Mama wäre bei Ihnen.«

»Sie ist nach Juvisy zurückgefahren.«

»Wie hat sie es aufgenommen?«

Was sollte er antworten?

»Ihre Mutter war sehr tapfer.«

Monique war recht hübsch. Sie sah ihrer Mutter nicht besonders ähnlich, hatte von ihr nur den starken Knochenbau, der aber wegen ihrer jugendlichen und sonst zierlichen Gestalt weniger auffiel. Sie trug ein gutgeschnittenes Kostüm, was den Kommissar ein wenig überraschte, denn sie hatte es sicherlich nicht selbst geschneidert, und bestimmt war es auch nicht billig gewesen.

»Was ist mit ihm geschehen?« fragte sie nach einer Weile, und ihre Augen wurden feucht.

»Ihr Vater ist erstochen worden.«

»Wann?«

»Heute nachmittag, zwischen halb und dreiviertel fünf Uhr.«

»Wie ist das möglich?«

Warum hatte Maigret den Eindruck, daß sie nicht ganz aufrichtig war? Die Mutter hatte auch ziemlich spröde gewirkt, was aber durchaus ihrem Charakter entsprach. Im Grunde fand es Madame Thouret entehrend, sich in einer Sackgasse des Boulevard Saint-Martin ermorden zu lassen. Nicht nur für ihr Leben, sondern auch für das ihrer Familie hatte sie einen Plan aufgestellt, und dieser Tod entsprach so gar nicht dem Rahmen, in den sie das Leben eingezwängt hatte. Vor allem nicht, wenn der Tote gelbe Schuhe und eine fast rote Krawatte trug!

Monique dagegen wirkte eher vorsichtig, als befürchte sie gewisse Enthüllungen, gewisse Fragen.

»Haben Sie Ihren Vater gut gekannt?«

»Aber . . . natürlich . . .«

»Selbstverständlich, Sie kannten ihn, wie jeder seine Eltern kennt. Ich meine mit meiner Frage nur, ob Sie besonders vertraute Beziehungen zu ihm hatten, ob er mit Ihnen manchmal über seine Gefühle, seine Gedanken sprach . . .«

»Er war ein guter Vater.«

»War er glücklich?«

»Ich nehme es an.«

»Haben Sie ihn in Paris manchmal getroffen?«

»Ich verstehe Ihre Frage nicht. Meinen Sie auf der Straße?«

»Sie arbeiteten beide in Paris. Ich habe schon gehört, daß Sie nicht denselben Zug benutzten.«

»Wir hatten nicht dieselbe Arbeitszeit.«

»Sie hätten sich vielleicht manchmal zum Mittagessen treffen können.«

»Manchmal ja.«

»Oft?«

»Nein, nur selten.«

»Haben Sie ihn dann vom Geschäft abgeholt?«

Sie zögerte. »Nein, wir trafen uns in einem Restaurant.«

»Haben Sie mit ihm telefoniert?«

»Ich kann mich nicht erinnern.«

»Wann haben Sie zum letztenmal zusammen gegessen?«

»Vor mehreren Monaten. Vor den Sommerferien.«

»In welchem Viertel?«

»In der ›Chope Alsacienne‹, einem Restaurant am Boulevard Sébastopol.«

»Wußte Ihre Mutter davon?«

»Vermutlich habe ich es ihr gesagt, aber genau kann ich mich nicht mehr daran erinnern.«

»War Ihr Vater ein heiterer Mensch?«

»Er war recht zufrieden, glaube ich.«

»War er gesund?«

»Ich habe ihn nie krank gesehen.«

»Hatte er Freunde?«

»Wir verkehrten hauptsächlich mit meinen Tanten und Onkeln.«

»Haben Sie viele?«

»Zwei Tanten und zwei Onkel.«

»Und alle wohnen in Juvisy?«

»Ja, nicht weit von uns. Mein Onkel Albert, der Mann meiner Tante Jeanne, hat mir Papas Tod mitgeteilt. Meine Tante Céline wohnt etwas weiter weg.«

»Sind alle beide Schwestern Ihrer Mutter?«

»Ja. Und Onkel Julien, Tante Célines Mann, arbeitet ebenfalls bei der Eisenbahn.«

»Haben Sie einen Freund, Mademoiselle Monique?«

Ein wenig verlegen antwortete sie: »Es ist wohl nicht der richtige Augenblick, darüber zu sprechen. Muß ich meinen Vater sehen?«

»Wie meinen Sie das?«

»Nach dem, was mir mein Onkel gesagt hat, glaubte ich, ihn identifizieren zu müssen.«

»Ihre Mutter und Ihre Tante haben das schon getan. Aber, wenn Sie wollen . . .«

»Nein. Ich werde ihn ja wohl zu Hause sehen.«

»Noch etwas, Mademoiselle Monique. Hat Ihr Vater, wenn Sie ihn in Paris trafen, manchmal gelbe Schuhe getragen?«

Sie antwortete nicht sofort. Um Zeit zu gewinnen, wiederholte sie: »Gelbe Schuhe?«

»Ja. Ein ganz helles Braun, wenn Ihnen das mehr sagt. Zu meiner Zeit nannte man die Farbe solcher Schuhe – entschuldigen Sie den Ausdruck – Gänsekacke.«

»Ich kann mich nicht daran erinnern.«

»Sie haben auch nie eine rote Krawatte an ihm gesehen?«

»Nein.«

»Wann sind Sie zum letztenmal im Kino gewesen?«

»Gestern nachmittag.«

»In Paris?«

»In Juvisy.«

»Ich will Sie nicht länger aufhalten. Ich vermute, Ihr Zug geht bald.«

»In fünfunddreißig Minuten.«

Sie sah auf ihre Armbanduhr, stand auf, zögerte einen Augenblick.

»Guten Abend«, sagte sie schließlich.

»Guten Abend, Mademoiselle. Ich danke Ihnen.«

Maigret begleitete sie zur Tür, die er hinter ihr wieder schloß.

2

Die alte Jungfer mit der dicken Nase

Maigret hatte, ohne recht den Grund dafür zu wissen, eine gewisse Vorliebe für den Teil der Grands Boulevards, der sich von der Place de la République bis zur Rue Montmartre erstreckt. Dies war sozusagen seine Gegend. Hier, am Boulevard Bonne Nouvelle, wenige hundert Meter von der Sackgasse entfernt, in der Louis Thouret ermordet worden war, ging er fast jede Woche mit seiner Frau ins Kino. Arm in Arm begaben sie sich zu Fuß dorthin, so wie man einen kleinen Besuch in der Nachbarschaft macht. Genau gegenüber dem Kino befand sich die Brasserie, in der ihm das Sauerkraut so gut schmeckte.

Ein Stück weiter, zur Oper und zur Madeleine hin, waren die Boulevards breiter und eleganter. Zwischen der Porte Saint-Martin und der Place de la République wurden sie schmaler und dunkler, und es herrschte dort immer ein so lebhaftes Gewimmel, daß einem bisweilen fast schwindelig wurde.

Maigret war gegen halb neun Uhr von zu Hause weggegangen. In einer knappen Viertelstunde hatte er, ohne sich dabei zu beeilen, in dem zwar nicht feuchten, dafür aber kälteren Morgen den Teil der Rue de Bondy erreicht, der auf die Boulevards stößt und wo die Kreuzung einen kleinen Platz vor dem Théâtre de la Renaissance bildet. Dort befand sich Kaplan & Zanin, wo Louis Thouret nach Madame Thourets Aussage sein ganzes Leben lang bis gestern gearbeitet hatte.

Die angegebene Nummer markierte ein uraltes, fast verfallenes Haus, um dessen weit offenstehendes Portal verschiedene weiße und schwarze Schilder angebracht waren: ein Polsterer, ein Schreibmaschinenkurs, ein Geschäft für Bettfedern (Dritter Stock links, Treppe A), ein Gerichtsvollzieher, eine staatlich anerkannte Masseuse. Die Concierge, deren Loge sich in der Toreinfahrt befand, sortierte gerade die Post.

»Kaplan & Zanin?« fragte Maigret.

»Ach, Monsieur, nächsten Monat sind es drei Jahre, daß die Firma nicht mehr existiert.«

»Waren Sie damals schon hier im Hause?«

»Im Dezember bin ich sechsundzwanzig Jahre hier.«

»Haben Sie Louis Thouret gekannt?«

»Und ob ich Monsieur Louis gekannt habe! Was ist eigentlich aus ihm geworden? Seit vier oder fünf Monaten hat er sich nicht mehr bei mir blicken lassen.«

»Er ist tot.«

Jäh hielt sie mit dem Ordnen der Briefe inne.

»Ein so gesunder Mann! Was hat er gehabt? Sicher war's das Herz, wie bei meinem Mann . . .«

»Er ist gestern nachmittag erstochen worden. Nicht weit von hier.«

»Ich habe die Zeitung noch nicht gelesen.«

Über das Verbrechen war übrigens nur in einer kleinen Lokalnotiz von wenigen Zeilen berichtet worden.

»Aber wer konnte denn auf den Gedanken kommen, einen so guten Menschen zu ermorden?«

Lebhaft und beherzt war sie, die kleine Frau.

»Mehr als zwanzig Jahre ist er täglich viermal an meiner Loge vorübergekommen, und jedesmal hat er ein freundliches Wort für mich gehabt. Als Monsieur Kaplan die Firma aufgab, war er so gebrochen, daß . . .«

Sie wischte sich die Augen und schneuzte sich.

»Lebt Monsieur Kaplan noch?«

»Ich kann Ihnen seine Adresse geben, wenn Sie wollen. Er wohnt in der Nähe der Porte Maillot, in der Rue des Acacias. Er ist ebenfalls ein guter Mensch, wenn auch anders als Monsieur Louis. Und der alte Monsieur Kaplan lebt sicher auch noch.«

»Womit hat er gehandelt?«

»Kennen Sie die Firma nicht?«

Sie war überrascht, daß nicht die ganze Welt das Haus Kaplan & Zanin kannte.

Maigret sagte: »Ich bin von der Polizei. Ich sollte alles über Monsieur Thouret wissen.«

»Wir nannten ihn Monsieur Louis. Jedermann nannte ihn

so. Die meisten Leute wußten nicht einmal seinen Familiennamen. Wenn Sie sich eine Minute gedulden wollen . . .«

Während sie die letzten Briefe sortierte, murmelte sie vor sich hin: »Monsieur Louis ermordet. Wer hätte das jemals gedacht! Ein Mann, der so . . .«

Nachdem sie sämtliche Briefe in den Fächern verstaut hatte, legte sie sich einen Wollschal über die Schultern und drehte den Ofen halb zu.

»Ich werde Sie herumführen.«

In der Toreinfahrt erklärte sie: »Vor drei Jahren sollte das Haus abgerissen werden, und ein Kino sollte hier entstehen. Den Mietern ist damals gekündigt worden, und ich selbst wollte zu meiner Familie ins Département Nièvre ziehen. Wegen dieser Veränderung hat auch Monsieur Kaplan seine Firma aufgegeben. Vielleicht auch, weil sie nicht mehr so gut ging. Der junge Monsieur Kaplan, Monsieur Max, wie wir ihn nannten, war immer anderer Meinung als sein Vater. Hier lang, bitte . . .«

Die Toreinfahrt öffnete sich auf einen Hof, in dessen Hintergrund ein großes Gebäude mit einem Glasdach aufragte. Es sah aus wie eine Bahnhofshalle. An der Mauer waren noch ein paar Buchstaben des Firmennamens Kaplan & Zanin zu lesen.

»Die Zanins gab es schon nicht mehr, als ich vor sechsundzwanzig Jahren hier ins Haus kam. Damals leitete der alte Monsieur Kaplan das Geschäft ganz allein. Auf der Straße drehten sich die Kinder nach ihm um, denn er sah aus wie ein alter Zauberer.«

Die Tür war nicht geschlossen. Das Schloß war abgerissen. Das ganze Gebäude wirkte tot; noch vor wenigen Jahren hatte es einen Teil der Welt von Louis Thouret gebildet. Wie diese Welt ausgesehen hatte, war heute kaum noch festzustellen. Es war eine riesige Halle, über der sich hoch oben ein Glasdach hinzog, an dem die Scheiben zum Teil fehlten oder blind geworden waren. Wie in einem großen Warenhaus lief an den Wänden eine zweistöckige Galerie entlang. Man sah noch genau, wo die Regale gestanden hatten.

»Jedesmal, wenn er mir einen kleinen Besuch machte . . .«

»Kam er oft?«

»Etwa alle zwei oder drei Monate, und immer brachte er mir irgendeine Süßigkeit mit... Jedesmal warf er dann auch einen Blick hier hinein, und man spürte, daß es ihm immer wieder schwer wurde. Zwanzig Packerinnen und zum Schluß sogar noch mehr haben hier gearbeitet. In der Saison hatten sie oft bis tief in die Nacht zu tun. Monsieur Kaplan verkaufte nicht direkt an den Verbraucher, sondern an Provinzgeschäfte und Straßenhändler. Er hatte so viele Waren, daß man sich kaum darin zurechtfand. Monsieur Louis war der einzige, der genau wußte, wo jeder Artikel lag. Gott allein weiß, was es da alles gab: falsche Bärte, Papptrompeten, bunte Kugeln für den Weihnachtsbaum, Luftschlangen für den Karneval, Masken und Andenken, wie man sie in den Badeorten an der Küste kauft.«

»War Monsieur Louis der Lagerverwalter?«

»Ja, er trug immer einen grauen Kittel. Schauen Sie, dort rechts in der Ecke war in einem Glaskasten das Büro des jungen Monsieur Kaplan. Sein Vater kam nach dem ersten Schlaganfall nicht mehr ins Geschäft. Er hatte eine Sekretärin, Mademoiselle Léone. Und in einem kleinen Verschlag im ersten Stock arbeitete der alte Buchhalter. Niemand ahnte, was kommen würde. Eines schönen Tages, im Oktober oder November, ich weiß es nicht mehr genau, es war auf jeden Fall schon kalt, rief Monsieur Kaplan sein Personal zusammen, um ihm mitzuteilen, daß die Firma schließen würde und er bereits einen Abnehmer für das Lager gefunden habe. Damals waren alle davon überzeugt, daß das Haus im Jahr darauf abgerissen würde, um, wie ich Ihnen schon sagte, einem Kino Platz zu machen.«

Maigret hörte geduldig zu und blickte dabei immer wieder um sich, wobei er sich vorzustellen versuchte, wie es hier während der Glanzzeit der Firma ausgesehen haben mochte.

»Das Vorderhaus soll gleichfalls verschwinden. Allen Mietern wurde gekündigt. Einige zogen aus, andere blieben. Und sie haben schließlich damit recht gehabt, denn sie sind heute noch dort. Aber jetzt, wo das Haus verkauft ist, weigern sich die neuen Eigentümer, irgendwelche Reparaturen vornehmen zu lassen. Ich weiß nicht, wieviel Prozesse deshalb schon laufen. Der Gerichtsvollzieher kommt fast jeden Monat. Zweimal schon habe ich meine Siebensachen gepackt.«

»Kennen Sie Madame Thouret?«

»Ich habe sie nie gesehen. Sie wohnte weit draußen, in Juvisy . . .«

»Dort wohnt sie immer noch.«

»Sind Sie ihr begegnet? Wie ist sie?«

Maigret schnitt nur ein Gesicht, und sie verstand ihn sofort.

»Das dachte ich mir. Man merkte, daß er zu Hause nicht glücklich war. Sein Leben war hier. Ihn traf der Schlag am härtesten, das habe ich immer wieder gesagt. Zumal er schon in einem Alter war, in dem man schlecht ein neues Leben beginnen kann.«

»Wie alt war er?«

»Fünfundvierzig oder sechsundvierzig.«

»Wissen Sie, was er anschließend gemacht hat?«

»Das hat er mir nie erzählt. Er muß schwere Zeiten gehabt haben, denn er kam lange Zeit nicht vorbei. Einmal, als ich, eilig wie immer, meine Besorgungen machte, sah ich ihn auf einer Bank sitzen. Mir ging das durch und durch. Zu einem Mann wie ihm paßt es nicht, am hellichten Tag auf einer Bank zu sitzen, verstehen Sie? Ich war nahe daran, ihn anzusprechen, aber dann dachte ich, es wäre ihm vielleicht peinlich, und ich habe einen Umweg gemacht.«

»Wie lange nach der Schließung der Firma war das?«

In dem Raum mit dem zugigen Glasdach war es kälter als draußen auf dem Hof, und die Concierge schlug deshalb vor: »Wollen Sie sich nicht etwas in meiner Loge aufwärmen? Ja, wie lange das her ist, kann ich nicht genau sagen. Es war noch nicht Frühling, denn die Bäume hatten noch keine Blätter. Es muß gegen Ende des Winters gewesen sein.«

»Wann haben Sie ihn wiedergesehen?«

»Lange danach. Es war schon Hochsommer. Am meisten überraschte mich damals, daß er Schuhe trug von einer Farbe wie Gänsekacke. Warum schauen Sie mich so an?«

»Schon gut. Erzählen Sie weiter.«

»Man war das nicht an ihm gewohnt. Er hatte sonst immer schwarze Schuhe getragen. Er kam in meine Loge und legte ein Päckchen auf den Tisch, das in weißes Papier eingewickelt und mit einem goldenen Band verschnürt war. Es war Schokolade darin. Er setzte sich auf diesen Stuhl. Ich machte ihm eine Tasse Kaffee und holte dann an der Straßenecke schnell eine halbe Flasche Calvados, während er hier Wache hielt.«

»Was hat er Ihnen erzählt?«

»Nichts Besonderes. Er war glücklich, wieder einmal die Luft dieses Hauses atmen zu können, das spürte man.«

»Hat er nichts von seiner neuen Tätigkeit erwähnt?«

»Ich fragte ihn, ob er zufrieden sei, und er bejahte. Jedenfalls hatte er keine geregelte Bürozeit mehr, denn er kam schon am Vormittag zwischen zehn und elf Uhr vorbei. Ein andermal erschien er am Nachmittag. Er trug eine helle Krawatte, und ich neckte ihn, indem ich behauptete, daß er immer jünger würde. Aber er nahm einem nie etwas übel. Dann sprachen wir über seine Tochter, die ich zwar nie gesehen habe, aber von der er mir schon wenige Monate nach ihrer Geburt ein Bild gezeigt hatte. Selten ist mir jemand begegnet, der so stolz darauf war, ein Kind zu haben. Immer hatte er Bilder von ihr in der Tasche, und jedem mußte er von seinem Töchterchen erzählen.«

Außer der Aufnahme als Baby hatte man kein Foto von Monique bei ihm gefunden.

»Das ist alles, was Sie wissen?«

»Ja, was sollte ich sonst noch wissen? Ich bin hier von morgens bis abends eingesperrt. Seit die Firma Kaplan nicht mehr existiert und der Friseur im ersten Stock ausgezogen ist, geht es im Haus sehr ruhig zu.«

»Haben Sie mit ihm darüber gesprochen?«

»Ja. Wir schwatzten über alles mögliche – über die Mieter, die einer nach dem anderen auszogen, über die Prozesse, über die Architekten, die hin und wieder hier auftauchten und an den Plänen für ihr berühmtes Kino arbeiteten, während die Mauern immer mehr verfielen.«

Sie sagte das ohne Bitterkeit, aber es war herauszuhören, daß sie das Haus als letzte verlassen würde.

»Wie ist es passiert?« fragte sie dann. »Hat er gelitten?«

Weder Madame Thouret noch Monique hatten diese Frage gestellt.

»Der Arzt sagt nein, der Tod soll auf der Stelle eingetreten sein.«

»Wo war es?«

»Ein paar Schritte von hier, in einer Sackgasse am Boulevard Saint-Martin.«

»Bei dem Juweliergeschäft?«

»Ja. Jemand muß ihm nachgegangen sein. Es wurde schon dunkel. Man hat ihm ein Messer in den Rücken gestoßen.«

Maigret hatte gestern abend von zu Hause und auch heute morgen mit dem Labor der wissenschaftlichen Abteilung telefoniert. Bei der Waffe handelte es sich um ein ganz gewöhnliches Messer einer gängigen Marke, wie man sie in den meisten Eisenwarengeschäften bekommen konnte. Es war neu. Man hatte keine Fingerabdrücke darauf gefunden.

»Armer Monsieur Louis! Er hat das Leben so geliebt!«

»War er ein heiterer Mensch?«

»Bestimmt kein trauriger. Ich weiß nicht, wie ich es Ihnen erklären soll. Er war zu jedem freundlich, hatte immer ein liebenswürdiges Wort, war immer aufmerksam, wollte sich nie groß aufspielen.«

»Interessierte er sich für Frauen?«

»Nie im Leben. Obwohl er eine gute Position hatte, so daß er so viele hätte haben können, wie er wollte. Außer Monsieur Max und dem alten Buchhalter war er der einzige Mann in der Firma, und die Frauen, die dort als Packerinnen arbeiteten, waren nicht gerade tugendhaft.«

»Trank er?«

»Sein Gläschen Wein wie jedermann und hin und wieder einen Likör.«

»Wo aß er zu Mittag?«

»Er ging nicht weg über Mittag. Er brachte sein Essen in einer Wachstuchtasche mit, ich sehe sie noch deutlich vor mir. Er aß im Stehen, an eine Tischkante gelehnt, und rauchte dann im Hof noch seine Pfeife, bevor er wieder an die Arbeit ging. Nur hin und wieder ging er aus. Er sagte mir dann, er sei mit seiner Tochter verabredet. Das war aber erst in der letzten Zeit, als sie schon ein junges Mädchen war und in einem Büro in der Rue de Rivoli arbeitete. ›Warum bringen Sie sie nicht einmal her, Monsieur Louis?‹ fragte ich ihn dann immer. ›Ich möchte sie so gerne einmal sehen.‹ Er versprach, sie in den nächsten Tagen mitzubringen, hat es aber doch nie getan, ich weiß nicht, warum.«

»Haben Sie Mademoiselle Léone aus den Augen verloren?«

»O nein! Ich habe ihre Adresse. Sie lebt mit ihrer Mutter zusammen. Sie arbeitet nicht mehr in einem Büro, sondern hat auf dem Montmartre, in der Rue de Clignancourt, ein kleines Geschäft aufgemacht. Manchmal ist er auch zu ihr gegangen. Vielleicht kann sie Ihnen mehr sagen als ich. Einmal, als wir über Mademoiselle Léone sprachen, erzählte er mir, daß sie Windeln und andere Babyartikel verkauft. Das ist komisch.«

»Was ist komisch?«

»Daß sie Babysachen verkauft.«

Leute kamen herein, um ihre Post zu holen. Sie warfen einen argwöhnischen Blick auf Maigret, wohl weil sie annahmen, daß er wieder einer sei, der sie aus dem Haus vertreiben wollte.

»Ich danke Ihnen. Ich komme wahrscheinlich wieder vorbei.«

»Haben Sie keine Ahnung, wer ihn ermordet haben könnte?«

»Keine«, sagte Maigret freiheraus.

»Hat man ihm seine Brieftasche gestohlen?«

»Nein. Auch nicht seine Uhr.«

»Dann hat man ihn bestimmt mit jemandem verwechselt.«

Maigret mußte die ganze Stadt durchqueren, wenn er zur Rue de Clignancourt gelangen wollte. Deshalb ging er zunächst einmal in eine kleine Bar, um zu telefonieren.

»Wer ist am Apparat?«

»Janvier, Chef.«

»Gibt's was Neues?«

»Die anderen sind unterwegs, wie Sie es angeordnet haben.«

Das bedeutete, daß fünf Inspektoren, jeder in einem bestimmten Bezirk, alle Eisenwarengeschäfte von Paris aufsuchten. Santoni war von Maigret beauftragt worden, für alle Fälle Erkundigungen über Monique Thouret einzuziehen. Er war jetzt gewiß in der Rue de Rivoli und strich lauernd um die Büros von Geber & Bachelier herum.

Hätte Madame Thouret in Juvisy Telefon gehabt, hätte Maigret sie jetzt angerufen, um zu erfahren, ob ihr Mann auch in den letzten drei Jahren jeden Morgen sein Mittagessen in der schwarzen Wachstuchtasche mitgenommen hatte.

»Kannst du mir einen Wagen schicken?«

»Wo sind Sie?«

»Rue de Bondy. Ich warte gegenüber vom Théâtre de la Renaissance.«

Er war nahe daran, Janvier, der heute keinen Einsatz hatte, zum Boulevard Saint-Martin zu schicken, um dort die Geschäftsleute zu verhören. Neveu besorgte das zwar schon, aber für diese Arbeit, bei der man Glück haben mußte, konnte man nie genug Leute haben. Wenn er schließlich doch darauf verzichtete, so nur darum, weil es ihn lockte, sich später selbst wieder in das Viertel zu begeben.

»Keine weiteren Instruktionen?«

»Gib ein Foto an die Zeitungen. Sie sollen auch jetzt keine Sensation aus dem Fall machen.«

»Verstehe. Ich schicke Ihnen das Auto.«

Da die Concierge von Calvados gesprochen hatte und weil es wirklich kalt war, trank Maigret ein Gläschen.

Dann überquerte er, die Hände in den Taschen, den Boulevard und warf einen Blick in die Sackgasse, in der Monsieur Louis ermordet worden war.

Die Kunde vom Verbrechen hatte so wenig Aufsehen erregt, daß niemand stehenblieb, um auf dem Pflaster nach Blutspuren zu suchen. Maigret stand eine ganze Weile vor einem der beiden Schaufenster des Juweliergeschäftes, in dem er fünf oder sechs Verkäufer und Verkäuferinnen bemerkte. Man verkaufte dort keine kostbaren Schmuckstücke. Die meisten ausgestellten Gegenstände trugen den Vermerk »Schaustück«. Das Fenster war mit Waren vollgestopft: Eheringe, falsche und vielleicht auch ein paar echte Brillanten,

Wecker, Taschen- und Wanduhren von schlechtem Geschmack.

Ein kleiner Mann, der Maigret von innen beobachtete, schien ihn für einen möglichen Kunden zu halten. Er näherte sich mit einem Lächeln auf den Lippen der Tür in der Absicht, ihn zum Eintreten zu bewegen. Der Kommissar jedoch zog es vor, rasch weiterzugehen. Ein paar Minuten später stieg er in den Wagen der Kriminalpolizei.

»Rue de Clignancourt.«

Dort war es etwas ruhiger, aber er befand sich immer noch in einem Kleineleuteviertel. Mademoiselle Léones Laden mit dem Schild »Bébé Rose« verschwand fast zwischen einer Pferdemetzgerei und einer Chauffeurkneipe, so daß nur Eingeweihte ihn finden konnten.

Maigret war fast schockiert, als er eintrat, denn das weibliche Wesen, das aus dem hinteren Raum, wo eine alte Frau mit einer Katze auf den Knien in einem Sessel saß, auf ihn zukam, entsprach so gar nicht der Vorstellung, die er sich von der Sekretärin der Kaplans gemacht hatte. Er wußte nicht, warum. Sie schien Filzpantoffeln zu tragen, denn sie ging völlig geräuschlos. Ihr Gang und die Art, ihren Körper zu bewegen, hatten etwas Nonnenhaftes an sich.

Sie lächelte flüchtig. Der Ausdruck des Lächelns lag nicht nur auf ihren Lippen, sondern war über ihr ganzes Gesicht gebreitet, sehr sanft, zurückhaltend.

War es nicht seltsam, daß sie Léone hieß? Um so seltsamer noch, als sie eine dicke runde Nase hatte, die an einen alten schlafenden Löwen im Zoo erinnerte.

»Sie wünschen, Monsieur?«

Sie war schwarz gekleidet. Gesicht und Hände waren blaß und drückten eine gewisse Schwächlichkeit aus. Der große Ofen im hinteren Raum verbreitete eine angenehme Wärme. Auf dem Ladentisch und in den Regalen lagen überall zierliche Wäschestücke, Schühchen mit blauen und rosa Bändern, Mützen und Taufkleider.

»Kommissar Maigret von der Kriminalpolizei.«

»Ach . . .«

»Einer Ihrer ehemaligen Kollegen, Louis Thouret, ist gestern ermordet worden.«

Von allen wirkte sie am meisten erschüttert. Aber sie weinte nicht, suchte nicht nach einem Taschentuch und zog auch nicht die Mundwinkel nach unten. Der brutale Schock ließ sie erstarren, hielt ihr, so konnte man meinen, das Herz an. Maigret blickte auf ihre bleichen Lippen, die allmählich so weiß wie die Babywäsche rundherum wurden.

»Verzeihen Sie, daß ich es Ihnen so direkt gesagt habe.«

Sie schüttelte den Kopf, um ihm zu zeigen, daß sie es ihm nicht übelnahm. Die alte Dame im Hinterzimmer hatte sich bewegt.

»Um seinen Mörder ausfindig zu machen, muß ich alle möglichen Erkundigungen über den Toten einziehen.«

Sie nickte stumm.

»Ich nehme an, daß Sie ihn gut gekannt haben.«

Als Maigret dies sagte, schien sich ihr Gesicht für einen Augenblick aufzuhellen.

»Wie ist es passiert?« fragte sie schließlich mit erstickter Stimme. Schon als kleines Mädchen mußte sie häßlich gewesen sein, und sicher war sie sich dessen schon immer bewußt. Sie schaute in den hinteren Raum und murmelte: »Wollen Sie nicht Platz nehmen?«

»Ich glaube, Ihre Mutter . . .«

»Wir können vor Mama sprechen. Sie ist völlig taub, aber sie freut sich, wenn sie Gesellschaft hat.«

Er wagte ihr nicht zu gestehen, daß er in diesem luftlosen Zimmer, in dem die beiden Frauen ihr gleichsam stummes Leben verbrachten, zu ersticken fürchtete.

Es war schwer zu sagen, wie alt Léone war. Wahrscheinlich hatte sie die Fünfzig überschritten, vielleicht schon vor langer Zeit. Ihre Mutter schien mindestens achtzig Jahre alt zu sein, und sie musterte den Kommissar mit kleinen lebhaften Vogelaugen. Nicht von ihr hatte Léone die dicke Nase, sondern vom Vater, dessen Foto an der Wand hing.

»Ich komme eben von der Concierge in der Rue de Bondy.«

»Sie ist gewiß sehr erschrocken.«

»Ja, sie hat ihn sehr gern gemocht.«

»Alle liebten ihn.« Bei diesen Worten kam etwas Farbe in

ihr Gesicht. »Er war so ein guter Mensch«, setzte sie hastig hinzu.

»Sie haben ihn oft wiedergesehen, nicht wahr?«

»Er kam manchmal zu mir, aber nicht sehr oft. Er war sehr beschäftigt, und ich wohne weit weg vom Zentrum.«

»Wissen Sie, was er in der letzten Zeit getan hat?«

»Ich habe ihn nie danach gefragt. Es schien ihm gut zu gehen. Ich nehme an, daß er sich selbständig gemacht hat, denn er hatte keine geregelte Arbeitszeit.«

»Hat er mit Ihnen nie über die Leute gesprochen, mit denen er zu tun hatte?«

»Wir sprachen hauptsächlich von der Rue de Bondy, von der Firma Kaplan, von Monsieur Max, von dem Lager. Es war jedes Jahr ein großes Geschäft, denn unser Katalog enthielt mehr als tausend Artikel.« Zögernd fügte sie hinzu: »Sie haben gewiß mit seiner Frau gesprochen?«

»Ja, gestern abend.«

»Was hat sie gesagt?«

»Sie versteht nicht, wieso ihr Mann, als man ihn fand, gelbe Schuhe trug. Sie behauptet, der Mörder müsse sie ihm angezogen haben.«

»Nein, er trug sie oft.«

»Schon damals, als er noch in der Rue de Bondy arbeitete?«

»Erst danach. Ziemlich lange danach.«

»Was verstehen Sie unter ziemlich lange?«

»Vielleicht ein Jahr.«

»Waren Sie überrascht, ihn mit gelben Schuhen zu sehen?«

»Ja. Sie paßten nicht zu der Art, wie er sich sonst kleidete.«

»Was haben Sie sich dabei gedacht?«

»Daß er sich verändert hatte.«

»Hatte er sich wirklich verändert?«

»Er war nicht mehr ganz derselbe. Er scherzte plötzlich in einer ganz anderen Art. Manchmal lachte er schallend.«

»Hat er früher nicht gelacht?«

»Nicht so. Etwas hat sein Leben verändert.«

»Eine Frau?«

Die Frage war hart, aber Maigret konnte nicht umhin, sie zu stellen.

»Vielleicht.«

»Hat er Ihnen etwas anvertraut?«

»Nein.«

»Hat er Ihnen nie den Hof gemacht?«

Sie protestierte lebhaft: »Niemals! Ich schwöre es Ihnen! Ich bin sicher, daß ihm nie der Gedanke gekommen ist.«

Die Katze war vom Schoß der alten Frau gesprungen und machte es sich jetzt auf Maigrets Knien bequem.

»Lassen Sie sie nur«, sagte er, als Léone sie verscheuchen wollte. Er wagte nicht, seine Pfeife anzuzünden.

»Ich nehme an, daß es für Sie alle eine große Enttäuschung war, als Monsieur Kaplan Ihnen die Schließung der Firma mitteilte.«

»Ja, das war schlimm.«

»Besonders für Louis Thouret?«

»Monsieur Louis hing am meisten an der Firma. Er fühlte sich dort ganz zu Hause. Vergessen Sie nicht, daß er schon mit vierzehn Jahren als Botenjunge in die Firma eingetreten war.«

»Woher kam er?«

»Aus Belleville. Nach dem, was er mir erzählt hat, war seine Mutter Witwe. Sie hat ihn eines Tages dem alten Kaplan vorgestellt; er trug damals noch kurze Hosen. Er ist fast nie zur Schule gegangen.«

»Ist seine Mutter tot?«

»Ja, schon lange.«

Warum hatte Maigret den Eindruck, daß sie ihm etwas verbarg? Sie sprach offen, sah ihm gerade in die Augen, und dennoch war da etwas Hintergründiges in ihrem Benehmen, etwas, das ihn an ihren verhaltenen Gang erinnerte.

»Ich glaube, ich weiß, daß er bei der Suche nach einem neuen Arbeitsplatz Schwierigkeiten hatte.«

»Wer hat Ihnen das gesagt?«

»Ich schließe es aus dem, was mir die Concierge erzählt hat.«

»Es ist immer schwierig, eine Arbeit zu finden, wenn man einmal die Vierzig überschritten hat. Besonders, wenn man auf nichts spezialisiert ist. Ich selbst . . .«

»Haben Sie auch gesucht?«

»Nur ein paar Wochen.«

»Und Monsieur Louis?«

»Er hat länger gesucht.«

»Vermuten Sie das, oder wissen Sie es?«

»Ich weiß es.«

»Hat er Sie in jener Zeit besucht?«

»Ja.«

»Haben Sie ihn unterstützt?«

Er war in diesem Augenblick fast davon überzeugt. Léone machte durchaus den Eindruck eines Menschen, der Ersparnisse besitzt.

»Warum fragen Sie mich das?«

»Weil es mir, solange ich mir kein genaues Bild von seinen letzten Jahren machen kann, kaum gelingen dürfte, seinen Mörder zu fassen.«

»Das ist wahr«, gab sie nach einigem Überlegen zu. »Ich will Ihnen alles sagen, aber ich möchte, daß es unter uns bleibt. Vor allem seine Frau darf nichts davon erfahren. Sie ist sehr stolz.«

»Kennen Sie sie?«

»Er hat es mir gesagt. Seine Schwäger haben gute Stellungen, und sie haben sich jeder ein Haus gebaut.«

»Er auch.«

»Er mußte, weil seine Frau es so wollte. Sie bestand darauf, in Juvisy zu leben – wie ihre beiden Schwestern.«

Sie sprach jetzt in einem anderen Ton, aus dem ein stummer Haß herauszuhören war, der schon lange in ihr gärte.

»Hatte er Angst vor seiner Frau?«

»Er wollte niemandem Kummer machen. Als wir alle wenige Wochen vor Weihnachten unsere Stellungen verloren hatten, war seine einzige Sorge, seiner Familie nicht das Jahresende zu verderben.«

»Er hat ihnen nichts gesagt? Er hat sie in dem Glauben gelassen, daß er immer noch in der Rue de Bondy arbeitete?«

»Er hoffte, anfangs in wenigen Tagen, dann in einigen Wochen eine neue Stellung zu finden. Nur, er hatte das Haus.«

»Ich verstehe nicht ganz?«

»Er bezahlte es in Raten, und ich weiß, wie schlimm es ist, wenn die Zahlungen nicht pünktlich erfolgen.«

»Bei wem hat er sich das Geld geliehen?«

»Bei Monsieur Saimbron und bei mir.«

»Wer ist Monsieur Saimbron?«

»Der Buchhalter. Er arbeitet nicht mehr. Er lebt allein in seiner Wohnung am Quai de la Mégisserie.«

»Hat er Geld?«

»Nein, er ist sehr arm.«

»Und Sie beide haben Monsieur Louis Geld geliehen?«

»Ja. Sonst wäre das Haus verkauft worden, und sie hätten auf der Straße gesessen.«

»Warum hat er sich nicht an Monsieur Kaplan gewandt?«

»Weil Monsieur Kaplan ihm nichts gegeben hätte. Das liegt so in seinem Charakter. Als er uns sagte, daß die Firma schließen würde, hat er jedem von uns einen Umschlag mit drei Monatsgehältern in die Hand gedrückt. Monsieur Louis wagte nicht, dieses Geld bei sich zu behalten, denn dann hätte seine Frau alles gemerkt.«

»Durchstöberte sie seine Brieftasche?«

»Ich weiß es nicht, ich nehme es an. Ich habe das Geld für ihn aufbewahrt, und jeden Monat holte er sich die Gehaltssumme ab. Dann, als das Geld zu Ende war . . .«

»Ich verstehe.«

»Er hat mir alles zurückbezahlt.«

»Wann?«

»Acht oder neun Monate später, es war nach einem knappen Jahr.«

»Haben Sie ihn damals längere Zeit nicht gesehen?«

»Ungefähr von Februar bis August nicht.«

»Waren Sie nicht beunruhigt?«

»Nein, ich wußte, daß er wiederkommen würde. Und selbst wenn er mir das Geld nicht zurückgegeben hätte . . .«

»Sagte er, daß er eine neue Stellung gefunden hatte?«

»Er teilte mir mit, daß er arbeite.«

»Trug er da schon die gelben Schuhe?«

»Ja. Von Zeit zu Zeit hat er mich besucht, und jedesmal

brachte er mir ein Geschenk mit und Süßigkeiten für Mama.«

Vielleicht schaute die alte Dame Maigret deshalb so enttäuscht an. Die Leute, die sie besuchten, brachten ihr Süßigkeiten mit. Maigret aber war mit leeren Händen gekommen. Er schwor sich, falls er noch einmal hierherkommen müßte, ebenfalls Bonbons einzustecken.

»Hat er nie irgendwelche Namen vor Ihnen genannt?«

»Was für Namen?«

»Nun, von Chefs, Freunden, Kollegen . . .«

»Nein.«

»Er hat auch nicht irgendein Pariser Viertel erwähnt?«

»Er sprach nur von der Rue de Bondy. Er ist öfters dorthin zurückgegangen. Es war bitter für ihn, daß das Haus noch immer nicht abgerissen war. ›Wir hätten noch ein Jahr dortbleiben können‹, seufzte er.«

Die Ladenklingel läutete, und Léone reckte den Hals, um zu sehen, wer der Kunde war. Diese Bewegung schien ihr in Fleisch und Blut übergegangen zu sein. Maigret erhob sich.

»Ich will Sie nicht länger stören.«

»Sie sind mir immer willkommen.«

Eine schwangere Frau stand vor dem Ladentisch. Maigret nahm seinen Hut und ging zur Tür.

»Ich danke Ihnen.«

Während er in den Wagen stieg, beobachteten ihn die beiden Frauen hinweg über Windeln und weißen und blauen Wollsachen.

»Wohin fahren wir, Chef?«

Es war elf Uhr vormittags.

»Halt am nächsten Bistro an.«

»Neben dem Laden ist doch eines.«

Doch Maigret schämte sich, unter Léones Blicken hineinzugehen. »Fahr um die Ecke.«

Er wollte Monsieur Kaplan anrufen und im Adreßbuch nach der genauen Anschrift von Monsieur Saimbron, Quai de la Mégisserie, suchen.

Bei der Gelegenheit – und da er den Tag nun einmal mit Calvados begonnen hatte – trank er an der Theke ein zweites Gläschen.

3
Das hartgekochte Ei

Maigret saß allein in seiner Ecke in der Brasserie Dauphine und aß zu Mittag. Das hatte etwas zu bedeuten, denn nichts Dringendes hinderte ihn daran, zu Hause zu essen. Wie gewöhnlich tranken mehrere Inspektoren vom Quai ihren Aperitif, und ihre Blicke folgten Maigret, als er auf seinen Tisch zuging. Er hatte immer denselben Platz in der Nähe eines der Fenster, von wo aus er auf die Seine blicken konnte. Die Inspektoren, die übrigens nicht zu seiner Abteilung gehörten, wechselten stumme Blicke. Wenn Maigret mit diesem schweren Schritt daherkam, diesen etwas vagen Blick hatte und eine Miene aufsetzte, die jedermann für einen Ausdruck schlechter Laune hielt, dann wußte jeder bei der Kriminalpolizei, was das bedeutete. Man lächelte zwar leise darüber, aber doch nicht respektlos, denn früher oder später endete es immer auf die gleiche Art: Ein Mann oder eine Frau gestanden ein Verbrechen.

»Ist der Kalbsbraten ›Marengo‹ gut?«

»Ja, gewiß, Monsieur Maigret.«

Unbewußt musterte Maigret den Kellner wie einen Verdächtigen.

»Ein Bier?«

»Eine halbe Flasche roten Bordeaux.«

Aus reinem Widerspruchsgeist bestellte er Wein. Hätte der Kellner ihm Wein angeboten, dann hätte er ein Bier verlangt.

Er war den ganzen Vormittag noch nicht im Büro gewesen. Er kam eben von Saimbron am Quai de la Mégisserie, und dieser Besuch hatte ihn ein wenig verwirrt.

Zuvor hatte er noch in der Wohnung von Monsieur Max Kaplan angerufen, wo man ihm mitteilte, daß dieser sich in seiner Villa in Antibes aufhalte und das Datum seiner Rückkehr nach Paris unbestimmt sei.

Die Eingangstür des Hauses am Quai de la Mégisserie lag zwischen zwei Vogelläden versteckt. Die Vogelbauer versperrten einen Großteil des Gehwegs.

»Monsieur Saimbron?« hatte er die Concierge gefragt.

»Ganz oben. Sie können es nicht verfehlen.«

Vergeblich hatte er nach einem Fahrstuhl gesucht. Es war keiner da, und er hatte die sechs Stockwerke zu Fuß hinaufsteigen müssen. Es war ein altes Haus mit düsteren, schmutzigen Wänden. Auf dem Treppenabsatz im obersten Stock brannte eine kleine Lampe, und links neben der Tür hing eine rot-schwarze Kordel, wie man sie manchmal an Morgenmänteln sieht. Maigret hatte daran gezogen und dadurch in der Wohnung ein kaum nennenswertes, sachtes Geräusch verursacht. Dann hatte er leise Schritte gehört, die Tür hatte sich geöffnet, und Maigret sah sich einem Mann mit einem regelrecht gespenstischen Gesicht gegenüber. Lang, bleich, knochig, mit einem mehrere Tage alten, farblosen Bart starrte es ihn aus tränenden Augen an.

»Monsieur Saimbron?«

»Der bin ich. Bitte treten Sie doch ein.«

Dieser schon recht kurze Satz wurde von einem hohlklingenden Husten unterbrochen.

»Entschuldigen Sie. Meine Bronchitis . . .«

In der Wohnung roch es ekelhaft modrig. Man hörte das Zischen eines Gasherdes, auf dem Wasser kochte.

»Kommissar Maigret von der Kriminalpolizei.«

»Ja. Ich dachte mir schon, daß Sie oder einer Ihrer Inspektoren vorbeikommen würden.«

Über den Tisch war eine blumenbestickte Tischdecke gebreitet, wie sie heute nur noch auf Flohmärkten zu finden ist. Darauf lag die Morgenzeitung, genau auf der Seite aufgeschlagen, wo in wenigen Zeilen über den Tod von Louis Thouret berichtet wurde.

»Wollten Sie gerade zu Mittag essen?« fragte Maigret, als sein Blick auf den Teller neben der Zeitung, das mit Wein gefüllte Wasserglas und ein Stück Brot fiel.

»Das hat noch Zeit.«

»Aber ich bitte Sie. Tun Sie, als wäre ich gar nicht da.«

»Jedenfalls ist mein Ei inzwischen hart.« Der alte Mann ging hinaus, um es zu holen. Das Zischen der Gasflamme verstummte.

»Setzen Sie sich, Herr Kommissar, und ziehen Sie lieber

Ihren Mantel aus. Wegen meiner Bronchitis muß ich übermäßig heizen.«

Er war wohl fast ebenso alt wie Mademoiselle Léones Mutter. Er hatte jedoch niemand, der sich um ihn kümmerte. Wahrscheinlich verirrte sich auch kein Besucher in diese Wohnung, deren einziger Luxus der Blick auf die Seine und den gegenüberliegenden Justizpalast und den Blumenmarkt war.

»Ist es lange her, seit Sie Monsieur Louis das letztemal gesehen haben?«

Das Gespräch hatte eine halbe Stunde gedauert, weil Monsieur Saimbron immer wieder von seinen Hustenanfällen unterbrochen wurde und außerdem sein Ei mit unglaublicher Bedächtigkeit verzehrte. Was hatte Maigret im Grunde erfahren? – Nichts, was er nicht schon von der Concierge in der Rue de Bondy oder von Léone wußte.

Auch für Saimbron war die Schließung der Firma Kaplan eine Katastrophe gewesen. Er hatte sich nicht mehr bemüht, eine neue Stellung zu finden. Er besaß einige Ersparnisse. Jahrelang hatte er geglaubt, daß sie für sein Alter ausreichen würden. Aber durch die Abwertungen war ihm buchstäblich gerade so viel geblieben, daß er nicht verhungern mußte. Und dieses gekochte Ei war wahrscheinlich die einzige feste Nahrung, die er am Tag zu sich nahm.

»Glücklicherweise wohne ich hier schon seit vierzig Jahren!«

Er war Witwer, hatte keine Kinder und auch sonst keine Verwandten. Als Louis Thouret zu ihm gekommen war, um sich Geld zu leihen, hatte er nicht einen Augenblick gezögert, es ihm zu geben.

»Er sagte mir, es ginge um Leben oder Tod, und ich spürte, daß es wahr war.«

Auch Mademoiselle Léone hatte ihm ja ihr Geld geliehen.

»Er hat es mir einige Monate später zurückgegeben.«

Aber war ihm während dieser Monate nicht einmal der Gedanke gekommen, daß Monsieur Louis nie wieder auftauchen könnte? Wie hätte er in diesem Fall sein tägliches Ei bezahlt?

»Kam er oft zu Ihnen?«

»Zwei- oder dreimal. Beim erstenmal brachte er mir das Geld und schenkte mir eine Meerschaumpfeife.«

Saimbron ging zu einem Regal, um die Pfeife zu holen. Sicher mußte er auch mit dem Tabak sparen.

»Ab wann haben Sie ihn nicht wiedergesehen?«

»Zum letztenmal sah ich ihn vor drei Wochen. Er saß auf einer Bank am Boulevard Bonne Nouvelle.«

Hatte auch für den Buchhalter das Viertel, in dem er sein ganzes Leben lang gearbeitet hatte, eine solche Anziehung, daß er hin und wieder dorthin pilgerte?

»Haben Sie mit ihm gesprochen?«

»Ich habe mich neben ihn gesetzt. Er wollte mich zu einem Gläschen in ein Lokal in der Nähe einladen, aber ich habe es abgelehnt. Und so haben wir beide da in der Sonne gesessen, geplaudert und die Passanten beobachtet.«

»Trug er gelbe Schuhe?«

»Das kann ich nicht sagen. Ich habe nicht auf seine Schuhe geachtet.«

»Hat er Ihnen nicht erzählt, was er tat?«

Monsieur Saimbron schüttelte den Kopf. Dieselbe Zurückhaltung wie bei Mademoiselle Léone. Maigret glaubte, den einen wie den anderen zu verstehen. Er begann für Monsieur Louis so etwas wie Sympathie zu empfinden, obwohl er ihn nicht gekannt und nur sein vom Tode überraschtes Gesicht gesehen hatte.

»Wie sind Sie auseinandergegangen?«

»Mir schien, daß jemand um die Bank herumstrich und ihm Zeichen gab.«

»Ein Mann?«

»Ja. Ein Mann in mittleren Jahren.«

»Was für eine Art Mann?«

»Einer der Typen, die man in jenem Viertel auf den Bänken sitzen sieht. Er nahm schließlich bei uns Platz, sprach uns jedoch nicht an. Ich bin dann gegangen, und als ich mich noch einmal umdrehte, unterhielten sich die beiden bereits.«

»Freundschaftlich?«

»Nach Streit sah es jedenfalls nicht aus.«

Das war alles. Maigret war die Treppen wieder hinuntergestiegen, hatte einen Augenblick überlegt, ob er nach Hause gehen sollte, und sich dann entschlossen, sein Stammlokal aufzusuchen.

Es war ein grauer Tag. Trübe floß die Seine dahin. Maigret trank zum Kaffee noch ein kleines Glas Calvados und ging dann in sein Büro, wo ihn schon ein ganzer Aktenberg erwartete. Kurz darauf wurde er von Coméliau, dem Untersuchungsrichter, am Telefon verlangt.

»Was halten Sie von dem Fall Thouret? Der Staatsanwalt hat mir heute früh die Untersuchung übertragen und mir mitgeteilt, daß Sie den Fall bearbeiten. Vorsätzlicher Raubmord, nehme ich an?«

Maigret antwortete nur mit einem Murmeln, das ebensogut ja wie nein bedeuten konnte.

»Die Familie fordert die Freigabe der Leiche. Ich wollte ohne Ihre Zustimmung nichts unternehmen. Benötigen Sie sie noch?«

»Hat Dr. Paul sie untersucht?«

»Er hat mir seinen Bericht eben telefonisch durchgesagt und wird ihn mir heute abend schriftlich geben. Das Messer hat die linke Herzkammer durchbohrt. Der Tod ist sozusagen auf der Stelle eingetreten.«

»Keine weiteren Spuren von Verletzungen oder Schlägen?«

»Nein, nichts.«

»Ich habe nichts dagegen, daß die Leiche freigegeben wird. Ich möchte aber, daß die Kleidungsstücke im Labor untersucht werden.«

»Gut. Halten Sie mich weiter auf dem laufenden.«

Untersuchungsrichter Coméliau war selten so freundlich. Wahrscheinlich lag es daran, daß die Presse von dem Fall kaum Notiz genommen hatte und daß er auf Raubmord tippte. Das interessierte ihn nicht, es interessierte niemanden.

Maigret schürte das Feuer im Ofen, stopfte sich seine Pfeife und vertiefte sich dann fast eine Stunde in seine Akten, machte hier eine Notiz, unterschrieb dort und führte zwischendurch einige belanglose Telefongespräche.

»Kann ich hereinkommen, Chef?«

Es war Santoni, geschniegelt und gestriegelt wie immer und wie gewöhnlich von einer Parfümwolke umgeben, auf Grund deren er sich von seinen Kollegen immer wieder die Bemerkung gefallen lassen mußte: »Du stinkst wie eine Hure!«

Santoni sagte aufgeregt: »Ich glaube, ich habe eine Spur entdeckt.«

Ohne sich aus der Ruhe bringen zu lassen, blickte Maigret ihn fragend an.

»Zunächst habe ich Ihnen zu berichten, daß der Laden Geber & Bachelier, in dem die Kleine arbeitet, sich mit Inkassoangelegenheiten beschäftigt. Keine bedeutenden Geschäfte. Sie kaufen lediglich aussichtslose Forderungen zu einem niedrigen Preis auf und treiben dann das Geld ein. Die Hauptarbeit wird nicht in den Büros, sondern außer Haus erledigt. Mademoiselle Thouret arbeitet nur vormittags in der Rue de Rivoli und macht jeden Nachmittag ihre Runde bei den Schuldnern.«

»Ich verstehe.«

»Meistens sind es kleine Leute, die sich immer wieder einschüchtern lassen und schließlich zahlen. Die Chefs habe ich nicht gesehen. In der Mittagspause habe ich mich so vor den Eingang der Büros gestellt, daß Mademoiselle Thouret mich nicht bemerken konnte. Ich wandte mich an eine ältere Angestellte, die ihrer Kollegin schon allein wegen des Altersunterschiedes nicht wohlgesonnen sein dürfte.«

»Das Ergebnis?«

»Unsere Monique hat einen kleinen Freund.«

»Hast du seinen Namen?«

»Ich komme noch darauf, Chef. Sie kennen sich seit ungefähr vier Monaten und essen jeden Mittag gemeinsam in einem Schnellrestaurant am Boulevard Sébastopol. Er ist noch sehr jung, erst neunzehn, und er arbeitet als Verkäufer in einer großen Buchhandlung am Boulevard Saint-Michel.«

Maigret spielte mit den Pfeifen auf seinem Schreibtisch und begann sich eine neue zu stopfen, obwohl er die alte noch nicht ausgeraucht hatte.

»Der junge Mann heißt Albert Jorisse. Ich wollte wissen,

wie er aussieht, und bin deshalb in das Schnellrestaurant gegangen. Das war vielleicht ein Gewühl dort! Schließlich habe ich Monique an einem Tisch entdeckt, sie war aber allein. Ich habe mich in eine andere Ecke gesetzt und sehr schlecht gegessen. Mademoiselle machte einen nervösen Eindruck und ließ die Tür nicht aus den Augen.«

»Ist er nicht gekommen?«

»Nein. Sie hat ihre Mahlzeit so lange wie möglich hinausgezögert. In diesen billigen Restaurants wird man in aller Eile bedient, und Leute, die so trödeln, sind nicht beliebt. So blieb ihr schließlich nichts anderes übrig, als ihren Platz zu räumen. Vor der Tür ist sie noch fast eine Viertelstunde lang auf und ab gegangen.«

»Und dann?«

»Sie war in Gedanken so mit dem jungen Mann beschäftigt, daß sie mich nicht bemerkte. Sie ging in Richtung Boulevard Saint-Michel, ich folgte ihr. Sie kennen doch die Buchhandlung dort an der Ecke, wo die Bücherkästen auf dem Gehsteig stehen?«

»Kenne ich.«

»Sie ist hineingegangen und hat sich an einen der Verkäufer gewandt, der sie zur Kasse schickte. Ich sah, wie sie dort lange verhandelte und immer enttäuschter dreinblickte. Schließlich verließ sie den Laden.«

»Bist du ihr nicht weiter nachgegangen?«

»Nein. Ich hielt es für besser, mich erst mal mit dem jungen Mann zu befassen. Ich bin darum in die Buchhandlung gegangen und habe den Geschäftsführer gefragt, ob er einen gewissen Albert Jorisse kenne. Er bejahte und teilte mir mit, daß der Junge nur vormittags arbeite. Mich erstaunte das, und er erklärte mir, daß dies bei ihnen üblich sei, da sie hauptsächlich Studenten beschäftigten, denen es nicht immer möglich ist, ganztags zu arbeiten.«

»Ist Jorisse Student?«

»Moment! Ich wollte wissen, wie lange er schon in der Buchhandlung tätig ist. Man mußte erst in den Büchern nachsehen. Seit etwas mehr als einem Jahr ist er dort beschäftigt. Anfangs kam er den ganzen Tag, dann, vor ungefähr drei Monaten, hat er ihnen mitgeteilt, daß er Jura studieren wolle und deshalb nur noch am Vormittag im Geschäft sein könne.«

»Hast du seine Adresse?«

»Er lebt bei seinen Eltern, in der Avenue de Châtillon, fast gegenüber der Montrouge-Kirche. Aber ich bin mit meinem Bericht noch nicht zu Ende. Albert Jorisse ist heute nicht in der Buchhandlung erschienen, was nur zwei- oder dreimal im Jahr vorgekommen ist. Er hat sonst jedesmal telefonisch Bescheid gesagt, heute aber nicht.«

»Hat er gestern gearbeitet?«

»Ja. Ich habe dann ein Taxi zur Avenue Châtillon genommen, weil ich mir dachte, daß Sie das interessieren würde. Seine Eltern sind biedere Leute. Die Wohnung liegt im dritten Stock. Sie ist sehr sauber. Die Mutter war gerade beim Bügeln.«

»Hast du ihr gesagt, daß du von der Polizei bist?«

»Nein. Ich habe ihr erzählt, ich sei ein Freund ihres Sohnes und müsse ihn dringend sprechen . . .«

»Hat sie dich in die Buchhandlung geschickt?«

»Sie haben es erraten! Sie ist völlig ahnungslos. Er ist heute morgen wie gewöhnlich um Viertel nach acht fortgegangen. Sie hat niemals etwas von einem Jurastudium gehört. Ihr Mann ist Angestellter in einer Textilgroßhandlung in der Rue de la Victoire. Sie haben kein Geld, um ihren Jungen studieren zu lassen.«

»Was hast du ihr daraufhin gesagt?«

»Ich habe vorgegeben, es sei wohl ein anderer Jorisse, den ich suchte, und habe sie gefragt, ob sie ein Foto von ihrem Sohn habe. Sie zeigte mir ein Bild auf dem Büfett im Eßzimmer. Sie ist eine gutmütige und arglose Frau. Sie hatte nur eine Sorge: nämlich ihr Bügeleisen nicht kalt werden zu lassen und die Wäsche nicht zu versengen. Ich habe ihr noch alles mögliche vorgeredet . . .«

Maigret sagte nichts, zeigte sich aber auch keineswegs begeistert. Santoni war noch nicht lange in seiner Abteilung, und alles, was er sagte, selbst der Ton, in dem er es hervorbrachte, entsprach so gar nicht der Art Maigrets und seiner Mitarbeiter.

»Als ich ging, habe ich, ohne daß sie es merkte . . .«

»Gib her«, sagte Maigret und streckte die Hand aus. Er wußte natürlich gleich, daß Santoni das Foto hatte mitgehen lassen. Es zeigte einen mageren jungen Mann mit nervösem Gesichtsausdruck und sehr langem Haar, den die Frauen bestimmt hübsch fanden und der das auch wußte.

»Ist das alles?«

»Nun, wir werden ja sehen, ob er heute abend nach Hause kommt.«

Maigret seufzte. »Ja, wir werden sehen.«

»Sind Sie nicht zufrieden?«

»Doch, doch.«

Was sollte es? Santoni würde sich schon noch machen, wie die anderen auch. Es war immer das gleiche, wenn er einen Inspektor von einer anderen Abteilung übernahm.

»Ich bin nur deshalb nicht dem Mädchen gefolgt, weil ich weiß, wo sie zu finden ist. Jeden Tag um halb sechs, spätestens Viertel vor sechs, kehrt sie in das Büro zurück, um die einkassierten Beträge abzuliefern und ihren Bericht zu machen. Soll ich hingehen?«

Maigret zögerte. Am liebsten hätte er ihm gesagt, er solle sich um die ganze Sache nicht mehr kümmern, aber das wäre ungerecht gewesen. Der Inspektor hatte immerhin sein Bestes getan.

»Vergewissere dich, ob sie ins Büro zurückkehrt, und dann, ob sie zum Bahnhof geht.«

»Vielleicht trifft sie ihren Liebsten?«

»Vielleicht. Wann kommt er gewöhnlich nach Hause?«

»Sie essen um sieben Uhr zu Abend. Er ist immer pünktlich da, selbst wenn er abends noch mal ausgeht.«

»Sie haben wohl kein Telefon?«

»Nein.«

»Die Concierge auch nicht?«

»Ich glaube nicht. Das ist kein Haus, wo man Telefon hat. Ich will gleich mal nachsehen.«

Er schlug in dem nach Straßen geordneten Telefonbuch nach.

»Geh nach halb acht dorthin und frag die Concierge. Laß mir das Foto hier.«

Da Santoni es nun einmal entwendet hatte, war es das einfachste, es zu behalten. Möglicherweise konnte es einem noch nützlich sein.

»Werden Sie im Büro sein?«

»Ich weiß nicht, wo ich sein werde. Halte auf jeden Fall Kontakt mit dem Quai.«

»Was soll ich inzwischen tun? Ich habe noch zwei Stunden Zeit, bevor ich in die Rue de Rivoli gehe.«

»Geh zum Einwohnermeldeamt. Vielleicht ist Louis Thouret dort gemeldet.«

»Glauben Sie, daß er ein Zimmer in der Stadt hatte?«

»Wo, meinst du, hat er wohl seine gelben Schuhe und seine bunte Krawatte gelassen, wenn er nach Hause fuhr?«

»Ja, natürlich.«

Vor gut zwei Stunden waren die Nachmittagszeitungen mit dem Bild Monsieur Louis' erschienen. Es war nur ein kleines, am Rand der Seite stehendes Foto mit dem Vermerk:

»Louis Thouret, der gestern nachmittag in einer Sackgasse am Boulevard Saint-Martin ermordet wurde. Die Polizei verfolgt eine Spur.«

Das letzte stimmte zwar nicht, aber die Zeitungen schmükken nun einmal alles gern aus. Es war übrigens merkwürdig, daß der Kommissar noch keinen einzigen Anruf bekommen hatte. Er war mehr oder weniger deshalb ins Büro zurückgekehrt, wo er nun die Zeit mit Routinearbeiten totschlug. In einem Fall wie diesem gibt es fast immer ein paar Leute, die das Opfer wiederzuerkennen glauben oder die einen Verdächtigen in der Nähe des Tatorts herumlungern sahen. Meistens halten diese Angaben einer Nachprüfung nicht stand; nichtsdestoweniger kam man durch sie auch schon mancher Wahrheit auf die Spur.

Seit drei Jahren verließ Monsieur Louis, wie seine ehemaligen Kollegen und die Concierge in der Rue de Bondy ihn nannten, jeden Morgen Juvisy mit dem gleichen Zug und kehrte abends mit dem gleichen Zug dorthin zurück. Sein Mittagessen nahm er in einer Wachstuchtasche mit, wie er es sein ganzes Leben lang getan hatte. Aber was machte er, wenn er an der Gare de Lyon ausgestiegen war? – Das blieb ein Geheimnis.

Außer in den ersten Monaten, in denen er sehr wahrscheinlich verzweifelt eine neue Stellung gesucht hatte. Wie so viele andere hatte sicher auch er vor den Türen der Zeitungshäuser Schlange gestanden, um sich sofort auf die kleinen Anzeigen zu stürzen. Hatte er vielleicht von Tür zu Tür versucht, Staubsauger zu verkaufen?

Jedenfalls hatte er keinen Erfolg gehabt, weil er sonst Mademoiselle Léone und den alten Buchhalter nicht angepumt hätte. Danach verlor man für einige Monate seine Spur. Er mußte nicht nur das bei Kaplan verdiente Gehalt auftreiben, sondern darüber hinaus auch noch das, was er seinen Gläubigern schuldete. In dieser Zeit war er jeden Abend, als wäre alles in bester Ordnung, nach Hause gefahren, mit der Miene eines Mannes, der wieder einen Arbeitstag in seinem Leben hinter sich gebracht hat. Seine Frau hatte nicht den geringsten Verdacht geschöpft, ebensowenig seine Tochter, seine Schwägerinnen oder Schwäger, die beide bei der Bahn arbeiteten.

Eines schönen Tages schließlich war er mit dem Geld, das er Mademoiselle Léone schuldete, sowie einem Geschenk für sie und Süßigkeiten für ihre alte Mutter in der Rue de Clignancourt aufgetaucht.

Nicht zu vergessen: mit gelben Schuhen!

Waren diese gelben Schuhe der Grund, weshalb sich Maigret für diesen Mann so besonders interessierte? Er wollte es sich nicht eingestehen. Auch er hatte jahrelang davon geträumt, Schuhe von solcher Farbe zu tragen. Sie waren damals große Mode gewesen, wie auch die kurzen Gummimäntel, die man »Windbeutel« nannte.

Eines Tages, ganz am Anfang seiner Ehe, hatte er beschlossen, sich gelbe Schuhe zu kaufen. Er war fast rot geworden, als er den Laden betrat. Übrigens war das gerade am Boulevard Saint-Martin gewesen, gegenüber dem Théâtre de l'Ambigu. Er hatte sie nicht gleich anzuziehen gewagt, und als er das Paket vor seiner Frau öffnete, hatte sie ihn seltsam lächelnd angeblickt. »Du willst die doch nicht etwa tragen?« hatte sie gesagt.

Er hatte sie nie angezogen. Madame Maigret hatte die Schuhe zurückgebracht unter dem Vorwand, daß sie ihn drückten.

Louis Thouret hatte sich ebenfalls gelbe Schuhe gekauft, und in Maigrets Augen hatte das etwas zu bedeuten.

Zunächst einmal bewies es, daß er sein häusliches Joch hatte abschütteln wollen – das hätte Maigret schwören können –, denn während der ganzen Zeit, in der Monsieur Louis diese besonderen Schuhe trug, mußte er sich als freier Mann gefühlt haben. Das bedeutete, daß seine Frau, seine Schwägerinnen und Schwäger erst wieder in sein Leben traten, wenn er die schwarzen Schuhe wieder angezogen hatte. Und es gab auch noch einen anderen Grund: An dem Tag, als Maigret sich die gelben Schuhe gekauft hatte, hatte der Kommissar vom Quartier Saint-Georges, wo er damals arbeitete, ihm mitgeteilt, daß sein Gehalt um zehn Francs monatlich erhöht worden sei – und damals war der Franc mehr wert als heute. Auch Monsieur Louis mußte sich plötzlich als reicher Mann gefühlt haben. Er hatte dem alten Buchhalter eine Meerschaumpfeife geschenkt und seinen beiden Gläubigern, die ihm vertraut hatten, alles zurückbezahlt. Von nun an stand einem Besuch bei ihnen, vor allem bei Mademoiselle Léone, nichts mehr im Wege. Und plötzlich ließ er sich auch wieder bei der Concierge in der Rue de Bondy blicken. Warum hatte er ihnen nichts von seiner neuen Tätigkeit verraten?

Nur durch einen Zufall hatte ihn die Concierge eines Morgens um elf Uhr auf einer Bank am Boulevard Saint-Martin gesehen. Sie hatte ihn nicht angesprochen, hatte einen Umweg gemacht, um nicht von ihm bemerkt zu werden. Maigret verstand sie. Was sie ärgerte, war die Bank. Ein Mann wie Monsieur Louis, der sein ganzes Leben lang zehn Stunden täglich gearbeitet hat und den man dann faulenzend auf einer Bank sitzen sieht! Und nicht etwa an einem Sonntag! Nicht nach Feierabend! Nein, um elf Uhr vormittags, wo in allen Büros und Geschäften emsig gearbeitet wird. Und Monsieur Saimbron hatte ebenfalls erst vor kurzem seinen früheren Kollegen auf einer Bank sitzen sehen. Diesmal am Boulevard Bonne Nouvelle, nur wenige Schritte vom Boulevard Saint-Martin und der Rue de Bondy. Es war nachmittags gewesen, und so hatte Monsieur Saimbron – im Gegensatz zu der Concierge – nichts Seltsames daran gefunden. Vielleicht hatte Louis Thouret ihn auch zuerst bemerkt.

War der ehemalige Lagerverwalter mit jemandem verabredet gewesen? Wer war dieser Mann, der um die Bank herumgestrichen war und nur auf ein Zeichen zu warten schien, um sich ebenfalls dort hinzusetzen? Monsieur Saimbron hatte ihn nicht beschreiben können, hatte sich ihn wohl nicht genauer angesehen. Trotzdem war es aufschlußreich genug, als er sagte: »Einer der Typen, die man in jenem Viertel auf den Bänken sitzen sieht.«

Eines dieser Individuen ohne bestimmten Beruf, die stundenlang auf den Bänken der Boulevards sitzen und ihre Blicke über die Vorübergehenden schweifen lassen. Die »Bankhocker« im Quartier Saint-Martin unterscheiden sich gänzlich von denen, die man auf bestimmten Plätzen oder in bestimmten Anlagen, wie zum Beispiel dem Park Montsouris, sitzen sieht, bei denen es sich meist um Rentner aus der Gegend handelt. Diese Rentner verirren sich nicht an den Boulevard Saint-Martin, sie gehen höchstens dorthin, um sich in ein Terrassencafé zu setzen, aber nicht, um sich dort auf den Bänken niederzulassen.

Einerseits die gelben Schuhe, andererseits die Bank – dies beides wollte sich in Maigrets Kopf nicht recht zusammenfügen.

Und dann vor allem die Tatsache, daß Monsieur Louis an einem trüben, regnerischen Nachmittag gegen halb fünf offensichtlich völlig unnötigerweise in eine Sackgasse gegangen war, wobei ihm jemand leise folgen und ihm, kaum zehn Meter von der belebten Straße entfernt, ein Messer in den Rücken jagen konnte.

Das Foto war in den Zeitungen erschienen, aber niemand rief an. Maigret schrieb weiter an seinen Berichten, unterzeichnete behördliche Formulare. Vor den Fenstern nahm die Dämmerung unaufhörlich zu. Es war schon fast dunkel. Er mußte seine Lampe anknipsen, und als er sah, daß der Zeiger der Uhr über dem Kamin auf die Drei zurückte, stand er auf und nahm seinen dicken Mantel vom Haken.

Bevor er ging, öffnete er die Tür zum Raum der Inspektoren.

»Ich bin in ein oder zwei Stunden wieder hier.«

Es lohnte sich nicht, einen Polizeiwagen zu nehmen. Er ging bis zum Ende des Quais und sprang dort auf die Plattform eines Autobusses, den er ein paar Minuten später an der Ecke des Boulevard Sébastopol wieder verließ.

Gestern um diese Zeit hatte Louis Thouret noch gelebt. Er war, wie Maigret jetzt, hier durch die Gegend gestreift und hatte genug Zeit und Muße gehabt, bevor er die gelben Schuhe gegen die schwarzen eintauschen und zur Gare de Lyon gehen mußte, um nach Juvisy zurückzufahren.

Auf den Gehsteigen herrschte ein großes Gedränge. An jeder Kreuzung mußte man eine ganze Weile warten, ehe man die Straße überqueren konnte; so bildete sich jedesmal eine ganze Traube von Menschen, die, sobald die Ampel auf Grün stand, vorwärts stürzte.

Auf dem Gehsteig gegenüber, am Boulevard Bonne Nouvelle, bemerkte Maigret eine Bank und dachte dabei: Das könnte sie sein. Sie war unbesetzt. Schon von weitem konnte man ein Stück zerknittertes, fettiges Papier erkennen, in dem – Maigret hätte es schwören mögen – Wurst eingewickelt gewesen war.

An der Ecke der Rue Saint-Martin gingen Straßenmädchen auf und ab. Andere saßen in einer kleinen Bar, wo vier Männer an einem runden Tisch Karten spielten. An der Theke erspähte Maigret eine vertraute Gestalt: Inspektor Neveu. Er hielt inne und wartete, daß er herauskam. Eine der Frauen glaubte, er sei ihretwegen stehengeblieben, und er schüttelte abweisend den Kopf.

Wenn Neveu sich hier herumtrieb, dann hatte er die Mädchen bestimmt schon ausgefragt. Er war aus diesem Viertel und kannte sie alle.

»Wie steht's?« fragte Maigret, als Neveu zu ihm trat.

»Sie sind auch hier?«

»Bloß ein kleiner Rundgang.«

»Ich laufe hier schon seit acht Uhr heute morgen herum. Ich habe schon mindestens fünfhundert Leute vernommen.«

»Hast du das Lokal gefunden, wo er immer zu Mittag aß?«

»Woher wissen Sie das?«

»Ich vermute, daß er mittags hier im Viertel gegessen hat, und er war der Typ, der immer ins gleiche Lokal geht.«

»Dort drüben«, sagte Neveu und deutete auf ein gemütlich wirkendes Restaurant. »Er hatte dort seine eigene Serviette mit Ring.«

»Was sagen sie dort?«

»Die Kellnerin, die ihn immer bediente – er setzte sich stets an den gleichen Tisch im Hintergrund, nicht weit von der Theke –, ist eine wahre Walküre mit Haaren am Kinn. Wissen Sie, wie sie ihn nannte?«

Wie sollte der Kommissar das wissen?

»Ihren kleinen Freund ... Sie hat es mir selbst verraten. ›Nun, mein kleiner Freund, was möchten Sie heute essen?‹ Sie behauptet, er habe das gern gehört. Er sprach über dieses und jenes mit ihr. Er hat ihr nie den Hof gemacht. Die Kellnerinnen in dem Restaurant haben nachmittags immer zwei Stunden frei, und wenn sie gegen drei Uhr das Lokal verließ, hat sie Monsieur Louis mehrmals auf einer Bank sitzen sehen. Er winkte ihr dann immer zu, und eines Tages sagte sie zu ihm: ›Na, mein kleiner Freund, Sie brauchen sich wohl nicht abzurackern?‹ Er erwiderte darauf, er arbeite nachts.«

»Hat sie es geglaubt?«

»Ja. Und es schien, daß sie ihn sehr gern hatte.«

»Hat sie die Nachricht in der Zeitung gelesen?«

»Nein, sie hat es von mir erfahren. Sie wollte es erst gar nicht glauben. Es ist kein teures Restaurant, aber auch keine dieser Schnellgaststätten. Jeden Mittag leistete sich Monsieur Louis sein halbes Fläschchen Wein.«

»Haben ihn auch andere Leute hier im Viertel gekannt?«

»Bis jetzt habe ich etwa ein Dutzend gefunden. Eines der Straßenmädchen sah ihn fast jeden Tag. Als sie ihn das erstemal traf, wollte sie ihn zum Mitgehen bewegen. Aber er winkte höflich ab, nicht so von oben herab wie andere, und seitdem fragte sie ihn jedesmal, wenn sie ihm begegnete: ›Nun, wie wär's heute?‹ Daran hatten beide ihren Spaß. Wenn sie dann mit einem Freier davonging, blinzelte er ihr verständnisvoll zu.«

»Hat er niemals eines der Mädchen begleitet?«

»Nein.«

»Haben sie ihn nie mit einer Frau gesehen?«

»Sie nicht, aber einer der Verkäufer des Juweliergeschäftes.«

»Das Juweliergeschäft, in dessen Nähe er ermordet worden ist?«

»Ja. Als ich den Verkäufern das Foto zeigte, hat ihn einer wiedererkannt. ›Das ist ja der Mann, der vorige Woche einen Ring gekauft hat!‹ hat er gerufen.«

»War Monsieur Louis mit einer jungen Frau zusammen?«

»Sie war nicht mehr besonders jung. Der Verkäufer hat sie nicht weiter beachtet, weil er die beiden für ein Ehepaar hielt. Er hat lediglich bemerkt, daß sie einen Silberfuchs um den Hals und einen Anhänger in Form eines vierblättrigen Kleeblatts trug. ›Wir verkaufen nämlich genau dieselben Anhänger‹, sagte er mir.«

»War der Ring wertvoll?«

»Vergoldet, mit einem unechten Brillanten.«

»Haben sie in dem Laden miteinander geredet?«

»Sie haben wie Mann und Frau gesprochen. Nichts sonderlich Interessantes. Er kann sich jedenfalls an die einzelnen Worte nicht mehr erinnern.«

»Würde er sie wiedererkennen?«

»Nicht mit Bestimmtheit. Sie war schwarz gekleidet und trug Handschuhe. Nach dem Anprobieren des Ringes ließ sie einen Handschuh auf dem Ladentisch liegen. Monsieur Louis kam dann noch einmal zurück, um ihn zu holen, während sie an der Tür auf ihn wartete. Sie ist übrigens größer als er. Draußen nahm er ihren Arm, und sie gingen in Richtung Place de la République davon.«

»Ist das alles?«

»Ja. Es braucht eben seine Zeit. Ich hatte weiter oben in der Rue Montmartre begonnen, aber dort gab es gar nichts zu erfahren. Das heißt, kennen Sie die Waffelverkäufer in der Rue de la Lune?«

Dort wurden auf der Straße, in kleinen, offenen Buden wie auf dem Jahrmarkt, Waffeln gebacken, und schon an der Straßenecke schlug einem der süße Duft entgegen.

»Die erinnern sich genau an ihn. Er holte sich ziemlich

oft Waffeln, immer drei Stück, aß sie aber nicht gleich, sondern nahm sie mit.«

Es waren Riesenwaffeln, das Reklameschild pries sie als die größten von Paris, und es war darum unwahrscheinlich, daß der kleine Monsieur Louis nach einem üppigen Mittagsmahl drei davon hätte verzehren können. Aber er war auch nicht der Typ, der sich auf eine Bank setzt und Waffeln ißt. Teilte er sie mit der Frau, der er den Ring gekauft hatte? In diesem Fall mußte sie ganz in der Nähe wohnen. Oder waren sie am Ende für den Mann bestimmt, mit dem ihn Monsieur Saimbron gesehen hatte?

»Soll ich weiterforschen?«

»Aber natürlich«, erwiderte Maigret, obwohl er dabei einen leichten Stich im Herz verspürte. Er hätte sich am liebsten selbst darum gekümmert, wie damals, als er noch einfacher Inspektor war.

»Wohin gehen Sie jetzt, Chef?«

»Ich will noch einmal einen Blick in die Sackgasse werfen.«

Er erhoffte sich nichts davon. Er wollte nur, weil er kaum hundert Meter davon entfernt war, den Ort noch einmal sehen, wo Monsieur Louis ermordet worden war. Ungefähr zu dieser Stunde war es geschehen. Aber heute war es nicht neblig. Trotzdem war es in der Sackgasse stockfinster. Man sah überhaupt nichts, weil das grelle Licht des Juwelierladens blendete.

Die Erwähnung der Waffeln hatte in Maigret Erinnerungen an den Jahrmarkt geweckt, und einen Augenblick lang dachte er daran, daß Thouret in der Sackgasse vielleicht ein kleines Geschäft hatte verrichten wollen. Aber eine Toilette, die sich genau gegenüber befand, machte diesen Gedanken wenig plausibel.

»Wenn ich nur die Frau auftreiben könnte«, seufzte Neveu, dem vom vielen Laufen schon die Füße weh taten.

Maigret dagegen interessierte mehr der Mann, der sich nach einer stummen Frage, ob es erlaubt sei, neben Monsieur Louis auf der Bank niedergelassen hatte, während sich dieser gerade mit dem Buchhalter unterhielt. Deshalb beobachtete der Kommissar jetzt eine Bank nach der anderen.

Auf einer saß ein alter Clochard mit einer halbvollen Literflasche Rotwein neben sich; der konnte es auf keinen Fall sein. Monsieur Saimbron hätte gesagt: Ein Clochard.

Auf einer anderen Bank saß eine dicke Frau aus der Provinz und nutzte die Zeit, in der ihr Mann in der Toilette verschwunden war, um ihre müden, geschwollenen Beine auszuruhen.

»An deiner Stelle würde ich mich mehr für die Leute auf den Bänken als für die Geschäfte interessieren.«

Maigret hatte am Anfang seiner Laufbahn oft genug die Runde gemacht, um zu wissen, daß jede Bank sozusagen ihre Stammgäste hat, die sich immer zur selben Zeit einfinden. Von den Passanten werden sie kaum beachtet. Selten wirft man mal einen Blick auf die Leute, die auf den Bänken sitzen. Diese aber kennen sich alle untereinander.

Hatte nicht Madame Maigret einmal, als sie sich auf einer Bank am Square d'Anvers mit der Mutter eines kleinen Jungen unterhielt – sie war zum Zahnarzt bestellt, aber es war noch zu früh, und sie hatte sich deshalb für eine Weile hingesetzt –, ganz zufällig die Spur eines Mörders entdeckt?

»Soll ich eine Razzia machen?«

»Bloß nicht! Setz dich auf die Bänke und schließe Bekanntschaften.«

»Gut, Chef«, seufzte Neveu, den diese Aussicht wenig begeisterte. Er wäre dann doch lieber weiter herumgelaufen. Er ahnte nicht, daß der Kommissar nur zu gern an seiner Stelle gewesen wäre.

4

Die Beerdigung im Regen

Am nächsten Tag, einem Mittwoch, mußte Maigret als Zeuge vor dem Schwurgericht erscheinen. Dadurch ging der größte Teil des Nachmittags verloren. Stundenlang mußte er mit den anderen Zeugen in einem kahlen Raum warten. Niemand hatte daran gedacht, die Heizung aufzudrehen, und man erstarrte allmählich zu Eis. Dann, als die Heizung endlich lief, war es nach zehn Minuten erstickend heiß, und ein starker Geruch von ungewaschenen Körpern und nie gelüfteten Kleidern verpestete die Luft.

Man verhandelte gegen einen gewissen René Lecœur, der vor sieben Monaten seine Tante mit einer Flasche erschlagen hatte. Er war erst zweiundzwanzig Jahre alt, hatte den Körper eines Athleten und das Gesicht eines ungezogenen Schuljungen.

Warum werden die Säle im Justizpalast nicht besser beleuchtet, wo sie so schon düster genug sind?

Maigret verließ das Gerichtsgebäude ziemlich verärgert. Ein junger Anwalt, der von sich reden zu machen begann, vor allem durch seine Aggressivität, attackierte die Zeugen nacheinander aufs heftigste.

Durch Maigrets Vernehmung versuchte er zu beweisen, daß der Angeklagte nur wegen der schlechten Behandlung am Quai des Orfèvres gestanden hätte, was aber nicht stimmte. Und nicht nur äußerte der Anwalt damit eine falsche Behauptung, er wußte sogar selbst, daß sie nicht stimmte.

»Vielleicht sagt uns der Zeuge, wieviel Stunden das erste Verhör meines Klienten gedauert hat?«

Der Kommissar war auf diese Frage gefaßt. »Siebzehn Stunden.«

»Ohne Essen?«

»Lecœur lehnte die angebotenen Sandwiches ab.«

Der Anwalt schien zu den Geschworenen sagen zu wollen: Messieurs, da sehen Sie's! Siebzehn Stunden ohne Essen!

Dabei hatte Maigret selber in der ganzen Zeit nur zwei Brötchen gegessen, und er hatte niemand ermordet!

»Gibt der Zeuge zu, am 7. März, nachts um drei Uhr, den Angeklagten geschlagen zu haben, obwohl dieser ihn in keiner Weise provoziert hatte und zudem noch Handschellen trug?«

»Nein.«

»Der Zeuge bestreitet, ihn geschlagen zu haben?«

»Zu einem gewissen Zeitpunkt habe ich ihm eine Ohrfeige gegeben, so wie ich sie meinem eigenen Sohn gegeben hätte.«

Der Anwalt hatte unrecht. So durfte er die Sache nicht angehen. Aber der war nur auf die Wirkung bei den Zuhörern und die Berichte in den Zeitungen bedacht. Und dann wandte er sich, gegen alle Regeln, direkt an Maigret, fragte, freundlich und bissig zugleich: »Haben Sie einen Sohn, Kommissar Maigret?«

»Nein.«

»Sie haben keine Kinder? . . . Verzeihung? . . . Ich habe Ihre Antwort nicht verstanden.«

Der Kommissar hatte laut wiederholen müssen, daß sein einziges Kind, ein Mädchen, tot geboren worden war. Damit war seine Vernehmung beendet. Er hatte den Gerichtssaal verlassen, in der Kantine des Justizpalastes ein Bier getrunken und war dann in sein Büro zurückgekehrt.

Lucas, der eben eine seit vierzehn Tagen laufende Untersuchung abgeschlossen hatte, war jetzt mit dem Fall Thouret beschäftigt.

»Nichts Neues über den jungen Jorisse?«

»Immer noch nichts.«

Monique Thourets Freund war am Abend vorher nicht nach Hause gekommen. Vormittags war er nicht in der Buchhandlung erschienen, hatte sich auch mittags in dem Schnellrestaurant am Boulevard Sébastopol nicht gezeigt, wo er gewöhnlich mit dem jungen Mädchen aß.

Lucas leitete die Suche nach Jorisse; er war in ständigem Kontakt mit den Bahnhöfen, den Gendarmerien und den Grenzposten.

Janvier und vier seiner Kollegen fahndeten weiter in allen Eisenwarengeschäften nach dem Verkäufer des Messers.

»Hat Neveu nicht angerufen?«

Maigret hätte schon viel eher im Büro zurück sein sollen.

»Vor einer halben Stunde. Er wird gegen sechs Uhr noch einmal anrufen.« Maigret fühlte sich ein wenig erschöpft. Das Bild René Lecœurs auf der Anklagebank verfolgte ihn. Ebenso die Stimme des Anwalts, die starr dasitzenden Richter und die in dem trüben Licht des dunkel getäfelten Saales dichtgedrängten Zuschauer. Das ging ihn doch alles nichts an! Wenn die Kripo einen Täter dem Untersuchungsrichter übergeben hatte, dann war die Rolle des Kommissars beendet. Leider verliefen die Dinge nicht immer so, wie er es wünschte. Er wußte auch diesmal nur zu gut, was geschehen würde. Und wenn das seine Sache gewesen wäre ...

»Hat Lapointe nichts gefunden?«

Jeder hatte seine bestimmte Aufgabe zugeteilt bekommen. Der kleine Lapointe ging vom Boulevard Saint-Martin aus in einem immer größeren Umkreis von einer Zimmervermieterin zur anderen. Irgendwo mußte Monsieur Louis seine Schuhe ja gewechselt haben. Entweder er hatte ein eigenes Zimmer, oder er benutzte die Wohnung eines Bekannten, vielleicht die jener Frau mit dem Silberfuchs, die sich wie seine legitime Ehefrau benommen und der er einen Ring gekauft hatte.

Santoni behielt weiter Monique im Auge, weil er hoffte, daß Albert Jorisse versuchen würde, mit ihr Verbindung aufzunehmen oder ihr wenigstens Nachricht von sich zu geben.

Die Familie hatte am Tag zuvor die Leiche durch ein Beerdigungsinstitut abholen lassen. Das Begräbnis war für den nächsten Tag angesetzt.

Maigret hatte wieder einen Berg Akten vor sich, mußte eine Menge Schriftstücke unterschreiben, unwichtige Telefonate über sich ergehen lassen. Seltsamerweise hatte kein Mensch wegen Monsieur Louis angerufen, geschrieben oder sich persönlich eingefunden. Es war, als hätte sein Tod keine Spur hinterlassen.

»Hallo! Maigret am Apparat.«

Der Kommissar erkannte Neveus Stimme, der sich offenbar in einem Bistro befand, denn im Hintergrund hörte man Radiomusik.

»Immer noch nichts Bestimmtes, Chef. Ich habe noch drei Leute gefunden, die den halben Tag auf den Bänken an den Boulevards sitzen und sich an ihn erinnern. Darunter auch eine alte Frau. Sie sagen alle das gleiche: Er war sehr liebenswürdig, höflich zu jedem, immer zu einer Unterhaltung bereit. Wie die alte Frau erklärte, ging er gewöhnlich in Richtung der Place de la République davon, doch in der Menge hat sie ihn immer bald aus den Augen verloren.«

»Hat sie ihn nicht mit jemandem zusammen gesehen?«

»Nein, sie nicht. Aber ein Clochard sagte mir, daß Thouret jemand erwartete und daß er, als der Mann kam, mit ihm fortgegangen sei. Er konnte ihn mir aber nicht beschreiben und wiederholte nur dauernd: ›Ein Typ, wie man sie massenweise sieht.‹«

»Mach weiter«, seufzte Maigret.

Dann rief er seine Frau an, um ihr zu sagen, daß er etwas später nach Hause kommen würde, ging hinunter, stieg ins Auto und ließ sich nach Juvisy fahren.

Es war windig. Die Wolken hingen tief und zogen schnell vorbei; ein Bild, wie es sich bei aufziehendem Sturm an der Meeresküste zeigt.

Nur mühsam fand der Chauffeur die Rue des Peupliers wieder. Diesmal brannte nicht nur in der Küche, sondern auch in einem Zimmer im ersten Stock Licht.

Die Klingel funktionierte nicht, man hatte sie wegen des Trauerfalls abgestellt. Aber jemand hatte Maigret kommen hören, denn die Tür öffnete sich einen Spalt breit. Maigret erblickte eine ihm unbekannte Frau, die vier oder fünf Jahre älter war als Madame Thouret und ihr ziemlich ähnlich sah.

»Kommissar Maigret«, stellte er sich vor.

Zur Küche gewandt, rief sie daraufhin: »Emilie!«

»Ich hab schon gehört! Laß ihn herein!«

Man empfing ihn in der Küche, denn im Eßzimmer lag der Tote aufgebahrt. In dem engen Flur roch es stark nach Blumen und Kerzen. Mehrere Personen saßen bei einer kalten Mahlzeit um den Küchentisch herum.

»Verzeihen Sie, daß ich störe.«

»Darf ich Ihnen meinen Schwager, Monsieur Magnin, vorstellen? Er ist Kontrolleur bei der Bahn.«

»Angenehm.«

Magnin wirkte feierlich und etwas stupide. Er hatte einen roten Schnurrbart und einen herausspringenden Adamsapfel.

»Meine Schwester Céline kennen Sie schon. Dies hier ist Hortense . . .« Die vielen Menschen hatten in dem winzigen Raum kaum Platz. Nur Monique hatte sich nicht von ihrem Stuhl erhoben. Sie blickte den Kommissar starr an. Sie schien zu glauben, daß er ihretwegen gekommen war, um sie über Albert Jorisse auszufragen. Wie gelähmt vor Angst saß sie da.

»Mein Schwager Landin, Hortenses Mann, kommt heute nacht mit dem ›Blauen Zug‹ zurück. Er wird gerade noch rechtzeitig zur Beerdigung eintreffen. Wollen Sie nicht Platz nehmen?«

Maigret schüttelte den Kopf.

»Möchten Sie ihn vielleicht sehen?«

Sie legte Wert darauf, ihm zu zeigen, wie prächtig man alles arrangiert hatte. Er folgte ihr in das Nachbarzimmer, wo Louis Thouret im offenen Sarg lag. Sehr leise sagte sie: »Sieht er nicht aus, als ob er schliefe?«

Maigret wußte, was sich gehörte: er tauchte einen Buchsbaumzweig ins Weihwasser, bekreuzigte sich, bewegte leise die Lippen und bekreuzigte sich von neuem.

»Er hat seinen Tod nicht gespürt...« Und sie fügte hinzu: »Er hat das Leben so geliebt!«

Sie verließen den Raum auf Zehenspitzen. Sie schloß die Tür hinter sich. Die anderen warteten darauf, daß Maigret wieder ging, um weiteressen zu können.

»Werden Sie an dem Begräbnis teilnehmen, Herr Kommissar?«

»Ja, ich werde da sein. Deshalb bin ich ja gekommen.«

Monique saß immer noch bewegungslos, aber bei diesen Worten schien ihr ein Stein vom Herzen zu fallen. Maigret beachtete sie gar nicht, und sie wagte sich nicht zu rühren, als ob sie schon damit das Schicksal beschwören könnte.

»Im Gegensatz zu mir kennen Sie und Ihre Schwestern vermutlich die meisten Trauergäste, die bei der Beerdigung dabeisein werden.«

»Ich verstehe!« rief der Schwager Magnin, als hätten Maigret und er die gleichen Gedanken gehabt. Und zu den anderen gewandt, schien er sagen zu wollen: Ihr werdet es schon sehen!

»Ich möchte Sie nur darum bitten, mich aufmerksam zu machen, falls jemand anwesend ist, der Ihrer Meinung nach dort eigentlich nichts zu suchen hat.«

»Glauben Sie, daß der Mörder kommen wird?«

»Nicht unbedingt der Mörder. Ich will nur auf keinen Fall etwas versäumen. Sie dürfen nicht vergessen, daß uns das

Leben Ihres Mannes in den letzten drei Jahren zum Teil unbekannt ist.«

»Denken Sie an eine Frau?«

Nicht nur in ihrem Gesicht, sondern auch in denen ihrer Schwestern zeigte sich plötzlich ein harter Ausdruck.

»Ich denke an nichts Bestimmtes. Ich bin auf der Suche. Wenn Sie mir also morgen ein Zeichen geben, werde ich sofort wissen, was es bedeutet.«

»Irgend jemand, den wir nicht kennen?«

Er nickte, entschuldigte sich noch einmal für die Störung und wurde von Magnin zur Tür geleitet.

»Verfolgen Sie eine Spur?« fragte ihn dieser, von Mann zu Mann, so wie man mit dem Arzt spricht, der eben von seinem Patienten kommt.

»Nein.«

»Nicht die geringste Vermutung?«

»Nicht die geringste. Guten Abend.«

Dieser Besuch hatte ihn nicht von dem Druck zu befreien vermocht, der ihm auf den Schultern lastete, seit er auf seine Vernehmung im Prozeß Lecœur gewartet hatte. Auf der Rückfahrt nach Paris mußte er an etwas denken, was mit diesem ganzen Fall eigentlich nichts zu tun hatte.

Als er mit zwanzig Jahren in die Hauptstadt gekommen war, hatte ihn am stärksten das pulsierende Leben der Großstadt beeindruckt, dieses unaufhörliche Jagen Hunderttausender nach irgend etwas. An einigen gleichsam strategischen Punkten war dieses Pulsieren stärker spürbar als anderswo, zum Beispiel in den Markthallen, auf der Place Clichy, an der Bastille und auf dem Boulevard Saint-Martin, wo Monsieur Louis ermordet worden war. Was ihn damals erschüttert und mit einer romantischen Unruhe erfüllt hatte, waren jene Menschen in dieser sich ewig bewegenden Masse, die den Halt verloren hatten, die Entmutigten, Geschlagenen, Gescheiterten, die hilflos ihrem Untergang entgegentrieben.

Inzwischen hatte er sie längst durchschaut, und sie konnten ihn nicht mehr beeindrucken. Heute interessierte er sich mehr für jene, die eine Stufe höher standen: für die Anständigen, Ordentlichen, Unromantischen, die Tag für Tag darum kämpften, oben zu bleiben, oder sich der Illusion, dem Glauben hingaben, daß sie wirklich lebten, daß das Leben lebenswert war.

Fünfundzwanzig Jahre lang hatte Monsieur Louis jeden Morgen denselben Zug genommen, hatte mit denselben Leuten im Abteil gesessen, die Wachstuchtasche unter dem Arm. Und am Abend war er in das »Haus der drei Schwestern« zurückgekehrt, wie es Maigret am liebsten bezeichnet hätte, denn Céline und Hortense waren, auch wenn sie in anderen Straßen wohnten, immer gegenwärtig, und die drei Frauen versperrten jeden Blick in die Weite wie eine hohe Steinmauer.

»Zum Büro, Chef?«

»Nein, nach Hause.«

An diesem Abend führte er Madame Maigret wie gewöhnlich in das Kino am Boulevard Bonne Nouvelle. Zweimal gingen sie Arm in Arm an der Sackgasse am Boulevard Saint-Martin vorüber.

»Hast du schlechte Laune?«

»Nein.«

»Du hast den ganzen Abend noch kein Wort gesagt.«

»Das habe ich selber gar nicht gemerkt.«

In der Nacht, um drei oder vier Uhr, begann es zu regnen, und Maigret hörte im Schlaf das Wasser in die Dachrinnen stürzen. Als er beim Frühstück saß, goß es draußen wie aus Kübeln. Dazu stürmte es so, daß die Leute auf der Straße verzweifelt ihre Schirme festhielten, die jeden Augenblick umzuschlagen drohten.

»Ein richtiges Allerheiligenwetter«, bemerkte Madame Maigret.

Der Kommissar hätte nicht sagen können, warum, aber in seiner Erinnerung war es an Allerheiligen immer grau, windig und kalt gewesen, aber es hatte nie geregnet.

»Hast du viel Arbeit?«

»Ich weiß es noch nicht.«

»Du solltest deine Gummischuhe anziehen.«

Er tat es. Doch bevor er ein Taxi gefunden hatte, war er an den Schultern völlig durchnäßt, und im Wagen rann ihm das kalte Wasser vom Hut.

»Quai des Orfèvres.«

Die Beerdigung war um zehn Uhr. Er ging einen Augenblick in das Büro des Chefs, ohne aber bis zum Ende des Rapports zu bleiben. Er wartete auf Neveu, der ihn abholen sollte. Er wollte ihn auf alle Fälle mitnehmen, denn der Inspektor kannte mittlerweile viele Gesichter im Quartier Saint-Martin, und Maigret hatte da so seine Gedanken.

»Noch keine Nachricht von Jorisse?« fragte er Lucas.

Ohne besonderen Grund war er davon überzeugt, daß der junge Mann Paris nicht verlassen hatte.

»Du solltest eine Liste seiner Freunde aufstellen, mit denen er in den letzten Jahren verkehrt hat.«

»Ich bin schon dabei.«

»Mach weiter damit.«

Er nahm Neveu mit, der, ebenso durchnäßt wie er selbst, in der Tür erschienen war.

»Schönes Wetter für eine Beerdigung«, brummte der Inspektor. »Hoffentlich fahren sie mit Autos.«

»Sicherlich nicht.«

Zehn Minuten vor zehn erreichten sie das Trauerhaus, wo man schwarze Tücher mit silbernen Troddeln vor die Tür gehängt hatte. Leute mit aufgespannten Regenschirmen standen auf dem ungepflasterten Gehsteig, dessen lehmiger Boden vom Regen so aufgeweicht war, daß sich überall Vertiefungen bildeten. Ein paar Leute gingen in das Haus, verweilten einen Augenblick an der Bahre und kamen dann mit ernsten, feierlichen Gesichtern wieder heraus – in dem stolzen Bewußtsein, ihre Pflicht getan zu haben. Wohl etwa fünfzig Personen waren vor dem Haus versammelt. Andere hatten in den Eingängen der Nachbarhäuser Schutz vor dem Regen gesucht, und wieder andere spähten aus den Fenstern, um sich erst im letzten Augenblick dem Trauerzug anzuschließen.

»Gehen Sie nicht hinein, Chef?«

»Ich war gestern schon hier.«

»Es scheint da drin nicht besonders gemütlich zu sein.«

Es war offensichtlich, daß Neveu damit nicht die traurige Atmosphäre dieses Tages, sondern das Haus überhaupt meinte. Dennoch träumten Tausende davon, solch ein eigenes Häuschen zu besitzen.

»Warum sind sie hierhergezogen?«

»Wegen der Schwestern und der Schwäger.«

Unter den Trauergästen waren mehrere Männer in Eisenbahneruniform. Der Rangierbahnhof befand sich nicht weit von hier, und die meisten Bewohner dieser Siedlung hatten mehr oder weniger mit der Bahn zu tun.

Als erstes erschien der Leichenwagen. Dann nahte mit schnellen Schritten im Schutz seines Regenschirmes ein Priester im Ornat, dem ein Ministrant mit dem Kreuz voranging.

Nichts in dieser Straße hemmte den Wind, der heftig durch die nassen Kleidungsstücke blies. Der Sarg war sofort naß. Während die Familie im Flur wartete, flüsterte Madame Thouret mit ihren Schwestern. Vielleicht hatten sie nicht genügend Schirme?

Sie waren in tiefer Trauer, die beiden Schwäger ebenfalls. Hinter ihnen gingen die Töchter: Monique und ihre drei Kusinen. Zusammen waren es sieben Frauen, und Maigret hätte schwören mögen, daß die Mädchen sich ebenso glichen wie die Mütter. Es war eine Familie der Frauen, und man hatte den Eindruck, daß die Männer sich ihrer Unterlegenheit durchaus bewußt waren.

Die Pferde schnaubten. Die Familie stellte sich hinter dem Leichenwagen auf, dann schlossen sich die Freunde oder Nachbarn an, denen es zustand, vorne im Zug zu schreiten. Die übrigen folgten wegen der unaufhörlichen Regenböen in ziemlicher Unordnung. Einige gingen sogar auf dem Bürgersteig dicht an den Häusern entlang.

»Erkennst du niemanden wieder?«

Keiner von denen, die sie suchten, war da. Vor allem keine Frau, in der man die mit dem Ring hätte vermuten können. Eine Frau trug zwar einen Fuchskragen, aber der Kommissar hatte sie aus einem Haus in der Straße kommen und die Tür hinter sich abschließen sehen. Und von den Männern konnte man sich kaum einen auf einer Bank am Boulevard Saint-Martin sitzend vorstellen.

Maigret und Neveu blieben trotzdem bis zum Schluß

Glücklicherweise wurde keine Messe gelesen, der Leiche wurde nur die Absolution erteilt. Man schloß gar nicht erst die Tür der Kirche, auf deren Steinfußboden sich sofort Pfützen bildeten.

Zweimal begegneten sich die Blicke Moniques und des Kommissars, und jedesmal spürte er, daß ihr die Angst im Nacken saß.

»Gehen wir mit zum Friedhof?«

»Es ist nicht weit. Man kann nie wissen.«

Bis zu den Knöcheln wateten sie im Schlamm. Das Grab befand sich in einer neu angelegten Abteilung mit notdürftig gebahnten Wegen. Jedesmal, wenn Maigret zu Madame Thouret hinüberschaute, sah er sie aufmerksam um sich spähen, als wolle sie ihm beweisen, daß sie an seine Worte dachte. Als er dann wie alle anderen den am Grabe stehenden Angehörigen sein Beileid aussprach, flüsterte sie: »Ich habe niemand bemerkt.«

Ihre Nase war rot vor Kälte, und der Regen hatte ihr den Puder abgewaschen. Die Gesichter der vier Kusinen glänzten ebenso.

Maigret und Neveu warteten noch eine Weile vor dem Friedhofstor und gingen schließlich in die Eckkneipe gegenüber, wo Maigret zwei Grogs bestellte. Sie blieben nicht die einzigen Gäste. Schon wenige Minuten später hatte die halbe Trauergesellschaft das kleine Café überschwemmt. Alle stampften mit den Füßen auf den Steinboden, um sich etwas aufzuwärmen. Aus sämtlichen Unterhaltungen klang immer wieder der eine Satz heraus: »Hat sie keine Pension?«

Ihre Schwestern dagegen würden eine bekommen, denn deren Männer waren bei der Bahn. Im Grunde war Monsieur Louis immer der arme Verwandte gewesen. Nicht nur, weil er bloß Lagerverwalter war, sondern auch, weil er niemals eine Pension zu erwarten hatte.

»Was werden sie machen?«

»Die Tochter arbeitet. Bestimmt werden sie ein Zimmer vermieten.«

»Kommst du, Neveu?«

Der Regen begleitete sie bis nach Paris, wo er auf die

Straße prasselte und wo die Autos über und über mit Dreck bespritzt waren.

»Wo soll ich dich absetzen?«

»Es lohnt sich nicht, daß ich mich erst umziehe, da ich doch wieder hinaus muß. Lassen Sie mich am Büro raus, ich nehme dann ein Taxi zu meinem Revier.«

In den Fluren der Polizeipräfektur hatten sich, wie auf den Fliesen der Kirche, überall kleine Pfützen gebildet, und die Luft war auch hier kalt und feucht. Ein Mann mit Handschellen wartete auf einer Bank vor der Tür des Glücksspieldezernats.

»Was Neues, Lucas?«

»Lapointe hat angerufen. Er ist in der Brasserie de la République. Er hat das Zimmer gefunden.«

»Das von Louis?«

»Er behauptet es, obwohl die Wohnungseigentümerin ihn bei seinen Nachforschungen nicht gerade unterstützt.«

»Soll ich ihn zurückrufen?«

»Ja, falls Sie ihn nicht lieber treffen wollen.«

Maigret wollte. Durchnäßt, wie er war, hatte er wenig Lust, sich an seinen Schreibtisch zu setzen.

»Sonst noch was?«

»Ein falscher Alarm wegen des jungen Mannes. Man glaubte, ihn im Wartesaal der Gare Montparnasse entdeckt zu haben, aber er war es nicht, nur jemand, der ihm sehr ähnlich sieht.«

Maigret nahm wieder das kleine schwarze Auto und war wenige Minuten später in der Brasserie an der Place de la République, wo er Lapointe dicht am Ofen sitzend bei einer Tasse Kaffee vorfand.

»Einen Grog!« rief Maigret.

Es war ihm, als sei ein Teil des kalten Regens in seine Nase gedrungen, und er rechnete mit einem Schnupfen, denn ist es nicht mehr oder weniger Tradition, daß man sich bei Beerdigungen eine Erkältung holt?

»Wo ist das Zimmer?«

»Ganz in der Nähe. Es war reiner Zufall, daß ich darauf gestoßen bin, denn es ist keine Pension, und das Haus ist nicht in unseren Listen verzeichnet.«

»Bist du sicher, daß es das richtige ist?«

»Sie werden die Wirtin gleich selbst sehen. Ich ging durch die Rue d'Angoulême, um auf den nächsten Boulevard zu gelangen, als ich an einem Fenster ein Schild ›Zimmer zu vermieten‹ bemerkte. Es ist ein kleines Haus ohne Concierge, nur zwei Stockwerke hoch. Ich klingelte und bat, das Zimmer sehen zu dürfen. Die Wirtin machte mir gleich einen merkwürdigen Eindruck. Sie ist eine Frau in mittleren Jahren, muß einmal rotes Haar gehabt haben, vielleicht war sie sogar eine Schönheit, aber jetzt ist sie ziemlich unansehnlich, hat kaum noch Haare auf dem Kopf und versteckt ihren schlaffen Körper unter einem himmelblauen Morgenrock. ›Ist es für Sie?‹ fragte sie, bevor sie die Tür ganz öffnete. ›Sind Sie allein?‹ Ich hörte, wie im ersten Stock eine Tür aufging, und sah einen Augenblick einen Kopf über das Geländer gebeugt. Es war ein hübsches Mädchen, ebenfalls im Morgenrock.«

»Ein Bordell?«

»Wohl nicht so ganz. Ich möchte freilich nicht schwören, daß die Wirtin kein ehemaliges Freudenmädchen ist.

›Wollen Sie das Zimmer monatsweise mieten? Wo arbeiten Sie?‹

Schließlich führte sie mich in ein Zimmer im zweiten Stock, das auf den Hof geht und ganz gut eingerichtet ist. Nur zu viel Plüsch für meinen Geschmack, lauter billige Teppiche und Seidendeckchen und eine Puppe auf dem Diwan. Es roch so richtig nach Frau.

›Wer hat Ihnen meine Adresse gegeben?‹

Ich mußte dauernd auf eine ihrer schlaffen Brüste starren, die aus dem Morgenmantel herauszuquellen drohte. Statt zu antworten, ich hätte das Schild gesehen, sagte ich: ›Einer meiner Freunde‹, und aufs Geratewohl setzte ich hinzu: ›Er hat mir gesagt, daß er bei Ihnen wohnt.‹

›Wer?‹

›Monsieur Louis.‹

Ich merkte sofort, daß sie ihn kannte. Ihr Gesichtsausdruck änderte sich plötzlich, sogar der Ton ihrer Stimme wurde ein anderer.

›Kenne ich nicht‹, erwiderte sie kurz. ›Kommen Sie gewöhnlich spät heim?‹

Sie wollte mich offensichtlich loswerden. Aber ich spielte weiter den Harmlosen und sagte: ›Vielleicht ist mein Freund gerade da. Er arbeitet tagsüber nicht und steht nicht früh auf.‹

›Nehmen Sie das Zimmer, ja oder nein?‹

›Ich nehme es, aber . . .‹

›Die Miete muß im voraus bezahlt werden.‹

Ich langte nach meiner Brieftasche und nahm dabei wie zufällig Monsieur Louis' Foto heraus.

›Ach, da habe ich ja gerade ein Bild meines Freundes!‹

Sie warf nur einen flüchtigen Blick darauf.

›Ich glaube nicht, daß wir beide uns verstehen würden‹, sagte sie und ging auf die Tür zu.

›Aber . . .‹

›Es ist wohl das beste, Sie gehen wieder. Mir brennt sonst noch mein Mittagessen an.‹

Also für mich steht fest, daß sie ihn gekannt hat. Als ich aus dem Haus ging, sah ich, wie sich ein Vorhang bewegte. Sie muß wohl was gerochen haben.«

»Gehen wir hin«, entschied Maigret.

Trotz der kurzen Entfernung stiegen sie in den Wagen, der gleich darauf vor dem Haus hielt. Wieder bewegte sich der Vorhang. Die Frau öffnete ihnen. Sie war noch nicht angezogen, trug immer noch denselben Morgenmantel, dessen Blau ihr absolut nicht stand.

»Was ist los?«

»Kriminalpolizei.«

»Was wollen Sie? Ich dachte mir doch gleich, daß dieser dumme Kerl mir Scherereien machen würde«, brummte sie mit einem bösen Blick auf Lapointe.

»Wir wollen uns lieber drinnen unterhalten.«

»Von mir aus, bitte. Ich habe nichts zu verbergen.«

»Warum haben Sie nicht zugegeben, daß Monsieur Louis Ihr Mieter war?«

»Weil das den jungen Schnösel nichts anging.«

Sie hatte die Tür zu einem kleinen, überheizten Salon geöffnet, wo überall grellbunte Kissen mit aufgestickten Katzen, Herzen und Musiknoten herumlagen. Da durch die

Vorhänge kaum Tageslicht drang, knipste sie eine Stehlampe mit großem orangefarbenem Schirm an.

»Was wollen Sie eigentlich von mir?«

Maigret zog das Foto des eben zur letzten Ruhe gebetteten Monsieur Louis aus der Tasche.

»Das ist er doch, nicht wahr?«

»Ja, Sie würden es ja doch bald wissen.«

»Seit wann war er Ihr Mieter?«

»Seit ungefähr zwei Jahren. Vielleicht auch schon etwas länger.«

»Haben Sie viele?«

»Was? Mieter? Das Haus ist zu groß für eine alleinstehende Frau, und man findet heutzutage nur schwer eine Unterkunft.«

»Wieviel?«

»Im Augenblick habe ich drei.«

»Und ein freies Zimmer?«

»Ja, das, welches ich dem jungen Mann gezeigt habe. Es war schön dumm von mir, daß ich ihm nicht gleich mißtraut habe.«

»Was wissen Sie von Monsieur Louis?«

»Er war ein friedlicher Mensch, der niemals Schwierigkeiten machte. Da er nachts arbeitete . . .«

»Wissen Sie, wo?«

»Ich war nicht so neugierig, ihn danach zu fragen. Er ging abends weg und kam morgens wieder. Er brauchte nicht viel Schlaf. Ich habe ihm oft gesagt, er müsse mehr schlafen. Aber alle, die nachts arbeiten, scheinen nun mal so zu sein.«

»Hat er viel Besuch bekommen?«

»Was wollen Sie nun eigentlich wissen?«

»Sie lesen doch die Zeitungen . . .«

Ein aufgeschlagenes Morgenblatt lag auf einem Tisch.

»Ich weiß, worauf Sie hinauswollen. Aber vorher möchte ich sicher sein, daß Sie mir keine Unannehmlichkeiten machen. Ich kenne doch die Polizei!«

Maigret war sicher, daß man in den Akten der Sittenpolizei auf den Namen dieser Frau stoßen würde.

»Ich pfeife es nicht von den Dächern, daß ich Zimmer

vermiete, und ich melde die Leute auch nicht an. Das ist kein Verbrechen. Wenn man mir aber einen Strick daraus drehen will . . .«

»Das hängt ganz von Ihnen ab.«

»Versprechen Sie mir das? Überhaupt, wer sind Sie eigentlich?«

»Kommissar Maigret.«

»Gut. Verstanden. Dann ist es ernster, als ich dachte. Meistens sind es Ihre Kollegen von der Sitte, die mich . . .«

Und sie ließ, ohne mit der Wimper zu zucken, ein so ordinäres Wort fallen, daß Lapointe fast errötete.

»Schön. Ich weiß, daß er ermordet worden ist. Aber weiter weiß ich nichts.«

»Welchen Namen hat er Ihnen angegeben?«

»Er nannte sich nur Monsieur Louis.«

»Er wurde doch öfters von einer dunkelhaarigen Frau in mittleren Jahren besucht?«

»Ja. Eine schöne Frau. Sie ist nicht älter als vierzig und weiß sich jung zu halten.«

»Kam sie oft?«

»Drei- oder viermal in der Woche.«

»Wissen Sie ihren Namen?«

»Ich nannte sie Madame Antoinette.«

»Sie nennen die Leute wohl immer bei ihrem Vornamen?«

»Ich bin nicht neugierig.«

»Blieb sie lange oben?«

»Die Zeit, die eben nötig ist.«

»Den ganzen Nachmittag?«

»Manchmal. Dann auch wieder nur ein, zwei Stunden.«

»Kam sie nie am Vormittag?«

»Nein. Vielleicht das eine oder andere Mal, jedenfalls nicht oft.«

»Wissen Sie, wo sie wohnt?«

»Ich habe sie nicht danach gefragt.«

»Sind Ihre anderen Mieter Frauen?«

»Ja. Monsieur Louis war der einzige Mann, der . . .«

»Hat er etwas mit ihnen gehabt?«

»Sie meinen, ob er ein Verhältnis mit ihnen hatte? Das

nicht, nein. Ich würde sagen, daß er darauf gar nicht aus war. Wenn er gewollt hätte . . .«

»Verkehrte er mit ihnen?«

»Er sprach mit ihnen. Sie klopften manchmal bei ihm an und baten um Feuer, Zigaretten oder die Zeitung.«

»Sonst nichts?«

»Sie schwatzten miteinander, manchmal spielte er mit Lucille Karten.«

»Ist sie oben?«

»Seit zwei Tagen bummelt sie herum. Das kommt häufig vor. Wahrscheinlich hat sie jemanden aufgetan. Vergessen Sie nicht, daß Sie mir versprochen haben, mir keine Scherereien zu machen. Auch nicht meinen Mietern!«

Er ging gar nicht darauf ein, irgend etwas versprochen zu haben.

»Sonst hat ihn niemand besucht?«

»Vor kurzem hat zwei- oder dreimal jemand nach ihm gefragt.«

»Ein junges Mädchen?«

»Ja. Sie ist aber nicht hinaufgegangen. Ich sollte ihm sagen, daß sie ihn erwarte.«

»Hat sie ihren Namen genannt?«

»Ja, Monique. Sie wartete im Flur, wollte nicht einmal in den Salon gehen.«

»Ist er heruntergekommen?«

»Das erstemal hat er ein paar Minuten mit ihr geflüstert, und sie ist dann wieder gegangen. Später sind sie immer zusammen weggegangen.«

»Hat er Ihnen nicht erzählt, wer sie war?«

»Er hat mich nur gefragt, ob ich sie hübsch fände.«

»Was haben Sie darauf geantwortet?«

»Sie sei hübsch, wie eben alle in ihrem Alter heute, aber in ein paar Jahren würde sie ein richtiges Trampel sein.«

»Was für Besucher hat er sonst noch empfangen?«

»Wollen Sie sich nicht setzen?«

»Danke. Ihre Polster würden nur naß.«

»Ich halte das Haus so sauber, wie ich kann. Aber etwas fällt mir noch ein: Es ist noch jemand zu ihm gekommen, ein junger Mann, der seinen Namen nicht genannt hat. Als ich Monsieur Louis sagte, daß er unten sei, schien er sonderbar erregt. Er bat mich, ihn heraufzuschicken. Der junge Mann ist etwa zehn Minuten geblieben.«

»Wie lange ist das her?«

»Das war Mitte August. Ich erinnere mich noch an die Hitze und die Fliegen.«

»War er noch einmal hier?«

»Einmal sind sie zusammen gekommen, als hätten sie sich auf der Straße getroffen. Sie sind nach oben gegangen, aber der junge Mann ist gleich darauf wieder verschwunden.«

»Ist das alles?«

»Nun, ich meine, das ist doch schon allerhand. Und jetzt wollen Sie ebenfalls hinaufgehen, nehme ich an?«

»Ja.«

»Es ist im zweiten Stock, gegenüber dem Zimmer, das ich Ihrem Inspektor gezeigt habe. Es geht auf die Straße hinaus. Wir nennen es das ›Grüne Zimmer‹.«

»Es wäre mir lieb, wenn Sie mit uns kämen.«

Sie seufzte und stieg stöhnend die beiden Treppen hinauf.

»Vergessen Sie nicht, daß Sie mir versprochen haben . . .«

Er zuckte mit den Schultern.

»Übrigens, wenn Sie auf den Gedanken kommen sollten, mich reinzulegen, werde ich vor Gericht sagen, daß alles, was Sie erzählen, gelogen ist.«

»Haben Sie den Schlüssel?«

Durch den Spalt einer Tür in dem unteren Stockwerk sah er eine völlig nackte Frau mit einem Badetuch in der Hand, die sie beobachtete.

»Ich habe einen Passepartout.«

Sie beugte sich über das Treppengeländer und rief: »Es ist nicht die Sitte, Yvette!«

5
Die Witwe des Polizisten

Die Zimmereinrichtung war offenbar in einem Auktionshaus des Quartiers erstanden worden. Die Möbel, darunter ein riesiger Spiegelschrank, waren aus massivem Nußbaum und mochten fünfzig bis sechzig Jahre alt sein.

Als Maigret in das Zimmer trat, fiel ihm als erstes das Vogelbauer auf, das auf einem runden, mit einem Deckchen geschmückten Tisch stand und in dem ein Kanarienvogel sofort auf und ab zu hüpfen begann. Das erinnerte ihn an den Quai de la Mégisserie, an die Wohnung von Monsieur Saimbron, und er hätte wetten mögen, daß Louis Thouret den Vogel nach einem Besuch bei dem alten Buchhalter gekauft hatte.

»Der gehört wohl ihm?«

»Er hat ihn vor etwa einem Jahr mitgebracht. Er hat sich dabei übers Ohr hauen lassen, denn der Vogel singt nicht; ein Weibchen, das man ihm als Männchen angedreht hat.«

»Wer hat das Zimmer in Ordnung gehalten?«

»Ich vermiete die Zimmer mit Möbeln und Wäsche, aber sauberhalten müssen die Mieter sie selbst. Am Anfang habe ich es mit einem Zimmermädchen versucht, doch da habe ich nur Ärger gehabt. Und da meine Mieter fast immer Damen sind . . .«

»Machte Monsieur Louis sein Zimmer selbst sauber?«

»Er machte das Bett, putzte den Waschtisch und wischte Staub. Einmal wöchentlich, und ausnahmsweise nur für ihn, habe ich ihm den Boden aufgewischt.«

Sie war in der Tür stehengeblieben, was den Kommissar ein wenig verlegen machte. In seinen Augen war dies kein gewöhnliches Zimmer. Es war Monsieur Louis' Zufluchtsstätte gewesen. Mit anderen Worten: Die Sachen hier entsprachen nicht, wie sonst fast immer, den kleinen Lebensnotwendigkeiten, sondern einem persönlichen, fast geheimen Geschmack.

In dem Spiegelschrank hing nicht ein einziger Anzug,

dafür standen aber drei Paar sorgfältig auf Leisten gezogene gelbe Schuhe darin. In dem obersten Fach lag ein perlgrauer Hut, den er gewiß nicht oft getragen hatte und zu dessen Kauf er sich wohl an einem übermütigen Tag aus purem Protest gegen die Atmosphäre in Juvisy entschlossen hatte.

»Besuchte er Pferderennen?«

»Ich glaube nicht. Er hat nie etwas davon erwähnt.«

»Unterhielt er sich oft mit Ihnen?«

»Manchmal kam er auf einen kleinen Schwatz in den Salon.«

»War er fröhlich?«

»Er wirkte immer zufrieden.«

Ebenfalls aus Protest gegen den Geschmack seiner Frau hatte er sich einen geblümten Morgenrock und ein Paar Pantoffeln aus rotem Ziegenleder gekauft. Das Zimmer war aufgeräumt. Jedes Ding hatte seinen Platz, nirgends auf den Möbeln lag Staub. In einem Wandschrank fand Maigret eine angebrochene Flasche Portwein und zwei Stielgläser. An einem Haken hing ein Regenmantel.

An seinem Todestag hatte Monsieur Louis vergessen, ihn anzuziehen. Denn wenn es den ganzen Tag über regnete und der Regen am Abend aufhörte, konnte er unmöglich mit durchnäßter Kleidung nach Juvisy zurückkehren.

Er hatte wohl stundenlang gelesen. Auf der Kommode waren eine ganze Reihe Bücher aufgestellt: Volksausgaben, historische Romane und nur zwei oder drei Kriminalromane, die ihm wohl nicht sonderlich gefallen hatten, denn er hatte sich keine weiteren gekauft.

Sein Sessel stand dicht am Fenster. Gleich daneben stand auf einem Tischchen eine Fotografie in einem Mahagonirahmen. Sie zeigte eine schwarzgekleidete, etwa vierzigjährige Frau mit dunklem Haar. Die Beschreibung des Verkäufers in dem Juwelierladen traf genau auf sie zu. Sie schien ungefähr so groß zu sein wie Madame Thouret und war auch ebenso kräftig wie diese. Sie war, wie man so sagt, eine stattliche Person.

»Ist das die Frau, die ihn mehr oder weniger regelmäßig besuchte?«

»Ja.«

In einer Schublade entdeckte Maigret noch mehr Fotografien, meist sogenannte Schnellfotos; darunter auch schon etwas verblaßte Ablichtungen von Monsieur Louis. Auf einem der Bilder trug er seinen perlgrauen Hut.

Außer zwei Paar Socken und einigen Krawatten befanden sich in dem Zimmer keine weiteren persönlichen Sachen. Keine Hemden, keine Unterhosen, auch keinerlei Papiere oder alte Briefe, nichts von all jenen tausend Kleinigkeiten, mit denen man nach und nach die Schubladen vollstopft.

Maigret mußte an seine Kindheit denken und an jene Tage, wenn er vor seinen Eltern etwas zu verstecken versuchte. Er nahm einen Stuhl, stellte ihn vor den Spiegelschrank und stieg darauf, um zu sehen, ob oben auf dem Schrank etwas lag. Wie in den meisten Häusern war der Schrank mit einer dicken Staubschicht bedeckt, bis auf eine rechteckige, ungefähr buchgroße Fläche, wo noch vor kurzem etwas gelegen haben mußte.

Er ließ sich nichts anmerken. Die Wirtin verfolgte genau jede seiner Bewegungen, und eine ihrer Brüste, schlaff und zäh wie Brotteig, drohte, wie Lapointe schon erzählt hatte, fortwährend aus dem Morgenrock hervorzuquellen.

»Hatte er einen Schlüssel zu dem Zimmer?«

Man hatte nur den Hausschlüssel für Juvisy bei ihm gefunden.

»Er hatte einen, doch er ließ ihn hier, wenn er fortging.«

»Machen die anderen Mieter das auch so?«

»Nein. Er sagte mir, er würde alles verlieren und ließe seinen Schlüssel lieber unten, um ihn dann, wenn er hinaufging, wieder zu holen. Da er abends oder nachts nie heimkam . . .«

Maigret nahm das Bild aus dem Rahmen. Ehe er hinausging, gab er dem Vogel frisches Wasser und machte noch mal einen Rundgang durch das Zimmer.

»Ich komme wahrscheinlich wieder«, kündigte er der Wirtin an, die vor ihnen die Treppe hinabging.

»Einen kleinen Schnaps darf ich Ihnen wohl nicht anbieten?«

»Haben Sie Telefon? Dann geben Sie mir bitte Ihre Nummer. Möglicherweise brauche ich noch eine Auskunft von Ihnen.«

»Bastille 22-51.«

»Und wie heißen Sie?«

»Mariette. Mariette Gibon.«

»Ich danke Ihnen.«

»Ist das alles?«

»Im Augenblick ja.«

Lapointe und Maigret strebten in dem noch immer heftigen Regen dem Auto zu.

»Fahr uns bis zur Straßenecke«, befahl Maigret dem Chauffeur. Dann wandte er sich an Lapointe: »Geh noch einmal zu ihr zurück. Ich habe meine Pfeife oben in dem Zimmer liegenlassen.«

»Absichtlich?«

»Ja.«

Der Kommissar hatte noch nie irgendwo seine Pfeife vergessen. Außerdem hatte er immer zwei in der Tasche.

»Beschäftige dich ein paar Minuten mit Mariette und komm dann dorthin.«

Er deutete auf eine kleine Bar, die auch Tabakwaren verkaufte, eilte hinein und ging sofort zum Telefon, um im Büro anzurufen.

»Lucas, bitte . . . Bist du es, Lucas? Gib sofort Anweisung, daß alle Gespräche für die Nummer Bastille 22-51 abgehört werden.«

Während er dann auf Lapointe wartete und an der Theke ein Glas Bier trank, betrachtete er, da er nichts anderes zu tun hatte, noch einmal die Fotografie der Frau. Es überraschte ihn nicht, daß Louis sich eine Geliebte gesucht hatte, die etwa die gleiche Figur wie seine Frau hatte. Die Frage war nur, ob sie auch denselben Charakter hatte. Möglich war es.

»Hier ist Ihre Pfeife, Chef.«

»Telefonierte sie, als du kamst?«

»Ich weiß es nicht. Es waren zwei Frauen bei ihr.«

»Die Nackte?«

»Sie hatte einen Morgenrock übergezogen.«

»Du kannst jetzt Mittag essen gehen. Wir treffen uns heute nachmittag im Büro. Den Wagen behalte ich.«

Er gab dem Chauffeur Léones Adresse, Rue de Clignancourt, und ließ unterwegs vor einem Süßwarengeschäft halten, wo er eine Schachtel Konfekt kaufte, die er dann beim Überqueren des Gehsteigs unter dem Mantel hielt. Er fand es ein wenig ungehörig, einen Laden wie den von Léone, in dem so leichte und zarte Sachen verkauft wurden, völlig durchnäßt zu betreten, aber es ging nicht anders. Verlegen überreichte er ihr die Schachtel. »Das ist für Ihre Mama.«

»Sie haben daran gedacht?«

Es mußte an dem nassen Wetter draußen liegen, daß es ihm diesmal noch heißer in dem Laden vorkam als bei seinem letzten Besuch.

»Wollen Sie es ihr nicht selbst geben?«

Er zog es vor, vorn im Laden zu bleiben, wo man noch einen gewissen Kontakt mit der Außenwelt hatte.

»Ich wollte Ihnen nur dieses Foto zeigen.«

Sie warf einen raschen Blick darauf und sagte dann sofort: »Das ist Madame Machère.«

Er war zufrieden. Das war zwar keiner jener Triumphe, von denen die Zeitungen viel Aufhebens machen, im Grunde genommen war es fast nichts, aber ihm bewies es, daß er sich in Monsieur Louis nicht getäuscht hatte. Dieser war nicht der Typ, der eine Frau auf der Straße oder in einem Lokal aufgelesen hätte. Der Kommissar konnte sich nicht vorstellen, daß Louis sich einer völlig Unbekannten zu nähern versucht hätte.

»Woher kennen Sie sie?«

»Sie hat bei Kaplan gearbeitet. Allerdings nicht lange. Nur sechs oder sieben Monate. Warum zeigen Sie mir dieses Bild?«

»Sie war Monsieur Louis' Freundin.«

»Ach!«

Sie hörte das bestimmt nicht gern, aber es war leider nicht zu vermeiden.

»Haben Sie nie etwas davon gemerkt, als die beiden noch in der Rue de Bondy arbeiteten?«

»Ich könnte schwören, daß nie etwas zwischen ihnen gewesen ist. Sie arbeitete in der Versandabteilung, mit zehn oder fünfzehn anderen. Die Zahl wechselte je nach Jahreszeit. Sie ist die Frau eines Polizisten, ich erinnere mich ganz genau an sie.«

»Warum hat sie ihre Stellung aufgegeben?«

»Sie hatte, glaube ich, eine Operation.«

»Ich danke Ihnen. Verzeihen Sie, daß ich Sie schon wieder gestört habe.«

»Sie stören mich nicht. Waren Sie bei Monsieur Saimbron?«

»Ja.«

»Sagen Sie, hat Monsieur Louis mit dieser Frau zusammen gelebt?«

»Sie besuchte ihn in dem Zimmer, das er in der Nähe der Place de la République gemietet hatte.«

»Ich bin überzeugt, daß es eine reine Freundschaft war und daß sie sonst nichts miteinander hatten.«

»Mag sein . . .«

»Wenn die Bücher der Firma noch existierten, könnte ich Ihnen ihre Adresse geben, aber ich weiß nicht, wo sie hingekommen sind.«

»Da sie die Frau eines Polizisten ist, werde ich sie schon ausfindig machen können. Machère sagten Sie, nicht wahr?«

»Falls mich mein Gedächtnis nicht täuscht, war ihr Vorname Antoinette.«

»Auf Wiedersehen, Mademoiselle Léone.«

»Auf Wiedersehen, Monsieur Maigret.«

Er machte sich eilig davon, denn er hörte, daß sich die alte Frau im Hinterzimmer bewegte, und er hatte nicht den Mut, sie zu begrüßen.

»Zum Präsidium.«

»Zum Quai?«

»Nein. Zur städtischen Polizei.«

Es war Mittag. Die Leute, die aus den Büros und Geschäften kamen, zögerten wegen des Regens, sich auf den Weg zu ihren gewohnten Restaurants zu machen. Überall in den Türen standen Gruppen, und auf allen Gesichtern lag dieselbe dumpfe Verdrossenheit. Die Zeitungen an den Kiosken waren aufgeweicht.

»Warte auf mich.«

Maigret ging in das Büro des Personalchefs und fragte dort nach einem gewissen Machère. Kurz darauf erfuhr er, daß es wohl einen Polizisten dieses Namens gegeben hatte, daß der aber vor zwei Jahren bei einer Schlägerei getötet worden war. Er hatte in der Avenue Daumesnil gewohnt. Seine Witwe erhielt eine Pension. Das Ehepaar war kinderlos gewesen.

Maigret schrieb sich die Adresse auf. Um Zeit zu gewinnen, rief er Lucas an, dadurch sparte er den Weg zum Büro.

»Hat sie ein Telefongespräch geführt?«

»Bis jetzt noch nicht.«

»Und sie ist auch nicht angerufen worden?«

»Nein, sie nicht. Nur eines der Mädchen, eine gewisse Olga. Es handelte sich um eine Anprobe. Der Anruf kam von einer Schneiderin an der Place Saint-Georges.«

Maigret beschloß, mit dem Mittagessen noch zu warten. Er trank nur rasch in einer Bar einen Aperitif und stieg dann wieder in das kleine schwarze Auto.

»Avenue Daumesnil.«

Es war fast am Ende der Straße, unweit der Metrostation, ein kleinbürgerliches, ziemlich trist wirkendes Dutzendhaus.

»Wo wohnt Madame Machère?«

»Vierter Stock links.«

Der Aufzug fuhr ruckartig hoch und hatte die Eigenart, immer wieder zwischen den Etagen stehenzubleiben. Der Messingknopf an der Tür glänzte, die Fußmatte war vorbildlich sauber. Maigret läutete. Gleich darauf hörte er drinnen Schritte.

»Einen Augenblick!« rief jemand durch die Tür. Sie schien noch im Negligé zu sein und erst ein Kleid überstreifen zu wollen. Sie gehörte wohl zu jenen Frauen, die sich selbst dem Gasableser nicht im Morgenrock zeigen.

Wortlos musterte sie Maigret. Er sah deutlich, daß sie erregt war.

»Treten Sie ein, Herr Kommissar.«

Sie sah genauso aus wie auf den Fotos und wie der Verkäufer in dem Juweliergeschäft sie beschrieben hatte: groß und kräftig, sehr ruhig und selbstbeherrscht. Sie hatte den Kommissar sofort erkannt. Und natürlich wußte sie auch den Grund seines Besuches.

»Bitte hier entlang ... Ich war gerade dabei, aufzuräumen.«

Trotzdem war ihr Haar sorgfältig frisiert. Sie trug ein dunkles Kleid, an dem nur der oberste Druckknopf offenstand. Das Parkett glänzte. Neben der Tür standen ein Paar Filzpantoffeln, in die sie sicherlich hineinschlüpfte, wenn sie mit nassen Schuhen von draußen zurückkam.

»Ich mache Ihnen alles schmutzig.«

»Das macht nichts.«

Es war hier alles so wie in Juvisy, dieselben Nippsachen standen auf den Möbeln, die zwar weniger neu, dafür aber gepflegter waren. Über der Anrichte hing das gerahmte Bild eines Polizisten; eine Medaille war an dem Rahmen befestigt.

Maigret versuchte nicht, sie in Verlegenheit zu bringen oder sie durch eine überraschende Frage zu fangen. Übrigens hätte man sie auch kaum überraschen können. Er sagte statt dessen nur: »Ich bin gekommen, um mit Ihnen über Louis zu sprechen.«

»Ich war darauf gefaßt.«

Obwohl sie sichtlich bewegt war, weinte sie nicht. Sie bewahrte Haltung. »Setzen Sie sich bitte.«

»Da wird nur Ihr Sessel feucht. Sie waren sehr gut befreundet, Louis Thouret und Sie?«

»Er mochte mich gern.«

»Nicht mehr?«

»Vielleicht liebte er mich. Glücklich ist er nie gewesen.«

»Hatten Sie schon Beziehungen zu ihm, als Sie noch in der Rue de Bondy arbeiteten?«

»Sie vergessen, daß mein Mann damals noch lebte.«

»Hat Louis Ihnen nicht den Hof gemacht?«

»Er war nie anders zu mir als zu all den übrigen Frauen in der Versandabteilung.«

»Erst später also, als die Firma Kaplan nicht mehr existierte, haben Sie sich gefunden?«

»Acht oder neun Monate nach dem Tod meines Mannes.«

»Haben Sie sich zufällig getroffen?«

»Sie können sich sicher denken, daß meine Witwenpension nicht zum Leben ausreicht. Ich mußte mir also eine Arbeit suchen. Schon zu Lebzeiten meines Mannes hatte ich gelegentlich gearbeitet, namentlich bei Kaplan. Eine Nachbarin hat mich dem Personalchef vom ›Châtelet‹ vorgestellt, und ich bin dann als Logenschließerin eingestellt worden.«

»Und da . . .«

»Ja. Eines Tages bei einer Matinee. Es lief ›In achtzig Tagen um die Welt‹, ich weiß es noch ganz genau. Ich erkannte Monsieur Louis, als ich ihn zu seinem Platz brachte. Auch er erkannte mich. Weiter geschah nichts. Aber von nun an kam er des öfteren in die Matinee und hielt immer sofort nach mir Ausschau. So ging das eine ganze Zeitlang, denn außer sonntags fanden nur zweimal in der Woche Frühvorstellungen statt. Eines Tages fragte er mich nach der Vorstellung, ob er mich zu einem Aperitif einladen dürfte. Wir haben dann im Stehen schnell etwas gegessen, denn ich mußte abends wieder zur Vorstellung.«

»Hatte er damals schon sein Zimmer in der Rue d'Angoulême?«

»Ich nehme es an.«

»Hat er Ihnen erzählt, daß er nicht mehr arbeitete?«

»Nein, das hat er mir nicht gesagt, nur, daß er jeden Nachmittag frei wäre.«

»Sie haben nicht gewußt, was er tat?«

»Nein. Ich hätte mir auch nie herausgenommen, ihn danach zu fragen.«

»Sprach er mit Ihnen über seine Frau und seine Tochter?«

»Ja, viel.«

»Was hat er Ihnen erzählt?«

»Wissen Sie, solche Dinge kann man schlecht wiederholen. Wenn ein Mann zu Hause nicht glücklich ist und einem dies und jenes anvertraut . . .«

»War er nicht glücklich zu Hause?«

»Er wurde von niemandem für ganz voll genommen, wegen seiner Schwäger.«

»Ich verstehe nicht.«

Maigret hatte natürlich längst verstanden, wollte aber noch mehr aus ihr herausbekommen.

»Sie hatten alle beide gute Stellungen, Freifahrscheine für sich und ihre Familie . . .«

»Und eine Pension.«

»Ja. Man warf Louis vor, daß er keinen Ehrgeiz hatte, daß er sich sein ganzes Leben mit dem kläglichen Posten eines Lagerverwalters begnügte.«

»Wohin gingen Sie mit ihm?«

»Fast immer in dasselbe kleine Café in der Rue Saint-Antoine. Wir unterhielten uns stundenlang.«

»Essen Sie gern Waffeln?«

Sie wurde rot. »Woher wissen Sie das?«

»Er hat Ihnen in der Rue de la Lune welche gekauft.«

»Erst sehr viel später, als . . .«

»Als Sie regelmäßig in die Rue d'Angoulême gingen?«

»Ja. Er wollte mir das Zimmer zeigen, in dem er einen Teil seiner Zeit verbrachte. Er nannte es seinen ›Schlupfwinkel‹ und war sehr stolz darauf.«

»Sagte er Ihnen nicht, weshalb er ein Zimmer in der Stadt gemietet hatte?«

»Er wollte wenigstens ein paar Stunden am Tag einen Winkel für sich haben.«

»Wurden Sie seine Geliebte?«

»Ich bin ziemlich oft zu ihm gegangen.«

»Hat er Ihnen Schmuck geschenkt?«

»Nur ein Paar Ohrringe vor sechs Monaten und vor kurzem einen Ring.«

Sie trug ihn am Finger.

»Er war ein zu guter Mensch und viel zu sensibel. Er brauchte jemand, der ihn immer wieder ermutigte. Sie mögen denken, was Sie wollen, vor allem war ich eine Freundin für ihn, seine einzige Freundin.«

»Kam er manchmal hierher?«

»Niemals! Schon allein wegen der Concierge und der Nachbarn nicht. Das ganze Viertel hätte ja darüber geredet.«

»Sahen Sie ihn am Montag?«

»Wir waren ungefähr eine Stunde zusammen.«

»Wann?«

»Am frühen Nachmittag. Ich hatte Besorgungen zu machen.«

»Wußten Sie, wo Sie ihn treffen würden?«

»Ich hatte mich mit ihm verabredet.«

»Telefonisch?«

»Nein, ich rief ihn nie an. Wir hatten das bei unserer letzten Zusammenkunft ausgemacht.«

»Wo trafen Sie sich gewöhnlich?«

»Meistens in unserem kleinen Café, manchmal auch an der Ecke der Rue Saint-Martin und den Boulevards.«

»War er pünktlich?«

»Immer. Am Montag war es kalt und neblig. Ich erkälte mich leicht, und so sind wir in ein Aktualitätenkino gegangen.«

»Am Boulevard Bonne Nouvelle?«

»Sie wissen das?«

»Um wieviel Uhr haben Sie ihn verlassen?«

»Gegen vier Uhr. Eine halbe Stunde vor seinem Tod, wenn es stimmt, was in den Zeitungen steht.«

»Sie wissen nicht, ob er noch eine Verabredung hatte?«

»Er hat mir nichts davon gesagt.«

»Sprach er mit Ihnen über seine Freunde, über Leute, mit denen er verkehrte?«

Sie schüttelte den Kopf und blickte auf das verglaste Büfett im Eßzimmer.

»Darf ich Ihnen etwas zu trinken anbieten? Ich habe allerdings nur Wermut. Die Flasche steht schon lange da, denn ich trinke nicht.«

Um ihr eine Freude zu machen, nahm Maigret das Angebot an. Auf dem Boden der Flasche hatte sich Satz gebildet. Die Flasche schien noch aus der Zeit ihres Mannes zu stammen.

»Als ich es in der Zeitung las, war ich nahe daran, Sie aufzusuchen. Mein Mann hat viel von Ihnen gesprochen. Ich habe auch oft Ihr Foto gesehen, deshalb habe ich Sie vorhin gleich erkannt.«

»Hat Louis nie davon gesprochen, sich scheiden zu lassen, um Sie zu heiraten?«

»Er hatte zuviel Angst vor seiner Frau.«

»Auch vor seiner Tochter?«

»Seine Tochter liebte er über alles. Er hätte alles für sie getan. Trotzdem war er, glaube ich, ein wenig enttäuscht von ihr.«

»Warum?«

»Das ist nur so eine Vermutung. Er war oft traurig.«

Sie schien auch nicht gerade ein heiterer Mensch zu sein. Sie sprach mit einer monotonen, farblosen Stimme. Ob sie es wohl war, die sein Zimmer in der Rue d'Angoulême in Ordnung gehalten hatte?

Maigret konnte sich nicht vorstellen, wie sie sich vor Louis entkleidete und sich auf dem Bett ausstreckte. Er konnte sie sich nicht einmal nackt vorstellen oder in Höschen und Büstenhalter. Viel deutlicher sah er die beiden an einem Tisch im Hintergrund ihres kleinen Cafés sitzen, wo sie sich im Dämmerlicht halblaut unterhielten und dabei immer wieder einen Blick auf die Uhr über der Theke warfen. »Gab er viel Geld aus?«

»Es kommt darauf an, was Sie unter viel verstehen. Er brauchte sich nicht einzuschränken. Man merkte, daß es ihm gut ging. Hätte ich es erlaubt, so hätte er mir eine Unmenge Geschenke gemacht, vor allem unnütze Dinge, die er in den Schaufenstern entdeckte.«

»Haben Sie ihn nie auf einer Bank sitzen sehen?«

»Auf einer Bank?« wiederholte sie in einem Ton, als hätte diese Frage sie erschreckt. Und zögernd antwortete sie: »Ja, einmal, als ich vormittags Besorgungen machte. Er unterhielt sich mit einem mageren Mann, der mir merkwürdig vorkam.«

»Warum?«

»Weil ich bei seinem Anblick an einen abgeschminkten Clown denken mußte. Ich habe ihn aber nicht genauer angesehen. Ich stellte lediglich fest, daß seine Schuhe abgetragen und seine Hosenbeine unten ausgefranst waren.«

»Haben Sie Louis gefragt, wer das war?«

»Ja, und er antwortete mir, daß man auf den Bänken alle möglichen Leute träfe und daß dies oft amüsant sei.«

»Sonst wissen Sie nichts? Haben Sie kein Verlangen gehabt, bei der Beerdigung dabeizusein?«

»Ich habe es nicht gewagt. In den nächsten Tagen werde ich Blumen an sein Grab bringen. Der Friedhofswärter wird mir sicher sagen, wo es liegt. Werden die Zeitungen mich erwähnen?«

»Bestimmt nicht.«

»Das ist sehr wichtig für mich. Im ›Châtelet‹ sind sie sehr streng, ich würde bestimmt meine Stellung verlieren.«

Es war nicht sehr weit von hier bis zum Boulevard Richard Lenoir, und als Maigret die Wohnung von Madame Machère verließ, ließ er sich nach Hause fahren und sagte dem Chauffeur: »Geh irgendwo essen und hol mich dann in einer Stunde hier ab.«

Beim Essen musterte seine Frau ihn aufmerksamer als sonst. Schließlich fragte sie: »Was hast du?«

»Was soll ich haben?«

»Ich weiß nicht. Du bist heute nicht du selbst.«

»Wer dann?«

»Irgend jemand, aber nicht Maigret.«

Er lachte. In Gedanken beschäftigte er sich so sehr mit Louis, daß er unwillkürlich dessen Gesichtsausdruck annahm und sich so benahm, wie dieser sich seiner Meinung nach benommen hätte.

»Ich hoffe, du ziehst einen anderen Anzug an!«

»Wozu? Ich werde doch gleich wieder naß.«

»Mußt du noch zu einem anderen Begräbnis?«

Er zog dennoch den Anzug an, den seine Frau ihm bereitgelegt hatte. Es war ein angenehmes Gefühl, trockene Sachen auf dem Leib zu haben, wenn es auch nur für kurze Zeit war.

Am Quai des Orfèvres ging er nicht gleich in sein Büro, sondern erst einmal zum Sittendezernat.

»Kennst du eine gewisse Mariette oder Marie Gibon? Sieh doch bitte mal in der Kartei nach.«

»Jung?«

»In den Fünfzigern.«

Daraufhin zog der Inspektor einen Karteikasten mit vergilbten und verstaubten Karten heraus. Er mußte nicht lange suchen. Das Mädchen Gibon, geboren in Saint-Malo, war elf Jahre lang als Dirne registriert gewesen, hatte dreimal im Frauengefängnis Saint-Lazare, als dieses noch existierte, eingesessen und war zweimal wegen Diebstahls an einem ihrer Kunden festgenommen worden.

»Wurde sie verurteilt?«

»Nein, man mußte sie mangels Beweisen freilassen.«

»Und später?«

»Einen Augenblick, da muß ich in einem anderen Kasten nachsehen.«

In einer neueren Kartei, die aber auch schon an die zehn Jahre alt war, fand sich ihr Name ebenfalls.

»Vor dem Krieg hat sie als Helferin in einem Massagesalon in der Rue des Martyrs gearbeitet. Sie lebte damals mit einem gewissen Philippe Natali, genannt Philippi, zusammen, der wegen Mordes zu zehn Jahren verurteilt wurde. Ich erinnere mich an den Fall. Zu dritt oder zu viert haben sie in einer Kneipe in der Rue Fontaine ein Mitglied einer anderen Verbrecherbande erschossen. Man hat nie herausgekriegt, wer von ihnen den Schuß abgegeben hatte, und so wurden sie alle verurteilt.«

»Ist er wieder frei?«

»Er starb in Fontevrault.«

Damit war nichts anzufangen.

»Und was treibt sie jetzt?«

»Ich weiß es nicht. Wenn sie nicht auch gestorben ist.«

»Sie lebt.«

»Dann muß sie sich gebessert haben. Vielleicht ist sie Schirmherrin ihres Heimatdorfes?«

»Nein, sie führt eine Pension in der Rue d'Angoulême, ist jedoch nicht polizeilich gemeldet und vermietet hauptsächlich an Straßenmädchen. Ich glaube aber nicht, daß die Mädchen ihr Metier in diesem Haus ausüben.«

»Aha.«

»Es wäre mir recht, wenn man die Gegend überwachte und sich nach ihren Bewohnern erkundigte.«

»Nichts leichter als das.«

»Es ist auch besser, wenn jemand vom Sittendezernat in

der Rue d'Angoulême Stellung bezieht. Die Männer meiner Abteilung würden gewisse Leute nicht unbedingt gleich erkennen.«

»Einverstanden.«

Maigret ließ sich in den Sessel seines Schreibtischs fallen – endlich konnte er sitzen! Gleich darauf erschien Lucas in der Tür.

»Was Neues?«

»Was die Telefonanrufe betrifft, nichts. Die Nummer ist nicht verlangt worden. Aber heute morgen hat sich etwas Merkwürdiges ereignet: Eine gewisse Madame Thévenard, die mit ihrem Neffen in der Rue Gay-Lussac wohnt, hatte ihre Wohnung verlassen, um an einer Beerdigung teilzunehmen. Nicht die Beerdigung von Thouret, eine andere in ihrem Viertel. Während ihrer Abwesenheit war niemand in der Wohnung. Als sie zurückkehrte und die Speisekammer öffnete, um ihre Einkäufe, die sie auf dem Heimweg gemacht hatte, einzuräumen, merkte sie, daß eine Wurst, die zwei Stunden vorher noch dort gehangen hatte, verschwunden war.«

»Ist sie sicher, daß . . .«

»Ganz sicher! Und als sie dann auch noch die Wohnung durchsuchte . . .«

»Hat sie's nicht mit der Angst zu tun bekommen?«

»Sie nahm den Armeerevolver ihres verstorbenen Mannes, der den Krieg von 1914 mitgemacht hatte. Sie ist ein lustiges Frauchen, sehr klein, rundlich und immer zum Lachen aufgelegt. Unter dem Bett ihres Neffen hat sie Brotkrümel und ein Taschentuch gefunden, das nicht dem Jungen gehört.«

»Was ist mit dem Neffen?«

»Er heißt Hubert mit Vornamen und ist Student. Da die Thévenards nicht viel Geld haben, arbeitet er tagsüber als Verkäufer in der Buchhandlung am Boulevard Saint-Michel. Verstehen Sie jetzt?«

»Ja. Hat die Tante die Polizei alarmiert?«

»Sie ist in die Conciergeloge hinuntergegangen und hat von dort aus das Revier angerufen. Der Inspektor hat mich sofort davon unterrichtet. Ich habe Leroy in die Buchhandlung geschickt, um Hubert zu vernehmen. Der junge Mann hat am ganzen Leib gezittert und ist dann in lautes Schluchzen ausgebrochen.«

»Ist Albert Jorisse sein Freund?«

»Ja. Und Jorisse hat ihn angefleht, sich einige Tage in seinem Zimmer verstecken zu dürfen.«

»Welchen Grund hat er ihm genannt?«

»Er hätte sich mit seinen Eltern gestritten, und sein Vater sei so wütend, daß er ihn glatt totschlagen würde.«

»Und so hat er also zwei Tage und zwei Nächte unter dem Bett verbracht?«

»Nur einen Tag und eine Nacht. In der ersten Nacht ist er in den Straßen umhergeirrt, wenigstens hat er das seinem Freund erzählt. Ich habe die Polizeiwachen alarmiert. Er läuft jetzt bestimmt wieder in der Stadt herum.«

»Hat er Geld?«

»Hubert Thévenard weiß es nicht.«

»Hast du die Bahnhöfe verständigt?«

»Alle Maßnahmen sind getroffen, Chef. Es würde mich wundern, wenn man ihn uns nicht bis morgen früh hier anbrächte.«

Was mochte man in Juvisy jetzt wohl machen? Sicher hatten die Witwe, ihre Schwestern, deren Männer und die Töchter zusammen ein gutes Abendessen verzehrt, den üblichen Leichenschmaus, und dabei über Madame Thourets und Moniques Zukunft beraten.

Maigret hätte schwören mögen, daß die Männer Schnaps getrunken und sich dann, behaglich auf ihren Stühlen zurückgelehnt, eine Verdauungszigarre angezündet hatten.

»Nimm auch ein Gläschen, Emilie. Du mußt wieder hochkommen.«

Was sprach man über den Toten? Es war schon bemerkenswert, daß trotz des schlechten Wetters so viele Leute zur Beerdigung gekommen waren. Maigret wäre am liebsten hinausgefahren, vor allem, weil er Monique treffen wollte, um ein ernstes Gespräch mit ihr zu führen, das jedoch nicht bei ihr zu Hause stattfinden sollte. Er wollte sie aber auch nicht offiziell vorladen. So langte er mechanisch zum Telefon und wählte die Nummer ihrer Firma.

»Spreche ich mit Geber & Bachelier?«

»Ja, Georges Bachelier am Apparat.«

»Können Sie mir sagen, ob Mademoiselle Thouret morgen früh im Büro sein wird?«

»Sicher. Sie mußte heute wegen eines Familienereignisses freinehmen, doch es gibt keinen Grund, daß ... Mit wem spreche ich bitte?«

Maigret legte auf.

»Ist Santoni hier?«

»Ich habe ihn seit heute morgen nicht mehr gesehen.«

»Leg ihm einen Zettel auf den Schreibtisch, daß er morgen früh am Eingang von Geber & Bachelier auf Mademoiselle Thouret warten und sie zu mir bringen soll. Er soll sie aber freundlich behandeln.«

»Hierher?«

»Ja, in mein Büro.«

»Sonst noch etwas?«

»Nein, nichts mehr. Ich will jetzt in Ruhe arbeiten.«

Für heute hatte er genug von Louis Thouret, seiner Familie und seiner Geliebten. Hätte es ihm sein Berufsgewissen nicht verboten, dann hätte er jetzt Büro Büro sein lassen und wäre ins Kino gegangen.

Bis sieben Uhr abends arbeitete er mit einer Verbissenheit, als hinge das Schicksal der Welt davon ab. Er erledigte nicht nur die Akte »Laufendes«, sondern befaßte sich auch mit den bedeutungslosen Fällen, die seit Wochen, einige schon seit Monaten, auf ihre Bearbeitung warteten. Als er schließlich, ganz benommen von alldem Aktenkram, das Büro verließ und ins Freie trat, kam ihm etwas merkwürdig verändert vor. Es dauerte eine ganze Weile, bis er die Hand ausstreckte und feststellte, daß es nicht mehr regnete. Es war, als fehlte etwas.

6
Die Bettler

»Was macht sie?«

»Nichts. Sie sitzt aufrecht da, hält den Kopf hoch und starrt vor sich hin.«

Sie hatte sich nicht einmal in einen der Sessel gesetzt, sondern einen der Stühle genommen, die im Wartezimmer standen.

Maigret ließ sie absichtlich warten, ließ sie reif werden, wie er sich ausdrückte. Als ihm Santoni etwa zwanzig Minuten nach neun Uhr gemeldet hatte, daß Monique da sei, hatte er gebrummt: »Laß sie im Käfig sitzen.«

So nannte er den verglasten, mit grünen Veloursesseln ausgestatteten Warteraum, in dem schon viele andere vor Monique ihre Sicherheit verloren hatten.

»Wie sieht sie aus?«

»Sie ist in Trauer.«

»Das meine ich doch nicht.«

»Es schien fast, als hätte sie mich erwartet. Ich stand zwei oder drei Meter vor dem Eingang des Gebäudes in der Rue de Rivoli. Als sie kam, trat ich auf sie zu und sagte: ›Entschuldigung, Mademoiselle . . .‹

Sie muß kurzsichtig sein, denn als sie mich anschaute, kniff sie die Augen zusammen. Dann sagte sie: ›Ach, Sie sind's!‹ ›Der Kommissar möchte Sie einen Augenblick sprechen . . .‹

Sie protestierte nicht. Ich rief ein Taxi. Auf dem ganzen Weg hat sie kein einziges Mal den Mund aufgemacht.«

Der Regen hatte aufgehört, und die Sonne war herausgekommen. Durch die feuchte Luft wirkte das Licht viel greller als sonst.

Maigret hatte Monique in ihrer Ecke sitzen sehen, als er zum Rapport ging. Eine halbe Stunde später, als er in sein Büro zurückkam, saß sie immer noch dort. Nach einer Weile beauftragte er Lucas, nach ihr zu sehen.

»Liest sie?«

»Nein, sie tut gar nichts.«

Von ihrem Platz aus konnte Monique das Treiben bei der Kripo beobachten. Diese Szenerie ist ungefähr mit dem Bild zu vergleichen, das sich einem bietet, wenn man in einem Restaurant durch den Speiseschalter in die Küche blickt. Auf dem Flur mit den unzähligen Türen sah sie das Kommen und Gehen der Inspektoren, wie sie, mit Akten in den Händen, von einem Büro ins andere gingen, zu einem Einsatz aufbrachen oder gerade zurückkamen. Manchmal blieben sie stehen und wechselten ein paar Worte über einen laufenden Fall, einer führte einen Häftling in Handschellen ab, ein anderer stieß eine heulende Frau vor sich her.

Mehrere Leute, die nach ihr gekommen waren, hatte man schon in die Büros geführt. Doch Monique wirkte immer noch nicht ungeduldig.

Das Telefon in der Rue d'Angoulême blieb stumm. Ahnte Mariette Gibon etwas? Hatte sie nach dem Trick mit der vergessenen Pfeife Lunte gerochen?

Neveu, der abwechselnd mit einem Kollegen aus dem Arrondissement das Haus beobachtete, hatte nichts Ungewöhnliches bemerkt.

Von Albert Jorisse wußte man mit ziemlicher Sicherheit, daß er sich um sechs Uhr vergangenen Abends noch in Paris aufgehalten hatte. Verkehrspolizist Dambois, der, wie alle anderen, eine Beschreibung des Jungen hatte, hatte ihn um diese Zeit an der Kreuzung Place Clichy-Boulevard des Batignolles gesehen. Er war gerade aus einer Bar gekommen. Vielleicht war der Beamte zu schnell vorgegangen, als er ihn ergreifen wollte. Jedenfalls fing Jorisse an zu laufen, in die Menschenmenge hinein, in deren Gedränge er verschwand. Der Polizist hatte gepfiffen und seine Kollegen alarmiert. Doch es war nichts dabei herausgekommen, konnte auch nicht. Vergeblich hatte man hinterher das Viertel durchkämmt. Der Besitzer des Bistro sagte aus, daß der Junge nicht telefoniert habe. Er hätte aber fünf harte Eier, einige Brötchen und drei Tassen Kaffee verschlungen. »Er sah ausgehungert aus«, meinte der Wirt.

Richter Coméliau hatte Maigret angerufen.

»Immer noch nichts Neues?«

»Ich hoffe, den Mörder in den nächsten achtundvierzig Stunden zu fassen.«

»Ist es das, was wir uns dachten? Raubmord?«

Maigret hatte bejaht.

Da war noch die Sache mit dem Messer. In der Morgenpost lag ein Brief von der Herstellerfirma. Schon zu Beginn der Untersuchung hatte Janvier sich persönlich dort vorgestellt, und eines der hohen Tiere hatte ihm erklärt, daß es nichts gab, wodurch man eindeutig hätte feststellen können, daß jenes Messer bei diesem Eisenwarenhändler verkauft worden war und nicht bei jenem. Nicht ohne Stolz hatte er ihm die astronomische Zahl genannt, in der die Messer hergestellt werden.

Jetzt teilte jemand, der seine Unterschrift mit dem Zusatz »Stellvertretender Direktor« versehen hatte, dem Chef der Kriminalpolizei mit, daß das im Mordfall am Boulevard Saint-Martin verwendete Messer, wie aus der im Heft eingravierten Nummer ersichtlich, zu einer Sendung gehörte, die vor vier Monaten an einen Großhändler in Marseille geliefert wurde.

Also hatten fünf Inspektoren drei Tage lang ihre Zeit vergeudet, indem sie die Pariser Händler aufgesucht hatten. Janvier war außer sich vor Wut.

»Was soll ich machen, Chef?«

»Alarmiere Marseille. Dann gehst du mit Mœurs oder einem anderen aus dem Labor in die Rue d'Angoulême. Mœrs soll alle Fingerabdrücke nehmen, die er in dem Zimmer findet. Er soll nicht vergessen, auch den Spiegelschrank genau abzusuchen.«

Monique wartete immer noch. Ab und zu hatte Maigret jemand hinausgeschickt, um einen Blick in den Käfig zu werfen.

»Was macht sie?«

»Nichts.«

Stärkere als sie waren nach einer Stunde Warten in dem Glaskäfig am Ende ihrer Nerven gewesen.

Viertel vor elf seufzte Maigret endlich.

»Bringt sie herein.«

Er stand auf und entschuldigte sich bei ihr: »Da unsere

Unterhaltung ziemlich lange dauern wird, wollte ich vorher die laufenden Angelegenheiten erledigen.«

»Ich verstehe.«

»Wollen Sie bitte Platz nehmen?«

Sie setzte sich, ordnete links und rechts ihre Haare und legte ihre Handtasche auf den Schoß. Maigret ließ sich auf seinem Stuhl nieder, führte seine Pfeife zum Mund und fragte, bevor er sie anzündete: »Gestatten Sie?«

»Mein Vater rauchte. Meine Onkel rauchen auch.«

Sie war weniger nervös, weniger ängstlich als bei ihrem ersten Besuch in diesem Büro. Die Luft war so mild an diesem Vormittag, daß der Kommissar das Fenster einen Spalt offenstehen ließ. Die Geräusche von der Straße drangen gedämpft zu ihnen herauf.

»Ich möchte mit Ihnen selbstverständlich über Ihren Vater reden.«

Sie nickte stumm.

»Und über Sie selbst und noch einige andere Personen.«

Sie half ihm nicht, blickte nicht zur Seite, wartete nur, als wüßte sie im voraus, welche Fragen er ihr stellen würde.

»Lieben Sie Ihre Mutter sehr, Mademoiselle Monique?«

Er wollte sie auf »väterliche Art« verhören, zu ihr wie zu einem Kind sprechen. Schrittweise wollte er sie in eine Situation bringen, in der sie nur noch die Wahrheit sagen konnte. Aber schon ihre erste Antwort brachte ihn aus seinem Konzept.

Ruhig, als wäre es völlig normal, erwiderte sie: »Nein.«

»Sie wollen damit sagen, daß Sie sich nicht mit ihr verstehen?«

»Ich hasse sie.«

»Darf ich fragen, warum?«

Sie zuckte nur mit den Schultern. »Sie waren bei uns, Sie haben sie gesehen.«

»Wollen Sie sich bitte etwas genauer ausdrücken?«

»Meine Mutter denkt nur an sich, an ihren eigenen Nutzen und an ihre alten Tage. Es quält sie, daß sie eine weniger gute Partie gemacht hat als ihre Schwestern, und sie will überall glauben machen, daß sie es ebensogut hätte.«

Er mußte sich ein Lächeln verkneifen, denn sie sagte dies in einem furchtbar ernsten Ton.

»Liebten Sie Ihren Vater?«

Sie verharrte einen Augenblick schweigend, und er mußte seine Frage wiederholen.

»Ich überlege. Ich frage mich, ob ich ihn liebte. Es verdrießt mich, das jetzt, wo er tot ist, zugeben zu müssen.«

»Daß Sie ihn nicht besonders liebten?«

»Er war ein armer Typ.«

»Was nennen Sie einen armen Typ?«

»Er unternahm nichts, änderte nichts daran.«

»Woran?«

»An allem.«

Und mit einer plötzlichen Heftigkeit fuhr sie fort: »An dem Leben, das wir führten. Wenn man das ein Leben nennen kann. Ich habe seit langem die Nase voll davon und nur noch den einen Gedanken: fort!«

»Heiraten?«

»Heiraten oder nicht, wenn ich nur wegkomme.«

»Wollten Sie Ihr Elternhaus in nächster Zukunft verlassen?«

»Über kurz oder lang.«

»Hatten Sie mit Ihren Eltern darüber gesprochen?«

»Wozu denn?«

»Sie wären weg, ohne ein Wort zu sagen?«

»Warum nicht? Was hätte das für sie geändert?«

Er beobachtete sie mit steigendem Interesse und vergaß darüber des öfteren, an seiner Pfeife zu ziehen. Zwei- oder dreimal mußte er sie neu anzünden.

»Wann haben Sie erfahren, daß Ihr Vater nicht mehr in der Rue de Bondy arbeitete?« fragte er sie ohne Umschweife. Er hatte mit einer bestimmten Reaktion auf diese Frage gerechnet, aber sie kam nicht. Sie schien all diese Fragen vorausgesehen und sich die Antworten darauf bereitgelegt zu haben. Das war die einzige Erklärung für ihr Benehmen.

»Vor ungefähr drei Jahren, ich erinnere mich nicht genau. Es muß im Januar gewesen sein. Januar oder Februar. Es war eisig kalt.«

Die Firma Kaplan hatte Ende Oktober geschlossen. In den Monaten Januar und Februar war Monsieur Louis noch auf Stellensuche gewesen. Damals, am Ende seiner Kraft, hatte er sich schweren Herzens dazu entschlossen, sich von Mademoiselle Léone und dem alten Buchhalter Geld zu leihen.

»Hat Ihr Vater es Ihnen gesagt?«

»Nein. Es hat sich ganz einfach ergeben. Eines Nachmittags, als ich Gelder kassierte . . .«

»Sie waren da schon in der Rue de Rivoli beschäftigt?«

»Ich habe mit achtzehn Jahren dort angefangen. Der Zufall wollte es, daß ich eine Kundin, eine Damenfriseuse, aufsuchen mußte, die in dem Gebäude wohnt, in dem mein Vater arbeitete. Ich warf einen Blick in den Hof. Es war kurz nach vier Uhr und schon dunkel. Aber das Gebäude hinten war nicht beleuchtet. Ich wunderte mich darüber und fragte die Concierge, die mir dann mitteilte, daß die Firma Kaplan nicht mehr existierte.«

»Haben Sie Ihrer Mutter etwas davon gesagt, als Sie nach Hause kamen?«

»Nein.«

»Ihrem Vater auch nicht?«

»Er hätte mir nicht die Wahrheit gesagt.«

»Log er denn öfters?«

»Das ist schwer zu sagen. Er gab sich Mühe, zu Hause keine Szenen heraufzubeschwören, und antwortete immer das, was meine Mutter hören wollte.«

»Hatte er Angst vor einem Streit?«

»Er wollte seinen Frieden haben.« Sie sagte es mit einer gewissen Geringschätzung.

»Sind Sie ihm nachgegangen?«

»Ja. Zwar nicht am nächsten Tag, denn es bot sich keine Gelegenheit, aber zwei oder drei Tage später. Ich nahm unter dem Vorwand dringender Büroarbeiten einen früheren Zug und wartete auf ihn in der Nähe des Bahnhofs.«

»Was trieb er an jenem Tag?«

»Er hatte sich in mehreren Büros vorgestellt, wie jemand, der nach einer Arbeit sucht. Mittags saß er in einer kleinen Bar und aß Croissants, dann eilte er zu einem Zeitungsverlag und las dort am Eingang die kleinen Stellenanzeigen. Da habe ich verstanden.«

»Und wie war Ihre Reaktion darauf?«

»Was meinen Sie?«

»Haben Sie sich nicht gefragt, warum er zu Hause nichts erzählt hatte?«

»Nein. Das hätte er nicht gewagt. Es wäre zu einer Szene gekommen. Meine Onkel und Tanten hätten die Gelegenheit wahrgenommen, ihn mit guten Ratschlägen zu überhäufen und ihm wieder einmal seinen Mangel an Initiative vorzuwerfen. Schon als Kind habe ich dieses Wort ständig hören müssen.«

»Ihr Vater kam nichtsdestoweniger am Ende jedes Monats mit seinem Gehalt nach Hause?«

»Ja. Und das war es auch, was mich bei der ganzen Sache wunderte. Jedesmal rechnete ich damit, ihn mit leeren Händen ankommen zu sehen. Statt dessen teilte er eines schönen Tages meiner Mutter sogar mit, daß er eine Gehaltserhöhung gefordert und sie auch bekommen habe.«

»Wann war das?«

»Eine ganze Zeit später. Im Sommer. Etwa im August.«

»Schlossen Sie daraus, daß Ihr Vater eine neue Stellung gefunden hatte?«

»Ja. Aber ich wollte es genau wissen und bin ihm wieder gefolgt. Er arbeitete immer noch nicht. Er ging spazieren, saß auf den Bänken. Ich glaubte, daß er vielleicht seinen freien Tag hatte, und ging ihm nach ein oder zwei Wochen, an einem anderen Wochentag, noch einmal nach. Und an diesem Tag hat er mich gesehen. Er hatte sich gerade auf eine Bank an den Grands Boulevards gesetzt. Er wurde blaß, zögerte und kam mir schließlich entgegen.«

»Wußte er, daß Sie ihm gefolgt waren?«

»Ich glaube nicht. Er schien es für ein zufälliges Treffen zu halten. Er hat mich in sein Geheimnis eingeweiht, als wir bei einer Tasse Kaffee auf einer Terrasse saßen. Es war sehr heiß an diesem Tag.«

»Was hat er Ihnen erzählt?«

»Daß die Firma Kaplan enteignet worden wäre, daß er plötzlich auf der Straße gestanden und es vorgezogen hätte, meiner Mutter nichts davon zu sagen, um sie nicht zu beunruhigen. Er war sicher gewesen, sofort einen neuen Arbeitsplatz zu finden.«

»Trug er gelbe Schuhe?«

»Nicht an jenem Tag. Er hatte noch hinzugefügt, daß sich die Suche als viel schwieriger herausgestellt hatte, als er dachte, doch daß mittlerweile alles in Ordnung sei, daß er im Versicherungsgeschäft tätig sei und seine Arbeit ihm viel Freizeit ließe.«

»Warum hatte er zu Hause nichts davon erwähnt?«

»Wieder nur meiner Mutter wegen. Sie verachtet Leute, die von Tür zu Tür gehen, um Staubsauger oder Versicherungen zu verkaufen. Sie nennt sie Taugenichtse und Bettler. Hätte sie erfahren, daß ihr Mann so einen Beruf ausübt, wäre das für sie, vor allen Dingen gegenüber ihren Schwestern, eine Demütigung gewesen, die ihr das Leben unerträglich gemacht hätte.«

»Ihre Mutter gibt sehr viel auf die Meinung ihrer Schwestern, nicht wahr?«

»Sie will ihnen in nichts nachstehen.«

»Glaubten Sie Ihrem Vater die Geschichte mit der Versicherung?«

»Im ersten Augenblick ja.«

»Und danach?«

»Ich wurde ein wenig unsicher.«

»Warum?«

»Einmal, weil er zuviel Geld verdiente.«

»War es so viel?«

»Ich weiß nicht, was Sie unter ›so viel‹ verstehen. Nach einigen Monaten erzählte er uns, man habe ihn zum Stellvertretenden Direktor ernannt und sein Gehalt noch mal erhöht. Ich erinnere mich noch an eine Unterhaltung, die sie deswegen führten. Mama wollte, daß er sich die Berufseintragung auf seinem Personalausweis ändern lasse. Das Wort ›Lagerverwalter‹ hatte sie immer irgendwie gedemütigt. Er erwiderte ihr, daß er es für unnötig halte, wegen so einer Kleinigkeit zu den Behörden zu laufen.«

»Ihr Vater und Sie haben sich dabei sicherlich verständnisvoll angeblickt?«

»Wenn er sicher sein konnte, daß meine Mutter gerade nicht hersah, zwinkerte er mir zu. So manchen Morgen ließ er eine Banknote in meine Tasche gleiten.«

»Um Ihr Schweigen zu erkaufen?«

»Es freute ihn, daß er mir Geld geben konnte.«

»Sie hatten mir gesagt, daß Sie sich ab und zu zum Mittagessen getroffen haben.«

»Das stimmt. Wir verabredeten uns leise im Flur. Im Restaurant durfte ich nur die teuersten Gerichte wählen, und anschließend lud er mich ins Kino ein.«

»Hatte er seine gelben Schuhe an?«

»Ja, einmal. Ich fragte ihn, wo er denn die Schuhe wechselte, und er erklärte mir, daß er aus beruflichen Gründen ein Zimmer in der Stadt halten müsse.«

»Gab er Ihnen die Adresse?«

»Damals nicht. Erst eine ganze Zeit später.«

»Hatten Sie einen Freund?«

»Nein.«

»Wann haben Sie Albert Jorisse kennengelernt?«

Sie errötete nicht, fing auch nicht an zu stottern. Auch auf diese Frage war sie wohl gefaßt.

»Vor vier oder fünf Monaten.«

»Lieben Sie ihn?«

»Wir wollen zusammen weggehen.«

»Um zu heiraten?«

»Sobald er alt genug ist. Er ist erst neunzehn und kann ohne das Einverständnis seiner Eltern nicht heiraten.«

»Sind die gegen die Heirat?«

»Sie würden sie bestimmt nicht befürworten.«

»Weshalb nicht?«

»Weil er keine gesicherte Position hat. Seine Eltern denken nur daran, genau wie meine Mutter.«

»Wohin wollten Sie?«

»Nach Südamerika. Ich habe schon einen Paß beantragt.«

»Haben Sie Geld?«

»Etwas. Ich kann einen Teil von dem, was ich verdiene, behalten.«

»Wann haben Sie Ihren Vater zum erstenmal um Geld gebeten?«

Sie sah ihn einen Augenblick betroffen an und seufzte. »Auch das wissen Sie?«

Und ohne zu zögern, setzte sie hinzu: »Ich ahnte es schon, deshalb sagte ich Ihnen auch die Wahrheit. Ich glaube nicht, daß Sie so gemein sein werden und meiner Mutter das alles weitererzählen. Es sei denn, Sie sind wie sie.«

»Ich habe keineswegs die Absicht, mit Ihrer Mutter über Ihre Angelegenheiten zu reden.«

»Obwohl das ja auch nichts mehr ändern würde.«

»Sie meinen, daß Sie trotzdem weggehen werden?«

»Ja, früher oder später.«

»Wie haben Sie die Pariser Adresse Ihres Vaters erfahren?«

Jetzt war sie nahe daran, zu lügen.

»Albert hat sie herausgefunden.«

»Indem er ihm folgte?«

»Ja. Wir fragten uns beide, wie er seinen Lebensunterhalt verdiente, und beschlossen deshalb, daß Albert ihm nachgehen sollte.«

»Inwiefern interessierte Sie das?«

»Albert behauptete, daß mein Vater ungesetzlichen Geschäften nachginge.«

»Was nützte es Ihnen, das zu wissen?«

»Er schien viel Geld zu verdienen.«

»Und Sie wollten ihn um einen Teil dieses Geldes bitten?«

»Wenigstens um den Betrag, der für die Schiffspassage nötig war.«

»Indem Sie ihn erpreßten?«

»Es ist ganz natürlich, daß ein Vater . . .«

»Kurz, Ihr Freund Albert fing an, hinter Ihrem Vater herzuspionieren.«

»Er ist ihm drei Tage lang gefolgt.«

»Und was hat er entdeckt?«

»Haben Sie selbst denn etwas entdeckt?«

»Ich habe Ihnen eine Frage gestellt.«

»Erstens hat er herausgefunden, daß mein Vater sein Zimmer in der Rue d'Angoulême hatte. Zweitens, daß er absolut nicht im Versicherungsgeschäft tätig war, sondern seine Zeit damit verbrachte, auf den Grands Boulevards herumzubummeln und auf den Bänken zu sitzen. Schließlich . . .«

»Schließlich was?«

»Er hatte eine Geliebte.«

»Welche Wirkung hat diese Entdeckung auf Sie gehabt?«

»Ich hätte es lieber gesehen, wenn sie jung und hübsch gewesen wäre. Sie gleicht Mama.«

»Haben Sie sie gesehen?«

»Albert zeigte mir, wo sie sich gewöhnlich trafen.«

»Rue Saint-Antoine?«

»Ja. In einem kleinen Café. Ich ging wie zufällig vorbei und warf einen Blick hinein. Ich hatte nicht die Zeit, sie mir näher anzuschauen, doch ich konnte mir nun immerhin ein Bild von ihr machen. Es dürfte mit ihr nicht viel amüsanter gewesen sein als mit Mama.«

»Sie sind dann in die Rue d'Angoulême gegangen?«

»Ja.«

»Hat Ihr Vater Ihnen Geld gegeben?«

»Ja.«

»Haben Sie ihm gedroht?«

»Nein. Ich schwindelte ihm vor, daß ich den Umschlag mit den Geldern der Firma verloren hätte. Wenn ich die Summe nicht auftreiben könnte, sagte ich, würde man mich auf die Straße setzen und wie einer Diebin hinter mir her sein.«

»Wie hat er reagiert?«

»Er schien verlegen. Als ich das Foto der Frau auf einem Tischchen stehen sah, griff ich danach und fragte ganz erstaunt: ›Wer ist das?‹«

»Was hat er geantwortet?«

»Es sei eine Jugendfreundin, die er zufällig wiedergetroffen habe.«

»Finden Sie nicht, daß Sie ziemlich frech zu Ihrem Vater waren?«

»Ich wehre mich nur.«

»Gegen wen?«

»Gegen alle. Ich habe keine Lust, wie meine Mutter zu enden, in einem lächerlichen Haus, in dem man erstickt.«

»Hat auch Albert Ihren Vater aufgesucht?«

»Davon weiß ich nichts.«

»Sie lügen, mein Kind.«

Sie sah ihn ernst an und gab es schließlich zu. »Ja.«

»Warum haben Sie gerade bei dieser Frage gelogen?«

»Weil ich seit der Ermordung meines Vaters damit rechne, daß man Albert verdächtigen wird.«

»Sie wissen, daß er verschwunden ist?«

»Er hat mich angerufen.«

»Wann?«

»Vor zwei Tagen, bevor er verschwunden ist, wie Sie sagen.«

»Hat er Ihnen gesagt, wohin er geht?«

»Nein. Er war furchtbar aufgeregt. Er ist davon überzeugt, daß man ihn des Mordes beschuldigen wird.«

»Warum?«

»Weil er in der Rue d'Angoulême war.«

»Wann haben Sie erfahren, daß wir ihm auf der Spur sind?«

»Als Ihr Inspektor Mademoiselle Blanche, diesen alten Drachen, verhört hat. Sie kann mich nicht ausstehen. Sie hat sich hinterher gebrüstet, so viel von mir erzählt zu haben, daß mir nun wohl für immer das Maul gestopft sei, wie sie wörtlich sagte. Ich habe versucht, Albert zu beruhigen, ihn zu überzeugen, daß es eine Dummheit ist, sich zu verstecken, weil er sich doch gerade dadurch verdächtig macht.«

»Hat er keine Vernunft angenommen?«

»Nein. Er konnte vor Aufregung kaum sprechen am Telefon.«

»Was beweist Ihnen, daß er Ihren Vater nicht getötet hat?«

»Warum sollte er es getan haben?« Ruhig und als vernünftig denkender Mensch fügte sie hinzu: »Wir konnten von ihm so viel Geld verlangen, wie wir wollten.«

»Und wenn Ihr Vater sich geweigert hätte?«

»Dazu wäre er nicht in der Lage gewesen. Albert brauchte ihm nur damit zu drohen, alles meiner Mutter zu erzählen. Ich weiß, was Sie denken. Sie bezeichneten mich als freches

Gör, aber wenn Sie Ihre schönsten Jahre, wie man so sagt, in einer Atmosphäre wie der von Juvisy hätten verbringen müssen . . .«

»Sie haben Ihren Vater an seinem Todestag nicht gesehen?«

»Nein.«

»Und Albert?«

»Ich bin ziemlich sicher, daß er ihn nicht getroffen hat. Wir hatten für jenen Tag nichts ausgemacht. Wir haben wie gewöhnlich zusammen gegessen, und er hat nichts davon erwähnt.«

»Wissen Sie, wo Ihr Vater sein Geld aufbewahrte? Wenn ich richtig verstanden habe, hatte Ihre Mutter die Gewohnheit, seine Taschen und seinen Geldbeutel allabendlich zu inspizieren.«

»Das hat sie schon immer gemacht.«

»Warum?«

»Einmal, es liegt schon länger als zehn Jahre zurück, hat sie an seinem Taschentuch Spuren eines Lippenstiftes entdeckt. Meine Mutter benutzt aber keinen Lippenstift.«

»Sie waren noch sehr jung damals?«

»Ich war zehn oder zwölf Jahre alt. Trotzdem erinnere ich mich daran. Sie hatten mich gar nicht beachtet. Mein Vater schwor ihr, in der Hitze sei eine der Packerinnen im Geschäft ohnmächtig geworden und er habe ihr sein Taschentuch, das man mit Alkohol getränkt hatte, unter die Nase gehalten.«

»Was wahrscheinlich der Wahrheit entsprach.«

»Meine Mutter glaubte es ihm nicht.«

»Ich will auf meine Frage zurückkommen. Ihr Vater konnte nicht mehr Geld mit nach Hause bringen, als er angeblich verdiente.«

»Er bewahrte es in seinem Zimmer auf.«

»Auf dem Spiegelschrank?«

»Woher wissen Sie das?«

»Und woher wissen Sie es?«

»Als ich ihn eines Tages um Geld bat, stieg er auf einen Stuhl und holte einen gelben Umschlag vom Schrank herunter. Er enthielt Tausendfrancsscheine.«

»Viele?«

»Ein dickes Bündel.«

»Und Albert wußte das.«

»Das war kein Grund, ihn zu ermorden. Ich weiß bestimmt, daß er es nicht gewesen ist. Und außerdem hätte er sowieso kein Messer benutzt.«

»Was läßt Sie zu dieser festen Überzeugung kommen?«

»Ich war dabei, wie er fast ohnmächtig wurde, als er sich mal mit einem Taschenmesser in den Finger schnitt. Wenn er Blut sieht, wird ihm schlecht.«

»Schlafen Sie mit ihm?«

Wieder einmal zuckte sie mit den Schultern. »Was für eine Frage!«

»Wo?«

»Irgendwo. Es gibt genügend Hotels in Paris, die nur dafür da sind. Sie werden nicht behaupten wollen, daß die Polizei darüber nicht Bescheid weiß.«

»Kurz und gut, wenn wir diese interessante Unterhaltung zusammenfassen, kommen wir zu dem Schluß, daß Albert und Sie Ihren Vater erpreßten und dies so lange treiben wollten, bis Sie das Geld für Ihre ›Flucht‹ nach Südamerika beisammen hatten.«

Sie widersprach nicht.

»Ich halte ebenfalls fest, daß es Ihnen trotz Ihrer Nachforschungen nicht gelungen ist, herauszufinden, auf welche Art und Weise Ihr Vater zu seinem Geld kam.«

»Danach haben wir gar nicht so sehr gesucht.«

»Entscheidend ist, damit wir uns richtig verstehen, nur das Ergebnis.«

Zuweilen hatte Maigret den Eindruck, daß sie ihn fast mitleidig ansah. Dafür, daß er Kommissar bei der Kripo war, schien sie ihn für recht naiv zu halten, ebenso naiv, wie es ihre Mutter, ihre Tanten, ihre Onkel waren.

»Jetzt wissen Sie alles«, murmelte sie und wollte aufstehen. »Sie haben gewiß bemerkt, daß ich nicht versucht habe, das Unschuldslamm vor Ihnen zu spielen. Im übrigen ist es mir gleichgültig, was Sie von mir denken.«

Es war offensichtlich, daß irgend etwas sie noch quälte.

»Werden Sie meiner Mutter bestimmt nichts sagen?«

»Was wäre schon dabei, da Sie ja doch fortwollen?«

»Zum einen wird das noch eine ganze Weile dauern, und zum anderen möchte ich jede Szene vermeiden.«

»Ich verstehe.«

»Albert ist nicht volljährig, seine Eltern könnten . . .«

»Ich würde mich sehr gern mit Albert unterhalten.«

»Wenn es nur von mir abhinge, wäre er noch heute vormittag hier. So ein Dummkopf. Ich bin sicher, daß er sich irgendwo versteckt hält und vor Angst am ganzen Körper schlottert.«

»Sie scheinen ihn nicht sehr zu bewundern.«

»Ich bewundere niemanden.«

»Nur sich selbst.«

»Nein, auch das nicht. Ich wehre mich.«

Warum sollte er noch darüber streiten?

»Wissen meine Chefs, daß ich hier bin?«

»Ich habe sie telefonisch davon unterrichtet, daß ich Sie wegen gewisser Formalitäten brauchte.«

»Um wieviel Uhr erwarten sie mich zurück?«

»Ich habe keine Zeit genannt.«

»Kann ich gehen?«

»Ich halte Sie nicht zurück.«

»Werden Sie mich von einem Ihrer Inspektoren verfolgen lassen?«

Er hätte beinahe laut aufgelacht, zwang sich aber, ernst zu bleiben.

»Möglicherweise.«

»Er würde seine Zeit vertun.«

»Ich danke Ihnen.«

Maigret schickte ihr tatsächlich jemand nach, obwohl er überzeugt war, daß dabei nichts herauskommen würde. Janvier, der gerade verfügbar war, wurde damit beauftragt.

Der Kommissar saß noch gut zehn Minuten an seinem Schreibtisch. Er hatte die Ellbogen aufgestützt, die Pfeife zwischen die Zähne geklemmt und blickte gedankenverloren zum Fenster hin. Plötzlich schüttelte er sich wie jemand, der gerade aufgewacht ist und nicht richtig zu sich kommt. Er erhob sich und brummte vor sich hin: »Alter Idiot!«

Ohne recht zu wissen, was er jetzt tun sollte, ging er in das Büro der Inspektoren.

»Noch immer nichts Neues von dem Burschen?«

Jorisse mußte doch das Verlangen haben, mit Monique in Verbindung zu treten. Aber wie sollte es ihm gelingen, ohne dabei gefaßt zu werden? Maigret hatte vergessen, an das Mädchen eine Frage zu richten, die nicht unwichtig war. Wer von den beiden bewahrte das Geld auf, das das Paar für die Überfahrt nach Südamerika auf die hohe Kante legte? Hatte er das Geld, dann trug er es sicher bei sich. Hatte er es nicht, dann war es durchaus möglich, daß er jetzt auf dem trockenen saß und sich nicht einmal mehr etwas zu essen kaufen konnte.

Maigret wartete noch ein paar Minuten, ging nachdenklich zwischen den beiden Büros hin und her und rief dann bei Geber & Bachelier an.

»Ich möchte Mademoiselle Monique Thouret sprechen.«

»Einen Augenblick, ich glaube, sie kommt gerade herein.«

»Hallo!« hörte er Moniques Stimme.

»Freuen Sie sich nicht zu früh. Hier spricht nicht Albert, sondern der Kommissar. Ich habe noch eine Frage: Wer hat das Geld? Sie oder er?«

Sie verstand sofort.

»Ich.«

»Wo?«

»Ich habe es hier in meinem Schreibtisch eingeschlossen.«

»Hat er Geld bei sich?«

»Bestimmt nicht viel.«

»Danke, das war's.«

Lucas machte ihm ein Zeichen, daß er am anderen Apparat verlangt wurde. Er erkannte die Stimme von Lapointe.

»Rufst du aus der Rue d'Angoulême an?« fragte der Kommissar verwundert.

»Nicht aus dem Haus. Ich bin in einem Bistro an der Ecke.«

»Was ist los?«

»Ich weiß nicht, ob es wichtig ist, doch ich wollte Sie auf

jeden Fall davon unterrichten. Das Zimmer ist von oben bis unten geputzt worden. Der Fußboden und die Möbel sind frisch gewachst, und überall hat man Staub gewischt.«

»Auch auf dem Schrank?«

»Ja, auch da. Ich hatte den Eindruck, daß das Weib sich lustig über mich machte. Ich fragte sie, wann dieser Großputz stattgefunden hatte. Ihre Antwort war, daß gestern nachmittag die Putzfrau, die zweimal wöchentlich kommt, dagewesen sei und sie so die Gelegenheit genutzt habe, das Zimmer gründlich sauberzumachen. Sie hatten ihr diesbezüglich keine Vorschriften gemacht, und da sie das Zimmer weiter vermieten will . . .«

Das war eine Panne. Maigret hätte daran denken müssen.

»Wo ist Mœurs?«

»Er ist noch oben. Er will sich vergewissern, ob nicht doch ein Fingerabdruck der Zerstörung entgangen ist. Bis jetzt hat er noch nichts gefunden. Wenn da wirklich eine Putzfrau am Werk war, dann hat sie gute Arbeit geleistet. Soll ich zum Quai zurückkommen?«

»Nicht direkt. Versuche erst, den Namen und die Adresse der Putzfrau herauszufinden, und suche sie dann auf. Sie soll dir berichten, wie das alles vor sich gegangen ist, welche Anweisungen sie bekommen hat und wer sich im Zimmer aufhielt, während sie dort arbeitete.«

»Gut.«

»Mœurs kann zurückkommen. Noch etwas, ein Mann von der Sitte müßte dort in der Gegend sein.«

»Ja, Dumoncel. Ich habe gerade mit ihm gesprochen.«

»Er soll bei seiner Abteilung Verstärkung anfordern. Wenn eine der Mieterinnen das Haus verläßt, soll man ihr folgen.«

»Es sieht nicht so aus, als wollten sie ausgehen. Die eine von ihnen spaziert nackt im Treppenhaus herum, die zweite liegt gerade in der Badewanne, und die dritte scheint schon seit mehreren Tagen nicht mehr nach Hause gekommen zu sein.«

Maigret begab sich in das Büro des Chefs, wie er das hin und wieder tat, ohne besonderen Grund, nur um über den gerade vorliegenden Fall ein paar Worte zu wechseln. Er liebte die Atmosphäre dieses Büros. Er stellte sich immer vor das gleiche Fenster, durch das man auf den Pont Saint-Michel und die Quais blickt.

»Müde?«

»Ich glaube, ich spiele ein Geduldsspiel. Ich möchte am liebsten überall zugleich sein und laufe dann doch nur im Kreis in meinem Büro herum. Heute morgen habe ich ein Verhör gehabt, das eines der ...«

Er hielt inne, suchte nach dem richtigen Wort, fand es nicht. Er fühlte sich hundemüde, richtig ausgepumpt, wie in einer Art Katerstimmung.

»Dabei war das Mädchen so jung, fast noch ein Kind.«

»Thourets Tochter?«

Das Telefon klingelte. Der Chef nahm den Hörer ab. »Ja, er ist hier.« Er wandte sich an Maigret: »Es ist für Sie. Neveu ist mit jemandem da, den er Ihnen schleunigst vorführen möchte.«

»Bis später.«

Ein aufgeregter Inspektor Neveu stand im Vorzimmer. Neben ihm saß auf einem der Stühle ein schwächliches, blasses Männlein von unbestimmbarem Alter. Maigret hatte das Gefühl, ihn schon einmal gesehen zu haben, ihm war sogar, als kenne er diesen Mann so gut wie seine Westentasche, doch er bemühte sich vergeblich, den auf dieses Gesicht passenden Namen zu finden.

»Willst du mich erst allein sprechen?« fragte er Neveu.

»Das ist nicht notwendig. Es wäre außerdem leichtsinnig, diesen alten Fuchs hier auch nur einen Augenblick allein zu lassen.«

Erst jetzt bemerkte Maigret, daß der Mann Handschellen trug. Er öffnete die Tür zu seinem Büro, der Festgenommene, der einen Fuß etwas nachschleifte, trat ein. Er roch nach Alkohol. Neveu schloß hinter ihm die Tür ab und befreite ihn von den Handschellen.

»Erkennen Sie ihn nicht, Chef?«

Maigret konnte sich immer noch nicht auf den Namen besinnen, doch dann kam ihm ganz plötzlich etwas in Erinnerung. Der Mann hatte das Gesicht eines abgeschminkten Clowns: Wangen wie aus Gummi und einen großen Mund, der sich zu einem zugleich bitteren und schalkhaften Ausdruck verzog.

Wer hatte in diesem Fall von einem Clownskopf gesprochen? Mademoiselle Léone? Monsieur Saimbron, der alte Buchhalter? Einer jedenfalls, der Monsieur Louis mit einem Begleiter auf einer Bank am Boulevard Saint-Martin oder Boulevard Bonne Nouvelle gesehen hatte.

»Setz dich!«

Als alter Gast des Hauses erwiderte der Mann: »Danke, Chef.«

7

Der Regenmantelhändler

»Jef Schramek, alias Fred der Clown, alias der Akrobat, geboren in Riquewihr, Oberrhein, vor dreiundsechzig Jahren.«

Ganz aufgeregt über seinen Erfolg, stellte Inspektor Neveu seinen Gefangenen wie bei einer Zirkusnummer vor.

»Erinnern Sie sich jetzt, Chef?«

Es lag mindestens fünfzehn Jahre zurück, wenn nicht sogar mehr, und es hatte sich nicht weit vom Boulevard Saint-Martin abgespielt, irgendwo zwischen der Rue de Richelieu und der Rue Drouot.

»Dreiundsechzig Jahre«, wiederholte Maigret und musterte den Mann, der den Blick mit einem geschmeichelten Lächeln erwiderte. Man sah sie ihm nicht an; lag es daran, daß er so mager war? Er hatte wirklich kein Alter. Hauptsächlich lag es an seinem Gesichtsausdruck, der nur schwerlich darauf schließen ließ, daß man vor einem älteren Menschen stand. Seine Verhaftung mußte ihn entsetzt haben, trotzdem schien er sich über die anderen und sich selbst lustig zu machen. Zweifellos war es bei ihm zu einem Tick geworden, Grimassen zu schneiden und andere zum Lachen zu bringen.

Das Erstaunlichste war, daß er schon über fünfundvierzig Jahre alt war, als ihn jenes Ereignis an den Boulevards für einige Wochen berühmt gemacht hatte.

Maigret drückte auf einen Knopf und nahm den Hörer

des Haustelefons ab. »Ich brauche die Akte Schramek. Jef Schramek, geboren in Riquewihr, Oberrhein.«

Er erinnerte sich nicht mehr, wie es begonnen hatte. Es war an einem Abend gegen acht Uhr gewesen. Auf den Boulevards wimmelte es von Menschen, alle Terrassen waren überfüllt. Es war ganz am Anfang des Frühlings, und es war schon dunkel.

Hatte jemand den hin und her zuckenden Schein einer Taschenlampe in den Büros eines der Häuser entdeckt? – Jedenfalls hatte man die Polizei alarmiert. Und wie immer hatte sich eine Gruppe von Gaffern gebildet, von denen ein Großteil gar nicht wußte, was sich abspielte.

Niemand ahnte, daß sich das ganze Theater über fast zwei Stunden hinziehen, dramatische und komische Momente haben und so viele Zuschauer anziehen würde, daß die Polizei den Schauplatz absperren mußte. Die Büroräume waren umstellt. Als einziger Ausweg blieb dem Einbrecher die Flucht durch eines der Fenster. Er hielt sich an einem Abflußrohr fest und kletterte die Fassade hoch.

Als er auf einem Fenstersims im nächsten Stockwerk Fuß faßte, erschien dort auch gleich ein Polizist, was den Einbrecher veranlaßte, seine Klettertour fortzusetzen, während unten auf der Straße die Frauen in Schreckensrufe ausbrachen.

Es war eine der heißesten Verfolgungen in der Polizeigeschichte gewesen. Im Gebäudeinnern jagten die Polizisten von einem Stockwerk ins andere, rannten zu den Fenstern, immer höher, während draußen an der Hauswand ein Mann, als wär's ihm ein Vergnügen, eine regelrechte Zirkusnummer darbot.

Er hatte als erster das Dach erreicht, das so steil war, daß sich die Beamten nur zögernd daraufgewagt hatten. Er, schwindelfrei, sprang von einem Dach aufs andere, lief über die Häuser hinweg und verschwand schließlich in einer Dachluke eines Eckgebäudes in der Rue Drouot.

Eine Viertelstunde lang hatte man ihn aus den Augen verloren, dann entdeckte man ihn plötzlich auf einem anderen Dach. »Dort ist er!« schrien die Leute und deuteten in seine Richtung. Niemand wußte, ob er bewaffnet war und was er überhaupt angestellt hatte. Schon lief das Gerücht, daß er mehrere Personen umgebracht hätte. Und als dann auch noch die Feuerwehr mit ihren langen Leitern einrückte, war die Erregung der Menge auf ihrem Gipfel angelangt. Schließlich, es dauerte geraume Zeit, suchte man die Dächer mit starken Scheinwerfern ab.

Es endete damit, daß man den Mann in der Rue Grange-Batelière faßte. Er war noch nicht einmal außer Atem und machte sich, stolz auf seine Leistung, über die Beamten lustig. In dem Augenblick, als man ihn in einen Wagen verfrachten wollte, wand er sich wie ein Aal aus den Händen seiner Häscher und verschwand – Gott allein weiß, wie es ihm gelang – spurlos in der Menge.

Das war Schramek. Mehrere Tage lang hatten die Zeitungen nur von dem »Akrobaten« berichtet, den man später durch puren Zufall auf einer Rennbahn gefaßt hatte.

Seine Laufbahn hatte er in jungen Jahren in einem Zirkus begonnen, der im Elsaß und in Deutschland umherzog. Dann war er nach Paris gekommen und hatte, wenn er nicht gerade wegen Einbruchs im Gefängnis saß, auf Jahrmärkten gearbeitet.

»Ich hatte keine Ahnung, daß er seine alten Tage in meinem Viertel verbringt«, sagte Inspektor Neveu, worauf der andere mit ernster Miene erwiderte: »Ich habe mich schon vor langer Zeit gebessert.«

»Man hatte mir von einem großen, mageren, schon etwas älteren Typ berichtet, den man mit Monsieur Louis zusammen auf den Bänken sitzen gesehen hatte.«

Hatte nicht jemand zu Maigret gesagt: »Einer der Typen, die man auf den Bänken sitzen sieht«?

Fred der Clown gehörte zu jener Sorte Menschen, bei denen es einen nicht überrascht, wenn sie ihre Zeit damit verbringen, stundenlang untätig herumzusitzen, die Vorübergehenden zu beobachten oder Tauben zu füttern. Sein Gesicht war grau wie die Pflastersteine und hatte den Ausdruck jener Leute, die nichts mehr zu erwarten haben.

»Bevor Sie mit dem Verhör beginnen, will ich Ihnen sagen, wie ich ihn gefaßt habe. Ich war in einer Bar in der Rue Blondel, nicht weit von der Porte Saint-Martin. Diese Bar ist gleichzeitig eine Zweigstelle des P. M. U., des amtlichen

Wettbüros, und nennt sich ›Chez Fernand‹. Fernand ist ein ehemaliger Jockei, ich kenne ihn gut. Ich habe ihm das Bild von Monsieur Louis gezeigt, und er betrachtete es, als ob er ihn kennen würde.

›Einer deiner Kunden?‹ habe ich ihn gefragt.

›Er nicht, nein. Aber er ist zwei- oder dreimal mit einem meiner Stammkunden erschienen.‹

›Mit wem?‹

›Mit Fred dem Clown.‹

›Dem ‚Akrobaten'? Ich dachte, der wäre schon längst tot oder säße im Gefängnis!‹

›Er ist noch quicklebendig und kommt jeden Nachmittag her, um seinen Schnaps zu trinken und um zu wetten. Allerdings habe ich ihn jetzt schon seit einigen Tagen nicht mehr gesehen.‹

›Wie lange nicht?‹

Fernand hat überlegt und ist in die Küche gegangen, um seine Frau zu fragen. ›Das letztemal war er am Montag hier.‹

›In Begleitung von Monsieur Louis?‹

Er konnte sich nicht daran erinnern, war aber ganz sicher, den ›Akrobaten‹ seit letzten Montag nicht mehr gesehen zu haben. Verstehen Sie? Ich brauchte Schramek also nur noch dingfest zu machen. Jetzt wußte ich, wo ich suchen mußte. Ich habe schließlich den Namen der Frau erfahren, mit der er seit mehreren Jahren zusammen lebt. Sie war früher Obst- und Gemüsehändlerin und heißt Françoise Bidou. Ihre Adresse habe ich allerdings erst vorhin herausgekriegt. Sie wohnt am Quai de Valmy, gegenüber dem Kanal. Dort habe ich unseren Mann gefunden, versteckt im Schlafzimmer, das er seit Montag nicht mehr verlassen hatte. Das erste, was ich tat, war, ihm Handschellen anzulegen, damit er mir nicht gleich wieder entwischen konnte.«

»Ich bin nicht mehr so wendig wie früher«, scherzte Schramek.

Es klopfte an die Tür. Jemand legte eine dicke Akte mit gelbem Deckel auf Maigrets Schreibtisch. Es war die Geschichte Schrameks, genauer gesagt, die Geschichte seiner Auseinandersetzungen mit der Justiz.

Gemächlich zog Maigret an seiner Pfeife und blätterte in

dem dicken Band. Dies war ihm die liebste Zeit für Verhöre dieser Art. Zwischen zwölf und zwei Uhr mittags sind nämlich die meisten Büros leer. Kein ewiges Kommen und Gehen, kaum störende Telefonanrufe. Wie in der Nacht hat man das Gefühl, ganz allein im Hause zu sein.

»Hast du keinen Hunger?« fragte der Kommissar Neveu.

Da dieser nicht recht wußte, was er darauf erwidern sollte, setzte Maigret hinzu: »Du solltest einen Happen essen. Du wirst mich nachher vielleicht ablösen müssen.«

»Gut, Chef.«

Schweren Herzens verließ Neveu den Raum; der Verhaftete schaute ihm mit spöttischem Blick nach. Maigret stopfte sich eine neue Pfeife, legte seine mächtige Hand auf das Aktenstück, blickte Fred dem Clown fest in die Augen und murmelte: »Dann wollen wir beide uns mal unterhalten.«

Dieses Verhör war ihm lieber als das von Monique am Morgen. Bevor er jedoch damit begann, schloß er vorsichtshalber die Tür wieder ab und verriegelte sogar die Tür, die zum Büro der Inspektoren führte. Als er einen Blick auf das Fenster warf, sagte Jef leise, wobei er eine komische Grimasse zog: »Sie brauchen keine Angst zu haben. Mit solchen Kletterpartien ist es bei mir vorbei.«

»Ich nehme an, du weißt, warum du hier bist?«

Er spielte den Idioten.

»Immer sind es dieselben, die man sich schnappt«, jammerte er. »Mir ist, als wäre die gute alte Zeit wieder da. Jahrelang ist mir das nicht passiert.«

»Dein Freund Louis ist ermordet worden. Spiel nicht den Ahnungslosen. Du weißt sehr gut, von wem ich spreche. Und du weißt ebensogut, daß aller Wahrscheinlichkeit nach du es bist, den man dieses Verbrechens anklagen wird.«

»Das wäre nur wieder ein neuer Justizirrtum.«

Maigret griff zum Telefon.

»Geben Sie mir die Bar ›Chez Fernand‹ in der Rue Blondel . . . Kommissar Maigret«, sagte er, als Fernand sich meldete. »Es handelt sich um einen Ihrer Kunden, Jef Schramek . . . der ›Akrobat‹, ja . . . Ich möchte wissen, ob er hoch gewettet hat . . . Wie bitte? . . . Ja, ich verstehe . . . Und in letzter Zeit? . . . Am Samstag? . . . Ich danke Ihnen . . . Nein, das genügt für den Augenblick . . .«

Er schien von der Auskunft befriedigt. Jef dagegen wirkte ein wenig beunruhigt.

»Soll ich dir wiederholen, was man mir eben gesagt hat?«

»Ach! Es wird so viel geredet!«

»Dein ganzes Leben lang hast du dein Geld verwettet.«

»Wenn die Regierung es verboten hätte, wäre mir das nicht passiert.«

»Seit mehreren Jahren kaufst du deine Wettscheine bei Fernand.«

»Es ist ein offizielles Büro des P. M. U.«

»Nichtsdestoweniger mußt du irgendwo das Geld auftreiben, das du auf die Pferde setzt. Bis vor ungefähr zwei Jahren hast du immer nur ganz kleine Summen gewettet, und manchmal konntest du nicht einmal deine Zeche bezahlen. Fernand gab dir dann Kredit.«

»Er hätte das nicht tun sollen. So zwang er mich, immer wiederzukommen.«

»Dann hast du angefangen, höher zu spielen, manchmal große Summen. Und ein paar Tage danach hast du erneut in der Klemme gesteckt.«

»Was beweist das?«

»Letzten Samstag hast du eine Riesensumme gesetzt.«

»Na und? Es gibt reiche Leute, die setzen bis zu einer Million auf ein Pferd.«

»Woher hattest du das Geld?«

»Ich habe eine Frau, die arbeitet.«

»Was?«

»Sie macht bei verschiedenen Leuten die Hausarbeit. Von Zeit zu Zeit hilft sie auch in einem Bistro am Quai aus.«

»Willst du mich auf den Arm nehmen?«

»Das würde ich nicht wagen, Monsieur Maigret.«

»Hör zu, wir wollen versuchen, es kurz zu machen.«

»Ach, wissen Sie, das, was ich zu tun habe . . .«

»Ich will dich trotzdem über deine Lage ins klare setzen. Du bist von mehreren Zeugen in Begleitung eines gewissen Monsieur Louis gesehen worden.«

»Ein grundanständiger Mensch.«

»Das tut nichts zur Sache. Außerdem begann das nicht erst gestern, sondern schon vor ungefähr zweieinhalb Jahren. Damals war Monsieur Louis ohne Stellung und nagte am Hungertuch.«

»Ich weiß, wie das ist«, seufzte Jef. »Man nagt ewig daran.«

»Wovon du damals gelebt hast, ist mir nicht bekannt, aber ich will dir immerhin glauben, daß dich in jener Zeit deine Françoise durchbrachte. Du hast auf den Bänken herumgelungert, hast hin und wieder ein paar Francs auf ein Pferd riskiert und Kredit in den Bistros gehabt. Monsieur Louis dagegen mußte sich bei mindestens zwei Personen Geld leihen.«

»Was beweist, daß es auch arme Leute auf dieser Welt gibt.«

Jef hatte es sich so sehr angewöhnt, die Leute zum Lachen zu bringen, daß er gar nicht mehr anders konnte, als dauernd den Komiker zu spielen. Maigret reagierte nicht mehr darauf. Geduldig führte er seine Gedanken weiter aus.

»Ihr seid dann beide plötzlich wohlhabend geworden. Die Untersuchung wird die genauen Daten feststellen.«

»Ich habe nie ein Gedächtnis für Daten gehabt.«

»Seitdem gab es Perioden, in denen du hoch gewettet hast, und andere, in denen du auf Kredit getrunken hast. Daraus muß jeder schließen, daß ihr, Monsieur Louis und du, eine Geldquelle hattet, die allerdings nicht regelmäßig floß. Wir werden uns mit dieser Frage später beschäftigen.«

»Schade. Ich würde so gerne wissen, wo diese Quelle liegt.«

»Das Lachen wird dir schon noch vergehen. Am Samstag, ich wiederhole es, bist du geradezu im Geld geschwommen, und innerhalb von ein paar Stunden hast du dann alles verloren. Montag nachmittag ist dein Komplize, Monsieur Louis, in einer Sackgasse am Boulevard Saint-Martin ermordet worden.«

»Es ist ein großer Verlust für mich.«

»Hast du schon einmal vor dem Schwurgericht gestanden?«

»Nein. Nur vor dem Schöffengericht. Einige Male.«

»Dann paß mal auf: Die Geschworenen haben nichts für Scherze übrig, besonders nicht bei einem Mann, dessen Strafregister so lang ist wie deines. Höchstwahrscheinlich werden sie zu dem Schluß kommen, daß du der einzige bist, der Monsieur Louis' Lebensgewohnheiten gekannt und ein Interesse daran gehabt hat, ihn umzubringen.«

»Wenn sie so denken, sind sie Idioten.«

»Das ist alles, was ich dir sagen wollte. Es ist jetzt halb eins. Wir sind beide hier in meinem Büro. Um ein Uhr wird Untersuchungsrichter Coméliau in seinem Büro sein, und ich werde dich dann zum Verhör zu ihm schicken.«

»Ist das nicht so ein kleiner Dunkelhaariger, mit einem Bürstenschnurrbart?«

»Ja.«

»Wir sind uns früher schon einmal begegnet. Er ist ein gemeiner Typ. Allzu jung dürfte er auch nicht mehr sein, was? – Und wenn ich keine Lust habe, ihn wiederzusehen?«

»Dann weißt du, was du zu tun hast.«

Jef der Clown stieß einen langen Seufzer aus.

»Hätten Sie eine Zigarette für mich?«

Maigret holte ein Päckchen aus der Schublade seines Schreibtisches und reichte es ihm.

»Haben Sie auch ein Streichholz?«

Er rauchte einen Augenblick stumm.

»Was zu trinken haben Sie wohl nicht hier?«

»Wirst du reden?«

»Ich weiß es noch nicht. Ich überlege mir gerade, ob ich überhaupt etwas zu sagen habe.«

Es konnte lange dauern. Maigret kannte diese Typen. Auf gut Glück öffnete er die Tür ins Nachbarbüro und rief: »Lucas, geh bitte gleich zum Quai de Valmy und bring mir eine gewisse Françoise Bidou hierher.«

Als der »Clown« das hörte, rückte er unruhig auf seinem Stuhl hin und her und hob wie ein Schuljunge den Finger.

»Kommissar! Tun Sie das nicht!«

»Wirst du reden?«

»Ich glaube, mit einem Gläschen würde es mir leichter fallen.«

»Einen Augenblick, Lucas. Geh erst los, wenn ich es dir

sage!« rief Maigret und wandte sich wieder an Jef: »Hast du Angst vor deiner Frau?«

»Sie haben mir was zu trinken versprochen.«

Maigret schloß die Tür wieder, holte aus dem Wandschrank die stets griffbereite Flasche Cognac und füllte damit den Boden eines Wasserglases.

»Soll ich ganz allein trinken?«

»Nun?«

»Stellen Sie die Fragen. Ich möchte ausdrücklich bemerken, daß ich nicht versuchen werde, den Lauf der Gerechtigkeit zu hemmen, wie die Anwälte sagen.«

»Wo hast du Monsieur Louis getroffen?«

»Auf einer Bank am Boulevard Bonne Nouvelle.«

»Wie habt ihr Bekanntschaft geschlossen?«

»Wie das auf den Bänken so geht. Ich bemerkte, der Frühling sei da, und er antwortete, daß die Luft viel milder sei als die Woche vorher.«

»Das war vor ungefähr zweieinhalb Jahren?«

»So ungefähr. Ich habe kein Tagebuch darüber geführt. In den folgenden Tagen haben wir uns auf der gleichen Bank wiedergetroffen. Er schien glücklich, einen Gesprächspartner zu haben.«

»Hat er dir erzählt, daß er ohne Stellung war?«

»Er hat mir nach und nach seine ganze Lebensgeschichte erzählt. Fünfundzwanzig Jahre habe er für denselben Chef gearbeitet, ohne Ankündigung habe dieser seinen Laden dichtgemacht. Er hatte es nicht gewagt, seiner Frau etwas davon zu sagen. Unter uns gesagt: Sie muß ein recht blödes Kamel sein. Er hat sie in dem Glauben gelassen, daß er immer noch Lagerverwalter sei. Es war wohl das erstemal, daß er sich seinen Kummer vom Herzen reden konnte, und das hat ihn sehr erleichtert.«

»Wußte er, wer du bist?«

»Ich habe ihm lediglich gesagt, daß ich beim Zirkus war.«

»Und weiter?«

»Was wollen Sie eigentlich wissen?«

»Alles.«

»Es wäre mir lieb, wenn Sie erst einmal in meiner Akte nachsähen und meine Verurteilungen zusammenzählten.

Mir liegt daran, zu wissen, ob ich mit einem neuen Prozeß am Hals als Rückfälliger mit ›lebenslänglich‹ zu rechnen habe. Das wäre mir nämlich gar nicht angenehm.«

Maigret entsprach dieser Bitte.

»Wenn es sich nicht um Mord handelt, kannst du das noch zweimal umgehen.«

»Mir schien das auch so. Ich war mir nur nicht sicher, ob Ihre und meine Rechnungen übereinstimmten.«

»Einbruch?«

»Das trifft es nicht ganz. Es ist etwas komplizierter.«

»Wer hat die Idee dazu gehabt?«

»Er natürlich. Ich bin nicht schlau genug für so etwas. Meinen Sie nicht, daß ich Anspruch auf einen weiteren Schluck hätte?«

»Nachher.«

»Nachher wird's zu spät sein. Sie zwingen mich so nur, die ganze Geschichte hastig herunterzurasseln.«

Der Kommissar gab nach und schenkte noch einmal ein.

»Im Grunde ist das durch die Bank gekommen.«

»Was willst du damit sagen?«

»Wenn man stundenlang auf fast immer derselben Bank sitzt, beginnt man, die Dinge um sich herum zu beobachten. Ich weiß nicht, ob Sie das Geschäft für Regenmäntel am Boulevard kennen.«

»Ich kenne es.«

»Die Bank, auf der Louis immer saß, stand direkt gegenüber, so daß er, fast ohne es zu wollen, über das Kommen und Gehen in dem Laden, über die Gewohnheiten der Angestellten genau Bescheid wußte. Und das hat ihn auf eine Idee gebracht. Wenn man den ganzen Tag nichts zu tun hat, denkt man nach, schmiedet Pläne, selbst solche, von denen man weiß, daß man sie niemals ausführen wird. Eines Tages hat er mir zum Zeitvertreib davon erzählt. Es ist immer viel Kundschaft in dem Laden. Jede Menge Regenmäntel in den verschiedensten Modellen sind dort zu finden, für Männer, für Frauen, für Kinder. Im ersten Stock ist noch mal ein Verkaufsraum. Links von dem Haus ist eine der für dieses Viertel so typischen Sackgassen, die auf einen Hof führt. Soll ich Ihnen eine Skizze machen?«

»Jetzt nicht, erzähl weiter.«

»Louis sagte also zu mir: ›Ich frage mich, warum noch nie jemand die Kasse gestohlen hat. Das ist doch so einfach!‹«

»Da hast du vermutlich die Ohren gespitzt.«

»Die Sache hat mich interessiert. Er hat mir erklärt, daß gegen zwölf Uhr, spätestens um Viertel nach, die letzten Kunden den Laden verlassen mußten. Die Angestellten gingen dann zum Essen, wie auch der alte Inhaber, ein kleines Männchen mit Spitzbart, der in einem Lokal ganz in der Nähe, in der ›Chope du Nègre‹, zu essen pflegte. ›Wenn sich jemand unter die Kundschaft mischen und sich einschließen lassen würde ...‹ Nein, schütteln Sie nicht den Kopf. Mir kam das im ersten Blick auch unmöglich vor. Aber Louis hatte das Geschäft schon seit Wochen genau beobachtet. Vor der Mittagspause machen die Angestellten sich nicht die Mühe, in allen Ecken und unter den Tausenden von Regenmänteln nachzuschauen, ob sich dort nicht jemand versteckt hat. Man kommt gar nicht auf den Gedanken, daß ein Kunde absichtlich im Laden bleiben könnte, verstehen Sie?

Das ist der ganze Trick. Wenn der Chef geht, schließt er sorgfältig hinter sich ab.«

»Warst du es, der sich hat einschließen lassen? Und danach hast du die Tür aufgebrochen und bist mit der Kasse verschwunden?«

»Sie irren sich. Gerade da wird die Sache lustig. Selbst wenn ich ertappt worden wäre, hätte man mich nicht verurteilen können, denn es würde jeder Beweis gegen mich gefehlt haben. Ich habe die Kasse geleert, stimmt. Danach bin ich zu den Toiletten gegangen. Neben der Wasserspülung befindet sich eine Luke, durch die sich nicht einmal ein dreijähriges Kind zwängen könnte, mit einem Paket Banknoten ist das jedoch was anderes. Die Luke geht auf den Hof. Wie zufällig ist Louis dort vorbeigekommen und hat sich des Päckchens angenommen. Ich habe gewartet, bis die Angestellten zurückkehrten und so viele Kunden im Laden waren, daß man auf mich gar nicht achtete. Dann bin ich genauso ruhig, wie ich hereingekommen war, wieder hinausgegangen.«

»Habt ihr die Beute geteilt?«

»Wie zwei Brüder. Das Schwerste dabei war, ihn dazu zu überreden. Er hatte sich das Ganze nur so zum Spaß ausgedacht, in einer Art von Künstlerlaune. Als ich ihm vorschlug, es auf einen Versuch ankommen zu lassen, wurde er fast böse. Was ihn schließlich doch dazu bewogen hat, war der Gedanke, seiner Frau gestehen zu müssen, daß er völlig blank war. Und sehen Sie, die ganze Sache hat noch einen Vorteil. Man wird mich zwar auf Grund meines Geständnisses wegen Diebstahls verurteilen, aber da es sich um keinen Einbruch handelt, werde ich mindestens zwei Jahre weniger bekommen. Oder täusche ich mich da?«

»Wir werden das nachher im Gesetzbuch nachlesen.«

»Damit habe ich Ihnen alles gesagt. Louis und ich, wir haben ein ganz hübsches, behagliches Leben geführt, und ich bereue nichts. Das Regenmantelgeschäft hat uns für mehr als drei Monate recht nett versorgt. Offen gestanden hat es bei mir wegen der alten Gäule nicht so lange gereicht, aber Louis hat mir hin und wieder einen Schein zugesteckt. Als wir dann beide nichts mehr hatten, haben wir uns eine andere Bank ausgesucht.«

»Um einen neuen Coup vorzubereiten?«

»Die Methode war gut, warum sollten wir uns etwas anderes ausdenken? Da Sie nun Bescheid wissen, können Sie aus Ihren Akten all die Geschäfte heraussuchen, in denen ich mich habe einschließen lassen. Das zweite war ein Laden für Lampen und Elektrogeräte, am selben Boulevard, nur ein Stück weiter oben. Dort ist zwar keine Sackgasse, aber der Hinterraum des Ladens geht auf den Hof eines Hauses in einer anderen Straße, und das ist im Grund genau dasselbe. Die Toiletten der Häuser in jenem Viertel haben fast immer eine kleine Öffnung, die auf einen Hof oder auf eine Sackgasse hinausgeht. Ein einziges Mal habe ich mich von einer Verkäuferin ertappen lassen, als sie den Wandschrank, in dem ich mich versteckt hatte, öffnete. Ich habe den Betrunkenen gespielt. Sie hat den Inhaber gerufen, und man hat mich unter der Drohung, die Polizei zu holen, vor die Tür gesetzt.

Wollen Sie mir jetzt bitte erklären, warum ich Louis hätte umbringen sollen? Wir waren Kumpel, ich habe ihn sogar

Françoise vorgestellt, die sich beunruhigte, wo ich meine Zeit verbrachte. Er hat ihr Schokolade mitgebracht, und sie fand ihn sehr vornehm.«

»Habt ihr letzte Woche auch ein Ding gedreht?«

»Es stand in den Zeitungen. Ein Konfektionsgeschäft am Boulevard Montmartre.«

»Ich nehme an, daß Louis, als er in der Sackgasse getötet wurde, sich vergewissern wollte, ob der Juwelierladen auch so eine Öffnung zum Hof hin hatte?«

»Wahrscheinlich. Er war derjenige, der die Läden ausgekundschaftet hat, denn er machte eine bessere Figur als ich. Gegen Typen wie mich sind die Leute viel eher mißtrauisch. Selbst wenn ich mich in Schale warf, hat man mich argwöhnisch gemustert.«

»Wer hat ihn umgebracht?«

»Das fragen Sie mich?«

»Wer hatte Gründe, ihn zu ermorden?«

»Ich weiß es nicht. Vielleicht seine Frau?«

»Warum sollte seine Frau ihn getötet haben?«

»Weil sie ein altes Luder ist. Wenn die herausgekriegt hat, daß er sie seit mehr als zwei Jahren an der Nase herumgeführt und daß er eine Freundin hatte . . .«

»Kennst du seine Freundin?«

»Er hat sie mir nicht vorgestellt, aber er hat mir von ihr erzählt; einmal habe ich sie von weitem gesehen. Er hat sie gern gehabt. Er war ein Mann, der Liebe brauchte, da sind wir doch alle gleich, nicht wahr? Ich habe meine Françoise, und Sie haben sicher auch jemanden. Er verstand sich sehr gut mit ihr. Sie gingen zusammen ins Kino oder saßen in einem kleinen Café.«

»Wußte sie davon?«

»Bestimmt nicht.«

»Wer wußte Bescheid?«

»Zuerst mal ich.«

»Natürlich!«

»Vielleicht auch seine Tochter. Er machte sich ihretwegen große Sorgen, fürchtete, daß sie später genauso wie ihre Mutter werden würde. Sie forderte andauernd Geld von ihm.«

»Warst du mal in der Rue d'Angoulême?«
»Nein, nie.«
»Aber du kennst das Haus?«
»Er hat es mir gezeigt.«
»Warum warst du nie dort?«
»Weil ich ihn nicht blamieren wollte. Die Wirtin hielt ihn für einen seriösen Mann. Wenn sie mich gesehen hätte . . .«
»Und wenn ich behaupten würde, daß man deine Fingerabdrücke in seinem Zimmer gefunden hat?«
»Dann würde ich antworten: Fingerabdrücke sind Quatsch.«
Nicht die geringste Besorgnis war ihm anzumerken. Er spielte seine Rolle weiter und blinzelte nur ab und zu mal nach der Flasche.
»Wer wußte noch davon?«
»Hören Sie, Herr Kommissar, ich bin nun mal so, wie ich bin, aber ich habe in meinem ganzen Leben noch keinen verpfiffen.«
»Willst du lieber auf der Anklagebank sitzen?«
»Das wäre eine Ungerechtigkeit.«
»Also, wer noch?«
»Der Liebhaber des Fräuleins. Was den betrifft, so möchte ich meine Hand nicht dafür ins Feuer legen, daß er unschuldig ist. Ich weiß nicht, ob er es im Auftrag seiner Freundin getan hat, jedenfalls ist er Louis ganze Nachmittage gefolgt. Zweimal war er bei ihm und hat Geld verlangt. Louis hatte eine Heidenangst, daß der Kerl seiner Frau etwas sagen oder ihr einen anonymen Brief schicken könnte.«
»Kennst du ihn?«
»Nein. Ich weiß nur, daß er noch ziemlich jung ist und daß er vormittags in einer Buchhandlung arbeitet. In letzter Zeit war Louis immer auf eine Katastrophe gefaßt. Er behauptete, es könne nicht mehr lange so weitergehen, seine Frau würde letzten Endes doch die Wahrheit erfahren.«
»Hat er dir von seinen Schwägern erzählt?«
»Sehr viel. Man hat sie ihm immer als Muster hingestellt, um ihm zu zeigen, daß er selber nichts taugte, daß er ein Versager war, eine feige Memme, ein Nichts, der besser

keine Familie gegründet hätte, weil er ihr doch nicht das geringste bieten konnte. Es hat mich schwer getroffen.«

»Was?«

»Die Nachricht von seiner Ermordung. Vor allem, weil ich zu der Zeit ganz in der Nähe war. Fernand wird Ihnen bestätigen können, daß ich gerade ein Gläschen bei ihm an der Theke trank.«

»Hatte Louis Geld bei sich?«

»Das weiß ich nicht. Jedenfalls hatten wir zwei Tage zuvor ein ganz hübsches Sümmchen erwischt.«

»Trug er es gewöhnlich bei sich?«

»Entweder das, oder er bewahrte es in seinem Zimmer auf. Das ulkige ist, daß er jeden Abend, bevor er seinen Zug nahm, Schuhe und Krawatte wechseln mußte. Einmal hatte er seine Krawatte vergessen, wie er mir selber erzählte. Erst an der Gare de Lyon hat er es bemerkt. Er konnte sich ja nicht irgendeine andere kaufen, sondern mußte mit der, die er morgens trug, auch wieder nach Hause kommen. Es blieb ihm nichts anderes übrig, als in die Rue d'Angoulême zurückzugehen. Daheim hat er dann erzählt, er sei durch eine dringende Arbeit im Geschäft aufgehalten worden.«

»Warum hast du dich seit Dienstag in Françoises Zimmer versteckt gehalten?«

»Was hätten Sie an meiner Stelle getan? Nachdem ich am Dienstagmorgen die Zeitung gelesen hatte, mußte ich befürchten, daß man mich mit Louis zusammen gesehen hatte und dies sofort der Polizei melden würde. Und Leute meines Schlages werden ja immer verdächtigt.«

»Hast du nicht den Gedanken gehabt, Paris zu verlassen?«

»Ich habe mich hübsch ruhig verhalten und darauf gehofft, daß niemand an mich denkt. Heute morgen, als ich die Stimme Ihres Inspektors vernahm, wußte ich, daß ich dran war.«

»Ist Françoise im Bilde?«

»Nein.«

»Woher, glaubt sie, kommt das Geld?«

»Erstens sieht sie nur einen kleinen Teil davon, wenn mir überhaupt etwas nach dem Rennen bleibt. Und zweitens glaubt sie, daß ich immer noch in der Metro Brieftaschen klaue.«

»Hast du das vorher gemacht?«

»Muß ich Ihnen darauf unbedingt antworten? Haben Sie eigentlich keinen Durst?«

Maigret goß ihm einen letzten Schluck Cognac ein.

»Ist das alles, was du mir zu sagen hast? Bist du ganz sicher?«

»So sicher, wie ich hier vor Ihnen sitze.«

Maigret öffnete die Tür zum Nachbarbüro und sagte zu Lucas: »Führ ihn ab.« Und mit einem Blick auf Jef Schramek, der sich seufzend erhob, fügte er hinzu: »Leg ihm aber für alle Fälle Handschellen an.«

Als der »Akrobat« sich daraufhin mit einem seltsamen Lächeln auf dem Gummigesicht umdrehte, sagte Maigret noch: »Man soll ihn nicht zu hart anfassen.«

»Danke, Herr Kommissar. Und bitte sagen Sie Françoise nichts davon, daß ich so viel Geld verwettet habe. Sie würde es fertigbringen, mir nichts ins Gefängnis zu schicken.«

Maigret zog seinen Mantel an und nahm seinen Hut, um in der Brasserie Dauphine einen Happen essen zu gehen. Als er die große düstere Treppe hinunterstieg, hörte er unter sich laute Stimmen und beugte sich über das Geländer.

Ein junger Mann mit zerzaustem Haar versuchte, sich mit aller Gewalt aus den Händen eines wahren Hünen von Polizisten zu befreien, der eine blutende Kratzwunde auf der Wange hatte und brüllte: »Willst du wohl stillhalten, du Zwerg! Wenn du nicht aufhörst, lang ich dir eine!«

Der Kommissar unterdrückte mühsam ein Lachen. Es war Albert Jorisse, den man ihm da anbrachte.

»Lassen Sie mich los! Ich gehe schon von allein mit!« schrie er, wild um sich schlagend.

Kurz darauf standen beide vor Maigret. Der Polizist berichtete: »Ich habe ihn eben auf dem Pont Saint-Michel gefaßt. Ich habe ihn sofort erkannt. Als ich ihn festnehmen wollte, versuchte er zu fliehen.«

»Das ist nicht wahr! Er lügt!«

Der junge Mann keuchte. Sein Gesicht war dunkelrot,

seine Augen glänzten. Der Polizist hatte ihn am Mantelkragen gepackt und hielt ihn wie eine Marionette hoch.

»Sagen Sie ihm, er soll mich loslassen!«

Er wollte dem Polizisten einen Fußtritt versetzen, trat aber ins Leere.

»Ich habe Ihnen doch gesagt, daß ich den Kommissar Maigret sprechen will! Deshalb bin ich gekommen! Freiwillig gekommen!«

Seine Kleider waren zerknittert, an seiner Hose sah man noch Schmutzspritzer vom Tag zuvor. Er hatte große dunkle Ringe unter den Augen.

»Ich bin Kommissar Maigret.«

»Dann befehlen Sie ihm, mich loszulassen.«

»Na ja, laß ihn los.«

»Wie Sie wollen, aber . . .«

Der Polizist sah den jungen Mann bereits wie einen Aal seinen Händen entschlüpfen.

»Er hat mich mißhandelt! Er ist mit mir umgegangen wie mit einem . . . mit einem . . .«

Vor lauter Wut fehlten ihm die Worte. Der Kommissar mußte lächeln und zeigte auf die blutende Wange des Polizisten.

»Mir scheint im Gegenteil, daß du ihn . . .«

Jorisse blickte den Polizisten an und schrie, als er den Kratzer sah: »Das geschieht ihm recht!«

8

Moniques Geheimnis

»Setz dich, du kleiner Gauner.«

»Ich bin kein Gauner«, wehrte sich Jorisse energisch und fügte etwas ruhiger, wenn auch immer noch ein bißchen außer Atem, hinzu: »Ich hätte nicht gedacht, daß der Kommissar Maigret Leute beleidigt, bevor er ihnen Gelegenheit gibt, alles zu erklären.«

Maigret schaute ihn überrascht an und runzelte die Stirn.

»Hast du schon zu Mittag gegessen?«

»Ich habe keinen Hunger«, kam es trotzig zurück.

»Hallo!« rief Maigret ins Telefon. »Geben Sie mir die Brasserie Dauphine ... Hallo! Joseph? ... Hier spricht Maigret. Bring mir doch bitte ein paar belegte Brote. Sechs ... Für mich Schinken ... Warte ... Schinken oder Käse?« fragte er Jorisse.

»Das ist mir gleich. Schinken.«

»Bier oder Rotwein?«

»Meinetwegen Wasser. Ich habe Durst.«

»Joseph? Also sechs Schinkenbrote, aber schön dick belegt! Und vier Flaschen Bier ... Halt, noch was. Bring auch gleich zwei Tassen Kaffee mit, wenn du das alles tragen kannst ... Wird's lange dauern?«

Er legte den Hörer kurz auf die Gabel und verlangte dann eine andere Abteilung im Hause, ohne dabei den jungen Mann aus den Augen zu lassen. Er musterte ihn neugierig. Jorisse war mager, sah schlecht aus und zeigte eine fast krankhafte Nervosität, als ob er sich mehr von schwarzem Kaffee als von Steaks ernährte. Im übrigen war er kein häßlicher Junge. Er hatte eine dichte braune Mähne und warf das überlange Haar bisweilen mit einer heftigen Kopfbewegung zurück.

Er mußte noch immer ziemlich erregt sein, denn alle Augenblicke zog er die Nase kraus. Er hielt den Kopf gesenkt und musterte den Kommissar weiterhin mit vorwurfsvollem Blick.

»Hallo! Nach dem Mann namens Jorisse braucht nicht mehr gefahndet zu werden. Benachrichtigen Sie die Reviere und die Bahnhöfe.«

Jorisse öffnete den Mund, doch Maigret ließ ihn nicht zu Wort kommen. »Später!«

Der Himmel war wieder grau und trübe. Gleich mußte der Regen einsetzen. Es würde wahrscheinlich das gleiche verregnete Wetter geben wie am Tag der Beerdigung. Maigret schloß das halbgeöffnete Fenster und legte dann, immer noch, ohne ein Wort zu sagen, seine Pfeifen auf dem Schreibtisch zurecht. Er hatte das Gebaren einer Stenotypistin, die sich auf ihre Arbeit vorbereitet: die ihre Schreibmaschine richtet, ihren Block und das Kohlepapier zurechtlegt.

»Herein!« rief er, als es an der Tür klopfte.

Inspektor Neveu, der Maigret mitten im Verhör glaubte, steckte nur den Kopf herein.

»Verzeihung, ich wollte nur wissen, ob . . .«

»Ich brauche dich nicht mehr, danke.«

Der Kommissar ging in seinem Büro auf und ab, während er auf den Kellner aus der Brasserie Dauphine wartete. Um die Zeit etwas abzukürzen, führte er erneut ein Telefongespräch, diesmal mit seiner Frau.

»Ich komme nicht zum Essen.«

»Das habe ich mir fast schon gedacht. Weißt du, wie spät es ist?«

»Nein. Ist ja wohl unwichtig.«

Sie lachte laut auf; er verstand nicht, warum.

»Ich bin gekommen, um Ihnen zu sagen . . .«

»Später.«

Es war sein drittes Verhör heute. Er hatte Durst. Irgendwann war er dem Blick des jungen Mannes gefolgt, der bei der Cognacflasche und dem Wasserglas auf dem Schreibtisch hängengeblieben war. Maigret errötete wie ein ertapptes Kind und war nahe daran, Jorisse zu erklären, daß es nicht zu seinen Gewohnheiten zählte, Cognac aus einem großen Wasserglas zu trinken, sondern daß das Glas noch von Jef Schramek dastünde, der vor Albert im Büro gewesen war. Hatte er sich von dem Vorwurf des jungen Burschen getroffen gefühlt? Tat es ihm leid, die gute Meinung, die dieser vom Kommissar Maigret gehabt hatte, abgeschwächt zu haben?

Es klopfte wieder.

»Komm rein, Joseph. Stell das Tablett auf dem Schreibtisch ab. Hast du nichts vergessen?«

Nachdem der Kellner wieder verschwunden war, sagte Maigret zu Jorisse: »Dann wollen wir mal essen.«

Trotz seiner Behauptung, keinen Hunger zu haben, aß der junge Mann mit bestem Appetit. Immer wieder während des Essens warf er kurze, neugierige Blicke auf den Kommissar, und nach einem Glas Bier schien er sein inneres Gleichgewicht einigermaßen wiedergefunden zu haben.

»Geht's jetzt besser?«

»Danke. Trotzdem, Sie haben mich einen Gauner genannt.«

»Darüber werden wir uns nachher unterhalten.«

»Ich wollte wirklich zu Ihnen kommen.«

»Warum?«

»Weil ich es satt hatte, mich zu verstecken.«

»Warum hast du dich versteckt?«

»Um nicht festgenommen zu werden.«

»Und warum hätte man dich festnehmen sollen?«

»Das wissen Sie doch ganz genau.«

»Nein.«

»Weil ich Moniques Freund bin.«

»Du wußtest bestimmt, daß wir das erfahren hatten?«

»Das war doch leicht herauszubekommen.«

»Und weil du Moniques Freund bist, sollten wir dich verhaften?«

»Sie wollen mich nur zum Reden bringen.«

»Na, so was!«

»Sie glauben, daß ich Sie belügen werde, und versuchen, mich in Widersprüche zu verwickeln.«

»Das hast du wohl in Kriminalromanen gelesen?«

»Nein. In den Zeitungsberichten. Ich weiß, wie Sie das machen.«

»Wenn das so ist, warum bist du dann eigentlich gekommen?«

»Um Ihnen zu sagen, daß ich Monsieur Thouret nicht umgebracht habe.«

Maigret hatte sich eine Pfeife angezündet und trank langsam sein zweites Bier aus. Er hatte sich hinter seinen Schreibtisch gesetzt und die Lampe mit dem grünen Schirm angeknipst. Die ersten Regentropfen prasselten auf den Fenstersims.

»Bist du dir darüber im klaren, was das alles heißt?«

»Ich verstehe nicht, was Sie damit sagen wollen.«

»Du hast angenommen, daß wir dich verhaften wollen. Also mußten wir doch wohl Gründe dafür haben?«

»Waren Sie nicht in der Rue d'Angoulême?«

»Woher weißt du das?«

»Sie mußten doch herausfinden, daß er ein Zimmer in der Stadt hatte. Schon allein wegen der gelben Schuhe.«

Ein amüsiertes Lächeln huschte über Maigrets Gesicht. »Nun, und?«

»Die Frau hat Ihnen bestimmt erzählt, daß ich ab und zu bei ihm war.«

»Ist das ein Grund, dich zu verhaften?«

»Sie haben Monique verhört.«

»Und du glaubst, daß sie geredet hat?«

»Es würde mich überraschen, wenn Sie sie nicht so weit gebracht hätten.«

»Dann sag mir, warum du dich gleich unter dem Bett eines deiner Freunde verkrochen hast.«

»Das wissen Sie auch?«

»Antworte!«

»Ich hatte mir nichts dabei gedacht. Ich war in Panik geraten. Ich hatte Angst, daß man mich schlagen und zwingen würde, Dinge zu gestehen, die ich gar nicht getan habe.«

»Hast du das auch in den Zeitungen gelesen?«

Hatte nicht der Anwalt von René Lecœur vor dem Schwurgericht von der Brutalität der Polizei gesprochen? Und hatten nicht alle Zeitungen seine Worte getreulich wiedergegeben? Dabei war heute morgen mit der Post ein Brief von Lecœur gekommen. Zum Tode verurteilt, völlig zusammengebrochen, flehte er den Kommissar an, ihn im Gefängnis zu besuchen.

Maigret war nahe daran, dem jungen Burschen diesen Brief zu zeigen. Aber er konnte das später noch tun, wenn es sich als notwendig herausstellen sollte.

»Warum bist du aus deinem Versteck in der Rue Gay Lussac herausgekommen?«

»Weil ich es nicht mehr aushielt, den ganzen Tag unter einem Bett zu liegen. Es war furchtbar. Alle Knochen taten mir weh, und ich hatte dauernd Angst, niesen zu müssen. Die Wohnung war klein, alle Türen standen offen, ich hörte die Tante meines Freundes umhergehen. Eine einzige Bewegung, und sie hätte mich bestimmt entdeckt.«

»Weiter hattest du keinen Grund?«

»Ich hatte Hunger.«

»Was hast du dann gemacht?«

»Ich habe mich auf der Straße herumgetrieben. Nachts habe ich ein oder zwei Stunden geschlafen, auf einem Gemüsesack in den Markthallen. Zweimal bin ich bis zum Pont Saint-Michel gegangen. Ich habe Monique hier herauskommen sehen. Ich ging in die Rue d'Angoulême, wo ich schon von weitem einen Mann bemerkte, der aussah, als hielte er Wache. Ich nahm an, daß er von der Polizei war.«

»Warum solltest du Monsieur Louis ermordet haben?«

»Wissen Sie nicht, daß ich mir Geld von ihm geliehen habe?«

»Geliehen?«

»Ich habe ihn um das Geld gebeten, wenn Ihnen dieser Ausdruck besser gefällt.«

»Gebeten?«

»Was wollen Sie damit sagen?«

»Daß es verschiedene Arten des Bittens gibt. Unter anderem gewisse Methoden, die demjenigen, der zahlen soll, kaum die Möglichkeit offenläßt, die Bitte abzuschlagen. Im Klartext nennt man das Erpressung.«

Albert Jorisse schwieg und starrte auf den Fußboden.

»Antworte!«

»Ich hätte Madame Thouret trotzdem nichts gesagt.«

»Nichtsdestoweniger hast du ihm damit gedroht.«

»Das war gar nicht nötig.«

»Weil er damit rechnete, daß du den Mund nicht halten würdest?«

»Ich weiß es nicht. Ich finde mich in Ihren Fragen nicht mehr zurecht.« Und matt setzte er hinzu: »Ich bin sterbensmüde.«

»Trink deinen Kaffee.«

Er tat es gehorsam, ohne den Blick von Maigret zu wenden.

»Bist du öfter bei ihm gewesen?«

»Nur zweimal.«

»Wußte Monique davon?«

»Was hat sie Ihnen gesagt?«

»Es kommt nicht darauf an, was sie gesagt hat. Ich will die Wahrheit wissen.«

»Sie wußte es.«
»Was hast du erzählt?«
»Wem?«
»Louis Thouret, natürlich.«
»Daß wir Geld brauchten.«
»Wer, ›wir‹?«
»Monique und ich.«
»Wofür?«
»Um nach Südamerika gehen zu können.«
»Hast du ihm gestanden, daß ihr fortgehen wolltet?«
»Ja.«
»Wie hat er es aufgenommen?«
»Er hat schließlich zugegeben, daß es das Beste sei.«

Irgend etwas stimmte hier nicht. Jorisse schien davon auszugehen, daß Maigret völlig auf dem laufenden war, was jedoch nicht zutraf. Der Kommissar mußte behutsam vorgehen.

»Hast du ihm gesagt, daß du sie heiraten willst?«

»Ja. Er wußte natürlich, daß das unmöglich war. Einmal bin ich nicht volljährig und brauche deshalb die Einwilligung meiner Eltern. Zum anderen hätte Madame Thouret, selbst wenn meine Eltern die Heirat befürwortet hätten, sich niemals mit einem Schwiegersohn abgefunden, der nicht gut situiert ist. Monsieur Thouret hat mir als erster den Rat gegeben, deswegen nicht zu seiner Frau zu gehen.«

»Hast du ihm gestanden, daß ihr beide gewisse Hotels, ich weiß nicht, wieviel, aufgesucht habt, um miteinander zu schlafen?«

»Einzelheiten habe ich ihm nicht genannt.« Errötend fügte er hinzu: »Ich habe ihn lediglich davon in Kenntnis gesetzt, daß sie schwanger ist.«

Maigret verriet keinerlei Zeichen der Überraschung. Dennoch hatte ihm diese Mitteilung einen Schlag versetzt. Er war wohl ein zu schlechter Psychologe gewesen, denn daran hatte er als einziges keinen Augenblick lang gedacht.

»Im wievielten Monat ist sie?«
»Etwas über dem zweiten.«
»Habt ihr einen Arzt aufgesucht?«
»Ich bin nicht mitgegangen.«

»Aber sie war da?«

»Ja.«

»Hast du vor der Tür auf sie gewartet?«

»Nein.«

Maigret lehnte sich ein wenig in seinem Sessel zurück und stopfte sich automatisch eine neue Pfeife.

»Was hättest du in Südamerika gemacht?«

»Irgend etwas. Ich bin kein ängstlicher Typ. Ich hätte als Cowboy arbeiten können.«

Diese Worte kamen mit der ernstesten Miene der Welt, ein Anflug von Stolz war herauszuhören. Der Kommissar sah plötzlich wieder die Burschen von einem Meter neunzig vor sich, die ihm auf den Farmen in Texas und Arizona begegnet waren.

»Cow-boy!« wiederholte er.

»Oder ich hätte in einem Goldbergwerk gearbeitet.«

»Natürlich.«

»Ich wäre schon durchgekommen!«

»Und du hättest Monique geheiratet?«

»Ja. Da drüben ist es bestimmt einfacher als hier.«

»Liebst du Monique?«

»Sie ist doch meine Frau. Daß wir noch nicht auf dem Standesamt waren, ändert daran nichts.«

»Wie hat Monsieur Louis auf diese ganze Geschichte reagiert?«

»Er hätte das nie von seiner Tochter gedacht. Er hat geweint.«

»Vor dir?«

»Ja. Ich habe ihm geschworen, daß meine Absichten . . .«

». . . nur die besten waren, natürlich. Und dann?«

»Er hat versprochen, uns zu helfen. Da er im Augenblick etwas knapp bei Kasse war, konnte er mir nur einen kleinen Betrag geben.«

»Wo ist dieses Geld?«

»Monique hat es. Sie versteckt es in ihrem Schreibtisch.«

»Und der Rest der benötigten Summe?«

»Er hatte ihn mir für Dienstag versprochen. Er erwartete eine größere Zahlung.«

»Von wem?«

»Ich weiß es nicht.«

»Hat er dir gesagt, was er tat?«

»Das konnte er natürlich nicht.«

»Weshalb?«

»Weil er nicht arbeitete. Ich bin nicht dahintergekommen, wie er sich das Geld verschaffte. Sie waren zu zweit.«

»Hast du den anderen gesehen?«

»Ja, einmal auf dem Boulevard.«

»Ein langer Dürrer mit einem Clownsgesicht?«

»Ja.«

»Er war kurz vor dir hier in meinem Büro. Übrigens war er es, der den Cognac getrunken hat.«

»Dann wissen Sie ja alles.«

»Ich möchte aber von dir wissen, was du weißt.«

»Nichts. Ich habe vermutet, daß sie jemanden erpreßten.«

»Und da hast du dir gesagt, daß es keinen Grund gibt, nicht auch davon zu profitieren?«

»Wir brauchten Geld wegen des Kindes.«

Maigret griff zum Telefon.

»Lucas, kannst du einen Moment hereinkommen? ... Das ist Albert Jorisse. Er und Monique Thouret erwarten ein Kind.«

Er sagte es in einem todernsten Ton, und Lucas, der nicht wußte, was davon zu halten war, nickte Albert zu.

»Das Mädchen ist vielleicht noch in ihrem Büro, denn sie war ja den ganzen Vormittag nicht dort. Geh du jetzt bitte zu ihr und bring sie zu einem Arzt ihrer Wahl. Wenn sie keinen bestimmten vorzieht, dann sucht den Polizeiarzt auf. Ich möchte wissen, in welchem Monat sie schwanger ist.«

»Und wenn sie sich weigert, sich untersuchen zu lassen?«

»Dann sag ihr, daß ich in diesem Fall gezwungen wäre, sie ebenso wie ihren Freund zu verhaften, der sich hier in meinem Büro befindet. Nimm den Wagen und teil mir dann das Ergebnis telefonisch mit.«

Als beide wieder allein im Büro waren, fragte Jorisse: »Warum tun Sie das?«

»Weil es meine Pflicht ist, alles nachzuprüfen.«

»Glauben Sie mir nicht?«

»Dir schon.«

»Aber ihr glauben Sie nicht?«

Das Telefon läutete gerade zur rechten Zeit, so daß Maigret um die Antwort herumkam. Der Anruf hatte nichts mit dem Fall zu tun. Man erkundigte sich bei ihm nach einem Verrückten, der ihn wenige Tage zuvor aufgesucht und den man jetzt auf der Straße festgenommen hatte, wo er einen ganzen Menschenauflauf verursacht hatte. Statt einer kurzen Antwort, die er hätte geben können, zog Maigret das Gespräch so lange wie möglich hinaus. Nachdem er schließlich den Hörer aufgelegt hatte, fragte er, als hätte er vergessen, wo sie stehengeblieben waren: »Was wirst du jetzt tun?«

»Sind Sie nun davon überzeugt, daß ich kein Mörder bin?«

»Ich war von Anfang an davon überzeugt. Siehst du, es ist nicht so leicht, wie die Leute sich das denken, jemandem ein Messer in den Rücken zu stoßen. Noch schwieriger ist es, ihn umzubringen, ohne daß er noch um Hilfe rufen kann.«

»Ich bin dazu nicht fähig?«

»Bestimmt nicht.«

Er war fast beleidigt. Freilich, wo er doch schon von einem Cowboy- oder Goldsucherleben in Südamerika geträumt hatte!

»Wirst du zu Madame Thouret gehen?«

»Das wird sich wohl nicht vermeiden lassen.«

Maigret hätte beinahe laut aufgelacht, als er sich vorstellte, wie der Bursche das Haus in Juvisy betrat, aus lauter Angst den Hintern zusammenklemmte und dabei vor Moniques Mutter sein Sprüchlein heruntersagte.

»Und du glaubst, daß sie dich jetzt als ihren Schwiegersohn akzeptieren wird?«

»Ich weiß es nicht.«

»Gib zu, daß du ein bißchen geschwindelt hast.«

»Was wollen Sie damit sagen?«

»Daß du Monsieur Louis nicht nur um das Geld für die Reise nach Amerika gebeten hast. Da Monique nachmittags nicht im Büro arbeitet, sondern in der Stadt Gelder kassiert, hast du dich sicher ein bißchen mit ihr herumgetrieben. Ein oder zwei Stunden fielen dabei immer für euch ab, und dann habt ihr euch in eines dieser Hotels verdrückt.«

»Ja, das ist vorgekommen.«

»Und darum konntest du nur noch vormittags in der Buchhandlung arbeiten. Aber so ein Hotelzimmer kostet Geld!«

»Wir haben dafür nur einen kleinen Teil ausgegeben.«

»Weißt du, wo Monsieur Louis sein Geld aufbewahrte?«

Aufmerksam beobachtete er den jungen Mann, der jedoch ohne jedes Zögern antwortete: »Auf dem Spiegelschrank.«

»Von dort hat er das Geld genommen, das er dir gegeben hat?«

»Ja. Aber ich wußte schon vorher, daß es dort lag. Monique hat es mir gesagt.«

»Am Montag bist du wohl nicht in der Rue d'Angoulême gewesen?«

»Sie können das leicht nachprüfen. Die Wirtin wird es Ihnen bestätigen. Ich sollte am Dienstag um fünf Uhr dorthin kommen.«

»Wann hättet ihr euch eingeschifft?«

»In drei Wochen geht ein Schiff. So hatten wir noch Zeit für die Besorgung unserer Visa. Meinen Paß habe ich schon beantragt.«

»Aber Minderjährige, so glaube ich, brauchen auch dazu die Genehmigung ihrer Eltern?«

»Ich habe die Unterschrift meines Vaters nachgemacht.«

Sie schwiegen eine Weile. Dann, zum erstenmal, fragte Jorisse: »Darf ich rauchen?«

Maigret nickte. Es war komisch, daß er jetzt nach der Tasse Kaffee Lust auf einen Cognac verspürte. Doch er traute sich nicht, die Flasche, die er wieder eingeschlossen hatte, aus dem Schrank zu holen.

»Sie haben mich einen Gauner genannt.«

»Na, und was hältst du davon?«

»Ich konnte nicht anders handeln!«

»Möchtest du, daß dein Sohn sich so benimmt?«

»Ich werde meinen Sohn anders erziehen. Er wird nicht . . .«

Sie wurden erneut durch das Telefon unterbrochen.

»Sind Sie's, Chef?«

Maigret runzelte die Stirn, als er Neveus Stimme vernahm, dem er keinerlei Auftrag gegeben hatte.

»Ich habe das Geld gefunden!«

»Was erzählst du da?«

Er blickte auf Jorisse und unterbrach den Inspektor. »Einen Augenblick, ich gehe an einen anderen Apparat.«

Er ging ins Nachbarbüro und schickte für alle Fälle einen der Inspektoren in sein Zimmer, um Jorisse zu bewachen.

»Gut, ich höre. Wo bist du?«

»In einem Bistro am Quai de Valmy.«

»Was treibst du dort?«

»Sind Sie verärgert?«

»Nun rede schon.«

»Ich dachte, ich würde es richtig machen. Seit zehn Jahren lebt Jef jetzt mit seiner Françoise zusammen. Nach dem, was man mir berichtet hat, hängt er mehr an ihr, als er zugeben möchte. Und da habe ich Lust bekommen, mal bei ihr vorbeizuschauen.«

»Warum?«

»Es hätte mich gewundert, wenn er ihr kein Geld zurückgelassen hätte. Zum Glück traf ich sie in ihrer Wohnung an. Es sind nur zwei Zimmer mit einer Art Kochnische. Im Schlafzimmer steht ein eisernes Bettgestell mit Messingkugeln. Die Wände sind wie auf dem Lande weiß gekalkt, aber es ist alles sehr sauber.«

Maigret hörte mißgestimmt zu. Solch ein Übereifer war ihm höchst zuwider, vor allem, wenn es sich wie in Neveus Fall um jemanden handelte, der nicht zu seiner Abteilung gehörte.

»Hast du ihr gesagt, daß Jef verhaftet worden ist?«

»War das ein Fehler?«

»Erzähl weiter!«

»Von Anfang an war mir klar – das habe ich an ihrer Reaktion gesehen –, daß sie nicht wußte, was er trieb. Sie hat sofort darauf getippt, daß er beim Klauen einer Brieftasche in der Metro oder in einem Autobus geschnappt worden wäre. Wahrscheinlich hat er sich damit manchmal beschäftigt.«

Schon als er noch auf Jahrmärkten arbeitete, hatte Schramek sein diesbezügliches Talent bewiesen. Eine seiner Strafen hatte er wegen Taschendiebstahls abgesessen.

»Trotz ihrer Proteste habe ich die Wohnung durchsucht. Schließlich kam mir der Gedanke, die Messingkugeln an dem Bett abzuschrauben. Die Eisenstäbe sind hohl. In zwei von ihnen habe ich zusammengerollte Banknoten gefunden. Ein ganz hübsches Sümmchen! Françoise traute ihren Augen nicht. ›So viel Geld hat der Kerl gehabt, und mich läßt er bei fremden Leuten den Dreck wegkehren! Das werde ich ihm heimzahlen! Er soll nur nach Hause kommen, der wird was erleben . . .‹ Ihr Zorn wollte nicht verrauchen. Sie hat ihn alles mögliche genannt. Erst als ich ihr sagte, daß er dieses Geld sicher für den Fall beiseitegelegt hatte, daß ihm etwas zustieße, hat sie sich ein wenig beruhigt. ›Ich frage mich, wie es ihm gelungen ist, das nicht auch noch zu verwetten‹, hat sie gebrummt. Verstehen Sie jetzt, Chef? Letzten Samstag mußten sie sich ein dickes Bündel geteilt haben. Ich habe hier mehr als zweihunderttausend Francs. So eine große Summe konnte Jef nicht auf einmal setzen, vor allem nicht bei Fernand. Und wenn sie halbehalbe machten, hatte Monsieur Louis ebenfalls einen recht ansehnlichen Betrag.«

»Ich danke dir.«

»Was mache ich mit dem Geld?«

»Hast du es mitgenommen?«

»Ja, für alle Fälle. Ich konnte es doch nicht dortlassen.«

»Geh zu deinem Kommissar und bitte ihn, die Sache regulär aufzunehmen.«

»Ich soll . . .«

»Verflucht noch mal! Ich lege keinen Wert darauf, daß die Anwälte uns unterschieben, wir hätten das Geld dort versteckt, wo du es gefunden hast.«

»Habe ich eine Dummheit gemacht?«

»Eine Riesendummheit.«

»Ich bitte Sie um Entschuldigung. Ich wollte . . .«

Maigret legte auf. Torrence saß im Büro.

»Hast du etwas zu tun?«

»Nichts Dringendes.«

»Dann geh zu Kommissar Antoine und bitte ihn, er möge seine Leute eine Liste der in den Geschäften an den Grands Boulevards in den letzten zweieinhalb Jahren begangenen Diebstähle aufstellen lassen, insbesondere der Diebstähle, die in die Mittagspause, wenn die Läden geschlossen hatten, fielen.«

Diebstähle waren Sache der Abteilung Antoines. Seine Büros befanden sich am anderen Ende des Flurs.

Maigret kehrte zu Albert Jorisse zurück, der sich eine neue Zigarette angezündet hatte. Er entließ den Inspektor, der inzwischen auf Albert aufgepaßt hatte.

»Ich wäre auch so nicht fortgelaufen.«

»Mag sein. Aber vielleicht hättest du gern mal einen Blick in die Akten auf meinem Schreibtisch geworfen. Gib es zu: Hättest du es getan?«

»Vielleicht.«

»Darin liegt der ganze Unterschied.«

»Welcher Unterschied?«

»Schon gut. Ich weiß, was ich sage.«

»Was werden Sie mit mir machen?«

»Im Augenblick warten wir.«

Maigret blickte auf seine Uhr und rechnete sich aus, daß Lucas und Monique jetzt beim Arzt sein mußten, wo sie sicherlich im Wartezimmer saßen und in den dort ausliegenden Zeitungen blätterten.

»Sie verachten mich, nicht wahr?«

Maigret zuckte mit den Schultern.

»Ich habe nie eine Chance gehabt.«

»Eine Chance wozu?«

»Da herauszukommen.«

»Wo herauszukommen?« Maigret wurde fast aggressiv.

»Ich sehe schon, Sie verstehen mich nicht. Wenn Sie Ihre ganze Kindheit immer nur das Wort Geld gehört, wenn Sie eine Mutter gehabt hätten, die jedesmal vor dem Monatsende zittert . . .«

»Ich habe meine Mutter nicht gekannt.«

Der junge Mann verstummte, und fast zehn Minuten lang schwiegen beide. Eine ganze Weile stand Maigret unbeweglich am Fenster, den Rücken zum Zimmer gewandt, und blickte auf die Regentropfen, die in kleinen Rinnsalen die Scheibe herunterrannen. Dann ging er im Zimmer auf und ab und öffnete schließlich – mit einer fast zu entschlossenen Bewegung – die Schranktür. Obwohl er das Glas schon vorher in dem Emaillebecken abgewaschen hatte, hielt er es noch einmal unter den Wasserhahn und goß sich dann einen Schluck Cognac ein.

»Du willst wohl keinen?«

»Nein, danke.«

Albert Jorisse kämpfte verzweifelt gegen seine Müdigkeit an. Seine Wangen glühten, und die Augen fielen ihm immer wieder zu. Ab und zu schwankte er auf seinem Stuhl.

»Vielleicht wirst du eines Tages trotzdem ein Mann sein.«

Er hörte Schritte im Flur, die Schritte eines Mannes und einer Frau, und er wußte, daß das Lucas und Monique waren. Jetzt galt es, eine Entscheidung zu treffen. Seit einer Viertelstunde grübelte er schon darüber nach: Sollte er das Mädchen hier oder im Nebenraum empfangen? Er zuckte mit den Schultern und öffnete die Tür.

Sie standen beide draußen, ziemlich durchnäßt. Monique hatte all ihre Sicherheit verloren, und als sie Albert entdeckte, erstarrte sie, umklammerte mit beiden Händen ihre Handtasche und warf dem Kommissar einen zornigen Blick zu.

»Seid ihr beim Polizeiarzt gewesen?«

»Sie wollte erst nicht hin. Ich . . .«

»Welches Ergebnis?«

Jorisse war aufgestanden und schaute Monique an, als wollte er sie gleich auf Knien um Vergebung bitten.

»Nichts.«

»Sie ist nicht schwanger?«

»Sie ist es nie gewesen.«

Jorisse traute seinen Ohren nicht, wußte nicht mehr, wohin sich wenden. Am liebsten wäre er Maigret an die Kehle gesprungen, den er für den grausamsten Menschen der Welt zu halten schien.

Der Kommissar hatte inzwischen die Tür wieder geschlossen und deutete auf einen Stuhl, auf dem Monique Platz nehmen sollte.

»Haben Sie etwas zu sagen?«

»Ich hatte geglaubt . . .«

»Nein.«

»Was wissen Sie schon davon? Sie sind keine Frau!« Und zu Albert sagte sie: »Ich schwöre dir, Albert, ich habe wirklich geglaubt, ein Kind zu bekommen.«

In ruhig-nüchternem Ton fragte Maigret: »Wie lange?«

»Mehrere Tage lang.«

»Und danach?«

»Danach habe ich ihn nicht enttäuschen wollen.«

»Ihn enttäuschen?«

Maigret zwinkerte Lucas zu, der ihm daraufhin ins Nachbarbüro folgte. Sie schlossen die Tür hinter sich und ließen die beiden Liebenden allein.

»Als ich ihr gesagt habe, daß sie einen Arzt aufsuchen müsse, habe ich gleich gemerkt, daß da etwas nicht stimmte. Sie hat protestiert. Erst als ich ihr gedroht habe, sie und Albert zu verhaften . . .«

Maigret hörte nicht hin. Er wußte das. Torrence saß wieder an seinem Schreibtisch.

»Hast du meinen Auftrag erledigt?«

»Sie stellen gerade die Liste zusammen. Sie wird ziemlich lang werden. Seit mehr als zwei Jahren arbeiten Kommissar Antoines Leute schon an den Diebstählen. Es scheint, daß . . .«

Maigret ging zu der Verbindungstür und lauschte.

»Was machen sie?« fragte Lucas.

»Nichts.«

»Sprechen sie nicht miteinander?«

»Ich höre nichts.«

Maigret begab sich zum Chef, berichtete ihm vom Stand der Dinge und plauderte dann noch über dies und jenes. Eine knappe Stunde verging, in der der Kommissar verschiedene Büros aufsuchte und sich mit seinen Kollegen unterhielt. Als er in sein eigenes Büro zurückkehrte, saßen Albert und Monique noch genauso da, wie er sie verlassen hatte, jeder auf seinem Stuhl, der drei Meter von dem des anderen entfernt stand. Das Mädchen zeigte ein verschlossenes Gesicht, hatte nun denselben harten Zug um den Mund wie ihre Mutter und ihre Tanten.

Das Maß der Verachtung und des Hasses, der in ihrem Blick lag, wenn sie zufällig zu dem jungen Mann hinüberschaute, war kaum zu beschreiben.

Jorisse dagegen wirkte völlig niedergeschlagen. Seine Augen waren rot vor Müdigkeit; vielleicht hatte er auch geweint.

»Sie sind frei«, sagte Maigret kurz und ging auf seinen Sessel zu.

»Werden die Zeitungen davon berichten?« fragte Monique.

»Dazu liegt kein Grund vor.«

»Wird meine Mutter es erfahren?«

»Nicht unbedingt.«

»Und meine Arbeitgeber?«

Maigret schüttelte den Kopf, worauf sie sich sichtlich erleichtert erhob und, ohne Jorisse auch nur eines Blickes zu würdigen, auf die Tür zuschritt. Die Hand auf der Klinke, drehte sie sich zum Kommissar um und sagte: »Geben Sie zu, daß Sie das absichtlich getan haben!«

»Ja«, antwortete er und wandte sich seufzend an Jorisse: »Du bist auch frei.« Und als der Junge sich nicht rührte: »Läufst du ihr nicht nach?«

Sie war schon auf der Treppe.

»Meinen Sie, daß ich es tun sollte?«

»Was hat sie zu dir gesagt?«

»Sie hat mich einen Idioten genannt.«

»Sonst nichts?«

»Sie hat mir verboten, in Zukunft auch nur ein Wort an sie zu richten.«

»Und jetzt?«

»Nichts. Ich weiß nicht weiter.«

»Du kannst gehen.«

»Was soll ich meinen Eltern sagen?«

»Was du willst. Sie werden überglücklich sein, ihren Sohn wiederzuhaben.«

»Glauben Sie?«

Er mußte ihn geradezu hinausschieben. Der Junge schien noch etwas auf dem Herzen zu haben.

»Nun geh doch, du Idiot!«

»Bin ich kein Gauner mehr?«
»Ein Idiot bist du. Sie hat schon recht.«
Albert Jorisse wandte den Kopf ab und flüsterte mit erstickter Stimme: »Danke.«
Endlich allein in seinem Büro, konnte Maigret sich einen Cognac genehmigen.

9

Der ungeduldige Untersuchungsrichter Coméliau

»Sind Sie es, Maigret?«
»Ja, Euer Gnaden.«
Es war der gewohnte tägliche Telefonanruf, und wenn gerade einer seiner Mitarbeiter in seinem Büro war, konnte Maigret es sich nicht verkneifen, diesem bedeutungsvoll zuzuzwinkern. Er schlug immer einen besonders schmeichelnden Ton an, wenn er mit dem Richter sprach.
»Wie steht es mit dem Fall Thouret?«
»Na ja, es geht.«
»Finden Sie nicht, daß sich die Geschichte etwas lange hinzieht?«
»Ach, wissen Sie, ein Raubmord klärt sich nicht so schnell auf.«
»Sind Sie sicher, daß es Raubmord war?«
»Sie haben doch selbst von Anfang an gesagt: ›Das sieht ja ein Blinder.‹«
»Glauben Sie, was dieser Schramek erzählt?«
»Ich bin überzeugt, daß er die Wahrheit gesagt hat.«
»Und wer hat dann Louis Thouret ermordet?«
»Jemand, der auf sein Geld aus war.«
»Versuchen Sie jedenfalls, die Sache zu beschleunigen.«
»Jawohl, Euer Gnaden.«
Aber Maigret tat nichts dergleichen, befaßte sich vielmehr mit zwei anderen Fällen, die fast seine ganze Zeit beanspruchten. Drei Männer, darunter Janvier und der kleine Lapointe, lösten sich gegenseitig ab, um das Haus in der Rue

d'Angoulême zu überwachen; nach wie vor wurde das Telefon abgehört.

Der Kommissar kümmerte sich auch nicht mehr um Madame Thouret, um ihre Tochter oder den jungen Jorisse, der jetzt wieder ganztags in der Buchhandlung am Boulevard Saint-Michel arbeitete. Es war, als hätte er nie etwas mit den Thourets zu tun gehabt.

Die den Einbruch betreffende Akte hatte er seinem Kollegen Antoine übergeben, der Jef den Clown, alias den Akrobaten, fast täglich verhörte. Ab und zu traf Maigret Schramek auf dem Flur und fragte ihn dann: »Na, wie geht es?«

»Es geht, Herr Kommissar.«

Es war kalt. Der Regen hatte aufgehört. Die Wirtin in der Rue d'Angoulême hatte noch keinen neuen Mieter gefunden, die beiden Zimmer standen immer noch leer. Die drei Mädchen, die auch weiterhin in dem Haus wohnten, wagten ihrem gewohnten Treiben nicht mehr nachzugehen, seit sie das Gebäude überwacht wußten. Sie gingen kaum aus, höchstens einmal, um in einem nahe liegenden Restaurant etwas zu essen oder beim Metzger etwas einzukaufen. Hin und wieder ging mal eine ins Kino.

»Was treiben sie den ganzen Tag?« fragte Maigret eines Tages Janvier.

»Sie schlafen, spielen Karten oder legen Patiencen. Eine von ihnen heißt Arlette, sie streckt mir jedesmal die Zunge raus, wenn sie mich durch die Gardinen sieht. Gestern ist sie zu einer anderen Taktik übergegangen: Sie hat sich umgedreht, ihren Morgenmantel hochgehoben und mir ihren blanken Hintern gezeigt.«

Die Polizei in Marseille forschte nach dem Messer, und zwar nicht nur in der Stadt selbst, sondern auch in den umliegenden Ortschaften. Gleichzeitig nahm man gewisse Leute aus der Unterwelt unter die Lupe, die in den letzten Monaten nach Paris gefahren waren.

All dies ging ohne Überstürzung über die Bühne, und es brachte keine greifbaren Resultate. Trotzdem vergaß Maigret Monsieur Louis nicht. Einmal sogar, als er in einer anderen Angelegenheit in die Rue de Clignancourt kam, ließ er den Wagen vor Léones Laden halten. Selbst an die alte Dame hatte er gedacht und ihr vorher ein Stück Kremtorte gekauft.

»Haben Sie noch nichts herausbekommen?«

»Über kurz oder lang wird es soweit sein.«

Von Monsieur Louis' Unternehmungen erzählte er ihr nichts.

»Wissen Sie denn, warum er ermordet worden ist?«

»Wegen seines Geldes.«

»Hat er denn so viel verdient?«

»Genug, um ein bequemes Leben führen zu können.«

»Der arme Mensch! Daß er gerade ermordet werden mußte, als es ihm endlich gut ging!«

Einmal hatte er in der Nähe des Blumenmarkts Monsieur Saimbron getroffen, den er seither nicht mehr aufgesucht hatte. Sie hatten sich freundlich gegrüßt.

Eines Morgens endlich kam ein Anruf aus Marseille. Maigret führte ein sehr langes Gespräch und ging dann hinauf in die Registratur, wo er fast eine Stunde lang in den Karteikarten wühlte. Anschließend begab er sich ins Archiv, wo er sich ebensolange aufhielt.

Gegen elf Uhr stieg er in den Wagen.

»Rue d'Angoulême.«

Lapointe, der mit der Wache an der Reihe war, stand vor dem Haus.

»Sind sie alle da?«

»Eine ist weggegangen. Sie macht hier im Viertel ihre Einkäufe.«

»Welche?«

»Olga, die Braunhaarige.«

Er klingelte. Der Vorhang bewegte sich. Mariette Gibon, die Wirtin, kam in Pantoffeln an die Tür und öffnete ihm.

»Sieh mal an! Der große Meister bemüht sich heute persönlich her! Haben Ihre Leute eigentlich noch nicht die Nase voll vom Wacheschieben?«

»Ist Arlette oben?«

»Soll ich sie rufen?«

»Danke. Ich gehe lieber hinauf.«

Unruhig schaute sie ihm nach, als er die Treppe hinaufstieg und an die Tür im ersten Stock klopfte.

»Herein!«

Arlette war wie gewöhnlich im Morgenrock, lag auf dem ungemachten Bett und las in einem Groschenroman.

»Sie?«

»Ja, ich«, erwiderte Maigret, legte seinen Hut auf die Kommode und nahm einen Stuhl.

Sie schien ebenso überrascht wie belustigt über sein Kommen zu sein.

»Ist denn die Geschichte immer noch nicht zu Ende?«

»Sie wird zu Ende sein, sobald der Mörder gefaßt ist.«

»Haben Sie ihn noch nicht gefaßt? Ich habe Sie für so überaus schlau gehalten. Es stört Sie doch sicher nicht, daß ich Sie im Morgenrock empfange?«

»Überhaupt nicht.«

»Freilich, Sie müssen ja schon daran gewöhnt sein.«

Als sie sich auf dem Bett umdrehte, klaffte ihr Morgenrock auseinander. Da Maigret keinerlei Notiz davon zu nehmen schien, bemerkte sie frech: »Ist das die ganze Wirkung, die das auf Sie macht?«

»Was?«

»Mich so zu sehen.«

Und als er immer noch keine Miene verzog, verlor sie die Geduld und fragte mit einer zynischen Geste: »Wollen Sie?«

»Danke.«

»Danke, ja?«

»Danke, nein.«

»Na schön, mein Alterchen . . . Sie, na!«

»Macht es Ihnen Spaß, so ordinär zu sein?«

»Wollen Sie mich obendrein auch noch anschnauzen?«

Immerhin hatte sie ihren Morgenrock jetzt wieder zusammengebunden und sich auf die Bettkante gesetzt.

»Was wollen Sie eigentlich von mir?«

»Ihre Eltern glauben immer noch, daß Sie in der Avenue Matignon arbeiten, nicht wahr?«

»Was soll denn das?«

»Sie haben ein Jahr lang in dem Hutgeschäft ›Hélène et Hélène‹ in der Avenue Matignon gearbeitet.«

»Na und?«

»Ich frage mich, ob Ihr Vater weiß, daß Sie den Beruf gewechselt haben.«

»Geht Sie das etwas an?«

»Ihr Vater ist ein anständiger Mensch.«

»Ja, ein alter Knacker.«

»Wenn er wüßte, was Sie treiben . . .«

»Wollen Sie es ihm sagen?«

»Vielleicht.«

Diesmal gelang es ihr nicht, ihre Erregung zu verbergen.

»Waren Sie in Clermont-Ferrand? Haben Sie meine Eltern gesprochen?«

»Noch nicht.«

Sie sprang auf, stürzte zur Tür und riß sie auf. Mariette Gibon stand vor ihr. Sie mußte gelauscht haben.

»Tu dir bloß keinen Zwang an, du . . .«

»Darf ich hereinkommen?«

»Nein. Laß mich in Ruhe. Und solltest du noch einmal auf den Gedanken kommen, an meiner Tür zu horchen, dann . . .«

Maigret blieb friedlich auf seinem Stuhl sitzen.

»Nun?« fragte er.

»Was heißt nun? Was wollen Sie?«

»Das wissen Sie ganz gut.«

»Nein. Drücken Sie sich bitte etwas deutlicher aus.«

»Seit einem halben Jahr wohnen Sie in diesem Haus.«

»Weiter?«

»Sie verbringen hier den größten Teil des Tages, und Sie wissen, was hier vorgeht.«

»Reden Sie nur.«

»Es gab jemanden, der regelmäßig ins Haus kam, es aber seit Monsieur Louis' Tod nicht mehr betreten hat.«

Ihre Pupillen schienen sich zusehends zu verkleinern. Noch einmal ging sie an die Tür, doch es stand niemand dahinter.

»Jedenfalls ist diese Person nicht meinetwegen gekommen.«

»Zu wem dann?«

»Das müssen Sie wissen. Ich will mich jetzt lieber anziehen.«

»Warum?«

»Weil es nach diesem Gespräch besser für mich sein wird, mich nicht länger hier aufzuhalten.«

Sie ließ ihren Morgenrock fallen, diesmal jedoch ohne irgendwelche Absichten. Sie streifte ein Höschen und einen Büstenhalter über und öffnete dann den Wandschrank.

»Ich hätte mir ja denken können, daß es so enden würde«, murmelte sie vor sich hin. »Hören Sie, ich finde, Sie sind ganz schön clever, was?«

»Es ist mein Beruf, Verbrecher hinter Schloß und Riegel zu bringen.«

»Haben Sie ihn verhaftet?«

Sie hatte ein schwarzes Kleid gewählt und malte sich jetzt kräftig die Lippen an.

»Noch nicht.«

»Wissen Sie, wer es ist?«

»Sie werden es mir sagen.«

»Sie scheinen Ihrer Sache sehr sicher zu sein.«

Er zog seine Brieftasche heraus, entnahm ihr das Foto eines etwa dreißigjährigen Mannes, der eine Narbe an der linken Schläfe hatte. Sie warf einen flüchtigen Blick auf das Bild und blieb stumm.

»Ist er es?«

»Ihrer Meinung nach scheint er es ja zu sein.«

»Täusche ich mich?«

»Wohin kann ich gehen, bis Sie ihn verhaftet haben?«

»Irgendwohin, wo einer meiner Inspektoren sich um Sie kümmern wird.«

»Welcher?«

»Welcher wäre Ihnen am liebsten?«

»Der Dunkle mit dem vollen Haar.«

»Inspektor Lapointe.«

Maigret deutete wieder auf das Foto und fragte: »Was wissen Sie über Marco?«

»Daß er der Geliebte der Wirtin ist. Müssen wir uns unbedingt hier darüber unterhalten?«

»Wo ist er?«

Ohne auf die Frage zu antworten, stopfte sie ihre Kleider und ihre persönlichen Dinge wahllos in einen großen Koffer. Anscheinend hatte sie es eilig, aus diesem Haus zu kommen.

»Wir können unser Gespräch draußen fortsetzen«, sagte sie, und als Maigret sich bückte, um ihren Koffer zu nehmen, meinte sie: »Sieh an! Sie können auch galant sein!«

Die Tür des kleinen Salons im Erdgeschoß stand offen. Mariette Gibon stand regungslos, mit angstvoll verzerrtem Gesicht auf der Schwelle.

»Wohin gehst du?«

»Wohin der Kommissar mich führen wird.«

»Sie verhaften sie?«

Weiter wagte sie nichts zu sagen. Sie blickte den beiden nach, wie sie das Haus verließen, trat dann ans Fenster und schob die Gardine ein wenig zur Seite.

Maigret stellte den Koffer in den Wagen und sagte zu Lapointe: »Ich schicke jemand, der dich ablösen soll. Sobald er hier ist, kommst du uns nach in die Brasserie de la République.«

»Gut, Chef!«

Der Kommissar gab dem Chauffeur einige Anweisungen, stieg aber nicht in den Wagen, sondern rief dem Mädchen zu: »Kommen Sie!«

»In die Brasserie de la République?«

»Vorerst ja.«

Es waren nur ein paar Schritte dorthin. Sie setzten sich an einen Tisch im Hintergrund des Lokals.

»Ich muß noch ein Telefongespräch führen. Ich rate Ihnen dringend, inzwischen nicht abzuhauen.«

»Okay.«

Maigret rief im Büro an und gab Torrence seine Instruktionen. Als er wieder an den Tisch ging, bestellte er zwei Aperitifs.

»Wo ist Marco?«

»Ich weiß es nicht. Als Sie das erstemal kamen, hat die Wirtin mich bei ihm anrufen lassen, um ihm auszurichten, er solle bis auf weiteres weder telefonieren noch vorbeikommen.«

»Wann haben Sie ihm diese Nachricht gegeben?«

»Eine halbe Stunde, nachdem Sie gegangen waren, habe ich in einem Restaurant am Boulevard Voltaire telefoniert.«

»Haben Sie ihn persönlich gesprochen?«

»Nein. Es war der Kellner einer Bar in der Rue de Douai am Apparat.«

»Wie heißt er?«

»Félix.«

»Und die Bar?«

»›Poker d'As‹.«

»Sie hat seither nichts von ihm gehört?«

»Nein. Und sie leidet sehr darunter. Sie weiß ja, daß sie zwanzig Jahre älter ist als er, und lebt ständig mit dem Gedanken, daß er mit jungen Mädchen zusammen ist.«

»Hat er das Geld?«

»Das weiß ich nicht. Er ist an jenem Tag dagewesen.«

»An welchem Tag?«

»An dem Montag, als Monsieur Louis ermordet worden ist.«

»Um wieviel Uhr ist er in die Rue d'Angoulême gekommen?«

»Gegen fünf Uhr. Sie haben sich in dem Zimmer der Wirtin eingeschlossen.«

»Ist sie in Monsieur Louis' Zimmer gegangen?«

»Kann schon sein. Ich habe nicht darauf geachtet. Nach ungefähr einer Stunde ist er wieder gegangen. Ich hörte, wie die Tür zuschlug.«

»Hat sie nicht versucht, ihm durch Sie oder eines der anderen Mädchen eine Nachricht zukommen zu lassen?«

»Sie hat angenommen, daß man uns verfolgen würde.«

»Hat sie Verdacht geschöpft, daß man ihr Telefon anzapfen würde?«

»Sie hat das mit der Pfeife gleich begriffen. Schlau genug ist sie ja. Ich mag sie nicht besonders, aber sie ist arm dran. So verrückt nach ihm, daß sie ganz krank dabei wird.«

Als der kleine Lapointe eintrat, fand er die beiden friedlich am Tisch sitzen.

»Was trinkst du?« fragte ihn Maigret.

Lapointe wagte kaum, das Mädchen anzusehen, das ihn lächelnd musterte.

»Dasselbe wie Sie.«

»Du wirst sie in ein ruhiges Hotel bringen, in dem es zwei miteinander verbundene Zimmer gibt. Du bleibst bei ihr, bis ich dir Bescheid gebe. Sobald du die Zimmer hast, rufst du mich an und sagst mir, wo du bist. Du kannst ruhig hier in der Nähe bleiben. Wahrscheinlich findest du schon im Hôtel Modernc gegenüber etwas. Am besten ist es, wenn sie niemanden trifft und ihre Mahlzeiten im Hotelzimmer einnimmt.«

Als die beiden das Lokal verließen, sah es so aus, als ob sie auf ihn aufpaßte.

Es dauerte noch zwei Tage. Jemand – man erfuhr nie, wer – mußte Félix, den Kellner in der Rue de Douai, gewarnt haben, der sich daraufhin bei einem Freund versteckt hielt, wo man ihn erst am Abend des nächsten Tages aufstöberte.

Man mußte ihn die halbe Nacht verhören, um ihn zu dem Geständnis zu bewegen, daß er Marco kannte, und um dessen Adresse von ihm zu erhalten. Marco hatte Paris verlassen. Er war in einem Gasthof am Seineufer, einem Anglertreffpunkt, abgestiegen. Zu dieser Jahreszeit jedoch war Marco der einzige Gast.

Bevor er überwältigt wurde, konnte er noch zwei Schüsse abfeuern, die aber niemand trafen. Die Banknoten, die er Monsieur Louis gestohlen hatte, trug er in einem Gürtel, den ihm Mariette Gibon wahrscheinlich extra für diesen Zweck genäht hatte.

»Sind Sie's, Maigret?«

»Ja, Euer Gnaden.«

»Was macht der Fall Thouret?«

»Ist abgeschlossen. Ich schicke Ihnen gleich den Mörder und seine Komplizin.«

»Wer ist es? Es war also doch gemeiner Raubmord?«

»Wie er gemeiner nicht sein kann. Geplant und ausgeführt von der Besitzerin eines zweifelhaften Hauses und ihrem Geliebten, einem ›schweren Jungen‹ aus Marseille. Monsieur Louis war so naiv, sein ganzes Geld auf dem Spiegelschrank zu verstecken, und . . .«

»Was sagen Sie?«

». . . und man mußte ihn doch daran hindern, daß er das Fehlen des Geldes entdeckte. Marco hat das übernommen. Man hat den Verkäufer des Messers ausfindig gemacht. Bis heute abend haben Sie meinen Bericht . . .«

Für Maigret war das die unangenehmste Arbeit von allem. Er saß den ganzen Nachmittag daran, die Zungenspitze zwischen den Lippen, wie ein Schuljunge.

Am Abend, als er mit dem Essen fertig war, erinnerte er sich plötzlich an Arlette und den kleinen Lapointe.

»Himmel! Ich hab was vergessen!« rief er aus.

»Ist es schlimm?« fragte Madame Maigret.

»Nein, allzu schlimm wird es wohl nicht sein. Jetzt ist es sowieso zu spät, da kann ich auch noch bis morgen früh warten. Gehen wir schlafen?«

1952

Maigret, Lognon und die Gangster

1

Wie Maigret gezwungen ist, sich mit Madame Lognon zu beschäftigen, mit ihren Gebrechen und mit ihren Gangstern

»Natürlich ... Natürlich ... Gewiß, Monsieur ...

Aber ja ... Aber ja ... Ich verspreche Ihnen, ich werde mein möglichstes tun ... So ist es ... Ich empfehle mich ... Wie? Ich sage: Ich empfehle mich ... Warum sollte ich gekränkt sein? ... Auf Wiedersehen, Monsieur ...«

Zum zehntenmal wahrscheinlich, er zählte nicht mehr mit, legte Maigret den Hörer auf, zündete seine Pfeife wieder an und warf einen vorwurfsvollen Blick in den kalten Regen hinaus, der hinter den Scheiben unaufhörlich niederprasselte, griff zu seinem Federhalter und beugte sich über seinen Bericht, den er vor einer Stunde zu schreiben begonnen hatte und der nicht einmal zu einer halben Seite gediehen war.

Denn in Wirklichkeit dachte er, kaum daß ein Wort niedergeschrieben war, an etwas anderes, er dachte an den Regen, an diesen besonderen Regen, der stets der eigentlichen Winterkälte vorangeht und der die Gabe hat, sich in den Mantelkragen hineinzuschleichen, die Schuhe zu durchdringen, in dicken Tropfen von der Hutkrempe herabzurinnen, diesen schmutzigen und traurigen Schnupfenregen, der die Menschen bewegt, zu Hause zu bleiben, wo man sie wie Gespenster hinter ihren Fensterscheiben sieht.

Ist es die Langeweile, die sie dann zum Telefon treibt? Von den acht oder zehn Anrufen, die er fast nacheinander erhalten hatte, waren nicht einmal drei wirklich notwendig gewesen. Und wieder klingelte der Apparat, Maigret sah ihn an, als sei er versucht, ihn mit der Faust in Stücke zu schlagen, und knurrte schließlich: »Hallo?«

»Madame Lognon will Sie durchaus persönlich sprechen.«

»Madame . . .?«

»Lognon.«

Es wirkte wie ein Witz, daß Maigret bei diesem Wetter und in einem Augenblick, da er schon wütend genug war, plötzlich am anderen Ende der Leitung den Namen dessen hörte, der überall Inspektor Griesgram genannt wurde, den finstersten Mann der Pariser Polizei, dessen Pech so sprichwörtlich geworden war, daß manche behaupteten, er ziehe das Unglück geradezu an.

Aber nun war nicht Lognon am Apparat, sondern Madame Lognon. Maigret war ihr bisher nur einmal in ihrer Wohnung an der Place Constantin-Pecqueur am Montmartre begegnet, und seit jenem Tag konnte er dem Inspektor nichts mehr übelnehmen, er ging ihm zwar weiterhin möglichst aus dem Wege, doch er tat ihm von Herzen leid.

»Verbinden Sie mich mit ihr . . . Hallo? Madame Lognon?«

»Entschuldigen Sie bitte die Störung, Herr Kommissar . . .«

Sie artikulierte jede Silbe sehr genau, wie es Leute tun, die den anderen beweisen wollen, daß sie eine gute Erziehung genossen haben. Maigret notierte sich den Tag, es war Donnerstag, der 19. November. Die Uhr auf dem Kamin zeigte elf Uhr vormittags.

»Ich hätte mir nie erlaubt, Sie persönlich sprechen zu wollen, wenn ich nicht schwerwiegende Gründe dafür hätte . . .«

»Gewiß, Madame.«

»Sie kennen uns, meinen Mann und mich. Sie wissen, daß . . .«

»Ja, Madame.«

»Ich muß unbedingt mit Ihnen reden, Herr Kommissar. Entsetzliche Dinge gehen vor, und ich habe Angst. Wenn mein Gesundheitszustand es mir gestatten würde, käme ich zum Quai des Orfèvres. Aber wie Ihnen bekannt sein dürfte, bin ich seit Jahren an meine Wohnung hier im fünften Stock gefesselt.«

»Wenn ich Sie recht verstehe, möchten Sie, daß ich zu Ihnen komme.«

»Ich bitte Sie darum, Herr Kommissar.«

Das war stark! Sie hatte es höflich gesagt, aber bestimmt.

»Ihr Mann ist nicht zu Hause?«

»Er ist verschwunden.«

»Wie? Lognon ist verschwunden? Seit wann?«

»Das weiß ich nicht. Er ist nicht in seinem Büro, und niemand kann mir sagen, wo er sein könnte. Die Gangster sind heute morgen wiedergekommen.«

»Wer?«

»Die Gangster. Ich werde Ihnen das alles erzählen. Selbst wenn Lognon wütend wird. Ich habe zuviel Angst.«

»Sie wollen damit sagen, daß Leute in Ihre Wohnung eingedrungen sind?«

»Ja.«

»Gewaltsam?«

»Ja.«

»Während Sie daheim waren?«

»Ja.«

»Haben sie etwas mitgehen lassen?«

»Vielleicht Papiere. Ich habe das nicht überprüfen können.«

»Und das ist heute früh passiert?«

»Vor einer halben Stunde. Aber die beiden anderen waren schon vorgestern hier.«

»Wie hat Ihr Mann darauf reagiert?«

»Ich habe ihn seitdem nicht gesehen.«

»Ich komme.«

Maigret traute der Sache noch nicht. Nicht allzusehr. Er kratzte sich am Kopf, suchte zwei Pfeifen aus, die er in die Jackentasche schob, und öffnete die Tür zum Arbeitszimmer der Inspektoren einen Spalt breit.

»Hat jemand in den letzten Tagen etwas von Lognon gehört?«

Schon der Name rief gewöhnlich ein Schmunzeln hervor. Nein. Niemand hatte etwas von ihm gehört. Inspektor Lognon gehörte nicht der Kriminalpolizei vom Quai des Orfèvres an, obwohl dies sein brennendster Wunsch war, sondern dem zweiten Revier im 9. Arrondissement, und sein Büro befand sich im Kommissariat der Rue de La Rochefoucauld.

»Wenn jemand nach mir fragt, ich bin in einer Stunde wieder zurück. Steht unten ein Wagen bereit?«

Er zog seinen dicken Mantel an, fand im Hof eines der kleinen Polizeiautos und gab dem Fahrer als Ziel die Place Constantin-Pecqueur an. Auf den Straßen war es etwa gleich heiter wie unter dem Glasdach der Pariser Gare du Nord, des Nordbahnhofs, und die Passanten nahmen mit stoischem Gleichmut die Schwalle schmutzigen Wassers hin, die die Fahrzeuge auf die Bürgersteige und an ihre Beine spritzten.

Das Wohnhaus sah aus wie jedes andere, mochte ein Jahrhundert alt sein und hatte keinen Aufzug. Maigret stieg seufzend die fünf Treppen hinauf, und ehe er noch geklopft hatte, öffnete sich eine Tür; Madame Lognon, deren Augen und Nase gerötet waren, ließ ihn eintreten, wobei sie murmelte: »Ich bin Ihnen so dankbar, daß Sie gekommen sind! Wenn Sie wüßten, wie sehr Sie mein armer Mann bewundert!«

Das stimmte nicht. Lognon haßte ihn. Lognon haßte alle, die das Glück hatten, am Quai des Orfèvres zu arbeiten, jeden Kommissar und alle, die einen höheren Rang hatten als er. Er haßte die Älteren, weil sie älter waren, und die Jungen, weil sie jung waren. Er ...

»Nehmen Sie Platz, Herr Kommissar ...«

Sie war klein, mager, schlecht frisiert und in einen Flanellmorgenrock von häßlichem Lila gehüllt. Sie hatte tiefe Ringe unter den Augen, spitze, schmale Nasenflügel, und sie hielt ständig eine Hand an die linke Brust gedrückt wie jemand, der herzleidend ist.

»Ich habe vorsichtshalber nichts angerührt, damit Sie sich ein Bild machen können ...«

Die Wohnung war winzig: Eßzimmer, Salon, Schlafzimmer, Küche und Toilette, alles in reduzierten Ausmaßen und mit Türen, die man wegen der Möbel nicht ganz öffnen konnte. Auf dem Bett hatte sich eine schwarze Katze zu einer Kugel zusammengerollt.

Madame Lognon hatte Maigret in das Eßzimmer geführt, damit war klar, daß der Salon nie benutzt wurde. Die Schubladen des Büfetts enthielten kein Tafelsilber, sondern Papiere, Notizbücher, Fotografien, die durcheinandergewühlt waren; Briefe waren auf dem Boden verstreut.

»Ich glaube«, sagte er, während er noch zögerte, sich seine Pfeife anzuzünden, »es wäre am besten, wenn Sie mir alles der Reihe nach erzählen würden. Vorhin am Telefon haben Sie von Gangstern gesprochen.«

Zunächst bemerkte sie jedoch in dem resignierten Ton jener, die es gewöhnt sind, zu leiden: »Sie können ruhig Ihre Pfeife rauchen.«

»Danke!«

»Sehen Sie, seit Dienstagfrüh . . .«

»Mit anderen Worten: vorgestern?«

»Ja. Diese Woche hat Lognon Nachtdienst. Am Dienstagmorgen ist er wie gewohnt kurz nach sechs nach Hause gekommen. Aber anstatt sich gleich nach dem Essen ins Bett zu legen, ist er länger als eine Stunde in der Wohnung herumgelaufen, so daß mir ganz schwindelig wurde.«

»Wirkte er besorgt?«

»Sie wissen ja, wie gewissenhaft er ist, Herr Kommissar. Ich sage ihm immer wieder, daß er zu gewissenhaft ist, daß er sich seine Gesundheit ruiniert und daß ihm das niemand danken wird. Verzeihen Sie, daß ich so offen spreche, aber Sie werden zugeben, daß er nie seinen Verdiensten entsprechend gewürdigt worden ist. Er ist ein Mann, der nur an seinen Dienst denkt, der sich abmüht . . .«

»Dienstagmorgen also . . .«

»Um acht Uhr ist er hinuntergegangen, um Einkäufe zu machen. Ich schäme mich, daß ich eine behinderte Frau bin, die sozusagen zu nichts mehr nütze ist, aber ich kann ja nichts dafür. Der Arzt hat mir verboten, Treppen zu steigen, und so muß eben Lognon das Nötige einkaufen. Natürlich weiß ich, daß das keine Tätigkeit für einen Mann wie ihn ist. Jedesmal . . .«

»Dienstagmorgen?«

»Ist er einkaufen gegangen. Dann hat er mir gesagt, daß er noch ins Büro müsse, daß es wahrscheinlich nicht lange dauern würde und daß er am Nachmittag schlafen wolle.«

»Er hat nicht über den Fall gesprochen, der ihn gerade beschäftigte?«

»Über derlei redet er nie. Wenn ich ihm einmal, ohne zu überlegen, eine Frage stelle, antwortet er immer, er sei an sein Berufsgeheimnis gebunden.«

»Seitdem ist er nicht zurückgekommen?«

»Doch, gegen elf.«

»Am selben Tag?«

»Ja. Am Dienstag gegen elf Uhr vormittags.«

»War er noch unruhig?«

»Ich weiß nicht, ob er unruhig war oder ob es an seiner Erkältung lag, denn er hatte sich einen Schnupfen geholt. Ich bestand darauf, daß er sich auskurieren solle. Er hat erwidert, daß er sich später auskurieren wolle, wenn er Zeit dazu habe, er müsse noch einmal weg, sei jedoch vor dem Abendessen zurück.«

»Kehrte er heim?«

»Warten Sie! Mein Gott! Da fällt mir was ein! Wenn ich ihn nicht wiedersehen sollte! Ich hatte ihm gerade solche Vorwürfe gemacht und gesagt, er kümmere sich nie um seine Frau, sondern immer nur um seine Arbeit . . .«

Maigret wartete schicksalsergeben und in unbequemer Haltung auf seinem Stuhl, der eine zu steile Lehne hatte, die er jedoch nicht nach hinten zu drücken wagte, weil sie nicht sehr stabil wirkte.

»Vielleicht eine Viertelstunde, nachdem er fortgegangen war, nicht einmal, gegen eins jedenfalls, hörte ich Schritte auf der Treppe. Ich nahm an, es wolle jemand zu der Person im sechsten Stock, einer Frau, unter uns gesagt, die . . .«

»Ja. Sie haben Schritte auf der Treppe gehört . . .«

»Sie machten vor meiner Korridortür halt. Ich hatte mich eben hingelegt, da der Arzt mir verordnet hat, nach dem Essen zu ruhen. Es klopfte, und ich habe nicht geantwortet. Lognon hat mir geraten, mich nie zu melden, wenn die Leute nicht ihren Namen nennen. Bei seinem Beruf läßt es sich kaum vermeiden, daß man Feinde hat, nicht wahr? Ich war überrascht, als ich hörte, wie die Tür geöffnet wurde und dann auf dem Flur und im Eßzimmer Schritte laut wurden. Es waren zwei Männer, die einen Blick ins Schlafzimmer geworfen und mich gesehen haben, wie ich im Bett lag.«

»Haben Sie sie beobachten können?«

»Ich habe sie aufgefordert, sofort wieder zu gehen, ich habe ihnen gedroht, die Polizei zu rufen; ich habe sogar die Hand zum Telefon ausgestreckt, das auf dem Nachttisch steht.«

»Und weiter?«

»Einer der beiden, der kleinere, hat mir seinen Revolver vorgehalten und etwas in einer fremden Sprache zu mir gesagt, die ich nicht verstehe, wahrscheinlich in englisch.«

»Wie sahen sie aus?«

»Ich weiß nicht, wie ich mich ausdrücken soll. Sie waren sehr gut gekleidet. Beide rauchten Zigaretten. Sie hatten ihren Hut aufbehalten. Sie schienen erstaunt zu sein, etwas oder jemanden nicht vorzufinden.

›Wenn Sie meinen Mann sprechen wollen ...‹, begann ich. Aber sie hörten mir nicht zu. Der größere ist durch die Räume gegangen, während der andere mich weiter bewacht hat. Ich erinnere mich, daß sie unters Bett und in die Schränke geschaut haben.«

»Sie haben die Möbel nicht durchwühlt?«

»Nein, die beiden nicht. Sie sind kaum länger als fünf Minuten geblieben, haben mich nichts gefragt und sind friedlich wieder gegangen, als sei ihr Besuch eine Selbstverständlichkeit gewesen. Natürlich bin ich ans Fenster gestürzt und habe gesehen, wie sie auf dem Bürgersteig neben einem großen schwarzen Wagen standen und diskutierten. Der größere ist eingestiegen, und der andere hat sich zu Fuß bis zur Ecke der Rue Caulaincourt begeben. Ich glaube, er hat eine Bar betreten. Ich habe gleich im Büro meines Mannes angerufen.«

»War er dort?«

»Ja. Er war gerade eingetroffen. Ich habe ihm erzählt, was passiert ist.«

»Schien er überrascht?«

»Das ist schwer zu sagen. Am Telefon ist er immer so seltsam.«

»Hat er Sie aufgefordert, ihm die beiden Männer zu beschreiben?«

»Ja. Ich habe es getan.«

»Tun Sie es noch einmal.«

»Sie hatten beide sehr dunkle Haare, wie Italiener, aber ich bin sicher, daß es kein Italienisch war, was sie sprachen. Ich glaube, daß der größere der Anführer war, ein schöner Mann, zugegeben, vielleicht ein kleines bißchen zu fett, etwa vierzig Jahre alt.«

»Und der Kleine?«

»Gewöhnlicher, mit eingedrückter Nase und den Ohren eines Boxers, vorne hatte er einen Goldzahn. Er trug einen perlgrauen Hut und einen grauen Mantel und der andere einen nagelneuen Kamelhaarmantel.«

»Ist Ihr Mann nicht gleich herbeigeeilt?«

»Nein.«

»Hat er auch keinen Polizisten vom Revier hergeschickt?«

»Nein. Er hat mir geraten, mich nicht zu beunruhigen, selbst wenn er mehrere Tage lang nicht nach Hause kommen sollte. Ich habe ihn gefragt, was mit dem Essen werden soll, und er hat geantwortet, daß er sich darum kümmern wolle.«

»Hat er sich darum gekümmert?«

»Ja. Am nächsten Morgen sind Lieferanten gekommen und haben mir gebracht, was ich brauchte. Sie waren heute morgen wieder hier.«

»Haben Sie im Laufe des gestrigen Tages etwas von Ihrem Mann gehört?«

»Er hat mich zweimal angerufen.«

»Und heute?«

»Einmal, gegen neun.«

»Sie wissen nicht, von wo aus er telefoniert hat?«

»Nein. Er sagt mir nie, wo er ist. Ich weiß nicht, wie andere Inspektoren mit ihren Frauen umgehen, aber er . . .«

»Kommen wir zu dem heutigen Besuch.«

»Ich habe abermals Schritte auf der Treppe gehört.«

»Um wieviel Uhr?«

»Kurz nach zehn. Ich habe nicht auf den Wecker geschaut. Vielleicht war es halb elf.«

»Waren es dieselben Männer?«

»Es war nur einer, den ich noch nie gesehen hatte. Er hat nicht geklopft, er ist gleich hereingekommen, als wenn er einen Schlüssel hätte. Vielleicht hat er einen Dietrich benutzt. Ich war in der Küche und habe Gemüse geputzt. Ich bin von meinem Stuhl aufgestanden, und da habe ich ihn im Türrahmen gesehen. ›Keine Bewegung!‹ hat er zu mir gesagt. ›Vor allem: nicht schreien! Ich tue Ihnen nichts.‹«

»Sprach er mit Akzent?«

»Ja. Er hat ein fehlerhaftes Französisch gesprochen. Der war bestimmt Amerikaner, ein großer blonder, fast rothaariger Typ mit breiten Schultern und Kaugummi im Mund. Er sah sich neugierig um, als sei es das erste Mal, daß er eine Pariser Wohnung betrat. Im Salon hat er sofort das Diplom erblickt, das Lognon zum fünfundzwanzigjährigen Dienstjubiläum erhalten hat.«

Die Urkunde hing in einem schwarzen Rahmen mit Goldstreifen an der Wand und trug in Rundschrift den Namen Lognons und seinen Dienstgrad.

»›Ein Bulle, was?‹ hat der Mann zu mir gesagt. ›Wo steckt er?‹ Ich habe erwidert, daß ich das nicht wüßte, und das schien ihn nicht zu beunruhigen. Darauf hat er begonnen, alle Schubladen zu öffnen, die Papiere durchzusehen, wobei er alles durcheinanderkramte, so daß einiges zu Boden fiel.

Er hat ein Foto gefunden, das uns beide vor fünfzehn Jahren darstellt, hat mich kopfschüttelnd angesehen und das Bild in seine Tasche gleiten lassen.«

»Kurz und gut, er scheint nicht damit gerechnet zu haben, daß Ihr Mann bei der Polizei ist?«

»Er war nicht sonderlich überrascht, aber ich bin überzeugt, daß er vorher nichts davon gewußt hat.«

»Hat er Sie gefragt, welcher Abteilung er angehört?«

»Er wollte nur wissen, wo er ihn finden könne. Ich habe ihm gesagt, daß ich nichts wüßte, daß mir mein Mann nie etwas von seiner Arbeit erzählt.«

»Gab er sich damit zufrieden?«

»Er hat weiterhin alles gelesen, was ihm unter die Finger kam.«

»Waren dienstliche Schreiben Ihres Mannes in diesem Schubfach?«

»Ja. Der Mann hat sie mit dem Foto in seine Tasche gesteckt. Oben im Büfett hat er eine Flasche Calvados entdeckt und sich ein großes Glas eingeschenkt.«

»War das alles?«

»Auch er hat unter dem Bett und in den beiden Schränken nachgesehen. Dann ist er ins Eßzimmer zurückgekehrt, um noch einen Schluck zu trinken, anschließend ist er mit einem leicht spöttischen Gruß weggegangen.«

»Haben Sie bemerkt, ob er Handschuhe trug?«

»Ja, schweinslederne Handschuhe.«

»Und die beiden anderen?«

»Ich glaube, die auch. Jedenfalls derjenige, der mich mit seinem Revolver bedroht hat.«

»Sind Sie wieder ans Fenster getreten?«

»Ja. Ich habe gesehen, wie er aus dem Haus kam und sich zu einem der beiden anderen begab, dem Kleinen, der an der Ecke der Rue Caulaincourt auf ihn wartete. Ich habe sofort das Kommissariat in der Rue de La Rochefoucauld angerufen und Lognon zu sprechen verlangt. Man teilte mir mit, daß man ihn an diesem Morgen nicht gesehen habe, daß man ihn auch nicht erwarte, und als ich nachdrücklicher wurde, hat man mir gesagt, daß er in der letzten Nacht nicht im Büro gewesen sei, obwohl er Nachtdienst gehabt habe.«

»Haben Sie die Polizisten über das Geschehene informiert?«

»Nein. Ich habe gleich an Sie gedacht, Herr Kommissar. Sehen Sie, ich kenne Lognon besser als jeder andere. Er ist ein Mann, der alles besonders gut machen will. Niemand hat bisher scine Verdienste anerkannt, aber von Ihnen hat er mir oft erzählt, ich weiß, daß Sie nicht wie die anderen sind, daß Sie ihm nichts mißgönnen, daß ... Ich habe Angst, Monsieur Maigret. Er hat sich wahrscheinlich mit Leuten eingelassen, denen er nicht gewachsen ist, und Gott weiß, was in diesem Augenblick, da ...«

Im Schlafzimmer läutete das Telefon. Madame Lognon zuckte zusammen.

»Gestatten Sie?«

Maigret hörte, wie sie mit plötzlich gekünstelter Stimme sagte: »Wie! Du bist es? Wo warst du? Ich habe in deinem

Büro angerufen, und man hat mir geantwortet, daß du es seit gestern nicht betreten habest. Kommissar Maigret ist hier . . .«

Maigret war zu ihr getreten und streckte die Hand nach dem Hörer aus.

»Erlauben Sie? . . . Hallo? Lognon?«

Der Inspektor am anderen Ende der Leitung schwieg still und starrte vermutlich mit zusammengebissenen Zähnen vor sich hin.

»Sagen Sie, Lognon, wo sind Sie jetzt?«

»Im Büro.«

»Ich bin hier bei Ihrer Frau, in Ihrer Wohnung. Ich muß mit Ihnen sprechen. Ich werde in der Rue de La Rochefoucauld vorbeikommen, die ohnehin an meinem Weg liegt. Warten Sie auf mich . . . Wie?«

Er hörte den Inspektor stammeln: »Lieber nicht hier . . . Ich werde es Ihnen erklären, Herr Kommissar . . .«

»Nun, dann seien Sie in einer halben Stunde am Quai des Orfèvres.«

Er legte auf und holte seine Pfeife, seinen Hut.

»Glauben Sie, daß etwas Schlimmes passiert ist?« Und da er sie verständnislos anblickte: »Er ist derart unvorsichtig, er ist so übereifrig, daß ich manchmal . . .«

»Bitten Sie ihn herein!«

Lognon war völlig durchnäßt und mit Schmutz bespritzt, als wäre er die ganze Nacht durch die Straßen geirrt, und er hatte einen so starken Schnupfen, daß er ständig sein Taschentuch in der Hand behalten mußte. Er neigte den Kopf wie jemand, der eine Zurechtweisung erwartet, und blieb mitten im Zimmer stehen.

»Setzen Sie sich, Lognon. Ich war eben bei Ihnen.«

»Was hat meine Frau Ihnen erzählt?«

»Alles, was sie weiß, nehme ich an.«

Darauf trat ein längeres Schweigen ein, das Lognon dazu nutzte, sich zu schneuzen, wobei er nicht wagte, Maigret offen anzusehen, und der Kommissar, der seine Empfindlichkeit kannte, wußte nicht recht, wie er ihn anfassen sollte.

Was Madame Lognon über ihren Mann gesagt hatte, war gar nicht so falsch. Weil er alles besonders gut machen wollte, brachte sich dieser Dummkopf immer wieder in die schwierigsten Situationen, zumal er davon überzeugt war, daß die ganze Welt gegen ihn stand und er das Opfer einer Verschwörung war, die ihn hindern sollte, befördert zu werden und endlich in der Spezialabteilung am Quai des Orfèvres den Platz einzunehmen, der ihm gebührte.

Das Verwirrendste daran war, daß er keineswegs dumm, sondern wirklich gewissenhaft und der anständigste Mensch von der Welt war.

»Liegt sie zu Bett?« fragte er schließlich.

»Als ich kam, war sie auf.«

»Ist sie böse auf mich?«

»Sehen Sie mich an, Lognon. Machen Sie es sich bequem. Ich weiß lediglich, was Ihre Frau mir erzählt hat, aber ich brauche Sie nur zu betrachten, um zu begreifen, daß irgend etwas nicht stimmt. Sie sind mir nicht direkt unterstellt, und was Sie etwa angerichtet haben könnten, geht mich nichts an. Aber vielleicht wäre es jetzt, da Ihre Frau sich an mich gewendet hat, einfach besser, mich zu informieren. Was halten Sie davon?«

»Ich glaube auch . . .«

»Dann möchte ich Sie bitten, mir alles zu sagen, verstehen Sie? Nicht einen Teil, nicht *fast* alles.«

»Ich verstehe.«

»Gut. Sie können rauchen.«

»Ich rauche nicht.«

Das stimmte. Maigret hatte es vergessen. Er rauchte nicht, weil seiner Frau vom Tabakgeruch schlecht wurde.

»Was wissen Sie von diesen Gangstern?«

Darauf antwortete Lognon voller Überzeugung: »Ich glaube, es sind wirkliche Gangster.«

»Amerikaner?«

»Ja.«

»Wie sind Sie mit ihnen in Berührung gekommen?«

»Ich weiß es selbst nicht. Obwohl ich entschlossen bin, Ihnen alles zu gestehen, selbst wenn ich meine Stellung verlieren sollte.« Er starrte unverwandt auf den Schreibtisch, und seine Unterlippe zitterte. »Früher oder später wäre das sowieso passiert.«

»Was?«

»Sie wissen es sehr gut. Man behält mich, weil man nicht anders kann, weil es noch nicht gelungen ist, mich bei einem Fehler zu ertappen, aber man beobachtet mich schon seit Jahren . . .«

»Wer?«

»Alle.«

»Aber Lognon!«

»Doch, Herr Kommissar.«

»Sie betrachten sich also am Ende als einen Verfolgten?«

»Verzeihen Sie mir.«

»Nun hören Sie mal auf, die Schultern einzuziehen und woanders hinzuschauen. Gut! Und jetzt reden Sie mit mir wie ein Mann.«

Lognon weinte nicht, doch sein Schnupfen trieb ihm die Tränen in die Augen, und es ging auf die Nerven, ihn dauernd das Taschentuch zum Gesicht führen zu sehen.

»Ich höre.«

»Es war in der Nacht von Montag auf Dienstag.«

»Als Sie Nachtdienst hatten?«

»Ja. Es war ungefähr ein Uhr morgens. Ich hatte jemanden zu beschatten.«

»Wo?«

»An der Kirche Notre-Dame-de-Lorette, am Gitter, Ecke Rue Fléchier.«

»Sie waren also nicht in Ihrem Revier?«

»Genau an der Grenze. Die Rue Fléchier befindet sich im dritten Revier, aber ich überwachte die kleine Bar an der Ecke der Rue des Martyrs, die noch zu meinem Revier gehört. Man hatte mich darauf aufmerksam gemacht, daß dort nachts manchmal ein Typ hinkam, um Kokain zu verkaufen. Die Rue Fléchier ist dunkel und zu dieser Stunde fast immer menschenleer. Ich hatte mich an das Gitter gelehnt, das die Kirche umgibt. Da kam plötzlich ein Auto um die Ecke der Rue de Châteaudun, bremste und hielt einen Augenblick, kaum zehn Meter von mir entfernt.

Die Insassen haben von meiner Anwesenheit nichts geahnt. Der Wagenschlag wurde geöffnet und ein menschlicher Körper auf den Bürgersteig geworfen; darauf ist das Auto durch die Rue Saint-Lazare davongefahren.«

»Haben Sie sein Kennzeichen notiert?«

»Ja. Ich bin zuerst zu dem Menschen geeilt. Ich hätte beinahe geschworen, daß der Mann tot war, aber ich bin mir nicht sicher. In der Dunkelheit habe ich meine Hand auf seine Brust gelegt und mit noch warmem Blut benetzt zurückgezogen.«

Maigret runzelte die Stirn und murmelte: »Davon hat im Bericht nichts gestanden.«

»Ich weiß.«

»Das hat sich in der Rue Fléchier zugetragen, also auf dem Bürgersteig des dritten Reviers?«

»Ja.«

»Wie kommt es, daß . . .«

»Ich will es Ihnen erklären. Ich bin mir klar darüber, daß ich falsch gehandelt habe. Vielleicht glauben Sie mir nicht.«

»Was ist mit dem Mann geschehen?«

»Eben. Ich komme darauf. Es war kein Polizist in Sichtweite. Das kleine Lokal war offen und kaum hundert Meter entfernt. Ich bin in der Absicht hingegangen, dort zu telefonieren.«

»Mit wem?«

»Mit dem Kommissariat des dritten Reviers.«

»Haben Sie das getan?«

»Ich bin an der Theke stehengeblieben, um eine Telefonmünze zu kaufen. Ich habe automatisch auf die Straße hinausgeblickt und einen zweiten Wagen gesehen, der aus der Rue Fléchier herauskam und in die Rue Notre-Dame-de-Lorette einbog. Er hat in der Nähe der Stelle gehalten, wo ich den Mann zurückgelassen hatte. Da bin ich aus der Bar hinausgegangen, um zu versuchen, das Kennzeichen festzustellen, aber das Auto war schon zu weit weg.«

»Ein Taxi?«

»Ich glaube nicht. Das ist sehr schnell gegangen. Ich hatte so eine Ahnung. Ich bin zur Kirche gerannt. Die Leiche lag nicht mehr an ihrem Platz neben dem Gitter.«

»Sie haben keinen Alarm gegeben?«

»Nein.«

»Sie sind nicht auf den Gedanken gekommen, daß die Polizei Chancen gehabt hätte, das erste Auto anzuhalten, wenn Sie die Nummer durchgegeben hätten?«

»Ich habe daran gedacht. Ich habe mir gesagt, daß die Leute, die diesen Anschlag verübt haben, nicht so dumm sein würden, lange mit demselben Wagen umherzufahren.«

»Sie haben keinen Bericht gemacht?«

Maigret hatte natürlich begriffen. Seit langen Jahren wartete der arme Lognon auf den großen Fall, der ihn endlich zum Star erheben würde. Man konnte wirklich glauben, daß er das Unglück anzog. Sein Revier gehörte zu jenen, in denen die meisten Verbrechen begangen wurden. Doch jedesmal, wenn eins geschah, war er entweder nicht im Dienst, oder die Spezialabteilung am Quai nahm aus irgendeinem Grunde die Sache selbst in die Hand.

»Ich weiß, daß ich falsch gehandelt habe. Ich bin mir dessen fast augenblicklich bewußt geworden, aber da ich keinen Alarm gegeben hatte, war es inzwischen zu spät.«

»Haben Sie das Auto ausfindig gemacht?«

»Am nächsten Morgen habe ich mich zur Präfektur begeben, wo ich anhand der Listen festgestellt habe, daß der Wagen einer Tankstelle an der Porte Maillot gehört. Ich bin hingefahren. Es ist ein Unternehmen, das Autos ohne Chauffeur für Tage oder Monate vermietet.«

»War der Wagen wieder da?«

»Nein. Er war zwei Tage zuvor auf unbestimmte Zeit gemietet worden. Ich habe den Vertrag des Kunden gesehen, eines gewissen Bill Larner, der amerikanischer Staatsbürger ist und im Hôtel Wagram in der Avenue de Wagram wohnt.«

»Haben Sie ihn dort angetroffen?«

»Er hatte das Hotel gegen vier verlassen.«

»Sie wollen damit sagen, daß er bis vier Uhr morgens in seinem Zimmer gewesen ist?«

»Ja.«

»Er war also nicht in dem Auto?«

»Bestimmt nicht. Der Nachtportier hat ihn gegen Mitternacht heimkommen sehen. Larner hat um halb vier einen

Anruf erhalten und ist praktisch gleich danach aufgebrochen.«

»Mit seinem Gepäck?«

»Nein. Er hat im Vorbeigehen angekündigt, daß er einen Freund vom Bahnhof abholen wolle und zum Frühstück zurück sein werde.«

»Er ist natürlich nicht gekommen.«

»Nein.«

»Und das Auto?«

»Das ist am Vormittag in der Nähe der Gare du Nord gefunden worden.«

Lognon schneuzte sich wieder einmal und schaute Maigret zerknirscht an.

»Ich habe falsch gehandelt, ich betone es nochmals. Heute haben wir Donnerstag, und seit Dienstagfrüh versuche ich, mich zurechtzufinden. Ich bin nicht nach Hause gegangen.«

»Warum?«

»Meine Frau wird Ihnen sicherlich mitgeteilt haben, daß sie am Dienstag kurz nach meinem Weggehen gekommen sind. Das ist doch ein Hinweis, nicht wahr?«

Maigret ließ ihn reden.

»Meiner Meinung nach bedeutet das, daß sie mich im Dunkeln bemerkt haben, nachdem sie die Leiche auf den Bürgersteig geworfen hatten. Sie haben sich gesagt, daß ich das Kennzeichen des Autos bestimmt notiert habe. Ich spreche natürlich von dem ersten Wagen, denn es waren ja zwei. Sie hatten es eilig, das Fahrzeug loszuwerden. Sie haben daraufhin Bill Larner angerufen und ihn gewarnt, daß man ihm wahrscheinlich aufgrund des Mietvertrags auf die Spur kommen könnte.«

Während er ihm zuhörte, malte Maigret Figuren auf seine Schreibunterlage.

»Weiter?«

»Ich weiß nicht. Ich stelle nur Vermutungen an. Sie dürften die Zeitungen durchgeblättert und festgestellt haben, daß von der Affäre nicht berichtet wurde.«

»Haben Sie eine Vorstellung davon, wie die Leute auf Sie gekommen sind?«

»Ich habe nur eine Erklärung dafür, und das würde beweisen, daß sie sehr ausgekocht, daß sie Profis sind. Sie haben in der Nähe der Tankstelle gelauert, sie haben gesehen, daß ich mich erkundigt habe, und sind mir gefolgt. Ich bin zum Frühstück nach Hause gegangen, und als ich wieder weg war, sind sie in meine Wohnung eingedrungen.«

»Wo sie die Leiche zu finden hofften?«

»Nehmen Sie das auch an?«

»Ich weiß es nicht ... Warum sind Sie seitdem nicht mehr daheim gewesen?«

»Weil ich vermute, daß sie das Haus überwachen.«

»Angst, Lognon?«

Lognons Wangen wurden so rot wie seine knollige Nase.

»Ich ahnte, daß man das denken würde. Aber es stimmt nicht. Ich wollte nur meine Handlungsfreiheit bewahren. Ich habe mir ein Zimmer in einem kleinen Hotel an der Place Clichy genommen und bin mit meiner Frau in telefonischer Verbindung geblieben. Seither arbeite ich Tag und Nacht. Ich habe mehr als hundert Hotels aufgesucht, zuerst im Quartier des Ternes, in der Umgebung der Avenue de Wagram, dann in Richtung der Oper. Meine Frau hat mir die beiden Männer beschrieben, die in unserer Wohnung waren. Ich bin zur Fremdenpolizei gegangen, war auf der Präfektur. Und während der ganzen Zeit habe ich trotzdem meine laufende Arbeit erledigt.«

»Kurz, Sie hofften diese Ermittlung allein durchführen zu können?«

»Zu Anfang ja. Ich glaubte, ich sei dazu in der Lage. Jetzt mag mit mir geschehen, was will.«

Armer Lognon! Manchmal sah er trotz seiner siebenundvierzig Jahre und seines unangenehmen Äußeren wie ein schmollender Junge aus, einer jener Halbwüchsigen, die haßerfüllt die Erwachsenen von unten her ansehen.

»Ihre Frau hat heute morgen abermals Besuch erhalten, und da sie Sie nicht erreichen konnte, hat sie mich angerufen.«

Entmutigt schaute der Inspektor den Kommissar mit einer Miene an, als wolle er sagen: Darauf kommt es nun auch nicht mehr an.

»Es handelte sich nicht um einen der Männer vom Dienstag, sondern um einen großen blonden, fast rothaarigen . . .«

»Bill Larner«, brummte Lognon. »So hat man ihn mir beschrieben.«

»Unten hat er sich mit einem der anderen getroffen. Er hat zumindest ein Foto von Ihnen und wahrscheinlich Papiere mitgenommen.«

»Ich nehme an, man wird ein Disziplinarverfahren gegen mich eröffnen?«

»Das ist eine Frage, die wir später noch diskutieren können.«

»Später?«

»Nach der Ermittlung.«

Mit immer noch finsterem Gesicht und ungläubigem Blick runzelte Lognon die Brauen.

»Im Augenblick ist es das Dringendste, diese Leute aufzuspüren, meinen Sie nicht auch?«

»Ich?«

Maigret antwortete nicht, und Lognon schneuzte sich drei volle Minuten lang.

Als er das Büro verließ, hätte man schwören mögen, daß er geweint hatte.

2

Obwohl hier von wenig empfehlenswerten Personen die Rede ist, möchte Inspektor Lognon zeigen, daß er ein wohlerzogener Mann ist

Es war kurz vor fünf, als Maigret die Verbindung bekam, und längst waren die Lampen an, und die Besucher des Tages hatten Spuren von Nässe und Schmutz auf den Fußböden hinterlassen. Lag es an dem Wetter, daß der Tabak wirklich einen anderen Geschmack hatte, oder war der Kommissar im Begriff, sich selbst einen Schnupfen zu holen?

Er hörte die Telefonistin am anderen Ende des Kabels auf englisch sagen – wobei sie seinen Namen aussprach, als würde er am Schluß mit mindestens drei t geschrieben:

»Die Kriminalpolizei von Paris. Kommissar Maigret am Apparat.«

Dann, gleich darauf, die junge fröhliche, herzliche Stimme von J. J. MacDonald: »*Hello! Jules!*«

Maigret hatte sich im Verlauf seiner Reise durch die Vereinigten Staaten wohl oder übel an diese Anrede gewöhnt, aber es fiel ihm immer noch schwer, und er mußte doch erst einmal schlucken, bevor er seinerseits herausbrachte: »*Hello! Jimmy!*«

MacDonald war in Washington einer der wichtigsten Mitarbeiter von Edgar Hoover, dem Chef des FBI. Er war es, der Maigret durch die meisten der amerikanischen Großstädte geführt hatte, ein großer Bursche mit hellen Augen, der fast immer seine Krawatte in der Tasche und seine Jacke unterm Arm trug.

Alle Welt nannte sich drüben schon nach zehn Minuten beim Vornamen.

»Wie sieht's in Paris aus?«

»Es regnet.«

»Hier haben wir herrlichen Sonnenschein.«

»Sagen Sie, Jimmy, ich brauche eine Auskunft, und ich möchte nicht das Geld unserer armen Steuerzahler vergeuden. Zunächst, haben Sie schon mal von einem gewissen Bill Larner gehört?«

»*Sweet Bill?*«

»Möglich. Ich kenne nur den Namen Bill Larner. Allem Anschein nach dürfte er um die Vierzig sein.«

Sweet Bill bedeutet der hübsche Bill.

»Wahrscheinlich ist er das. Er hat vor ungefähr zwei Jahren das Land verlassen und ein paar Monate in Havanna verbracht, bevor er sich nach Europa eingeschifft hat.«

»Gefährlich?«

»Kein Killer, wenn Sie das meinen, aber einer der ausgekochtesten Betrüger und Diebe. Es gibt keinen zweiten, der wie er einem harmlosen Gemüt fünfzig Dollar abknöpft, indem er ihm eine Million verspricht. Er steckt also bei Ihnen?«

»Er ist in Paris.«

»Vielleicht gelingt es Ihnen, ihn mit Hilfe der französischen Gesetze einzulochen. Hier war es nie möglich, genug Belastungsmaterial gegen ihn zusammenzubringen, und wir waren jedesmal gezwungen, ihn wieder freizulassen. Soll ich Ihnen eine Kopie seiner Akte zukommen lassen?«

»Wenn es möglich ist. Doch das ist nicht alles. Ich werde Ihnen eine Liste von Namen vorlesen. Und Sie unterbrechen mich, wenn einer dabei ist, den Sie kennen.«

Maigret hatte Janvier darauf angesetzt. Die Kriminalpolizei hatte sich die Liste aller Passagiere beschafft, die in den letzten Wochen in Le Havre oder in Cherbourg an Land gegangen waren. Dann hatte man von den Inspektoren, die die Pässe bei der Landung kontrolliert hatten, so genaue Hinweise erhalten, daß man eine Reihe von Namen ausschalten konnte.

»Können Sie mich verstehen?«

»Als wenn Sie im Nebenzimmer säßen.«

Beim zehnten Namen unterbrach MacDonald seinen französischen Kollegen bereits. »Sagten Sie Cinaglia?«

»Charles Cinaglia.«

»Der ist auch bei Ihnen?«

»Er ist vor zwei Wochen hier gelandet.«

»Den sollten Sie gut im Auge behalten. Er hat fünf- oder sechsmal im Gefängnis gesessen und hätte schon lange den elektrischen Stuhl verdient. Er ist ein Killer. Leider haben wir ihm nie etwas anderes nachweisen können als unbefugten Waffenbesitz, Körperverletzung, Landstreicherei und so weiter . . .«

»Wie sieht er aus?«

»Klein, stämmig, immer ausgesucht gekleidet, Brillantring am Finger, hohe Absätze. Gebrochenes Nasenbein und Blumenkohlohren.«

»Er scheint gleichzeitig mit einem gewissen Cicero eingetroffen zu sein, der die Nachbarkabine belegt hatte.«

»Donnerwetter! Tony Cicero hat mit Charlie in Saint Louis zusammengearbeitet. Nur macht er sich nicht die Finger schmutzig. Er ist der Kopf.«

»Haben Sie Unterlagen über die beiden?«

»Wir könnten eine Bibliothek damit bestücken. Ich schicke Ihnen das Interessanteste. Auch Fotos. Das geht noch mit dem Abendflugzeug ab.«

Die übrigen Namen sagten MacDonald nichts, und nach einem neuen Austausch von »Jules« und »Jimmy« verstummte der Widerhall von Maigrets Stimme in dem Polizeibüro der amerikanischen Hauptstadt, wo die Sonne schien und es noch nicht Zeit zum Mittagessen war.

Weil er über einen anderen Fall mit dem Leiter der Kriminalpolizei zu sprechen hatte, verließ Maigret mit seinen Akten in der Hand sein Arbeitszimmer. Als er das Vorzimmer durchquerte, hatte er den Eindruck, daß sich in einer dunklen Ecke noch jemand aufhielt, drehte sich um und entdeckte zu seiner Überraschung Lognon, der in einem der Sessel saß und ihm schüchtern zulächelte.

Es war gleich sechs Uhr. Die Diensträume begannen sich zu leeren, und der lange, immer staubige Flur lag verlassen.

Wenn Lognon ihn sprechen wollte, hätte er ihn normalerweise angerufen, oder wenn er in der Gegend war, hätte er sich anmelden lassen, das heißt, er wäre ins Büro der Inspektoren gegangen, denn er gehörte ja mehr oder weniger zum Hause, selbst wenn er nicht am Quai beschäftigt war.

Aber nein! Er hatte einen Fehler begangen und verspürte das Bedürfnis, sich bescheidener zu zeigen als sonst und sich da hinzusetzen wie ein armer Kerl, der darauf wartet, daß man geruht, ihn im Vorbeigehen eines Blickes zu würdigen. Maigret war nahezu verärgert, denn er fühlte, daß diese Unterwürfigkeit im Grunde Stolz bedeutete. Der andere machte ein Gesicht, als wolle er sagen: Sehen Sie! Ich habe einen Fehler begangen. Sie hätten mir ein Disziplinarverfahren anhängen können. Sie sind gut zu mir gewesen. Ich bin Ihnen dafür dankbar und setze mich auf den Platz, der mir zukommt, nämlich den eines armen Teufels, dem man ein Almosen gibt.

Das war idiotisch. Das war typisch Lognon, und vielleicht gerade wegen dieses Charakterzuges war es so entmutigend, ihm helfen zu wollen. Selbst seinen Schnupfen betrachtete er quasi als eine Sühne.

Er hatte sich umgezogen. Sein Anzug war ebenso düster wie der vom Morgen, seine Schuhe waren schon wieder trokken. Und was seinen Mantel betraf, so schien er nur einen zu besitzen.

Hatte er Besorgungen in Paris gemacht, dann sicher mit dem Autobus, wobei er *absichtlich* im strömenden Regen an den Straßenecken gewartet hatte: Ich habe ja keinen Dienstwagen zu meiner Verfügung! Ich kann und will kein Taxi nehmen, weil es unter meiner Würde ist, mich am Ende des Monats mit dem Kassierer herumzustreiten, der einem immer vorzuwerfen scheint, bei den Spesenabrechnungen zu mogeln. Ich betrüge nicht. Ich bin ein anständiger Mensch, ein gewissenhafter Beamter.

Maigret fragte ihn im Vorbeigehen: »Sie wollen mich sprechen?«

»Ich habe Zeit. Wann immer Sie mich empfangen können.«

»Dann warten Sie in meinem Büro auf mich.«

»Ich warte lieber hier.«

Dummkopf! Elender Dummkopf! Dabei mußte er einem eigentlich leid tun. Er war sicherlich sehr unglücklich. Er verzehrte sich.

Zwanzig Minuten später verließ Maigret das Arbeitszimmer seines Chefs, und Lognon hatte sich nicht gerührt, nicht geraucht; er war im Vorzimmer sitzen geblieben und hatte unbeweglich das Wasser wie ein Regenschirm an sich herabtropfen lassen.

»Treten Sie ein. Setzen Sie sich.«

»Ich habe gedacht, daß es wahrscheinlich richtig wäre, Sie darüber zu informieren, was ich entdeckt habe. Heute vormittag hatten Sie mir keine genauen Anweisungen gegeben, und ich habe das so verstanden, daß ich nach eigenem Ermessen handeln sollte.«

Wieder diese übertriebene Unterwürfigkeit. Sonst hatte Lognon sich doch durch seinen maßlosen Stolz unerträglich gemacht!

»Ich war noch einmal im Hôtel Wagram, das Bill Larner bisher nicht wieder betreten hat, und ich habe einiges über ihn erfahren.«

Maigret hätte beinahe gesagt: Ich auch.

Aber wozu?

»Seit fast zwei Jahren bewohnt er dasselbe Zimmer. Ich habe es mir angesehen. Sein Gepäck ist noch da. Er scheint nur seine Aktentasche mit Papieren mitgenommen zu haben, denn ich habe in den Möbeln weder Briefe noch seinen Paß gefunden. Seine Anzüge tragen die Etiketten der besten Schneider. Er lebte auf großem Fuß, gab dicke Trinkgelder und hatte recht häufig Damen bei sich, alle von dem gleichen Schlag, wie man sie in Nachtlokalen trifft. Nach den Worten des Portiers schätzt er nur die eher kleinen, aber molligen Brünetten.«

Es fehlte nicht viel, und Lognon wäre errötet.

»Ich habe gefragt, ob manchmal Freunde zu ihm kämen. Das scheint nicht der Fall zu sein. Dagegen erhielt er viele Telefonanrufe. Keine Post. Nie. Einer der Angestellten bei der Rezeption nimmt an, daß er oft in einem Restaurant in der Rue des Acacias, bei Pozzo, zu Abend aß, wo er ihn wiederholt habe hineingehen sehen.«

»Sind Sie bei Pozzo gewesen?«

»Noch nicht. Ich dachte, Sie würden lieber selbst hingehen. Ich habe die Postbeamten in der Avenue Niel vernommen. Dorthin ließ Larner seine Briefe postlagernd schikken. Vor allem Briefe aus den Vereinigten Staaten. Gestern morgen hat er seine Post noch abgeholt. Heute hat man ihn nicht gesehen, es war aber auch nichts für ihn da.«

»Ist das alles?«

»Fast. Ich bin bei der Präfektur gewesen, und bei der Fremdenpolizei habe ich mir seine Akte angesehen, denn er hat regelmäßig seinen Aufenthalt gemeldet. Er ist in Omaha geboren (ich weiß nicht, wo das liegt, aber es ist in Amerika) und fünfundvierzig Jahre alt.«

Lognon nahm aus seiner Brieftasche eines dieser Paßbilder, von denen jeder Ausländer mehrere Exemplare bei Beantragung der Aufenthaltsgenehmigung hinterlegen muß. Wollte man diesem Foto glauben, war Bill Larner ein schöner Mann mit lebhaften, fröhlichen Augen, ein Lebemann mit einem ganz leichten Ansatz zur Fettleibigkeit.

»Ich habe nichts weiter feststellen können. Ich habe nach Spuren in meiner Wohnung gesucht, aber sie haben keine hinterlassen. Das Türschloß haben sie mit einem Dietrich geöffnet.«

»Geht es Ihrer Frau besser?«

»Sie hat kurz nach meinem Eintreffen einen Herzanfall gehabt. Sie liegt im Bett.«

Konnte er das nicht in etwas natürlicherem Ton sagen? Es wirkte so, als bitte er wegen des Gesundheitszustandes seiner Frau um Verzeihung, als sei er persönlich dafür verantwortlich und als werfe die ganze Welt ihm das vor.

»Ich habe etwas vergessen. Ich bin noch einmal bei der Tankstelle an der Porte Maillot gewesen, um das Foto zu zeigen. Es war tatsächlich Larner, der das Auto gemietet hat. Als er die Garantie hinterlegen mußte, hat er ein ganzes Bündel Banknoten aus der Hosentasche gezogen. Er schien nur Tausender bei sich zu haben. Da der Wagen gerade dort stand, habe ich ihn unter die Lupe genommen. Sie haben ihn gewaschen, aber auf den Rücksitzen sieht man noch Flecken, wahrscheinlich Blutflecken.«

»Keine Spur von Kugeln?«

»Ich habe keine gefunden.«

Er schneuzte sich nach der Art bestimmter Frauen, die Schweres durchgemacht haben und plötzlich mitten im Gespräch ein paar Tränen vergießen.

»Was gedenken Sie nun zu tun?« fragte der Kommissar und vermied es, ihn anzuschauen.

Schon beim Anblick von Lognons roter Nase und seinen feuchten Augen prickelte es ihm unter den Lidern, und er hatte das Gefühl, gleich selbst eine Erkältung zu bekommen. Er konnte nicht umhin, Mitleid zu empfinden. In wenigen Stunden hatte der Inspektor bei dem kalten Regenwetter mehrmals fast ganz Paris durchquert. Ein paar Telefongespräche hätten sicher zu dem gleichen Ergebnis geführt, aber lohnte es, ihm das zu sagen? Hatte er nicht das Bedürfnis, sich zu bestrafen?

»Ich werde alles tun, was Sie mir auftragen. Ich bin Ihnen dankbar, daß Sie mich an der Ermittlung teilnehmen lassen, denn ich habe keinerlei Recht dazu.«

»Erwartet Ihre Frau Sie zum Abendessen?«

»Sie erwartet mich nie. Und wenn sie mich . . .«

Man war versucht, ihn anzuschreien: Genug! Seien Sie, verdammt nochmal, ein Mann!

Statt dessen machte ihm Maigret gegen seinen Willen eine Art Geschenk.

»Hören Sie, Lognon. Es ist jetzt halb sieben. Ich werde meine Frau anrufen und ihr sagen, daß ich nicht nach Hause komme, und dann essen wir miteinander bei Pozzo. Vielleicht erfahren wir dort etwas.«

Er ging ins Nebenzimmer, um Janvier, der Nachtdienst hatte, einige Anweisungen zu geben, zog seinen Mantel an, und wenige Minuten später warteten sie an der Ecke des Quai auf ein Taxi. Es regnete immer noch. Paris erweckte den Eindruck eines Tunnels, den man im Zug durchquert: Die Lichter wirkten unnatürlich, und die Passanten, die an den Häuserwänden entlangstrichen, schienen einer geheimnisvollen Gefahr entfliehen zu wollen.

Unterwegs hatte Maigret eine Idee, er ließ den Wagen vor einem Bistro halten.

»Ich muß noch mal telefonieren. Bei dieser Gelegenheit können wir einen Aperitif an der Theke nehmen.«

»Brauchen Sie mich dabei?«

»Nein. Warum?«

»Ich möchte lieber im Taxi warten. Diese Getränke bekommen meinem Magen nicht.«

Es war ein kleines Lokal, in dem Chauffeure verkehrten, mollig warm, völlig verraucht, das Telefon befand sich neben der Küche.

»Ist dort die Fremdenpolizei? Bist du's, Robin? Guten Abend, Alter. Schaust du mal nach, ob die beiden Namen, die ich dir nenne, bei euch registriert sind?«

Er gab ihm die Namen von Cinaglia und Cicero durch.

»Ich will bloß wissen, ob sie eine Aufenthaltsgenehmigung haben.«

Das Ergebnis war negativ. Die beiden Männer waren also nicht auf der Präfektur gewesen, was vermuten ließ, daß sie nicht die Absicht hatten, lange in Paris zu bleiben.

»Rue des Acacias!«

Es kam ihm fast so vor, als ob er heute seinen freundlichen Tag habe. Im Taxi informierte er Lognon über das, was er unternommen hatte.

»Die beiden Schwarzhaarigen, die am Dienstag an der

Place Constantin-Pecqueur waren, scheinen Charlie Cinaglia und Cicero gewesen zu sein. Sie stecken offenbar mit Larner unter einer Decke, der ihnen den Wagen besorgt hat, und Larner hat dann den zweiten Besuch in Ihrer Wohnung gemacht. Vermutlich, weil die beiden anderen kein Französisch können.«

»Das habe ich auch gedacht.«

»Beim erstenmal suchten sie keine Papiere, sondern einen Mann, tot oder lebendig, den sie in der Rue Fléchier auf den Bürgersteig geworfen hatten. Deshalb hatten sie unter dem Bett und in den Schränken nachgeschaut. Da sie nichts gefunden haben, wollten sie wissen, wer Sie sind, wo sie Sie antreffen könnten, und sie haben Larner hingeschickt, der die Schubladen durchwühlt hat.«

»Jetzt ist ihnen klar, daß ich bei der Polizei bin.«

»Das dürfte ihnen unangenehm sein. Und sicher beunruhigt sie auch das Schweigen der Zeitungen.«

»Fürchten Sie nicht, daß sie Paris verlassen?«

»Ich habe für alle Fälle die Bahnhöfe, Flughäfen und die Verkehrspolizei alarmiert. Ich habe ihren Steckbrief durchgegeben. Genauer gesagt, Janvier ist dabei, das zu übernehmen.«

Selbst im Dunkel des Taxis erahnte er das leichte Lächeln Lognons.

Und deshalb spricht man von dem großen Maigret! Während ein armer Inspektor wie ich sich auf den Straßen die Hacken abrennt und Nachforschungen anstellt, braucht der berühmte Kommissar nur in Washington anzurufen, einen Haufen von Mitarbeitern in Bewegung zu setzen und die Bahnhöfe und Gendarmerien zu alarmieren!

Braver Lognon! Maigret hätte ihm am liebsten aufs Knie geklopft und ihm zugeraunt: Nimm doch deine Maske ab!

Im Grunde wäre Lognon vielleicht sogar unglücklich gewesen, seinen Spitznamen Inspektor Griesgram nicht mehr zu verdienen. Es verlangte ihn danach, zu lamentieren und zu knurren und sich als der unglücklichste Mensch von der Welt zu fühlen.

Das Taxi hielt in der schmalen Rue des Acacias vor einem Restaurant, dessen Fenster und Tür mit rotkarierten Gardinen verziert waren. Gleich beim Eintritt schlug Maigret die Atmosphäre New Yorks entgegen, die er in Gesellschaft von Jimmy MacDonald kennengelernt hatte. Pozzos Lokal ähnelte keinem Pariser Restaurant, sondern den Gastwirtschaften, wie man sie in den meisten Straßen um den Broadway herum findet. Es herrschte ein sehr gedämpftes Licht, an das man sich erst gewöhnen mußte, denn es erlaubte kaum, auf Anhieb die Gegenstände wahrzunehmen, und die Gesichter blieben in einer Art Hell-Dunkel verschwommen.

Vor der Theke aus Mahagoniholz waren hohe Hocker aufgereiht, und auf den Regalen steckten zwischen den Flaschen amerikanische, italienische und französische Fähnchen. Ein Radio oder ein Plattenspieler verbreitete dezente Musik. Neun oder zehn Tische waren passend zu den Fenstergardinen mit rotkarierten Tischtüchern gedeckt, und an den holzgetäfelten Wänden hingen Fotos von Boxern und Artisten, vor allem von Boxern, die meisten mit handschriftlichen Widmungen.

Zu dieser Stunde war der Raum fast leer. Am Tresen würfelten zwei Männer mit dem Barkeeper. Im Hintergrund aß ein Pärchen Spaghetti, und ein Kellner, der am Küchenschalter stand, sah ihnen mit verträumtem Blick dabei zu.

Man beachtete sie nicht weiter. Die Anwesenden schauten nur einen Augenblick zu dem seltsamen Paar hinüber, das Maigret und der magere, mürrische Lognon bildeten, und es trat eine bezeichnende Stille ein, der man entnehmen konnte, daß jemand, als sie zur Tür hereinkamen, den anderen zugeflüstert hatte: »Achtung! Bullen!«

Maigret zögerte, sich an die Bar zu setzen, legte seinen Mantel und seinen Hut ab und nahm an einem der nächststehenden Tische Platz. Es duftete nach guter, würziger Küche mit einem leicht überwiegenden Knoblauchgeruch. Auf der Theke rollten die Würfel wieder, wobei der Barmann seine neuen Gäste mit eher amüsierter Miene beobachtete.

Wortlos reichte der Kellner ihnen die Speisekarte.

»Mögen Sie Spaghetti, Lognon?«

»Ich nehme das, was Sie bestellen.«

»Also zunächst zweimal Spaghetti.«

»Getränke?«

»Eine Flasche Chianti.«

Sein Blick schweifte über die Fotografien, und nach einer Weile stand er auf, um eine näher zu betrachten. Sie mußte schon viele Jahre alt sein. Sie stellte einen jungen untersetzten Boxer dar, trug eine Widmung mit dem Namen Pozzo und war mit Charlie Cinaglia unterzeichnet.

Der Mann hinter der Bar hatte ihn immer noch nicht aus den Augen gelassen. Ohne sein Spiel zu unterbrechen, rief er ihm von weitem zu: »Am Boxen interessiert, wie?«

Und Maigret antwortete: »Vielleicht an einzelnen Boxern. Sind Sie Pozzo?«

»Ich nehme an, Sie sind Maigret.«

Das alles ruhig, leichthin, wie Tennisspieler, die vor der Partie ein paar Bälle wechseln.

Als der Kellner die Flasche Chianti auf den Tisch stellte, fügte Pozzo hinzu: »Ich dachte, Sie trinken nur Bier.«

Er war klein, fast kahl, nur wenige pechschwarze Haare waren in der Mitte des Schädels zusammengekämmt, und er hatte große, kugelrunde Augen, eine ebenso knollige Nase wie Lognon und einen breiten Mund wie ein Clown. Mit den beiden Männern, die ihm gegenübersaßen, sprach er italienisch. Beide waren übertrieben elegant gekleidet, und Maigret hätte ihre Namen zweifellos in seinen Akten gefunden. Der jüngere war sichtlich drogenabhängig.

»Bedienen Sie sich, Lognon.«

»Nach Ihnen, Herr Kommissar.«

Vielleicht hatte Lognon tatsächlich in seinem Leben noch nie Spaghetti gegessen? Oder tat er es absichtlich? Mit der Miene eines Gastes, der dem Gastgeber um jeden Preis eine Freude machen möchte, ahmte er gewissenhaft jede Geste Maigrets nach.

»Schmeckt es Ihnen nicht?«

»Es ist durchaus nicht schlecht.«

»Soll ich etwas anderes bestellen?«

»Keineswegs. Das ist sicher sehr nahrhaft.«

Die Spaghetti glitten ihm beharrlich von der Gabel, und die junge Frau, die im Hintergrund des Lokals aß, konnte ein Lachen nicht unterdrücken. An der Theke war die Partie beendet, die beiden Gäste schüttelten Pozzo die Hand, warfen Maigret einen kurzen Blick zu und begaben sich langsam zur Tür, als wollten sie beweisen, daß sie nichts zu befürchten, sich nichts vorzuwerfen hatten.

»Pozzo!«

»Ja, Herr Kommissar . . .«

Der Italiener war noch kleiner, als es hinter der Bar den Anschein hatte. Vor allem hatte er sehr kurze Beine, und das fiel um so mehr auf, als er zu weite Hosen trug.

Mit dem Lächeln eines Geschäftsmanns und einer weißen Serviette über dem Arm trat er an den Tisch der Polizisten.

»Sie mögen also die italienische Küche?«

Anstatt zu antworten, warf Maigret einen Blick auf das Foto des Boxers.

»Haben Sie Charlie schon lange nicht mehr gesehen?«

»Sie kennen Charlie? Sie sind wohl in Amerika gewesen?«

»Und Sie?«

»Ich? Ich habe zwanzig Jahre da gelebt.«

»In Saint Louis?«

»In Chicago, in Saint Louis, in Brooklyn.«

»Wann ist Charlie mit Bill Larner hier gewesen?«

Mehr als je zuvor fühlte sich Maigret an seinen Aufenthalt in den Vereinigten Staaten erinnert, und er merkte deutlich, daß Lognon diesem Gespräch mit einer gewissen Verblüffung folgte.

Denn es verlief tatsächlich nicht so, wie es normalerweise in Frankreich verlaufen müßte. Pozzos Haltung war nicht die eines mehr oder weniger fragwürdigen Restaurantbesitzers, der von einem Polizisten vernommen wurde.

Er stand ungezwungen, lässig vor ihnen, und seine großen Augen funkelten voller Ironie. Mit einer komischen Grimasse kratzte er sich am Kopf.

»Sie kennen Bill also auch! Sweet Bill, nicht wahr? Ein sehr sympathischer Typ.«

»Einer Ihrer Stammgäste, oder?«

»Glauben Sie?«

Mit größter Selbstverständlichkeit setzte er sich an ihren Tisch.

»Ein Glas, Angelino!«

Er schenkte sich von dem Chianti ein.

»Keine Angst. Die Flasche geht auf meine Rechnung. Das Essen auch. Ich habe nicht alle Tage die Ehre, den Kommissar Maigret als Gast zu haben.«

»Sie scheinen in bester Laune zu sein, Pozzo?«

»Ich bin immer gut gelaunt. Nicht so wie Ihr Freund. Hat er seine Frau verloren?«

Er betrachtete Lognon mit gespielt mitleidiger Miene.

»Angelino! Servier den Herren Florentiner Kalbsschnitzel. Sag Giovanni, er soll sie so zubereiten wie für mich. Mögen Sie Florentiner Kalbsschnitzel, Kommissar?«

»Ich bin Charlie Cinaglia vor drei Tagen begegnet.«

»Sie kommen mit dem Flugzeug aus New York?«

»Charlie war in Paris.«

»Tatsächlich? Sie sehen, wie diese Leute sind! Vor zehn Jahren war ich sein kleiner Pozzo hier, sein kleiner Pozzo da. Ich glaube sogar, er nannte mich Papa Pozzo. Und jetzt ist er in Paris und besucht mich nicht einmal!«

»Bill Larner auch nicht? Und Tony Cicero?«

»Wie war der letzte Name?«

Er versuchte nicht zu verschleiern, daß er Komödie spielte. Im Gegenteil. Er übertrieb absichtlich und setzte mehr denn je die Miene eines Clowns auf, der seine Nummer vorführt. Nur wenn man ihn aufmerksam beobachtete, merkte man, daß seine Augen trotz der Grimassen und seiner Späße hart und wachsam blieben.

»Komisch. Ich habe viele Tony gekannt, aber ich erinnere mich nicht an einen Cicero.«

»Aus Saint Louis.«

»Sie sind in Saint Louis gewesen? Da bin ich amerikanischer Staatsbürger geworden. Ich bin nämlich amerikanischer Staatsbürger.«

»Nur leben Sie zur Zeit in Frankreich. Und die französische Regierung könnte Ihnen durchaus die Lizenz entziehen.«

»Warum? Entspricht mein Lokal nicht allen Hygienevorschriften? Sie können beim Kommissariat des zuständigen Reviers nachfragen. Nie Schlägereien. Auch kein Animierbetrieb. Ja, der Kommissar, den Sie kennen müßten, gibt mir hin und wieder die Ehre, mit seiner Frau zum Essen herzukommen. Um diese Zeit ist hier nicht viel los. Unsere Gäste treffen später ein. Von meinen Kalbsschnitzeln werden Sie begeistert sein.«

»Haben Sie Telefon?«

»Natürlich. Die Kabine ist hinten links, neben den Toiletten.«

Maigret erhob sich, ging hin, schloß die Tür hinter sich, wählte die Nummer der Kriminalpolizei, sprach fast leise.

»Janvier? Ich bin bei Pozzo, dem Restaurant in der Rue des Acacias. Sag doch dem Abhördienst, man soll diese Leitung den ganzen Abend überwachen. Es eilt nicht. Es ist noch eine halbe Stunde Zeit. Es sollen alle Gespräche festgehalten werden, besonders, wenn folgende drei Namen genannt werden.«

Er gab die Namen Cinaglia, Cicero und Bill Larner durch.

»Gibt's was Neues?«

»Nein. Wir überprüfen die Meldezettel in den Pensionen.«

Als er ins Lokal zurückkam, sah er, daß Pozzo sich vergeblich mühte, Lognon ein Lächeln zu entlocken.

»Sie sind also nicht wegen meiner Küche zu mir gekommen, Herr Kommissar?«

»Hören Sie, Pozzo. Charlie und Cicero sind seit zwei Wochen in Paris, das wissen Sie genausogut wie ich. Sie haben sich wahrscheinlich mit Larner hier getroffen.«

»Ich kenne Cicero nicht, aber was Charlie anbelangt, so muß er sich sehr verändert haben, denn ich habe ihn nicht erkannt.«

»Schon gut! Aus bestimmten Gründen hätte ich mich mit diesen Herren gern einmal vertraulich unterhalten.«

»Mit allen dreien?«

»Es handelt sich um etwas Ernstes, um einen Mord.«

Pozzo bekreuzigte sich komisch.

»Verstanden? Wir sind hier nicht in Amerika, wo es fast immer schwer ist, etwas nachzuweisen.«

»Sie bringen mich in Verlegenheit, Herr Kommissar. Ehrlich, ich hätte so etwas von Ihnen nicht erwartet.«

Und während er sein Glas erhob: »Zum Wohl! Dabei war ich so froh, Ihnen einmal zu begegnen. Ich hatte von Ihnen gehört, wie alle Welt. Ich sagte mir: Das ist ein Mann, der das Leben kennt.

Nun kommen Sie zu mir und behandeln mich, als wüßten Sie nicht, daß Pozzo nie jemandem etwas zuleide getan hat. Sie erzählen mir von einem kleinen Boxer, den ich seit zehn oder fünfzehn Jahren nicht mehr gesehen habe, und legen wer weiß was da hinein.«

»Schluß jetzt! Ich will darüber heute nicht diskutieren. Ich habe Sie gewarnt. Ich habe gesagt: ein Mord.«

»Komisch, daß ich nichts in den Zeitungen gelesen habe! Wen hat man denn umgebracht?«

»Das tut nichts zur Sache. Wenn Charlie und Cicero hier gewesen sind, wenn Sie auch nur die geringste Ahnung haben, wo sie sich aufhalten, werde ich Sie der Mittäterschaft anklagen.«

Pozzo schüttelte traurig den Kopf. »Mir so etwas anzutun!«

»Sind sie hier gewesen?«

»Wann sollen sie denn meine Schwelle übertreten haben?«

»Sind sie hier gewesen?«

»Zu mir kommen so viele Leute! Zu bestimmten Zeiten sind alle Tische besetzt, und manche Gäste warten auf der Straße, bis ein Platz frei wird. Ich kann nicht alles sehen.«

»Sind sie hier gewesen?«

»Hören Sie. Ich mache Ihnen einen Vorschlag, und Sie werden merken, daß Pozzo ein ehrlicher Freund ist. Ich verspreche Ihnen, daß ich Sie sofort anrufe, sobald sie das Lokal betreten. Das ist doch ein Wort? Sagen Sie mir nur, wie sieht dieser Cicero aus?«

»Das ist überflüssig.«

»Aber wie soll ich ihn dann erkennen? Kann ich meine Gäste um ihren Paß bitten? Kann ich das? Ich bin verheiratet, Familienvater. Ich habe immer die Gesetze des Landes geachtet, in dem ich mich aufhalte. Ich kann es Ihnen ja sagen: Ich habe die französische Staatsbürgerschaft beantragt.«

»Nachdem Sie die amerikanische angenommen haben?«

»Das war ein Irrtum. Ich mag das Klima da drüben nicht. Ich bin sicher, daß Ihr Kollege mich versteht.«

Er schaute Lognon mit unverhohlener Ironie an, und der Inspektor schneuzte sich umständlich, da er nicht wußte, wo er hinblicken sollte.

»Herr Ober!« rief Maigret.

»Ich habe Ihnen doch gesagt, daß Sie meine Gäste sind.«

»Tut mir leid, aber das kann ich nicht annehmen.«

»Ich könnte das als eine Beleidigung betrachten.«

»Halten Sie das, wie Sie wollen. Herr Ober, die Rechnung bitte!«

Im Grunde war Maigret nicht so verärgert, wie es den Anschein hatte. Pozzo war zäh, und das mißfiel ihm nicht. Und es mißfiel ihm auch nicht, mit Burschen zu tun zu haben, an denen sich die amerikanische Polizei die Zähne ausgebissen hatte. Wirklich harte Kerle, die ihr Handwerk verstanden. Hatte MacDonald nicht gesagt, daß Cinaglia ein Killer war? Es wäre nicht unangenehm, in einigen Tagen in Washington anzurufen und in lockerem Ton zu sagen: »Hallo! Jimmy . . . Ich habe sie!«

Maigret hatte nicht die geringste Ahnung, wer der Mann war, den man in der Rue Fléchier auf den Bürgersteig und Inspektor Lognon fast vor die Füße geworfen hatte. Er wußte nicht einmal, ob der Unbekannte tot war oder nicht.

Was das zweite Auto anbelangte, das den Leichnam oder den Verletzten aufgenommen hatte, so war es noch mysteriöser.

Es waren zwei Gruppen an der Affäre beteiligt, soweit man das beurteilen konnte. Zu der ersten gehörten zumindest Charlie Cinaglia, Tony Cicero und Larner, der das Auto gemietet und Lognons Papiere durchsucht hatte.

Aber wer saß in dem zweiten Wagen? Warum hatten sie das Risiko auf sich genommen, einen Mann vom Gehsteig aufzulesen?

Wenn er tot war, was hatte man dann mit der Leiche gemacht?

Lebte er noch, wo wurde er gesund gepflegt?

Es war eine der seltenen Ermittlungen, bei denen man zu Anfang keinerlei Indiz besaß. Diese Burschen hatten offensichtlich den Atlantik überquert, um eine Angelegenheit zu regeln, von der die französische Polizei nichts wußte.

Der einzige Anhaltspunkt war gegenwärtig Pozzos Restaurant mit seiner New-Yorker Atmosphäre, die auf so merkwürdige Weise in die Nähe des Arc de Triomphe verpflanzt worden war.

»Ich hoffe, daß ich mich eines Tages revanchieren kann!« murmelte der Italiener, als Maigret gezahlt hatte und sich erhob.

»Und was soll das heißen?«

»Ich will damit sagen, Herr Kommissar, daß ich davon überzeugt bin, daß Sie mir eines Tages gestatten werden, Ihnen ein erlesenes Abendessen zu servieren, ohne daß Sie mich kränken und Ihre Brieftasche öffnen.«

Sein breiter Mund lachte, aber seine Augen lächelten nicht einmal. Er geleitete die beiden Herren zur Tür und leistete sich das zweifelhafte Vergnügen, Lognon freundschaftlich auf die Schulter zu klopfen.

»Soll ich Ihnen ein Taxi rufen?«

»Das ist nicht nötig.«

»Tatsächlich, es regnet nicht mehr. Also, guten Abend, Herr Kommissar. Ich hoffe, daß dieser Herr sich bald über den Verlust seiner Frau getröstet haben wird.«

Die Tür fiel endlich hinter ihnen ins Schloß, und die beiden Beamten schritten den Bürgersteig entlang. Lognon sagte nichts. Vielleicht frohlockte er innerlich, erlebt zu haben, daß Maigret wie ein Novize behandelt worden war.

»Ich lasse sein Telefon überwachen«, sagte der Kommissar, als sie die Straßenecke erreicht hatten.

»Das habe ich mir schon gedacht.«

Maigret runzelte die Stirn. Wenn Lognon auf diesen Gedanken gekommen war, als er ihn zu der Telefonkabine gehen sah, mußte ein Mann wie Pozzo um so eher darauf verfallen sein.

»In diesem Fall wird er nicht telefonieren. Wahrscheinlich wird er einen Boten schicken.«

Die Straße war menschenleer. Die Tankstelle gegenüber hatte geschlossen. Die Avenue Mac-Mahon glänzte noch vom Regen, und man sah nur ein vereinzeltes Taxi, das nach

Fahrgästen suchte, zwei oder drei Gestalten auf den Bürgersteigen oben bei der Grande-Armée.

»Ich glaube, Lognon, es wäre besser, wenn Sie das Haus im Auge behielten. Da Sie in den letzten Tagen nicht viel geschlafen haben, werde ich Ihnen gleich jemanden schikken, der Sie ablösen kann.«

»Ich habe die ganze Woche Nachtdienst.«

»Dabei ist jedoch vorgesehen, daß Sie tagsüber schlafen, und das haben Sie nicht gemacht.«

»Das spielt keine Rolle.«

Immer wieder diese Übertreibung! Maigret war gezwungen, seine gesamte Geduld walten zu lassen, was er bei Janvier oder Lucas oder irgendeinem anderen seiner Inspektoren nicht nötig gehabt hätte.

»Sobald jemand kommt, gehen Sie nach Hause und legen sich ins Bett.«

»Wenn das ein Befehl ist . . .«

»Das ist ein Befehl. Sollten Sie vorher fortmüssen, dann versuchen Sie möglichst, am Quai anzurufen.«

»Jawohl, Herr Kommissar.«

Maigret ließ ihn an der Straßenecke zurück und ging mit schnellen Schritten zur Avenue des Ternes, wo er eine Bar betrat und eine Telefonmünze verlangte.

»Janvier? Nichts Neues vom Abhördienst? Gut. Wer ist bei dir? Torrence? Sag ihm doch bitte, er soll in ein Taxi springen und zur Rue des Acacias fahren. Er findet dort Lognon, der Wache schiebt, er soll ihn ablösen. Lognon wird ihn über alles unterrichten.«

Er ließ sich von einem Taxi nach Hause bringen, trank ein Gläschen Zwetschgenwasser und plauderte mit seiner Frau.

»Madame Lognon hat angerufen.«

»Weswegen?«

»Sie hat seit den frühen Nachmittagsstunden keine Nachricht von ihrem Mann und macht sich Sorgen. Er scheint körperlich nicht auf der Höhe zu sein.«

Er zuckte die Achseln, hätte beinahe wieder telefoniert. Aber nein! Es war genug. Er legte sich ins Bett, schlief ein, wurde vom Kaffeeduft geweckt und mußte die ganze Zeit, während er sich rasierte, wusch und anzog, an Lognon denken.

Als er um neun Uhr am Quai des Orfèvres eintraf, hatte Lucas Janvier abgelöst, der seinerseits schlafen gegangen war.

»Nichts Neues von Torrence?«

»Er hat gestern abend gegen zehn angerufen. Er scheint Lognon in der Rue des Acacias nicht angetroffen zu haben.«

»Wo ist er?«

»Torrence? Immer noch da. Er hat erneut angefragt, ob er die Überwachung fortsetzen soll. Ich habe ihm geraten, in einigen Minuten zurückzurufen.«

Maigret ließ sich die Nummer von Lognons Wohnung geben.

»Hier Kommissar Maigret.«

»Haben Sie von meinem Mann etwas gehört? Ich habe die ganze Nacht nicht geschlafen . . .«

»Ist er nicht nach Hause gekommen?«

»Wie? Sie wissen nicht, wo er ist?«

»Und Sie?«

Es war nicht zu glauben! Jetzt mußte er sie beruhigen, ihr irgend etwas erzählen.

Lognon war in der Zeitspanne verschwunden, die zwischen dem Augenblick lag, da Maigret ihn an der Ecke der Rue des Acacias zurückgelassen hatte, und dem Moment, da Torrence dort eingetroffen war, um ihn abzulösen.

Er hatte nicht telefoniert und auch sonst kein Lebenszeichen von sich gegeben.

»Geben Sie zu, Herr Kommissar, daß Sie genau wie ich der Meinung sind, daß ihm etwas zugestoßen ist . . . Ich habe immer gewußt, daß es so kommen würde . . . Und ich bin ganz allein, hilflos in meiner fünften Etage, aus der ich mich nicht wegrühren kann!«

Gott weiß, was er ihr gesagt hat, um sie zu beruhigen. Am Ende war es ihm gründlich zuwider.

3

Wie Pozzo zu verschiedenen Fragen seine Meinung äußert, insbesondere zu der des Amateurwesens

Die Hände in den Manteltaschen und ungeduldig mit den Füßen stampfend, wartete Maigret wütend vor dem Restaurant und versuchte, über die karierten Gardinen hinweg zu erspähen, was im Hintergrund des Lokals vorging. Zu seiner Verwunderung hatte er keine Klinke an Pozzos Tür in der Rue des Acacias gefunden. Dennoch brannte im Inneren Licht, allerdings nur eine Birne ganz hinten im Raum.

Er hatte an die Scheibe geklopft, zweimal, dreimal, und er hatte den Eindruck gehabt, daß sich drinnen jemand bewegte. Es regnete an diesem Morgen nicht. Es war so kalt, daß man glauben konnte, es würde Frost geben, und der Himmel hatte die Farbe eines Zinkblechdachs. Die Welt erschien hart und böse.

»Er ist zu Hause, aber es würde mich wundern, wenn er Ihnen aufmacht«, sagte die Gemüsehändlerin von nebenan. »Um diese Zeit wird das Restaurant geputzt, und dabei möchte er nicht gestört werden. Er öffnet erst gegen elf, es sei denn, Sie kennen das Klopfzeichen.«

Maigret versuchte es von neuem, stellte sich auf die Zehenspitzen, um einen Teil seines Gesichts oberhalb der Scheibengardinen sichtbar zu machen. Er sah nicht sehr umgänglich aus an diesem Morgen. Er schätzte es nicht, wenn man sich an einem seiner Männer vergriff, selbst wenn es sich um einen Inspektor des 9. Arrondissements handelte und dieser Mann Lognon war.

Schließlich begann eine Gestalt, die von ferne an einen Bären erinnerte, sich im Halbdunkel zu bewegen und deutlicher zu werden, je mehr sie sich der Tür näherte; und bald erkannte Maigret das Gesicht Pozzos ganz nahe vor sich auf der anderen Seite der Scheibe. Dann erst löste der Italiener eine Kette, schloß auf und zog die Tür nach innen auf.

»Kommen Sie herein«, sagte er mit einer Miene, als habe er mit dem Besuch des Kommissars gerechnet.

Er trug eine alte Hose mit hängendem Hinterteil, ein verwaschenes blaues Hemd, dessen Ärmel er hochgekrempelt hatte, und schlurfte in roten Pantoffeln einher. Als lasse ihn die Anwesenheit Maigrets gleichgültig, begab er sich in den Hintergrund des Raumes, wo die eine Lampe brannte, und setzte sich wieder auf seinen Platz vor die Reste eines üppigen Frühstücks.

»Machen Sie es sich bequem. Möchten Sie eine Tasse Kaffee?«

»Nein, danke.«

»Ein Gläschen?«

»Auch nicht.«

Durchaus nicht überrascht, schüttelte er den Kopf, als wolle er sagen: Na, gut! Keinerlei Beleidigung!

Er hatte eine leicht graue Gesichtsfarbe und Ringe unter den Augen. In Wirklichkeit ähnelte er weniger einem Clown als gewissen alten Komikern, deren Antlitz infolge des Grimassenschneidens etwas gummiartig wird. Diese Schauspieler bekommen auch, weil sie es meist nicht leicht haben und ihnen oft übel mitgespielt wird, einen etwas leeren, unübertrefflich gleichgültigen Blick.

In einer Ecke standen an der Wand Besen und ein Eimer. Durch einen Schalter konnte man in die Küche blicken, aus der der Geruch nach gebratenem Speck drang.

»Ich glaubte, Sie seien verheiratet und hätten Kinder?«

Und Pozzo kratzte sich am Kopf, als spiele er eine Zeitlupenszene, holte sich eine Zigarre aus einer Kiste auf dem Regal, zündete sie an und blies den Rauch Maigret fast ins Gesicht.

»Lebt Ihre Frau denn am Quai des Orfèvres?« bemerkte er schließlich.

»Sie wohnen nicht hier?«

»Ich könnte Ihnen antworten, daß Sie das nichts angeht. Ich könnte Sie sogar vor die Tür setzen, ohne daß Sie sich darüber beschweren dürften. Verstehen wir uns da? Gestern abend habe ich Sie höflich empfangen und versucht, Sie zum Essen einzuladen. Nicht, daß ich die Leute von der Polizei liebe. Es liegt auch nichts Beleidigendes darin, wenn ich Ihnen das sage. Aber Sie haben es in Ihrem Beruf zu etwas gebracht, und ich achte die Leute, die in ihrem Bereich jemand sind. Gut. Sie haben es abgelehnt, mein Gast zu sein. Das ist Ihre Sache. Und jetzt kommen Sie, stören mich und wollen mir Fragen stellen.

Es steht mir frei, Ihnen zu antworten oder nicht.«

»Ziehen Sie es vor, daß ich Sie in mein Büro mitnehme?«

»Das ist eine andere Geschichte, und ich wäre gespannt, zu sehen, wie sie laufen sollte. Sie vergessen, daß ich immer noch amerikanischer Staatsbürger bin. Ehe ich mitkäme, würde ich selbstverständlich mit meinem Konsulat telefonieren.«

Er hatte sich vor seinen leeren Teller gesetzt, einen Ellbogen auf den Tisch gestützt wie jemand, der sich zu Hause fühlt, und beobachtete Maigret durch den Rauch seiner Zigarre hindurch.

»Sehen Sie, Monsieur Maigret, Sie sind verwöhnt. Gestern abend hat mir jemand nach Ihrem Besuch erzählt, daß Sie tatsächlich in Amerika gewesen sind. Ich habe es zuerst nicht glauben wollen. Ich frage mich, was Ihre Kollegen Ihnen da drüben gezeigt haben. Aber sie haben Ihnen doch sagen müssen, daß dort nicht alles so ist wie hier. Bedenken Sie, daß ich in diesem Restaurant zu Hause bin. Verstehen Sie, was das bedeutet? Stellen Sie sich vor, daß jemand Ihre Wohnung betritt und anfängt, Ihre Frau mit Fragen zu belästigen . . .

Nun, ich sage das nur, damit Sie wissen, mit wem Sie es zu tun haben, und damit Sie vor allem wissen, daß es aus freiem Willen geschieht, wenn ich Ihnen zuhöre und Ihnen antworte. Sie brauchen mir also nicht wie gestern abend mit der Entziehung meiner Lizenz zu drohen.

Und jetzt habe ich, um auf Ihre Frage zurückzukommen, keinen Anlaß mehr, Ihnen zu verbergen, daß meine Frau und meine Kinder auf dem Land leben, weil hier nicht der richtige Ort für sie ist, und ich schlafe meistens in einem Zimmer im Zwischengeschoß, und morgens besorge ich meinen Haushalt selber.«

»Wie haben Sie Charlie und Larner benachrichtigt?«

»Wie bitte?«

»Sie haben gestern, nachdem ich hier war, Charlie und seine Freunde über meinen Besuch unterrichtet.«

»Tatsächlich?«

»Sie haben nicht telefoniert.«

»Ich darf wohl annehmen, daß mein Telefon abgehört wird?«

»Wo ist Charlie?«

Pozzo seufzte und betrachtete von weitem das Foto, das Cinaglia als Boxer darstellte.

»Gestern«, fuhr Maigret fort, »habe ich Ihnen mitgeteilt, daß es sich um eine ernste Sache handelt. Sie hat sich inzwischen verschlimmert, denn der Inspektor, der mich begleitet hat, ist verschwunden.«

»Der Mann, der so fröhlich erschien?«

»Ich habe ihn, als wir gingen, an der Straßenecke zurückgelassen. Eine halbe Stunde später war er nicht mehr da und ist auch nicht wieder aufgetaucht. Begreifen Sie, was das bedeutet?«

»Wie soll ich das verstehen?«

Es gelang Maigret, ruhig zu bleiben. Aber auch er war abgehärtet, und er ließ Pozzos Gesicht nicht aus den Augen.

»Ich will wissen, wie Sie die anderen gewarnt haben. Ich will wissen, wo sie sich verbergen. Bill Larner hat das Hôtel Wagram nicht wieder betreten. Die beiden anderen halten sich irgendwo versteckt, wahrscheinlich in Paris und höchstwahrscheinlich nicht weit von hier, da Sie ihnen innerhalb weniger Minuten eine Nachricht zukommen lassen konnten, ohne das Telefon zu benutzen. Sie sollten endlich Farbe bekennen, Pozzo! Wann kommt Ihr Kellner?«

»Um zwölf.«

»Und der Koch?«

»Um drei. Wir haben keinen Mittagstisch.«

»Sie werden beide verhört.«

»Das ist Ihre Sache, nicht wahr?«

»Wo ist Charlie?«

Pozzo, der eine nachdenkliche Miene machte, stand langsam auf, seufzte gleichsam bedauernd und trat auf die Fotografie des Boxers zu, die er aufmerksam betrachtete.

»Sind Sie während Ihrer Reise durch die Vereinigten Staaten durch Chicago, Detroit und Saint Louis gekommen?«

»Ich habe den ganzen Mittleren Westen bereist.«

»Sie werden sicher bemerkt haben, daß die Leute da drüben keine Erstkommunikanten sind, oder? War das vor oder nach dem Alkoholverbot?«

»Danach.«

»Schön. Ich kann Ihnen nur sagen, daß es zur Zeit der Prohibition fünfmal, zehnmal so hart war.«

Maigret wartete, da er nicht wußte, worauf Pozzo hinauswollte.

»Ich habe fünf Jahre als Oberkellner in einem Hotel in Chicago gearbeitet, bevor ich mich in Saint Louis selbständig gemacht habe. Ich habe ein Restaurant in diesem Stil hier eröffnet, in dem Leute aus allen Schichten verkehrten, Politiker, Boxer, Gangster und Künstler. Dennoch, Monsieur Maigret, habe ich nie mit jemandem Ärger gehabt, nicht einmal mit dem Polizeileutnant, der hin und wieder seinen doppelten Whisky an meiner Bar trank. Wissen Sie, warum?«

Er setzte seine Wirkungsmöglichkeiten gezielt ein wie ein alter Schmierenkomödiant.

»Weil ich mich nie in die Angelegenheiten anderer gemischt habe. Warum sollte ich jetzt in Paris von meinen Grundsätzen abweichen? Waren Ihre Spaghetti nicht gut? Darüber bin ich bereit, mit Ihnen zu reden.«

»Aber Sie weigern sich, mir zu sagen, wo Charlie ist?«

»Hören Sie, Maigret . . .«

Es fehlte nicht viel, und auch er hätte ihn Jules genannt. Es war genauso, als wenn er einen väterlichen Ton angeschlagen oder ihm auf die Schulter geklopft hätte.

»In Paris sind Sie so etwas wie ein großer Mann, und es wird behauptet, daß Sie fast immer die Partie gewinnen. Soll ich Ihnen sagen, warum?«

»Ich will nichts weiter als die Adresse von Charlie.«

»Davon reden wir jetzt nicht. Wir befassen uns mit ernsthaften Dingen. Sie gewinnen den Kampf, weil Sie lediglich Amateuren gegenüberstehen. Drüben gibt es keine Amateure. Und selbst bei Anwendung des dritten Grades ist es sehr selten, daß man jemanden zum Sprechen bringt, der zum Schweigen entschlossen ist.«

»Charlie ist ein Killer.«

»Wirklich? Ich fürchte, das hat Ihnen das FBI erzählt. Hat Ihnen das FBI auch gesagt, warum man ihn in diesem Fall noch nicht auf den elektrischen Stuhl geschickt hat?«

Maigret hatte beschlossen, ihn ruhig weiterreden zu lassen, und es kam wiederholt vor, daß er nicht zuhörte und mit gerunzelter Stirn um sich blickte. Er ging einem Gedanken nach. Charlie und seine Kumpane waren bestimmt von seiner und Lognons Anwesenheit in der Rue des Acacias unterrichtet worden. Das Telefon war nicht benutzt worden. Wenn jemand das Restaurant verlassen hatte, um die anderen zu warnen, konnte er nicht weit gelaufen sein. Andererseits wäre Lognon, wenn er zum Beispiel den Kellner, den Koch oder Pozzo selbst hätte herauskommen sehen, sicherlich mißtrauisch geworden.

»Da liegt der ganze Unterschied, Maigret, der Unterschied, der zwischen Amateuren und Profis besteht. Habe ich Ihnen vorhin nicht gesagt, daß ich die Leute achte, die in ihrem Bereich jemand sind?«

»Einschließlich der Mörder?«

»Sie haben mir gestern eine Geschichte erzählt, die mich nichts angeht und die ich schon vergessen habe. Und nun kommen Sie und tragen mir ein anderes Kapitel daraus vor, von dem ich nichts wissen will. Sie sind ein anständiger Mann, wahrscheinlich ein tapferer Mann. Sie erfreuen sich eines guten Rufes. Mir ist nicht bekannt, ob die Herren vom FBI Sie gebeten haben, sich mit dieser Affäre zu befassen, ich möchte es bezweifeln. Ich kann Ihnen nur sagen: lassen Sie die Finger davon!«

»Ich danke Ihnen für den Ratschlag.«

»Ich meine es aufrichtig. Als Charlie noch in Chicago boxte, war er in der Federgewichtsklasse, und er wäre nie auf die Idee gekommen, sich an einen Schwergewichtler heranzuwagen.«

»Wann haben Sie ihn wiedergesehen?«

Pozzo schwieg mit einer gewissen Nachdrücklichkeit.

»Ich nehme an, Sie können mir auch nicht sagen, wie die beiden Gäste heißen, mit denen Sie gestern gewürfelt haben?«

Das Gesicht des Italieners drückte Erstaunen aus.

»Bin ich verpflichtet, Namen, Adresse und Familienstand meiner Gäste zu kennen?«

Maigret war aufgestanden wie Pozzo kurz zuvor, und mit der gleichen zerstreuten Miene begab er sich zur Bar, trat hinter die Theke und beugte sich über die Fächer, die sich darunter befanden.

Pozzo folgte ihm scheinbar gleichgültig mit den Augen.

»Sollte ich einen der beiden Gäste ausfindig machen, dann wird es, glaube ich, üble Folgen für Sie haben kön-ncn.«

Maigret zeigte einen Notizblock, den er entdeckt hatte, und einen Bleistift.

»Ich weiß inzwischen, wie Sie Charlie oder Bill Larner oder Cicero oder wem auch immer, denn sie arbeiten ja zusammen, eine Nachricht zukommen lassen konnten. Ich hatte mich nur darin geirrt, daß ich dachte, das sei nach meinem Fortgehen geschehen. Aber es geschah vorher. Als Sie den Inspektor und mich eintreten sahen, haben Sie gewußt, worum es sich handelte. Sie hatten Zeit genug, während wir unser Essen bestellten, ein paar Worte auf den Block zu kritzeln und den Zettel einem der beiden Gäste zuzustecken. Was sagen Sie dazu?«

»Das ist ja hochinteressant.«

»Ist das alles?«

»Das ist alles.«

In der Kabine klingelte das Telefon. Pozzo runzelte die Brauen, ging hin und nahm den Hörer ab.

»Es ist für Sie!« verkündete er.

Die Kriminalpolizei rief ihn an, der er hinterlassen hatte, wohin er gegangen war. Lucas war am Apparat.

»Wir haben ihn gefunden, Chef.«

In seiner Stimme schwang etwas mit, was darauf hindeutete, daß das Geschehen eine unerfreuliche Wendung erfahren hatte.

»Tot?«

»Nein. Vor ungefähr einer Stunde hat ein Fischhändler aus Honfleur, der mit seinem Lieferwagen die Nationalstraße 13 entlangfuhr, im Wald von Saint-Germain, zwischen Poissy und Le Pecq, einen ohnmächtig am Straßenrand liegenden Mann aufgelesen.«

»Lognon?«

»Ja. Er schien übel zugerichtet zu sein. Der Fischhändler hat ihn nach Saint-Germain zu Dr. Grenier gebracht, und der Arzt hat uns soeben angerufen.«

»Verletzt?«

»Das Gesicht ist geschwollen, wahrscheinlich von Faustschlägen, das Schlimmste aber ist die Wunde, die Lognon am Kopf hat. Nach Aussage des Arztes scheint er von einem Pistolenkolben schwer getroffen worden zu sein. Ich habe auf jeden Fall veranlaßt, daß ihn ein Krankenwagen unverzüglich ins Beaujon bringt. In einer Dreiviertelstunde wird er dort eintreffen.«

»Noch etwas?«

»Die Fremdenpolizei hat die Spuren der beiden Männer entdeckt.«

»Charlie und Cicero?«

»Ja. Sie sind vor zehn Tagen, als sie von Le Havre kamen, im Hôtel de l'Etoile in der Rue Brey abgestiegen. Die Nacht vom letzten Montag auf Dienstag haben sie außerhalb verbracht. Am Dienstagmorgen sind sie gekommen, um die Rechnung zu bezahlen und ihr Gepäck zu holen.«

Das alles lag im selben Stadtviertel: die Rue Brey, das Hôtel Wagram, Pozzos Restaurant in der Rue des Acacias, die Tankstelle, wo das Auto gemietet worden war.

»Ist das alles?«

»Ein Auto, das gestern abend gegen neun in der Avenue de la Grande-Armée gestohlen worden war, ist heute morgen an der Porte Maillot wiedergefunden worden. Es gehört einem Ingenieur, der bei Freunden Bridge gespielt hat. Er bestätigt, daß das Auto gestern nachmittag gewaschen worden ist. Man hat es jedoch schmutzbedeckt wiederentdeckt, als sei es über Feldwege gefahren.«

Immer das gleiche Viertel.

»Was soll ich tun, Chef?«

»Fahr zum Beaujon und warte dort auf mich.«

»Soll ich Madame Lognon benachrichtigen?«

Maigret stieß einen Seufzer aus.

»Das wäre natürlich besser. Nenn ihr keine Einzelheiten. Sag ihr, daß er nicht tot ist. Es wäre vorzuziehen, das nicht telefonisch zu erledigen. Du kannst ja auf dem Weg zum Beaujon den Umweg über die Place Constantin-Pecqueur machen.«

»Das kann ja heiter werden!«

»Erwähne nichts von Faustschlägen.«

»Verstanden.«

Maigret hätte beinahe gelächelt. Denn das Glück schien sich tatsächlich endlich einmal dem griesgrämigen Lognon zuzuwenden. Kaum war er ernsthaft verletzt, dürfte er eine Art Held werden, bestimmt jedoch eine Auszeichnung erhalten.

»Bis gleich, Chef.«

Pozzo hatte inzwischen begonnen, das Lokal auszufegen, in dem die Stühle auf den Tischen standen.

»Mein Inspektor ist geschlagen worden«, verkündete Maigret und sah ihm fest in die Augen.

Doch er konnte keine Reaktion feststellen.

»Nur geschlagen?«

»Wundert Sie das?«

»Nicht sonderlich. Das ist wahrscheinlich eine Warnung. So wird das drüben häufig gemacht.«

»Immer noch entschlossen, dichtzuhalten?«

»Ich habe Ihnen doch gesagt, daß ich mich nie in die Angelegenheiten anderer mische.«

»Wir sehen uns wieder.«

»Das wird mir ein Vergnügen sein.«

Als er hinausging, kehrte Maigret noch einmal um und holte den Notizblock, den er auf dem Tisch liegengelassen hatte, und diesmal gewahrte er endlich eine gewisse Unruhe auf dem Gesicht des Gastwirts.

»Erlauben Sie! Der gehört mir.«

»Sie bekommen ihn zurück.«

Er begab sich zu seinem Dienstwagen, der auf ihn wartete.

»Zum Beaujon!«

Als sie am Faubourg Saint-Honoré vor dem finsteren Portal des Krankenhauses anlangten, gab Maigret den Block dem Beamten, der den Wagen steuerte.

»Fahr zurück zum Quai. Geh hinauf zum Labor und übergib ihn Mœrs. Fingere nicht zuviel daran herum.«

»Was soll ich ihm sagen?«

»Nichts. Er wird schon wissen, worum es sich handelt.«

In der Überzeugung, daß er noch Zeit hatte, bis der Krankenwagen eintraf, betrat er ein Bistro, bestellte einen Calvados und verschwand in der Telefonzelle.

»Mœrs? Hier Maigret. Man wird Ihnen einen Notizblock von mir überbringen. Höchstwahrscheinlich hat man gestern abend ein paar Worte mit Bleistift auf ein Blatt geschrieben, das dann abgerissen worden ist.«

»Verstanden. Sie wollen wissen, ob das auf dem nächsten Blatt Druckspuren hinterlassen hat.«

»Genau. Es ist möglich, daß man sich des Blocks nicht weiter bedient hat, aber ich bin nicht sicher. Machen Sie schnell. Ich bin gegen Mittag wieder im Büro.«

»In Ordnung, Chef.«

Im Grunde hatte Pozzos Sicherheit einen gewissen Eindruck auf Maigret gemacht. Es war ein Körnchen Wahrheit, ja mehr als ein Körnchen in dem, was der Italiener ihm gesagt hatte. Es wurde selbst bei der Kriminalpolizei gern behauptet, daß die meisten, wenn nicht alle Mörder Dummköpfe seien.

»Amateure!« hatte Pozzo gesagt.

Er hatte damit nicht ganz unrecht. Kaum zehn Prozent entgingen diesseits des Atlantiks der Polizei, während drüben in Amerika Burschen wie Cinaglia, von denen man wußte, daß sie Mörder waren, frei umherlaufen konnten, weil man ihnen nichts nachzuweisen vermochte.

Das waren Profis, die mit den Worten Pozzos etwas von ihrem Handwerk verstanden. Der Kommissar erinnerte sich nicht, jemals in diesem väterlichen Ton gesagt bekommen zu haben: *Lassen Sie die Finger davon!*

Er dachte natürlich nicht daran, aber ihm fiel doch ein, daß MacDonald ihn tags zuvor am Telefon keineswegs ermutigt hatte.

Das war hier nicht sein vertrautes Gelände. Ihm standen Leute gegenüber, deren Methoden er nur vom Hörensagen kannte und deren Mentalität und Reaktionsweisen ihm fremd waren.

In welcher Absicht waren Charlie und Tony Cicero nach Paris gekommen? Sie schienen den Atlantik mit einem bestimmten Ziel überquert zu haben und hatten keine Zeit verloren.

Acht Tage nach ihrer Ankunft warfen sie einen Menschen auf den Bürgersteig bei der Kirche Notre-Dame-de-Lorette.

Dieser Mann war, tot oder lebendig, wenige Minuten später und fast vor den Augen Lognons verschwunden.

»Noch einen!«

Er kippte den zweiten Calvados hinunter, denn er hatte das Gefühl, eine Erkältung auszubrüten, dann überquerte er die Straße und betrat die Toreinfahrt, als gerade ein Krankenwagen eintraf.

Es war Lognon, den man von Saint-Germain herbrachte und der darauf bestand, zu Fuß ins Gebäude gehen zu wollen. Als er Maigret erblickte, vermochte man ihn nicht mehr auf der Trage zu halten.

»Ich sage Ihnen doch, daß ich noch in der Lage bin, auf meinen Beinen zu stehen!«

Einen Augenblick mußte Maigret den Kopf abwenden. Trotz allem, was geschehen war, konnte er sich ein Lächeln nicht verkneifen, als er das Gesicht von Inspektor Griesgram sah. Ein Auge war geschwollen, völlig zu, und der Arzt in Saint-Germain hatte einen Nasenflügel und eine Ecke des Mundes mit grellrotem Leukoplast überklebt.

»Ich muß Ihnen erklären, Herr Kommissar . . .«

»Nachher.«

Der arme Lognon schwankte, und eine Krankenschwester mußte ihn stützen, während man ihn ins Zimmer führte. Der Assistenzarzt folgte ihnen.

»Rufen Sie mich bitte, sobald Sie ihn behandelt haben. Und sorgen Sie dafür, daß er sprechen kann.«

Maigret ging auf dem Flur auf und ab, wo zehn Minuten später Lucas zu ihm stieß.

»Madame Lognon? War es schlimm?«

Der Blick von Lucas sprach Bände.

»Sie ist ungehalten darüber, daß man ihn nicht nach Hause gebracht hat. Sie behauptet, man habe nicht das Recht, ihn ins Krankenhaus einzuliefern und ihn damit von ihr zu trennen.«

»Wie will sie ihn pflegen?«

»Das habe ich ihr auch zu bedenken gegeben. Sie will Sie sprechen, redet davon, sich an den Polizeipräfekten zu wenden. Nach ihren Worten läßt man sie allein, krank und hilflos und den Gangstern ausgeliefert.«

»Hast du ihr gesagt, daß das Haus bewacht wird?«

»Ja. Das hat sie ein bißchen beruhigt. Ich mußte ihr durchs Fenster den Polizisten zeigen, der gerade Wache hatte.

›Es sind immer die gleichen, die den Rahm abschöpfen, und die anderen müssen den Kopf hinhalten!‹ hat sie schließlich erklärt.«

Als der Arzt aus dem Krankenzimmer kam, machte er ein besorgtes Gesicht.

»Schädelbruch?« fragte Maigret leise.

»Ich glaube nicht. Wir werden ihn gleich röntgen, aber es ist unwahrscheinlich. Zu allem Überfluß hat er die ganze Nacht im Wald gelegen, und es besteht die Gefahr, daß er eine Lungenentzündung bekommt. Sie können mit ihm sprechen. Das wird ihn erleichtern. Er verlangt nach Ihnen und widersetzt sich jeder Behandlung, solange er nicht mit Ihnen geredet hat. Ich konnte ihm nur mit größter Mühe Penizillin injizieren, und ich habe ihm den Namen des Medikaments auf der Ampulle zeigen müssen, denn er befürchtete, ich wolle ihn einschläfern.«

»Es wird besser sein, wenn ich allein hineingehe«, sagte Maigret zu Lucas.

Lognon lag in einem weißen Bett, und eine Krankenschwester machte sich im Zimmer zu schaffen. Sein Gesicht war jetzt glühendrot, als habe er hohes Fieber bekommen.

Maigret setzte sich ans Kopfende.

»Nun, Alter?«

»Sie haben mich erwischt.«

Eine Träne quoll aus dem noch offenen Auge.

»Der Arzt hat angeordnet, daß Sie sich nicht erregen sollen. Erzählen Sie mir nur das Wesentlichste.«

»Als Sie mich verlassen hatten, bin ich an der Straßenecke stehengeblieben, von wo aus ich die Tür des Restaurants beobachten konnte. Ich hatte mich fern von der Straßenlaterne an eine Hauswand gedrückt.«

»Niemand ist bei Pozzo herausgekommen?«

»Niemand. Nach etwa zehn Minuten kam ein Wagen die Avenue Mac-Mahon herunter, bog um die Kurve und hielt genau vor mir.«

»Charlie Cinaglia?«

»Sie waren zu dritt. Der Große, Cicero, saß am Steuer, neben ihm Bill Larner. Charlie war hinten. Ich hatte nicht die Zeit, meine Pistole aus der Tasche zu ziehen. Charlie hatte bereits den Wagenschlag geöffnet und seine Automatik auf mich gerichtet. Er hat nichts gesagt, mir nur bedeutet, einzusteigen. Die beiden anderen haben mich nicht einmal angesehen. Was hätte ich tun sollen?«

»Einsteigen«, seufzte Maigret.

»Das Auto ist sofort losgefahren, während eine Hand meine Taschen abgetastet und sich meiner Waffe bemächtigt hat. Niemand hat ein Wort gesprochen. Ich habe gesehen, daß wir Paris durch die Porte Maillot verließen, dann habe ich die Straße von Saint-Germain erkannt.«

»Hat der Wagen im Wald angehalten?«

»Ja. Es war Larner, der seinem Kumpan durch Gesten die Strecke angegeben hat. Der Wagen bog auf einen schmalen Weg ab und blieb nicht weit von der Nationalstraße stehen. Dort mußte ich aussteigen.«

Hatte Pozzo nicht allen Grund zu der Behauptung, daß sie keine Amateure waren?

»Charlie hat sozusagen die Zähne nicht auseinandergekriegt. Der Große, Cicero, hat, mit den Händen in den Taschen und eine Zigarette nach der anderen qualmend, Larner auf englisch die Fragen diktiert, die er mir stellen sollte.«

»Kurz, sie haben Larner als Dolmetscher mitgenommen?«

»Ich hatte den Eindruck, daß er von seiner Rolle nicht

entzückt war. Mehrmals schien er ihnen zu raten, mich laufenzulassen.

Bevor man mich befragte, hat der Kleine, Charlie, mich mit der Faust ins Gesicht geschlagen, und meine Nase fing an zu bluten.

›Ich glaube, Sie täten gut daran, entgegenkommend zu sein‹, sagte Larner mit einem leichten Akzent, ›und diesen Herren zu sagen, was sie wissen möchten.‹

Im Grunde war es immer die gleiche Frage, die sie an mich gerichtet haben: ›Was haben Sie mit der Leiche gemacht?‹

Zuerst wollte ich ihnen nicht die Ehre erweisen, darauf zu antworten, und habe sie nur hart angesehen. Dann hat Cicero auf englisch etwas zu Charlie gesagt, und der hat erneut zugeschlagen.

›Sie verhalten sich falsch‹, meinte Larner gelangweilt zu mir.

›Sehen Sie, am Ende packt doch jeder aus.‹

Nach dem dritten oder vierten Schlag, ich weiß es nicht mehr, habe ich ihnen geschworen, daß ich keine Ahnung habe, was aus der Leiche geworden ist, daß mir nicht einmal bekannt sei, um wen es sich handelte.

Sie haben mir nicht geglaubt. Cicero rauchte weiterhin seine Zigaretten und machte von Zeit zu Zeit ein paar Schritte, um sich die Beine zu vertreten.

›Wer hat die Polizei alarmiert?‹

Was sollte ich darauf antworten? Daß ich zufällig zur Stelle war, und zwar nicht ihretwegen, sondern wegen eines anderen Falls?

Nach jeder Antwort gab Cicero Charlie ein Zeichen, der nicht zögerte, mir erneut seine Faust ins Gesicht zu donnern.

Sie haben meine Taschen geleert und im Licht der Autoscheinwerfer den Inhalt meiner Brieftasche überprüft.«

»Hat das lange gedauert?«

»Ich weiß es nicht. Vielleicht eine halbe Stunde, vielleicht länger. Mir tat alles weh. Einer der Schläge hatte mein Auge getroffen, und ich fühlte, wie das Blut über mein Gesicht lief.

›Ich schwöre Ihnen‹, habe ich zu ihnen gesagt, ›daß ich absolut nichts weiß.‹

Cicero war nicht zufrieden, er sprach abermals mit Larner, und der hat mir neue Fragen gestellt. Er hat mich gefragt, ob ich gesehen habe, daß ein anderes Auto in der Rue Fléchier gehalten hat. Ich habe das bejaht.

›Welches Kennzeichen?‹

›Ich hatte nicht die Zeit, es zu erkennen.‹

›Du lügst!‹

›Ich lüge nicht.‹

Sie haben wissen wollen, wer Sie sind, denn sie haben Sie bei uns an der Place Constantin-Pecqueur hineingehen sehen. Ich habe es ihnen gesagt. Darauf haben sie mich gefragt, ob Sie sich mit dem FBI in Verbindung gesetzt hätten, und ich habe geantwortet, daß ich das nicht wüßte, weil in Frankreich die Inspektoren den Kommissaren keine Fragen stellen. Larner hat gelacht. Es sah so aus, als würde er Sie kennen.

Am Ende hat Cicero die Achseln gezuckt und hat sich zum Auto begeben. Larner ist ihm gleichsam erleichtert gefolgt, aber Charlie ist zurückgeblieben. Er hat ihnen etwas hinterhergerufen. Ich glaube nicht, daß sie geantwortet haben. Dann hat er seine Automatik aus der Tasche gezogen, und ich habe gedacht, er wolle mich töten, ich . . .«

Lognon verstummte, Zornestränen standen in seinem Auge. Maigret wollte lieber nicht wissen, was er anschließend gemacht hatte, ob er auf die Knie gefallen war, ob er ihn angefleht hatte. Wahrscheinlich nicht. Lognon war es zuzutrauen, daß er finster und verbittert stehen blieb, um das Ende abzuwarten.

»Er hat sich darauf beschränkt, mir mit dem Pistolenkolben eins über den Kopf zu ziehen, und ich habe das Bewußtsein verloren.

Als ich wieder zu mir kam, waren sie nicht mehr da. Ich habe versucht, mich aufzurichten. Ich habe um Hilfe gerufen.«

»Sind Sie die ganze Nacht im Wald umhergeirrt?«

»Ich glaube, ich bin im Kreis gegangen. Ich habe mehrmals das Bewußtsein verloren. Manchmal bin ich auf allen vieren gekrochen. Ich habe Autos vorbeifahren hören, und jedesmal habe ich mich laut zu schreien bemüht. Bei Tagesanbruch befand ich mich am Rand der Straße, und dann hat ein Lieferwagen gehalten.«

Und ohne Übergang fragte er: »Hat man meine Frau benachrichtigt?«

»Ja. Lucas ist bei ihr gewesen.«

»Was hat sie gesagt?«

»Sie hat darauf bestanden, daß man Sie zur Place Constantin-Pecqueur zurückbringt.«

Eine gewisse Unruhe war in Lognons einem Auge abzulesen.

»Wird man mich dort hintransportieren?«

»Nein. Sie brauchen Pflege und sind hier besser aufgehoben.«

»Ich habe getan, was ich konnte.«

»Aber sicher.«

Es war, als ob Lognon plötzlich von einem Gedanken gequält wurde. Er zauderte und murmelte schließlich mit abgewandtem Gesicht: »Ich bin nicht würdig, der Polizei anzugehören.«

»Warum?«

»Weil ich es am Ende gesagt hätte, wenn ich gewußt hätte, wo die Leiche liegt.«

»Ich auch«, erwiderte Maigret, ohne daß deutlich wurde, ob er damit dem Inspektor eine Freude machen wollte.

»Werde ich lange im Krankenhaus bleiben müssen?«

»Ein paar Tage bestimmt.«

»Und man wird mich nicht auf dem laufenden halten?«

»Aber ja doch.«

»Versprechen Sie mir das? Sie sind mir nicht böse?«

»Weswegen denn, Alter?«

»Sie wissen sehr wohl, daß es mein Fehler war.«

Im Grunde profitierte er von seiner Lage. Man mußte ihm einfach sagen, daß er keine Schuld trug, und ihm wiederholen, daß er seine Pflicht getan habe und daß man Charlie und Cicero wahrscheinlich nie auf die Spur gekommen wäre, wenn er sich in der Nacht von Montag auf Dienstag anders verhalten hätte.

Das stimmte übrigens beinahe.

»Wie macht es meine Frau denn mit den Einkäufen?«

Maigret antwortete auf gut Glück: »Lucas kümmert sich darum.«

»Es beschämt mich, Ihnen soviel Ungemach zu bereiten.«

Sieh an! Er hatte sich nicht geändert! Zuviel Unterwürfigkeit. Er konnte nicht anders, als zu übertreiben, entweder in der einen oder in der anderen Richtung. Gott sei Dank klopfte jemand an die Tür, denn Maigret wußte nicht, wie er sich davonmachen sollte. Die Krankenschwester verkündete: »Es ist Zeit, zur Röntgenabteilung hinunterzugehen.«

Diesmal wurde Lognon gezwungen, sich auf eine Rollbahre zu legen, und als er an Lucas vorbeikam, der auf dem Flur wartete, winkte er ihm andeutungsweise einen freundschaftlichen Gruß zu.

»Komm!«

»Was haben sie mit ihm gemacht?«

Anstelle einer direkten Antwort murmelte Maigret: »Pozzo hat recht. Das sind gefährliche Burschen.« Dann fuhr er nachdenklich fort: »Mich wundert nur, daß ein Kerl wie Bill Larner mit ihnen zusammenarbeitet. Gauner seines Formats machen sich gewöhnlich die Hände nicht schmutzig.«

»Glauben Sie, daß die beiden anderen ihn gezwungen haben, ihnen zu helfen?«

»Jedenfalls würde ich mich gern einmal mit ihm unterhalten.«

Auch Larner war ein Profi, aber von einer anderen Gattung, einer anderen Klasse, einer jener international Auftretenden, die nur von Zeit zu Zeit einen schweren Coup landen, der bis in alle Details vorbereitet ist, ihnen zwanzig- oder dreißigtausend Dollar einbringt und ihnen anschließend erlaubt, eine ruhige Kugel zu schieben. Seit zwei Jahren, die er nun in Paris lebte, schien er von seinem Kapital zu zehren, und kein einziges Mal war er in Besorgnis geraten.

Maigret und Lucas nahmen ein Taxi, und der Kommissar gab zunächst die Adresse der Präfektur an. Als sie dann die Rue Royale überquerten, besann er sich anders.

»Rue des Capucines«, sagte er zum Chauffeur. »Zur ›Manhattan Bar‹.«

Auf diesen Gedanken war er gekommen, als er an die Fotos dachte, die bei Pozzo ausgestellt waren. Auch in der »Manhattan Bar« waren die Wände mit Porträts von Boxern und Schauspielern verziert.

Dort verkehrte nicht das gleiche Publikum wie in der Rue des Acacias. Seit mehr als zwanzig Jahren sah Luigi die Mitglieder der amerikanischen Kolonie von Paris und was an betuchten Touristen aus Übersee kam, in seiner Bar. Es war noch nicht Mittag und das Lokal nahezu leer. Luigi stand persönlich hinter der Theke und ordnete Flaschen.

»Guten Tag, Herr Kommissar. Was darf ich Ihnen anbieten?«

Er war wie Pozzo italienischer Herkunft, und es hieß von ihm, er verliere bei Rennwetten fast alles, was er mit seiner Bar verdiene. Und nicht nur bei Pferderennen, sondern bei allen Arten von Wetten. Boxveranstaltungen, Tennisturniere, Schwimmwettkämpfe, alles war für ihn ein Anlaß für Wetten, einschließlich des Wetters am nächsten Tag.

In den Nachmittagsstunden zwischen drei und fünf, wenn nicht viel Betrieb war, konnte es geschehen, daß er mit einem Landsmann, der lose Verbindungen zur Botschaft hatte, die vorbeifahrenden Autos als Wettgegenstände benutzte.

»Fünftausend Francs, daß binnen zehn Minuten zwanzig Citroën vorbeikommen!«

»Halte ich!«

Um das Lokalkolorit zu wahren, bestellte Maigret einen Whisky und ließ seinen Blick über die an den Wänden hängenden Fotos schweifen, unter denen er bald das von Charlie Cinaglia herausfand, wieder als Boxer, genau das gleiche Bild wie bei Pozzo, mit dem Unterschied allerdings, daß dieses hier nicht signiert war.

4

Noch einmal ist die Rede vom Federgewicht, und Maigret hat allmählich genug davon

Als sie die »Manhattan Bar« verließen, beide im Mantel und mit schwarzem Hut, wobei Maigret doppelt so groß und korpulent wirkte wie Lucas, hätte man sie fast für zwei Witwer halten können, die auf dem Heimweg vom Friedhof in mehreren Bistros Station gemacht hatten.

Hatte Luigi das absichtlich getan? Möglicherweise. In diesem Fall verfolgte er jedoch keine böse Absicht damit. Er war ein ehrenwerter Mann, man konnte nichts gegen ihn sagen, und die höchsten Beamten der Botschaft scheuten sich nicht, sich an seine Bar zu setzen.

Er hatte sie großzügig bedient, das war alles, vor allem Maigret, der überdies schon lange keinen Whisky mehr getrunken hatte. Außerdem hatte er zuvor am Faubourg Saint-Honoré zwei Gläser Calvados zu sich genommen.

Er war nicht betrunken, Lucas auch nicht. Glaubte Lucas, daß sein Chef angeheitert sei? Er hatte so eine merkwürdige Art, ihn von oben bis unten anzuschauen, während sie sich beide in den Passantenstrom auf den Bürgersteigen eingliederten.

Lucas war heute morgen nicht in der Rue des Acacias gewesen. Er hatte Pozzos Rede oder vielmehr Vortrag nicht gehört. Deshalb konnte er Maigrets Verfassung nicht recht verstehen.

Zunächst hatte Luigi, gleich zu Anfang, ebenfalls einen kleinen Vortrag über die Boxer gehalten. Maigret hatte Charlies Foto betrachtet und beiläufig gefragt: »Kennen Sie ihn?«

»Ein kleiner Kerl, der von sich hätte reden machen können. Er war vermutlich der Beste in seiner Klasse. Er hatte hart gearbeitet, um das zu erreichen. Und dann hat dieser Idiot eines Tages an irgendeinem krummen Ding mitgedreht, und der Verband hat ihm seine Lizenz entzogen.«

»Was ist aus ihm geworden?«

»Was soll aus solchen Burschen schon werden? Tausende von jungen Leuten treten jährlich in Chicago, Detroit, New York, in allen Großstädten mit der Vorstellung in die Schulen ein, Champion zu werden. Aber wieviel Landes- oder Weltmeister gibt es denn in jeder Generation, Herr Kommissar?«

»Ich weiß es nicht. Offenbar nicht viele.«

»Und selbst für sie dauert der Erfolg nicht an. Diejenigen, die nicht ihr ganzes Geld in gebleichten Blondinen und in Cadillacs angelegt haben, eröffnen ein Restaurant oder ein Sportgeschäft. Alle anderen aber, alle, die geglaubt haben, sie hätten etwas erreicht, und denen die Schläge das Hirn zertrommelt haben? Sie haben nichts gelernt, als zu schlagen, und es gibt Leute, die sie brauchen, als Leibwächter, Handlanger. Das ist aus Charlie geworden.«

»Ich habe gehört, er sei ein Killer.«

Darauf Luigi, als sei es die selbstverständlichste Sache der Welt: »Möglich.«

»Haben Sie ihn in der letzten Zeit gesehen?«

Maigret hatte die Frage mit der unschuldigsten Miene gestellt, sein Glas in der Hand gehalten und woanders hingeblickt. Er kannte Luigi, der ihn ebenfalls kannte. Die beiden Männer schätzten einander. Und nun war von einer Sekunde zur anderen die Atmosphäre verändert.

»Ist er in Paris?«

»Ich glaube.«

»Wie kommt es, daß Sie sich mit ihm befassen?«

»Oh, rein zufällig . . .«

»Ich habe Charlie Cinaglia nie persönlich gesehen, denn ich habe die Vereinigten Staaten verlassen, bevor er bekannt wurde, und ich habe nicht gehört, daß er in Europa sein soll.«

»Ich dachte, jemand könnte es Ihnen erzählt haben. Er ist wiederholt bei Pozzo gewesen. Und Sie sind ja beide italienischer Herkunft.«

»Ich stamme aus Neapel«, korrigierte Luigi ihn.

»Und Pozzo?«

»Aus Sizilien. Das ist ungefähr so, als wenn Sie einen Marseiller mit einem Korsen verwechseln würden.«

»Ich frage mich, an wen sich Charlie außer an Pozzo gewandt haben könnte, als er nach Paris kam. Er ist nicht allein gekommen. Tony Cicero begleitet ihn.«

In diesem Augenblick hatte Luigi ihm das Glas zum zweitenmal gefüllt. Maigret machte ein etwas abwesendes Gesicht, redete so daher, ohne Überzeugungskraft. Lucas, der ihn gut kannte, nannte das »angeln gehen«, und dem Kommissar gelang es zuweilen, sich derart unbeteiligt zu geben, daß er selbst seine Mitarbeiter damit täuschte.

»Das erscheint mir alles furchtbar kompliziert«, seufzte er. »Abgesehen davon, daß noch ein Amerikaner in die Geschichte verwickelt ist, Bill Larner.«

»Bill hat mit den beiden nichts zu tun«, beeilte sich Luigi zu erklären. »Bill ist ein Gentleman.«

»Einer Ihrer Stammgäste?«

»Er kommt hin und wieder her.«

»Angenommen, Bill Larner müßte sich verbergen, wohin, glauben Sie, würde er gehen?«

»Angenommen, wie Sie sagen, denn ich glaube nicht, daß das passiert, dann würde Bill sich so verstecken, daß ihn niemand findet. Aber Sie können überzeugt davon sein, daß er mit den beiden anderen nichts zu tun hat.«

»Kennen Sie Cicero?«

»Sein Name taucht manchmal in amerikanischen Zeitungen auf.«

»Ein Gangster?«

»Befassen Sie sich wirklich mit diesen Leuten?«

Luigi zeigte schon nicht mehr die gleiche Herzlichkeit. Er konnte ruhig Neapolitaner und kein Sizilianer sein, in seiner Art zu sprechen und den Kommissar anzublicken, erinnerte er jetzt ein wenig an Pozzo.

»Sie sind in den Vereinigten Staaten gewesen, nicht wahr? Also müßten Sie verstehen, daß dies keine Angelegenheiten für die französische Polizei sind. Selbst die Amerikaner, mit Ausnahme einiger Männer vom FBI, kennen sich in diesen Organisationen nicht aus. Ich weiß nicht, was die beiden, von denen Sie reden, in Paris wollen, falls sie hier sind. Da Sie es sagen, will ich es glauben, aber es überrascht mich. Jedenfalls gehen uns ihre Affären nichts an.«

»Und wenn sie einen Menschen getötet haben?«

»Einen Franzosen?«

»Ich weiß es nicht.«

»Wenn sie jemanden umgebracht haben, dann waren sie dazu beauftragt, und Sie werden ihnen nie etwas nachweisen können. Denken Sie daran, daß ich weder den einen noch den anderen kenne. Die beiden, die Sie zuerst genannt haben, sind Sizilianer. Was Bill Larner betrifft, so bleibe ich bei meiner Behauptung, daß er nichts mit ihnen gemein hat.«

»In welchem Zusammenhang sprechen die amerikanischen Zeitungen von Cicero?«

»Wegen der *rackets* vermutlich. Das werden Sie nicht verstehen. Hier gibt es so richtige Verbrecherorganisationen wie drüben gar nicht. Sie haben nicht einmal echte Killer. Stellen Sie sich vor, in Paris ginge ein Bursche zu den Geschäftsleuten seines Wohnviertels und erklärte ihnen, sie müßten gegen eine gefährliche Bande geschützt werden und er übernehme von nun an diesen Schutz, wofür sie wöchentlich soundso viel tausend Francs zu zahlen hätten. Der Geschäftsmann würde sich an die Polizei wenden, nicht wahr? Oder er würde laut auflachen. Sehen Sie, in Amerika lacht niemand, und nur Idioten wenden sich an die Polizei. Denn wenn sie es tun oder wenn sie nicht zahlen, explodiert eine Bombe in ihrem Laden, sofern sie nicht auf dem Heimweg eine Ladung aus einer Maschinenpistole verpaßt bekommen.«

Luigi ereiferte sich. Man hätte schwören mögen, daß er wie Pozzo stolz auf seine Landsleute war.

»Und das ist noch nicht alles. Nehmen Sie an, daß einer dieser Burschen festgenommen wird. Fast immer wird es einen Richter oder einen hochgestellten Politiker geben, der sich dafür verwendet, daß er wieder auf freien Fuß gesetzt wird. Gehen wir dennoch davon aus, daß sich der Sheriff oder Attorney des Distrikts dem widersetzt, dann werden zehn Zeugen kommen und unter Eid aussagen, daß der arme Junge zu diesem Zeitpunkt am anderen Ende der Stadt gewesen sei. Und wenn ein aufrichtiger Zeuge das Gegenteil behauptet, wenn er verrückt genug ist, bei seiner Aussage zu bleiben, wird ihm am Tage vor dem Prozeß ein Unfall zustoßen. Kapiert?«

Ein großer blonder Bursche war hereingekommen und hatte sich zwei Meter von Maigret und Lucas entfernt an die Theke gelehnt. Luigi zwinkerte ihm zu.

»Martini?«

»Martini«, wiederholte der andere und sah die beiden Franzosen amüsiert an.

Maigret hatte sich bereits ein- oder zweimal geschneuzt. Die Nase juckte ihn. Seine Lider brannten. Hatte er sich bei Lognon angesteckt?

Der brave Lucas wartete auf den Moment, da sein Chef reagieren würde. Doch der Kommissar ließ den Italiener reden, als ob er nichts zu erwidern habe.

In Wirklichkeit hatte er es allmählich satt. Daß Pozzo ihm geraten hatte, die Finger von der Sache zu lassen, mochte hingehen. Der Gastwirt aus der Rue des Acacias durfte seine guten Gründe dafür haben.

Aber daß ihm hier in dieser eleganten Bar ein Luigi nahezu dasselbe sagte, das war zuviel.

»Nehmen Sie an, Herr Kommissar, ein Amerikaner käme nach Marseille und versuchte, sich mit den Typen der dortigen Unterwelt zu befassen. Was, meinen Sie, würde geschehen? Dabei sind die Burschen in Marseille Kinder im Vergleich zu . . .«

Schon gut! Schon gut! Wer weiß? Hätte Maigret den Konsul oder den Botschafter aufgesucht, hätten ihm diese Herren vielleicht ebenfalls gesagt: Mischen Sie sich da nicht ein, Maigret. Das ist nichts für Sie.

Nichts für Federgewichtler, wie? Er hatte fast Lust zu erwidern, was natürlich recht lächerlich geklungen hätte: Und Landru, ist das auch eine niedrige Gewichtsklasse?

Schweigend und verstimmt hatte er sein Glas bis zur Neige ausgetrunken und spürte, daß Lucas sich enttäuscht fragte, warum er Luigi nicht auf seinen Platz verwies.

Als sie jetzt wieder auf der Straße waren, wagte Lucas immer noch nicht, Fragen zu stellen. Maigret sprach nicht davon, ob sie ein Taxi oder den Autobus nehmen sollten. Mürrisch, die Hände in den Taschen, marschierte er weiter, und sie waren schon ein ganzes Stück gegangen, als er sich seinem Begleiter zuwandte und ihm mit der ernstesten Miene der Welt erklärte, als habe er bisher an sich gezweifelt: »Was wettest du, daß ich sie erwische?«

»Davon bin ich überzeugt«, beeilte Lucas sich zu entgegnen.

»Ich bin mir dessen sicher! Verstehst du? Ich bin mir sicher! Die können mich . . .«

Es kam selten vor, daß Maigret ein so wenig wohlklingendes Wort aussprach, aber er sagte es diesmal mit Erleichterung.

Vielleicht hatte es keinen Sinn, dennoch hatte er Lucas zur Rue des Acacias geschickt, um Pozzos Restaurant im Auge zu behalten.

»Du brauchst dich nicht zu verstecken, denn der Bruder ist gerissen genug, um dich zu erspähen. Er hat bestimmt nicht telefoniert, da er weiß, daß sein Apparat abgehört wird, aber er wird es nicht unterlassen haben, wenn sich eine Gelegenheit bot, die beiden Typen zu benachrichtigen, die gestern abend an seiner Bar saßen und die Charlie und Cicero gewarnt haben. Aber es bleibt noch eine kleine Chance, daß er sie nicht erreicht hat und daß einer von den beiden in die Rue des Acacias kommt.«

Er hatte sie Lucas beschrieben und ihm genaue Anweisungen gegeben. Als er am Quai des Orfèvres eintraf, stieg er zum Labor hinauf, ohne erst in sein Büro zu gehen. Mœrs aß ein Sandwich und wartete auf ihn. Er schaltete sofort seinen Projektor ein, der einer riesigen Laterna magica ähnelte, und schon erschien ein Bild auf der Leinwand.

Es waren die Druckspuren, die Pozzo mit seinem Bleistift auf den Blättern des Notizblocks hinterlassen hatte. Die ersten Buchstaben waren recht deutlich zu erkennen: GAL. Dahinter kamen Ziffern.

»Wie Sie sich denken können, Chef, handelt es sich um eine Telefonnummer. Das Amt ist Galvani. Die erste Ziffer ist eine 2, die zweite eine 7, die dritte kann man nicht lesen, die vierte auch nicht, vielleicht eine 0, aber ich bin mir nicht sicher, oder eine 9 oder sogar eine 6.«

Mœrs schaute ihn ebenfalls verwundert an, nicht, weil Maigret nach Alkohol roch, sondern weil er so teilnahmslos wirkte. Außerdem verwendete er, als er hinausging, ein Wort, das er nur in solchen Augenblicken gebrauchte: »Danke, *mein Sohn*!«

Er betrat sein Büro, zog seinen Mantel aus, öffnete die Tür zum Arbeitszimmer der Inspektoren.

»Janvier, Lapointe . . .«

Bevor er ihnen Anweisungen erteilte, rief er in der Brasserie Dauphine an.

»Habt ihr beiden schon gegessen?«

»Ja, Chef.«

Er bestellte ein paar belegte Brote für sich und Bier für alle drei.

»Nehmt euch jeder ein Telefonbuch, das nach Nummern geordnet ist. Sucht unter Galvani.«

Das war eine Riesenarbeit. Wenn ihnen nicht ein besonderer Glücksfall zu Hilfe kam, hatten die beiden Männer Stunden damit zu tun, die richtige Nummer herauszufinden.

Die Gäste, die mit Pozzo gewürfelt hatten, waren kurz nach Beginn des Essens weggegangen, mit anderen Worten: ungefähr eine Dreiviertelstunde oder eine Stunde, bevor Maigret und Lognon aufgebrochen waren. Pozzo hatte sie beauftragt, eine Nummer des Amts Galvani anzurufen. Das war das Viertel um die Avenue de la Grande-Armée herum; und war die Avenue de la Grande-Armée nicht genau die Straße, in der das Auto gestohlen worden war, das Lognon in den Wald von Saint-Germain gebracht hatte?

All das paßte zueinander. Entweder waren die drei Amerikaner zusammen gewesen, als sie gewarnt wurden, oder sie hatten die Möglichkeit, schnell zusammenzukommen. Eine Stunde später hatten sie in der Tat in der Nähe des Restaurants auf der Lauer gelegen.

»Handelt es sich um ein Hotel, Chef?«

»Ich weiß es nicht. Vielleicht. Jedenfalls sind sie nicht unter ihrem richtigen Namen in einem Hotel abgestiegen. Wenn sie in einem Hotel wohnen, dann haben sie sich falsche Personalausweise oder Reisepässe verschafft.«

Das war nicht auszuschließen. Ein Mann wie Pozzo mußte alle Schliche kennen.

»Ich nehme jedoch nicht an, daß sie in einem Hotel oder einer Pension sind, denn sie wissen, daß wir die zuerst überwachen.«

Eher bei einem Freund von Larner, denn der lebte seit zwei Jahren in Paris und hatte wohl seine Verbindungen. In diesem Fall wohnten sie wahrscheinlich bei einer Frau.

»Versucht es mit allen Nummern, die in Frage kommen. Stellt eine Liste der alleinstehenden Frauen, der italienischen und amerikanischen Namen auf.«

Er machte sich keinerlei Illusionen. Wenn es gelang, die richtige Nummer herauszufinden, würden die Vögel ausgeflogen sein. Pozzo war weder naiv noch ein Anfänger. Er hatte gesehen, daß Maigret den Block mitgenommen hatte. Und bei diesem Stand der Dinge hatte er sicher noch einmal Alarm gegeben.

Maigret rief seine Frau an, die ihn zum Mittagessen erwartete, dann Madame Lognon, die sich wieder ein bißchen beklagte.

Die Tür zum Arbeitszimmer der Inspektoren blieb offen. Er hörte, wie Janvier und Lapointe Nummern wählten, jedesmal eine andere Geschichte erzählten, und er versank allmählich immer tiefer in seinem Sessel und zog zunehmend seltener an seiner Pfeife.

Dennoch schlief er nicht. Ihm war warm. Er hatte das Gefühl, etwas Fieber zu haben. Mit halbgeschlossenen Augen versuchte er nachzudenken, aber seine Gedanken, die immer unbestimmter wurden, endeten unweigerlich in der Gewißheit: *Ich werde sie erwischen!*

Wie er sie kriegen sollte, das war eine andere Frage. Offen gestanden, hatte er davon noch nicht die geringste Vorstellung, doch selten in seinem Leben war er so entschlossen gewesen, einen Fall zu einem guten Ende zu führen. Er war nahe daran, ihn als eine nationale Angelegenheit zu betrachten, und er brauchte nur an das Wort Gangster zu denken, um in Zorn zu geraten.

... Gewiß, Herr Luigi! Gewiß, Herr Pozzo! Gewiß, meine Herren Amerikaner! Sie werden mich von meinem Plan nicht abbringen. Ich habe es immer gesagt und wiederhole es, daß Mörder Dummköpfe sind. Wenn sie es nicht wären, würden sie nicht töten. Verstanden! Nein? Sie sind nicht überzeugt? Nun, dann werde ich, Maigret, es Ihnen beweisen. So! Das wär's! Bitte sehr! . . .

Als der Amtsdiener an die Tür klopfte und keine Antwort erhielt, öffnete er sie ein Stückchen: Maigret schlief, die Pfeife hing zwischen den Lippen.

»Ein Eilbrief, Herr Kommissar.«

Es waren die Fotos und Unterlagen, die per Luftpost aus Washington eintrafen. Zehn Minuten später war man im Labor damit beschäftigt, die Fotografien zu vervielfältigen. Um sechzehn Uhr waren die Journalisten im Vorzimmer versammelt, und Maigret konnte jedem einen Satz der Abzüge übergeben.

»Fragen Sie mich nicht, warum sie gesucht werden. Helfen Sie mir nur, sie zu finden. Veröffentlichen Sie die Fotos auf der ersten Seite. Jeder, der einen dieser Männer gesehen hat, wird gebeten, sofort mein Büro anzurufen.«

»Sind sie bewaffnet?«

Maigret zögerte, antwortete schließlich aufrichtig: »Sie sind nicht nur bewaffnet, sondern sie sind sogar gefährlich.«

Und indem er das Wort gebrauchte, das ihn langsam rasend machte, fügte er hinzu: »Es sind Killer. Zumindest einer von ihnen.«

Durch Bildfunk gelangten die Fotos zu den Bahnhöfen, Grenzposten und Gendarmerien.

All das war leicht, wie der arme Lognon gesagt hätte. Lucas stand sich in der Rue des Acacias immer noch die Beine in den Bauch. Janvier und Lapointe wählten Telefonnummern. Und wenn eine Adresse mehr oder weniger verdächtig war, wurde jemand zur Überprüfung hingeschickt.

Um siebzehn Uhr kündigte man ihm an, daß ein Gespräch aus Washington auf ihn warte, und er hörte die Stimme MacDonalds, die ihm ein herzliches »Jules« zurief.

»Sagen Sie, Jules, ich habe über Ihren Anruf nachgedacht und hatte Gelegenheit, soeben mit unserem obersten Chef darüber zu sprechen . . .«

Vielleicht bildete Maigret es sich nur ein, aber ihm schien, als ob MacDonald weniger offen sei als am Tag zuvor. Am Ende der Leitung traten Pausen ein.

»Ja, ich höre.«

»Sind Sie sicher, daß Cinaglia und Cicero in Paris sind?«

»Völlig sicher. Ich habe es eben mit Hilfe der Fotografien von jemandem überprüfen lassen, der sie vor sich gesehen hat.«

Das stimmte. Er hatte einen Inspektor zu Madame Lognon geschickt, die keine Sekunde geschwankt hatte.

»Hallo?«

»Ja, ich bin noch da.«

»Sind es nur zwei?«

»Sie haben sich mit Bill Larner in Verbindung gesetzt.«

»Der ist nicht weiter von Bedeutung, wie ich Ihnen schon sagte. Haben Sie keine weitere Person getroffen?«

»Das versuche ich herauszukriegen.«

MacDonald schien um den heißen Brei herumzugehen wie jemand, der fürchtet, zuviel zu sagen.

»Haben Sie von einem dritten Sizilianer gehört?«

»Wie heißt er?«

Wieder ein Zögern.

»Mascarelli.«

»Er soll zur gleichen Zeit eingetroffen sein wie die beiden anderen?«

»Bestimmt nicht. Einige Wochen früher.«

»Ich werde den Namen durch die Fremdenpolizei feststellen lassen.«

»Mascarelli ist vermutlich nicht unter diesem Namen gemeldet.«

»In diesem Fall . . .«

»Versuchen Sie es trotzdem. Wenn Sie von einem Mascarelli, genannt Sloppy Joe, hören, teilen Sie es mir bitte gleich mit, am besten telefonisch. Ich gebe Ihnen seine Personenbeschreibung. Klein und mager, sieht wie fünfzig aus, obwohl er erst einundvierzig ist, kränkliche Gesichtsfarbe, Narben von Furunkeln am Hals. Verstehen Sie das Wort *sloppy*?«

Maigret verstand es, doch er hätte Mühe gehabt, es genau

zu übersetzen: Jemand, der nicht sehr frisch, nicht ganz sauber aussah und schlecht gekleidet war.

»Gut. Man hat ihm diesen Spitznamen gegeben, weil er ihn verdient.«

»Was hat er in Frankreich vor?«

Ein Schweigen am anderen Ende der Leitung.

»Was wollen die beiden anderen hier?«

MacDonald sprach leise, als hole er sich bei jemandem Rat, der neben ihm stand, ehe er antwortete: »Sollten Charlie Cinaglia und Cicero in Paris Sloppy Joe begegnet sein, so ist damit zu rechnen, daß der Mann, der aus einem Auto geworfen wurde, wie Ihr Inspektor gesehen hat, dieser Sloppy Joe war.«

»Das leuchtet natürlich ein!« spottete Maigret.

»Verzeihen Sie, Jules, aber das ist so ziemlich alles, was ich weiß.«

Der Kommissar rief in Le Havre, dann in Cherbourg an, und zwar in beiden Hafenstädten den Beamten, der sich mit der Ausschiffung befaßte. Jeder überprüfte die Passagierlisten, ohne den Namen Mascarelli zu entdecken. Maigret gab ihnen daraufhin, so gut er konnte, die Personenbeschreibung durch, und sie versprachen, ihre Mitarbeiter zu fragen.

Janvier kam herein.

»Torrence verlangt Sie am Telefon, Chef.«

»Wo ist er?«

»Im Viertel der Avenue de la Grande-Armée, er kontrolliert verschiedene Adressen.«

Es war in der Tat nicht nötig, daß er nach jeder Überprüfung zum Quai des Orfèvres zurückkehrte. Er gab von einem Café aus die Ergebnisse durch, und man nannte ihm eine neue Adresse.

»Hallo? Sind Sie's, Chef? Ich spreche aus der Wohnung einer Dame, die ich lieber nicht aus den Augen lasse. Ich glaube, Sie täten gut daran, auf einen Sprung herzukommen. Sie ist nicht sehr umgänglich.«

Maigret vernahm undeutlich eine Frauenstimme, dann wieder Torrence, der sich jedoch an sie wandte und sagte: »Wenn Sie nicht still sind, haue ich Ihnen eine runter! Sind

Sie noch da, Chef? Ich bin in der Rue Brunel 28 b. Im dritten Stock links. Die betreffende Person heißt Adrienne Laur. Es wäre vielleicht nützlich, im Archiv nachzusehen, ob über diesen Namen etwas bekannt ist.«

Maigret betraute Lapointe mit dieser Aufgabe, zog seinen schweren Mantel an, nahm zwei Pfeifen von seinem Schreibtisch, ging die Treppe hinunter und hatte das Glück, daß ein Dienstwagen im Hof bereitstand.

»Rue Brunel.«

Wieder im gleichen Stadtviertel, nicht weit von der Avenue de Wagram, keine zweihundert Meter von der Rue des Acacias und dreihundert Meter von der Stelle entfernt, wo am Vorabend das Auto gestohlen worden war. Es war ein komfortables, bürgerliches Wohnhaus. Es hatte einen Aufzug und Treppenläufer. Als er in der dritten Etage anlangte, öffnete sich eine Tür, und der dicke Torrence schien erleichtert.

»Vielleicht kriegen Sie aus ihr etwas heraus, Chef. Ich gebe es auf.«

In der Mitte des Salons stand eine recht füllige Brünette, die nichts weiter anhatte als einen Morgenrock, der bei der geringsten Bewegung aufklaffte.

»Gleich zu zweit!« warf sie ihm sarkastisch entgegen. »Mit wie vielen wollen Sie denn gegen mich antreten?«

Maigret hatte höflich seinen Hut abgenommen, den er auf einen Sessel legte, und da es hier sehr warm war, zog er auch seinen Mantel aus, wobei er murmelte: »Sie gestatten doch!«

»Sie werden schon sehen, daß ich überhaupt nichts gestatte.«

Im Grunde war sie eine schöne Frau, wohl Anfang Dreißig, mit der rauhen Stimme derer, die mehr in der Nacht als am Tage leben. Ein starker Parfümgeruch erfüllte den Raum. Durch die offene Tür sah man auf das ungemachte Bett im Schlafzimmer, und auf dem Sofa im Salon lag ein Kopfkissen und in einer Ecke, wo zwei kleine Teppiche übereinandergelegt waren, ein weiteres.

Torrence, der Maigrets Blicken gefolgt war, sagte: »Sind Sie im Bilde, Chef?«

Sie hatte offensichtlich in der vergangenen Nacht nicht allein in dieser Wohnung geschlafen.

»Als ich geklingelt habe, hat sie mich lange warten lassen. Sie behauptet, geschlafen zu haben. Das mag sein. Sie muß sogar nackend geschlafen haben, denn sie hat nichts weiter an als ihren Morgenrock.«

»Geht Sie das etwas an?«

»Ich habe sie gefragt, ob sie einen Amerikaner namens Bill Larner kennt, und ich habe gemerkt, daß sie zögerte, Zeit zu gewinnen suchte und so tat, als müsse sie nachdenken. Trotz ihrer Proteste habe ich die Wohnung betreten und einen Blick ins Schlafzimmer geworfen. Sehen Sie selbst. Auf dem Möbel links.«

Dort stand in einem roten Lederrahmen ein Foto, das vermutlich in Deauville aufgenommen worden war und das ein Pärchen in Badekleidung darstellte: Adrienne Laur und Bill Larner.

»Sie werden verstehen, warum ich Sie angerufen habe. Doch das ist nicht alles. Werfen Sie einen Blick in den Papierkorb. Ich habe acht Zigarrenstummel gezählt. Es handelt sich um dicke Havannas, an denen man jeweils eine gute Stunde raucht. Ich nehme an, als ich geläutet habe, sind ihr die vollen Aschenbecher aufgefallen, und sie hat sie schnell in den Papierkorb entleert.«

»Ich hatte gestern abend Freunde zu Besuch.«

»Wie viele Freunde?«

»Das geht Sie nichts an.«

»Bill Larner?«

»Auch das geht Sie nichts an. Dieses Foto ist übrigens vor einem Jahr gemacht worden, und seitdem haben wir uns verkracht.«

Auf einer Kommode standen eine Flasche Cognac und ein Glas; sie schenkte sich ein, bot ihnen nichts an, steckte eine neue Zigarette an und lockerte ihr Haar im Nacken.

»Kann ich mich endlich wieder hinlegen?«

»Hören Sie, mein Kind . . .«

»Ich bin nicht Ihr Kind.«

»Es wäre klüger von Ihnen, mir höflich zu antworten.«

»Das auch noch!«

»Sie haben offenbar in gutem Glauben gehandelt. Larner hat Sie gebeten, ihn und seine beiden Freunde zu empfangen. Er hat Ihnen vermutlich nicht gesagt, worum es ging.«

»Flöten Sie nur weiter!«

Torrences Blick schien zum Ausdruck zu bringen: Da sehen Sie ja, wie sie ist!

Und Maigret, ohne die Geduld zu verlieren: »Sie sind Französin, Adrienne?«

»Sie ist Belgierin«, fiel Torrence ein. »Ich habe ihren Personalausweis in ihrer Handtasche gefunden. Sie ist in Antwerpen geboren und lebt seit fünf Jahren in Frankreich.«

»Mit anderen Worten, man kann Ihnen Ihre Aufenthaltsgenehmigung entziehen. Ich nehme an, Sie arbeiten in Nachtlokalen?«

»Sie ist Nackttänzerin in den Folies-Bergère.«

Immer wieder mußte Torrence sprechen.

»Na und? Haben Sie deshalb, weil ich Nackttänzerin bin, das Recht, bei mir einzudringen wie in einen Pferdestall, ja? Wenn ich Ihnen, Dicker« (sie zeigte auf Torrence), »nicht den Hut vom Kopf gerissen hätte, würden Sie sich nicht die Mühe gemacht haben, ihn abzusetzen. Aber hingucken, wenn mein Morgenrock mal etwas aufgeht, das können Sie!«

»Hören Sie, Adrienne! Ich weiß nicht, was Larner Ihnen erzählt hat. Wahrscheinlich hat er Ihnen über seine Freunde nicht die Wahrheit gesagt. Sprechen Sie Englisch?«

»Für meinen Beruf reicht es.«

»Die beiden Männer, die hier übernachtet haben, werden wegen Mordes gesucht. Verstehen Sie? Das bedeutet, daß man Sie wegen Mittäterschaft belangen kann, weil Sie ihnen Asyl gewährt haben. Wissen Sie, wieviel darauf steht?«

Er hatte das Richtige getroffen. Sie war stehengeblieben und schaute ihn ängstlich an.

»Fünf bis zehn Jahre.«

»Ich habe nichts getan.«

»Davon bin ich überzeugt, und deshalb habe ich Ihnen gesagt, daß Sie sich falsch verhalten haben. Es ist völlig in Ordnung, Freunden zu helfen, aber man darf dafür nicht zu teuer bezahlen müssen.«

»Sie versuchen, mich auszuquetschen.«

»Der Kleinere der beiden Männer, die Bill begleitet haben, heißt Charlie.«

Sie bestritt es nicht.

»Der andere ist Tony Cicero.«

»Die kenne ich nicht. Ich weiß, daß Bill nie einen Menschen getötet hat.«

»Das weiß ich auch. Ich bin sogar überzeugt, daß Bill ihnen nicht aus freien Stücken geholfen hat.«

»Ist das Ihr Ernst?«

Sie betrachtete die Flasche, schenkte sich noch ein halbes Glas ein, war nahe daran, Maigret etwas anzubieten, zuckte die Achseln.

»Ich kenne Larner seit Jahren«, sagte er.

»Er ist erst seit zwei Jahren in Frankreich.«

»Aber seit fünfzehn Jahren führen wir ihn in unseren Akten. Er ist ein Gentleman, wie mir heute morgen jemand sagte.«

Sie beobachtete ihn mit gerunzelter Stirn und nicht ganz sicher, ob man ihr nicht eine Falle stellte.

»Seit mindestens zwei, wahrscheinlich drei Tagen verstekken sich Charlie und Cicero bei Ihnen. Haben Sie einen Kühlschrank?«

Wieder schaltete Torrence sich ein: »Ich habe daran gedacht. In der Küche steht einer. Er ist voll. Zwei kalte Hühner, ein halber Schinken, fast eine ganze Wurst . . .«

»Gestern abend«, fuhr Maigret fort, »hat ihnen jemand telefonisch eine Nachricht durchgegeben, und dann sind alle drei hastig aufgebrochen.«

Sie setzte sich in einen Sessel und schlug mit unerwarteter Schamhaftigkeit ihren Morgenrock über ihren Schenkeln zusammen.

»Sie sind im Laufe der Nacht zurückgekehrt. Ich bin überzeugt, daß sie getrunken hatten. Wie ich Bill Larner kenne, hat er tüchtig trinken müssen, denn er hatte vorher eine Szene miterlebt, die seinen Nerven hart zugesetzt haben dürfte.«

Da Torrence in der Wohnung auf und ab ging, zischte sie ihm zu: »Bleiben Sie doch endlich einmal stehen!«

Dann wandte sie sich wieder Maigret zu. »Und weiter?«

»Heute morgen, ich weiß die Uhrzeit nicht, haben sie eine neue Nachricht erhalten. Jedenfalls nicht vor elf. Vermutlich schliefen sie noch, Bill in Ihrem Bett, die beiden anderen in diesem Zimmer. Sie haben sich rasch angezogen. Haben sie Ihnen gesagt, wo sie hingingen?«

»Sie wollen mich in die Sache hineinziehen!«

»Im Gegenteil, ich versuche, Sie da herauszuziehen!«

»Sind Sie der Maigret, von dem man öfter in den Zeitungen liest?«

»Warum?«

»Weil man behauptet, Sie seien in Ordnung. Aber den Dicken mag ich nicht.«

»Was haben Ihnen die drei gesagt, als sie weggingen?«

»Nichts. Nicht einmal danke.«

»Was hat Bill für ein Gesicht gemacht?«

»Ich habe noch nicht zugegeben, daß Bill hier war.«

»Sie müssen doch gehört haben, was gesprochen wurde, als sie sich zum Aufbruch vorbereiteten.«

»Sie sprachen englisch miteinander.«

»Ich dachte, Sie können Englisch.«

»Aber nicht solche Ausdrücke.«

»Bill hat heute nacht, als er mit Ihnen allein im Schlafzimmer war, von seinen Kameraden geredet.«

»Woher wissen Sie das?«

»Hat er Ihnen nicht anvertraut, daß er versuchen wolle, sie loszuwerden?«

»Er hat mir gesagt, daß er sie so bald wie möglich aufs Land bringen würde.«

»Wohin?«

»Das weiß ich nicht.«

»Fuhr er öfter aufs Land?«

»So gut wie nie.«

»Sind Sie nie mit ihm zusammen hinausgefahren?«

»Nein.«

»Waren Sie seine Geliebte?«

»Manchmal.«

»Waren Sie schon einmal in seinem Zimmer im Hôtel Wagram?«

»Ein einziges Mal. Ich hab ihn da mit einer Dirne angetroffen. Er hat mich hinausgeschmissen. Zwei oder drei Tage später ist er dann wieder zu mir gekommen, als wenn nichts gewesen wäre.«

»Ist er Angler?«

Sie lachte.

»Sie meinen, so an Flußufern? Nein. Das ist nicht seine Art.«

»Spielt er Golf?«

»Das ja.«

»Wo?«

»Das weiß ich nicht. Ich habe ihn nie begleitet.«

»Fuhr er dann für mehrere Tage fort?«

»Er brach morgens auf und kehrte abends zurück.«

So kam er nicht weiter. Was er herauskriegen mußte, war der Ort, an dem Larner manchmal eine Nacht verbrachte.

»Hat er Ihnen außer den beiden Männern, die hier geschlafen haben, jemals andere Freunde vorgestellt?«

»Selten.«

»Was waren das für Leute?«

»Meistens bei den Rennen, Jockeis, Trainer.«

Torrence und Maigret sahen sich an. Sie spürten, daß sie dem Kernpunkt nahe waren.

»Wettete er viel auf Rennplätzen?«

»Ja.«

»Mit großem Einsatz?«

»Ja.«

»Gewann er?«

»Fast immer. Er bekam Tips.«

»Von den Jockeis und den Trainern?«

»So habe ich das verstanden.«

»Hat er nie von Maisons-Laffitte gesprochen?«

»Er hat mich einmal von dort angerufen.«

»In der Nacht?«

»Nach der Vorstellung.«

»Um Sie zu bitten, zu ihm zu kommen?«

»Im Gegenteil. Um mir zu sagen, daß er nicht kommen könne.«

»Er mußte dort übernachten?«

»Sicher.«

»In einem Gasthof?«

»Darüber hat er nichts Näheres gesagt.«

»Ich danke Ihnen, Adrienne. Entschuldigen Sie bitte die Störung!«

Sie schien erstaunt, daß er sie nicht mitnahm; sie konnte kaum glauben, daß man ihr keine Falle gestellt hatte.

»Welcher von den beiden ist der Mörder?« fragte sie, als Maigret bereits die Hand an der Türklinke hatte.

»Charlie. Wundert Sie das?«

»Nein. Aber den anderen mag ich noch weniger, der ist kalt wie ein Krokodil.«

Sie erwiderte den Gruß von Torrence nicht, lächelte Maigret jedoch vage zu, der sich nahezu zeremoniell verabschiedete.

Als sie die Treppe hinuntergingen, sagte der Kommissar zu seinem Begleiter: »Wir müssen auch ihr Telefon überwachen lassen. Wahrscheinlich bringt es nichts ein. Diese Burschen sind vorsichtig.«

Dann fiel ihm ein, wie nachdrücklich Pozzo und Luigi ihm geraten hatten, sich vor diesen Killern in acht zu nehmen, und er fügte hinzu: »Du beschattest sie am besten. Sie ist kein schlechtes Mädchen, und es wäre schade, wenn ihr etwas zustieße.«

Pozzos Restaurant lag in der Nähe, wo Lucas immer noch Wache stand. Maigret ließ den Wagen durch die Rue des Acacias fahren.

»Nichts Neues?«

»Einer der Typen, die Sie mir beschrieben haben, einer von denen, die gewürfelt haben, ist vor einer Viertelstunde hineingegangen.«

Sie befanden sich genau vor dem Restaurant. Maigret gönnte sich das Vergnügen, in aller Ruhe auszusteigen, die Tür aufzustoßen und die Hand an den Hutrand zu legen.

»Guten Tag, Pozzo.«

Dann wendete er sich dem Gast zu, der an der Theke saß: »Ihren Ausweis, bitte!«

Der Kerl sah aus wie ein Nachtklubmusiker oder Eintänzer. Er zögerte, schien bei Pozzo Rat zu suchen, der jedoch wegblickte.

Maigret schrieb Namen und Adresse in sein Notizbuch.

Merkwürdigerweise war er weder Italiener noch Amerikaner, sondern Spanier, der seinen Papieren zufolge den Beruf eines Vortragskünstlers ausübte. Er wohnte in einem kleinen Hotel in der Avenue des Ternes.

»Ich danke Ihnen.«

Er gab ihm den Ausweis zurück, stellte keine einzige Frage, berührte wieder seinen Hutrand, während der Spanier und Pozzo ihm verblüfft nachblickten.

5

Wie Maigret leider ins Kino geht, während ein gewisser Baron sich auf die Jagd begibt

In seinen warmen Mantel eingemummt, saß Maigret im Fond des Wagens, schaute auf die Lichter hinaus, die vorbeihuschten, schien nachzudenken, und als sie die Place de la Concorde überquerten, sagte er zu seinem Chauffeur: »Mach einen Umweg über die Rue des Capucines. Ich muß nochmals telefonieren.«

Er hatte am Quai des Orfèvres anzurufen, und er hätte nur fünf Minuten gebraucht, um sich direkt hinzubegeben. Aber es war ihm nicht unangenehm, in einer anderen geistigen Verfassung zur »Manhattan Bar« zurückzukehren als am Vormittag, und er fand es auch nicht schlecht, einen weiteren Whisky zu trinken, an dem er wieder Geschmack gefunden hatte.

Das Lokal war voll, und mindestens dreißig Gesichter reihten sich im Zigarettenqualm an der Theke aneinander. Alle oder fast alle Anwesenden sprachen englisch, und einige Gäste waren in die Lektüre amerikanischer Zeitungen vertieft. Luigi und zwei Hilfskräfte waren damit beschäftigt, Getränke zu mixen.

»Den gleichen Whisky wie heute morgen«, sagte Maigret ruhig und mit lächelnder Miene, was den Besitzer überraschte.

»Einen Bourbon?«

»Sie haben ihn mir ja serviert. Ich weiß es nicht.«

Luigi schien nicht sehr erfreut, ihn hier zu sehen, und Maigret hatte den Eindruck, daß er einen kurzen Blick über seine Gäste warf, als wolle er sich versichern, daß niemand da war, dem der Kommissar nicht hätte begegnen dürfen.

»Sagen Sie, Luigi . . .«

»Einen Augenblick . . .«

Er bediente links, er bediente rechts, er machte sich viel mehr zu schaffen, als nötig gewesen wäre, um den Polizeibeamten von weiteren Fragen abzuhalten.

»Ich wollte sagen, Luigi, daß ich gerne noch einen anderen Landsmann von Ihnen sprechen würde. Haben Sie schon einmal von einem gewissen Mascarelli gehört, der auch Sloppy Joe genannt wird?«

Er hatte das in ganz normalem Ton gesagt, während um ihn herum einige Leute schrien, um sich verständlich zu machen. Dennoch sahen ihn mindestens zehn Personen neugierig an. Er kam sich beinahe vor wie ein Herr, der in einer Gesellschaft älterer Damen sich zu einem unanständigen Witz hinreißen läßt.

Luigi wiederum bemerkte lediglich: »Kenn ich nicht und will ich nicht kennenlernen.«

Maigret begab sich zufrieden zur Telefonkabine.

»Bist du's, Janvier? Schau doch mal nach, ob der Baron noch im Hause ist. Wenn ja, bitte ihn, auf mich zu warten. Wenn nicht, versuch, ihn telefonisch zu erreichen, und sag ihm, er möge so schnell wie möglich zum Quai kommen. Ich muß ihn unbedingt sprechen.«

Er mischte sich wieder unter die im Stehen trinkenden Gruppen, leerte sein Glas und beobachtete ein Gesicht, das ihm bekannt vorkam. Es war ein großer blonder Bursche, der einem amerikanischen Film zu entstammen schien und der seinerseits dem Kommissar mit den Augen folgte.

Luigi war zu beschäftigt, um ihm auf Wiedersehen zu sagen, und Maigret kehrte zu seinem Wagen zurück und war eine Viertelstunde später in seinem Büro, wo jemand auf dem einzigen Sessel saß und bei seinem Eintreten hochschnellte.

Es war der Mann, den man den Baron nannte, nicht, weil er ein Freiherr war, sondern weil er so hieß. Er gehörte nicht zu Maigrets Abteilung. Seit fünfundzwanzig Jahren war er auf Rennplätze spezialisiert und blieb lieber sein Leben lang Inspektor, als sein Tätigkeitsfeld zu wechseln.

»Sie haben mich rufen lassen, Kommissar?«

»Setzen Sie sich, mein Alter. Einen Augenblick . . .«

Maigret zog seinen Mantel aus, warf einen Blick ins Nebenzimmer, um zu sehen, ob es eine Nachricht für ihn gab, ließ sich auf seinem Sessel nieder und stopfte sich eine Pfeife.

Durch den häufigen Besuch der Rennbahnen, wo er sich nicht mit den kleinen Leuten am Parcours beschäftigte, sondern nur mit den Stammgästen am Wiegeplatz, war er den Eingeweihten äußerlich immer ähnlicher geworden, trug wie sie das Fernglas an einem Lederriemen um den Hals und erschien an den Tagen, an denen ein großer Preis geritten wurde, mit einer perlgrauen Melone und eleganten Gamaschen. Einige behaupteten, ihn mit einem Monokel im Auge gesehen zu haben, und das war möglich; es konnte ebensogut stimmen wie das Gerücht, daß er ein leidenschaftlicher Anhänger der Rennwette geworden sei.

»Ich werde Ihnen den Sachverhalt darlegen, und Sie sagen mir, was Sie davon halten.«

Maigret hatte in seiner Berufslaufbahn fast alle Abteilungen der Polizei kennengelernt, einschließlich des Außendienstes in Bahnhöfen und Warenhäusern sowie zu seinem lebhaften Mißbehagen auch das Sittendezernat, aber er hatte sich noch nie mit Rennplätzen beschäftigt.

»Stellen Sie sich einen Amerikaner vor, der seit zwei Jahren in Paris lebt und regelmäßig die Rennbahnen besucht . . .«

»Was für ein Typ von Amerikaner?«

»Keiner von denen, die bei Botschaftsempfängen dabei sind. Einen Gauner von Format: Bill Larner.«

»Kenne ich«, sagte der Baron gelassen.

»Gut. Das vereinfacht die Sache. Aus bestimmten Gründen hat sich Larner heute morgen gezwungen gesehen, unterzutauchen, und zwar zusammen mit zwei Landsleuten, die gerade erst nach Paris gekommen sind und kein Wort Französisch können. Sie wissen, daß wir ihre Personalbeschreibung haben, und ich nehme nicht an, daß sie mit der Bahn oder dem Flugzeug das Weite gesucht haben. Ich glaube nicht einmal, daß sie sich weit von Paris entfernt haben, wo sie etwas zurückzuhalten scheint. Sie besitzen kein Auto, aber sie haben die feine Art, sich den erstbesten Wagen am Straßenrand zu leihen und ihn dann irgendwo stehenzulassen.«

Mit der Miene des Fachmanns, der um Rat gefragt wird, hörte der Baron aufmerksam zu.

»Ich habe Larner mit einer Reihe hübscher Mädchen gesehen«, sagte er.

»Ich weiß. Er hat sich sogar bei einer von ihnen mit seinen beiden Kumpanen bis heute versteckt. Ich nehme nicht an, daß er das gleiche Spiel zweimal spielt.«

»Ich auch nicht. Er ist gerissen.«

»Ich habe erfahren, und zwar durch dieses Mädchen, daß er in den Kreisen der Jockeis und Trainer Freunde hat. Verstehen Sie, worauf ich hinauswill? Er hat eine schnelle Entscheidung treffen und von einer Minute zur anderen einen sicheren Unterschlupf finden müssen. Höchstwahrscheinlich hat er sich an einen Landsmann gewandt. Kennen Sie viele Amerikaner unter den Rennbahnbesuchern?«

»Ja, einige. Weniger als Engländer natürlich. Warten Sie. Mir fällt da ein Jockei ein, der kleine Lope, aber wenn ich mich nicht irre, reitet er zur Zeit in Miami. Ich kenne auch einen Trainer, Teddy Brown, der den Stall eines Amerikaners betreut. Es gibt bestimmt noch andere.«

»Passen Sie auf, Baron. Der Bursche, an den ich denke, muß an einem sicheren Ort wohnen. Meiner Meinung nach muß man sich in Bill Larner hineinversetzen, Sie müssen sich fragen, wo Sie in Sicherheit wären. Er scheint gelegentlich in Maisons-Laffitte oder in der Umgebung genächtigt zu haben.«

»Gar nicht so dumm.«

»Was ist nicht so dumm?«

»Es gibt dort eine Reihe von Rennställen. Brauchen Sie meine Antwort sofort?«

»So schnell wie möglich.«

»In diesem Fall müßte ich einen Streifzug durch bestimmte Bars machen, die ich kenne, um mein Gedächtnis aufzufrischen. Diese Leute tauchen auf und verschwinden wieder. Wenn ich bis heute abend eine Antwort habe, wo kann ich Sie dann erreichen?«

»Zu Hause.«

Mit gewichtiger Miene begab er sich zur Tür, und nach leichtem Zögern hielt ihn Maigret zurück.

»Noch eins: Seien Sie vorsichtig. Wenn Sie einen Tip haben, gehen Sie nicht selber hin. Wir haben es mit Killern zu tun.«

Er konnte sich nicht verkneifen, dieses Wort mit einer gewissen Ironie auszusprechen, denn man hatte es ihm in den letzten achtundvierzig Stunden nur zu oft eingetrichtert.

»Verstanden. Ich werde Sie mit ziemlicher Sicherheit heute abend schon anrufen. In jedem Fall werde ich morgen früh etwas wissen. Es macht doch nichts, wenn das ein paar Runden kostet?«

Als Maigret am Boulevard Richard-Lenoir eintraf, fand er Madame Maigret zum Ausgehen bereit. Er hatte eigentlich vorgehabt, sich mit einem Grog und Aspirintabletten ins Bett zu legen, um die Erkältung zu bekämpfen, deren Beginn er spürte, aber ihm fiel ein, daß heute Freitag war und damit ihr Kinoabend.

»Lognon?« fragte seine Frau.

Er hatte den neusten Stand der Dinge erfahren. Inspektor Griesgram hatte tatsächlich zu allem Überfluß eine Lungenentzündung bekommen, der man mit Penizillin beizukommen hoffte. Mehr Sorgen machte den Ärzten jedoch der Schlag, der ihm auf den Schädel versetzt worden war.

»Kein Schädelbruch. Man befürchtet eine Gehirnschädigung. Gegen vier Uhr wußte er nicht mehr, was er redete.«

»Was sagt seine Frau?«

»Sie meint, man habe nicht das Recht, Menschen voneinander zu trennen, die seit dreißig Jahren miteinander verheiratet sind, und besteht darauf, daß er nach Hause gebracht oder ihr erlaubt wird, ins Krankenhaus zu ziehen.«

»Hat man es ihr gestattet?«

»Nein.«

Wie gewohnt gingen sie friedlich untergefaßt bis zum Boulevard Bonne-Nouvelle, und die Wahl eines Kinos fiel ihnen nicht schwer. Maigret war in Sachen Film nicht anspruchsvoll. Genaugenommen zog er einen Durchschnittsfilm einem Meisterwerk vor und ließ, in seinen Sessel gesunken, die Bilder an sich vorüberziehen, ohne auf die Handlung allzusehr zu achten. Je volkstümlicher das Kino war, wenn eine vertraute Atmosphäre herrschte, die Leute in den richtigen Momenten lachten, Eiskonfekt oder Erdnüsse aßen und die Verliebten sich umschlungen hielten, desto wohler fühlte er sich.

Draußen war es immer noch naßkalt. Nach der Vorstellung setzten sie sich auf eine Caféterrasse in die Nähe des Holzkohlenöfchens, um ein Glas Bier zu trinken, und es war elf, als sie ihre Wohnungstür aufschlossen und das Läuten des Telefons hörten.

»Hallo! Baron?«

»Hier ist Vacher, Herr Kommissar. Ich habe um acht Uhr den Nachtdienst im Büro übernommen. Seit neun versuche ich, Sie zu erreichen.«

»Gibt es was Neues?«

»Ein Rohrpostbrief ist für Sie gekommen. Eine weibliche Handschrift. Mit großen Buchstaben steht darauf:

ÄUSSERST DRINGEND!

Soll ich ihn öffnen und Ihnen vorlesen?«

»Ja, bitte.«

»Einen Augenblick. Hier ist er:

Sehr geehrter Herr Kommissar,
es ist von entscheidender Bedeutung, daß ich so bald wie möglich mit Ihnen sprechen kann. Es geht um Leben oder Tod. Leider kann ich mein Zimmer nicht verlassen und weiß nicht einmal, wie ich Ihnen diese Nachricht übermitteln soll. Können Sie ins Hôtel de Bretagne, Rue Richer, kommen, fast gegenüber von den Folies-Bergère? Ich habe das Zimmer 47. Reden Sie mit niemandem darüber. Vermutlich streicht jemand um das Hotel.

Kommen Sie, ich flehe Sie an.«

Die kaum lesbare Unterschrift begann mit einem M.

»Wahrscheinlich Mado«, sagte Vacher. »Aber ich bin mir nicht sicher.«

»Wann ist der Brief aufgegeben worden?«

»Um zwanzig Uhr zehn.«

»Ich gehe hin. Weiter nichts? Keine Meldungen von Lucas oder Torrence?«

»Lucas ist in Pozzos Restaurant. Der Besitzer scheint ihn hereingeholt und ihm gesagt zu haben, daß es töricht sei, draußen auf dem Bürgersteig zu warten, während es drinnen soviel wärmer sei. Er bittet um Anweisungen.«

»Er soll schlafen gehen.«

Madame Maigret hatte zugehört und seufzte, ohne jedoch zu widersprechen, als Maigret nach seinem Hut suchte. Sie war es gewöhnt.

»Glaubst du, daß du heute nacht noch nach Hause kommst? Jedenfalls tätest du gut daran, einen Schal umzubinden.«

Er kippte einen Schluck Zwetschgenwasser hinunter, bevor er ging, und mußte bis zur Place de la République laufen, ehe er ein Taxi fand.

»Rue Richer, gegenüber von den Folies-Bergère!«

Er kannte das Hôtel de Bretagne, in dem die ersten beiden Etagen dem vorbehalten waren, was die Herren Besitzer die »Nebeneinkünfte« nannten, das heißt den Mädchen, die einen Kunden für eine Stunde oder weniger mit hinaufnahmen. Die anderen Zimmer wurden wochenweise oder monatlich vermietet.

Das Varietétheater hatte seine Pforten geschlossen, und auf der Straße waren nur noch einige unentwegte Damen zu sehen, die auf und ab schlenderten.

»Kommst du mit?«

Er zuckte die Schultern, betrat einen schlechtbeleuchteten Hausflur, klopfte an die Fenstertür rechts, hinter der das Licht anging.

»Wer ist da?« brummte eine verschlafene Stimme.

»Zimmer 47.«

»Gehen Sie hinauf . . .«

Hinter der Gardine erblickte er undeutlich einen Mann, der neben dem Schlüsselbrett auf einem Feldbett lag. Der

Portier streckte die Hand nach einer Gummiquaste aus, mit der der elektrische Öffner der zweiten Tür betätigt wurde.

Doch er hielt mitten in der Bewegung inne. Er hatte eine Weile gebraucht, bis er geistig voll gegenwärtig war. Zuerst hatte ihm die Zimmernummer 47 nichts gesagt.

»Da ist niemand!« brummelte er und legte sich wieder lang.

»Einen Augenblick. Ich muß mit Ihnen sprechen.«

»Was wollen Sie?«

»Polizei!«

Maigret zog es vor, die hingemurmelten Worte nicht zu verstehen, die sicher keine Liebenswürdigkeiten bedeuteten. Der Mann in seiner Pförtnerloge erhob sich von seinem Lager, auf dem er in Hosen gelegen hatte. Mit scheelem Blick näherte er sich der Fenstertür, drehte den Schlüssel im Schloß. Er sah Maigret prüfend an und runzelte die Brauen.

»Sie sind nicht von der Sitte?«

»Woher wissen Sie, daß auf 47 niemand ist?«

»Weil der Kerl schon seit einigen Tagen nicht mehr da ist und ich die Frau vorhin weggehen sah.«

»Wann war das?«

»Das weiß ich nicht genau. Vielleicht gegen halb zehn.«

»Heißt sie Mado?«

Der Pförtner zuckte die Achseln.

»Ich bin nur nachts hier, ich kenne die Namen nicht. Sie hat im Vorbeigehen den Schlüssel abgegeben. Sehen Sie, da am Brett.«

»War diese Dame allein?«

Er antwortete nicht gleich.

»Ich frage Sie, ob diese Dame allein war!«

»Was wollen Sie von ihr? Schon gut! Sie brauchen sich nicht aufzuregen. Kurz zuvor ist jemand zu ihr hinaufgegangen.«

»Ein Mann?«

Der Nachtportier war erstaunt, daß man die Naivität besaß, ihm in einem solchen Haus eine derartige Frage zu stellen.

»Wie lange ist er da oben geblieben?«

»Ungefähr zehn Minuten.«

»Hat er nach ihrer Zimmernummer gefragt?«

»Er hat überhaupt nichts gefragt. Ohne mich anzusehen, ist er hinaufgestiegen. Um diese Zeit sind die Türen noch nicht verschlossen.«

»Woher wissen Sie dann, daß er zur 47 wollte?«

»Weil er mit ihr heruntergekommen ist.«

»Haben Sie die Anmeldungen da?«

»Nein. Die Chefin bewahrt sie in ihrem Büro auf, und das ist abgeschlossen.

»Wo ist die Chefin?«

»In ihrem Bett, mit dem Chef.«

»Geben Sie mir den Schlüssel von Zimmer 47 und wekken Sie die Besitzerin. Sagen Sie ihr, sie soll zu mir hinaufkommen.«

Der Mann schaute Maigret verdutzt an und seufzte: »Sie haben aber Mut! Sind Sie wenigstens sicher, daß Sie von der Polizei sind?«

Maigret zeigte ihm seine Erkennungsmarke und begab sich mit dem Zimmerschlüssel in der Hand zur Treppe. Nummer 47 lag im vierten Stock, ein einfacher Raum mit einem Eisenbett, einem Waschtisch an der Wand, einem Bidet, einem schäbigen Sessel und einer Kommode.

Das Bett war unbenützt. Auf der schmuddeligen Tagesdecke lag eine Zeitung mit den Fotos von Charlie Cinaglia und Cicero auf der Titelseite. Es war die letzte Ausgabe, die abends gegen sechs herausgekommen war. Darin wurden alle Personen gebeten, die den beiden Männern begegnet sein könnten, umgehend Kommissar Maigret zu benachrichtigen.

Hatte die Frau, die Mado zu heißen schien, ihm deshalb diesen Rohrpostbrief geschickt?

In einer Ecke des Zimmers standen zwei Koffer: ein alter, abgenutzter und ein nagelneuer. Beide trugen Aufkleber einer kanadischen Schiffsgesellschaft. Sie waren nicht verschlossen. Maigret öffnete sie und begann den Inhalt auf dem Bett auszubreiten: Wäsche, Damenkleider, überwiegend so gut wie neu und in Montreal gekauft.

»Lassen Sie sich nicht stören!« sagte eine Stimme an der Tür.

Es war die Besitzerin des Hotels, noch ganz außer Atem vom Treppensteigen. Sie war klein und drahtig, und ihr graues Haar mit den metallenen Lockenwicklern machte sie nicht gerade anziehender.

»Wer sind Sie überhaupt?«

»Kommissar Maigret von der Kriminalpolizei.«

»Was wollen Sie hier?«

»Ich möchte wissen, wer die Frau ist, die dieses Zimmer bewohnt.«

»Warum? Was hat sie getan?«

»Ich rate Ihnen, mir ihre Anmeldung ohne Umschweife auszuhändigen.«

Sie hatte sie wohlweislich mitgebracht, reichte sie ihm jedoch nur widerwillig.

»Sie alle, wie Sie da, werden nie gute Manieren lernen.«

Sie trat auf eine angelehnte Verbindungstür zu, offensichtlich, um sie zu schließen.

»Einen Moment. Wer bewohnt das Zimmer nebenan?«

»Der Gatte dieser Dame. Ist das nicht sein Recht?«

»Lassen Sie die Tür, wie sie ist. Ich sehe, daß das Ehepaar unter dem Namen Perkins eingetragen ist, Monsieur und Madame Perkins aus Montreal, Kanada.«

»Na und?«

»Haben Sie ihre Pässe geprüft?«

»Ich hätte die Herrschaften nicht aufgenommen, wenn die Papiere nicht in Ordnung gewesen wären.«

»Nach diesem Anmeldeschein sind sie vor einem Monat eingetroffen.«

»Stört Sie das?«

»Können Sie mir John Perkins beschreiben?«

»Klein, dunkelhaarig, kränkliche Gesichtsfarbe, schlechte Augen.«

»Warum sagen Sie, er habe schlechte Augen?«

»Weil er immer eine dunkle Brille trägt, selbst nachts. Hat er etwas verbrochen?«

»Wie war er gekleidet?«

»Nagelneu, von Kopf bis Fuß. Das ist doch ganz natürlich bei jung Verheirateten, oder nicht?«

»Sie sind jung verheiratet?«

»Ich nehme es an.«
»Woraus schließen Sie das?«
»Sie haben ihre Zimmer sozusagen nie verlassen.«
»Wieso zwei Zimmer?«
»Das geht mich nichts an.«
»Wo haben sie ihre Mahlzeiten eingenommen?«
»Ich habe sie nicht danach gefragt. Monsieur Perkins hat wahrscheinlich hier gegessen, denn ich habe ihn im Grunde tagsüber nie ausgehen sehen, vor allem in der letzten Zeit nicht.«
»Was meinen Sie mit der letzten Zeit?«
»Die vergangene Woche. Oder die letzten vierzehn Tage.«
»Ging er nie an die Luft?«
»Nur abends.«
»Mit der dunklen Brille?«
»Ich habe Ihnen gesagt, was ich weiß. Es ist Ihre Sache, wenn Sie mir nicht glauben.«
»Verließ seine Frau das Haus?«
»Sie besorgte ihm etwas zu essen. Ich bin sogar hinaufgestiegen, um mich zu vergewissern, daß sie sich nichts kochen, denn das ist hier verboten.«
»So daß er sich wochenlang mit kalten Speisen begnügen mußte?«
»Es sieht so aus.«
»Haben Sie das nicht merkwürdig gefunden?«
»Bei den Ausländern habe ich schon Sonderbareres erlebt.«
»Der Nachtportier hat mir gesagt, daß Perkins das Hotel vor einigen Tagen verlassen hat. Können Sie sich erinnern, wann Sie ihn zum letztenmal gesehen haben?«
»Ich weiß nicht. Sonntag oder Montag.«
»Er hat kein Gepäck mitgenommen?«
»Nein.«
»Hat er angekündigt, daß er weg wollte?«
»Er hat überhaupt nichts angekündigt. Er hätte mir erzählen können, was er wollte, und ich hätte es nicht verstanden, da er kein Wort Französisch konnte.«
»Und seine Frau?«
»Sie spricht wie Sie und ich.«

»Ohne Akzent?«

»Mit einem Akzent, der dem belgischen ähnelt. Es könnte der kanadische Akzent sein.«

»Sie hatten kanadische Pässe?«

»Ja.«

»Wie haben Sie erfahren, daß Perkins abgereist war?«

»Eines Abends ist er spazierengegangen. Am Sonntag oder Montag, ich hab es Ihnen ja schon gesagt, und am nächsten Morgen hat Lucile, das Zimmermädchen dieser Etage, mir mitgeteilt, daß er nicht mehr da war und daß seine Frau beunruhigt schien. Wenn Sie mir noch lange Fragen zu stellen haben, setze ich mich wohl lieber.«

Sie nahm würdevoll und mit einem vorwurfsvollen Blick Platz.

»Hat Perkins manchmal Besucher empfangen?«

»Meines Wissens nicht.«

»Wo befindet sich das Telefon?«

»Im Büro, wo ich mich den ganzen Tag aufhalte. Sie haben nie telefoniert, weder er noch sie.«

»Bekamen sie Post?«

»Sie haben keinen einzigen Brief erhalten.«

»Hat Madame Perkins sie nicht selbst beim Postamt abgeholt?«

»Ich bin ihr nicht nachgegangen. Sagen Sie, sind Sie sicher, daß Sie das Recht haben, in ihren Privatsachen herumzuschnüffeln?«

Denn während des Gesprächs hatte Maigret weiter die beiden Koffer entleert, deren Inhalt jetzt auf dem Bett ausgebreitet lag. Die Kleider waren weder sonderlich elegant noch ärmlich, aber von recht guter Qualität. Die Schuhe hatten übertrieben hohe Absätze, und die Unterwäsche hätte eher einer Animierdame in einem Nachtlokal angestanden als einer jungen Ehefrau.

»Ich möchte mir das andere Zimmer ansehen.«

»Darauf kommt es nun auch nicht mehr an!«

Sie folgte ihm, als müsse sie verhindern, daß er irgend etwas mitnehme. Hier standen ebenfalls neue, in Montreal gekaufte Koffer, und alle Anzüge waren nagelneu, alle trugen kanadische Markenzeichen. Man hatte den Eindruck, das

Paar habe sich entschlossen, plötzlich die Haut zu wechseln und alles für die Reise Nötige in wenigen Stunden einzukaufen. Auf der Kommode lag ein Dutzend amerikanischer Zeitungen, wie man sie nur an bestimmten Kiosken an der Place de l'Opéra und der Madeleine erhält.

Kein Foto. Keine Papiere. Ganz unten im Koffer fand Maigret einen Paß auf den Namen von Mr. und Mrs. Perkins aus Montreal, Kanada. Nach den Visa und Stempeln hatte sich das Paar vor sechs Wochen in Halifax eingeschifft und war in Southampton an Land gegangen, von wo es über Dieppe nach Paris gekommen war.

»Haben Sie, was Sie suchen?«

»Wohnt das Zimmermädchen Lucile im Hotel?«

»Sie schläft im siebenten Stock.«

»Bitten Sie sie, herunterzukommen.«

»Warum auch nicht? Es ist ja so praktisch, von der Polizei zu sein! Man weckt die Leute nachts irgendwann auf, man hindert sie am Schlafen und . . .«

Noch auf der Treppe redete sie allein vor sich hin.

Maigret griff nach einer Flasche blauer Tinte, mit der offenbar der Rohrpostbrief geschrieben worden war. Und draußen auf dem Sims eines der Fenster entdeckte er ein Paket mit Wurstwaren.

Lucile war eine kleine Dunkelhaarige, die schielte und den Tick hatte, eine ihrer schlaffen Brüste immer wieder aus dem himmelblauen Morgenrock herausquellen zu lassen.

»Ich brauche Sie nicht mehr«, sagte Maigret zu der Hotelbesitzerin. »Sie können sich wieder schlafen legen.«

»Sie sind zu liebenswürdig! Laß dich nicht einschüchtern, Lucile!«

Lucile war nicht im geringsten beeindruckt. Kaum hatte sich die Tür geschlossen, sprudelte sie begeistert hervor: »Stimmt es, daß Sie der berühmte Kommissar Maigret sind?«

»Setzen Sie sich, Lucile. Ich möchte, daß Sie mir alles sagen, was Sie über die Perkins wissen.«

»Ich habe immer gedacht, das ist ein komisches Ehepaar.«

Sie sah einen Anlaß zu erröten. »Oder finden Sie es nicht komisch, getrennt zu schlafen, wenn man verheiratet ist?«

»Sie haben nie im selben Bett geschlafen?«

»Nie.«

»Sind Sie sicher, daß sie sich auch abends nicht vereint haben?«

»Sehen Sie, wir Zimmermädchen, wir merken morgens am Zustand des Bettes sofort, ob . . .«

Sie errötete noch stärker und schob provisorisch ihre Brust unter den Morgenrock.

»Mit anderen Worten, Sie hatten den Eindruck, daß die beiden nicht miteinander schliefen?«

»Da bin ich fast sicher.«

»Wann brachten Sie die Zimmer in Ordnung?«

»Das kam auf den Tag an. Manchmal morgens um neun, manchmal am Nachmittag. Bei ihr wartete ich möglichst immer, bis sie ausgegangen war. Aber er ging nie fort.«

»Womit verbrachte er seine Zeit?«

»Er las seine dicken Zeitungen mit wer weiß wieviel Seiten, löste Kreuzworträtsel oder schrieb Briefe.«

»Haben Sie ihn Briefe schreiben sehen?«

»Ja. Ziemlich oft.«

»Er hat tagsüber nie das Haus verlassen?«

»Nur zu Anfang. Seit vierzehn Tagen bestimmt nicht mehr.«

»Hat er Schwierigkeiten mit den Augen?«

»Im Zimmer nicht. Wenn er hier war, hat er nie seine Brille getragen, aber er setzte sie auf, wenn er zur Toilette ging, die sich am Ende des Flurs befindet.«

»Anders ausgedrückt, er versteckte sich?«

»Ich glaube.«

»Schien er verschreckt?«

»Ich hatte den Eindruck. Wenn ich an die Tür klopfte, hörte ich ihn aufspringen, und ich mußte meinen Namen nennen, ehe er den Riegel zurückschob.«

»Und sie?«

»Bei ihr war das anders. Wenigstens bis Montag.«

Wieder war ihre blasse und schlaffe Brust herausgerutscht.

»Genauer gesagt, es änderte sich am Dienstagmorgen. Am

Dienstag hatte ich gemerkt, daß Monsieur Perkins nicht mehr da war.«

»Sie hat Ihnen gesagt, daß er abgereist sei?«

»Sie hat mir nichts gesagt. Sie war wie verwandelt. Mehrmals hat sie mich gebeten, ihr Wurst und Brot zu holen. Am Abend . . .«

»Haben Sie den Rohrpostbrief zur Post gebracht?«

»Ja. Sie hat nach mir geklingelt. Ich machte für sie die kleinen Besorgungen, und sie hat mir gute Trinkgelder gegeben. Ich habe ihr auch die Zeitungen gekauft.«

»Sie haben ihr die heutige Abendzeitung gebracht?«

»Ja.«

»Schien sie die Absicht zu haben, auszugehen?«

»Nein. Sie war schon ausgezogen.«

»Und als sie Ihnen den Brief übergab?«

»Da trug sie einen Morgenrock, sehen Sie, er hängt dort am Haken.«

»Um wieviel Uhr sind Sie hinaufgegangen, um sich schlafen zu legen?«

»Um neun. Mein Dienst beginnt morgens um sechs. Ich muß für alle Etagen die Schuhe putzen.«

»Ich danke Ihnen, Lucile. Falls Ihnen noch irgendeine Kleinigkeit einfallen sollte, rufen Sie mich am Quai des Orfèvres an. Wenn ich nicht da sein sollte, so richten Sie es dem Inspektor aus, der gerade am Apparat ist.«

»Ja, Herr Kommissar.«

»Sie können schlafen gehen.«

Sie schlich noch einen Augenblick um ihn herum, lächelte und murmelte: »Gute Nacht, Monsieur Maigret.«

»Gute Nacht, Lucile.«

Wenige Minuten später stieg er die Treppen hinunter und erblickte den Nachtportier, der bei einer Flasche Rotwein auf ihn wartete.

»Nun, was hat die Chefin Ihnen erzählt?«

»Sie war sehr liebenswürdig«, antwortete der Kommissar. »Lucile ebenfalls.«

»Hat Lucile Annäherungsversuche gemacht?«

Das war vermutlich bei den Zimmermädchen so üblich.

»Sie treten Ihren Dienst jeden Tag um neun Uhr an?«

»Ja. Aber ich lege mich nicht vor elf hin, meistens etwas später, wenn die Folies-Bergère ihre Pforten schließen.«

»Sie haben also den Mann gesehen, der Madame Perkins heute abend abgeholt hat?«

»Nur durch die Gardinen, aber deutlich genug.«

»Beschreiben Sie ihn mir.«

»Groß und blond, mit einem weichen, in den Nacken geschobenen Hut. Er trug keinen Mantel, und das hat mich am meisten verwundert, denn es ist kalt draußen.«

»Vielleicht hatte er seinen Wagen vor der Tür.«

»Nein. Ich habe ihn auf dem Bürgersteig näher kommen hören.«

Maigret war es, als würde ihn diese Geschichte mit dem Mantel an irgend etwas erinnern, aber es fiel ihm nicht gleich ein.

»Schien sie ihn freiwillig begleitet zu haben?«

»Was wollen Sie damit sagen?«

»Hat sie die Tür zum Büro geöffnet?«

»Das mußte sie schon, um mir den Schlüssel zu geben.«

»Der Mann ist im Flur geblieben?«

»Ja.«

»Er machte nicht den Eindruck, sie zu bedrohen?«

»Er rauchte friedlich seine Zigarette.«

»Sie hat Ihnen keine Nachricht hinterlassen?«

»Gar nichts. Sie hat mir den Schlüssel gegeben und gesagt: ›Gute Nacht, Jean!‹ Das war alles.«

»Haben Sie sich gemerkt, was sie anhatte?«

»Sie trug einen eher dunklen Mantel und einen graugetönten Hut.«

»Sie hatte kein Gepäck bei sich?«

»Nein.«

»Wenn ihr Mann abends ausging, nahm er dann manchmal ein Taxi?«

»Ich habe ihn immer zu Fuß gehen und zurückkommen sehen.«

»Ging er weit?«

»Ich glaube nicht. Er war nie länger als eine Stunde weg.«

»Sind sie hin und wieder zusammen ausgegangen?«

»Zu Anfang.«

»In den letzten vierzehn Tagen nicht?«

»Nein, ich glaube nicht.«

»Er hatte stets seine dunkle Brille auf?«

»Ja.«

Zimmer 47 und der Nebenraum oben lagen beide zur Straße hinaus. Wenn die Frau den angeblichen Perkins nicht begleitete, bedeutete das dann, daß sie am Fenster lauerte, um sich zu vergewissern, daß der Weg frei war? Vielleicht gab sie dem Mann, wenn er zurückkehrte, ein Zeichen, daß er ohne Gefahr das Haus betreten konnte?

Die Beschreibung Perkins' konnte, bis auf die Kleidung, auf Mascarelli, genannt Sloppy Joe, zutreffen.

Und deutete nicht auch sein Verschwinden in der Nacht von Montag auf Dienstag darauf hin, daß er der Unbekannte sein konnte, der in der Rue Fléchier dem armen Lognon fast vor die Füße geworfen worden war?

Maigret zog ein Foto von Bill Larner aus seiner Tasche und zeigte es dem Nachtportier.

»Kennen Sie den?«

»Den hab ich nie gesehen.«

»Sind Sie sicher, daß dies nicht derjenige ist, der Madame Perkins abgeholt hat?«

»Todsicher.«

Er zeigte ihm die beiden Fotos von Charlie und Cicero.

»Diese hier?«

»Kenne ich nicht. Die habe ich heute abend in den Zeitungen gesehen.«

Maigret war mit einem Taxi gekommen, das er wieder weggeschickt hatte. Er machte sich in Richtung Faubourg Montmartre auf den Weg, wo er einen Wagen zu finden hoffte, aber er war noch keine hundert Meter weit, als er das Gefühl hatte, verfolgt zu werden.

Er blieb stehen, und automatisch verstummten die Schritte hinter ihm. Er setzte sich wieder in Bewegung, und die Schritte hallten von neuem. Er drehte sich um, und fünfzig Meter weiter machte jemand ebenfalls kehrt.

Im Schatten der Häuser konnte er nur undeutlich eine Gestalt erkennen. Er konnte natürlich nicht weglaufen. Und ansprechen konnte er den Unbekannten ebensowenig.

Am Faubourg Montmartre kümmerte er sich nicht mehr um die Taxis, die vorbeifuhren, sondern betrat eine Bar, die die ganze Nacht geöffnet hatte und in der zwei oder drei Frauen ohne allzuviel Hoffnung auf Freier an der Theke warteten.

Überzeugt, daß der Unbekannte draußen im Dunkeln lauerte, bestellte er ein kleines Glas Bier und begab sich zur Telefonkabine.

6

Wie alle hart zu spielen beginnen und es Scherben gibt

Das Kommissariat des dritten Reviers lag nur wenige Häuser von der hellerleuchteten Bar entfernt, aus der Maigret telefonierte, und es war jenes Revier, das sich ohne den Eifer Lognons mit dem Fall hätte beschäftigen müssen, da die Rue Fléchier, wo der Mann auf den Bürgersteig geworfen worden war, zu seinem Randbereich gehörte.

Mit besorgter Miene wählte Maigret die Nummer.

»Hallo? Wer ist am Apparat? Hier spricht Maigret.«

»Inspektor Bonfils, Herr Kommissar.«

»Wie viele Leute hast du zur Verfügung, Bonfils?«

»Nur zwei, den großen Nicolas und Danvers.«

»Hör mir genau zu. Ich bin in der Bar ›Du Soleil‹. Ein Kerl ist hinter mir her.«

»Wie sieht er aus?«

»Keine Ahnung. Er hält sich geschickt im Dunkeln und in sicherer Entfernung, so daß ich nur eine Gestalt erkennen kann.«

»Wollen Sie, daß wir ihn stellen?«

Maigret hätte beinahe wie Pozzo, wie Luigi ärgerlich erwidert: Das ist kein Amateur.

»Paß auf«, sagte er. »Wenn der Typ an die Fensterscheibe herangegangen ist und gesehen hat, daß ich in der Telefonkabine verschwunden bin, dann hat er begriffen und wird sich in diesem Fall aus dem Staub gemacht haben. Wenn er mich nicht gesehen hat, könnte er trotzdem an die Möglichkeit des Telefonierens gedacht haben und ... Was erzählst du da?«

»Ich sage, die Leute denken nicht immer an alles.«

»*Die* schon. Jedenfalls ist er auf der Hut.«

Ohne Bonfils' Gesicht vor sich zu haben, war Maigret sicher, daß es von leichter Ironie geprägt war. Soviel Aufwand, einen Kerl auf der Straße anzuhalten, wenn er nicht damit rechnet! Das war doch reine Routine. Das kam täglich zehnmal vor.

»Bleiben Sie in der Bar, Chef?«

»Nein. Es sind noch Passanten unterwegs. Ich möchte lieber, daß sich die Aktion in einer einsamen Straße abspielt. Die Rue Grange-Batelière dürfte dafür geeignet sein. Sie ist nicht lang und an beiden Enden leicht abzuriegeln. Schick sofort zwei oder drei Polizisten in Uniform zur Rue Drouot und weise sie an, sich nicht zu zeigen und ihre Pistole bereitzuhalten.«

»Ist es so ernst?«

»Wahrscheinlich. Nicolas und Danvers sollen auf den Stufen der Passage Jouffroy Posten beziehen. Ich nehme doch an, daß die Gitter der Passage zu dieser Stunde geschlossen sind?«

»Ja.«

»Schärf ihnen die Anweisungen lieber zweimal ein. In etwa zehn Minuten verlasse ich die Bar und begebe mich langsam zur Rue Grange-Batelière. Wenn ich an den Stufen der Passage vorbeigehe, dürfen sich deine Leute nicht rühren. Sobald mein Verfolger ihren Standort erreicht hat, sollen sie ihn sich schnappen. Vorsicht! Er ist mit Sicherheit bewaffnet.«

Obwohl er genau wußte, daß der Inspektor darüber lächeln würde, fügte Maigret hinzu: »Ich müßte mich schon sehr täuschen, wenn das kein Killer ist. Und du holst dir jetzt ein paar Polizisten und riegelst mit ihnen die Rue du Faubourg-Montmartre ab.«

Selten wurden so viele Kräfte aufgeboten, um einen einzigen Mann festzunehmen, dennoch besann sich Maigret in letzter Minute auf eine weitere Maßnahme.

»Um sicherzugehen, postiere einen Wagen auf der Rue Drouot.«

»A propos Wagen, Chef . . .«

»Was ist damit?«

»Das hat vermutlich nichts mit der Sache zu tun, aber ich möchte es Ihnen trotzdem sagen. Folgt Ihnen der Mann schon lange?«

»Von der Rue Richer an.«

»Wissen Sie, mit welchem Transportmittel er dorthin gekommen ist?«

»Nein.«

»Vor ungefähr einer halben Stunde hat einer unserer Leute auf dem Faubourg Montmartre, etwas oberhalb der Rue Richer, ein gestohlenes Auto entdeckt, dessen Kennzeichen am Nachmittag durchgegeben worden war.«

»Wo ist es gestohlen worden?«

»An der Porte Maillot.«

»Hat dein Mitarbeiter es weggefahren?«

»Nein. Es steht noch an derselben Stelle.«

»Rührt es nicht an. Und jetzt wiederhole mir die Anweisungen.«

Bonfils sagte sie auf wie ein braver Schüler, einschließlich des Wortes »Killer«, das er jedoch mit einem leisen Zögern aussprach.

»Genügen dir zehn Minuten?«

»Sagen wir fünfzehn.«

»Ich verlasse also die Bar in fünfzehn Minuten. Und daß alle bewaffnet sind!«

Er selbst war es nicht. Er begab sich an den Tresen, wo er wegen der Erkältung, die er ausbrütete, einen Grog trank und den Damen den Rücken zukehrte, die ihn hoffnungsvoll anblickten.

Von Zeit zu Zeit ging ein Pärchen auf dem Bürgersteig vorbei. Es war ein Uhr morgens, und die meisten Taxis fuhren zu den Nachtlokalen am Montmartre. Maigret behielt die Uhr im Auge, trank einen zweiten Grog, knöpfte seinen Mantel zu, öffnete die Tür, steckte die Hände in die Taschen und machte sich auf den Weg.

Normalerweise hätte er, da er zurückging, seinen Verfolger vor sich haben müssen, aber er sah niemanden. War der Mann an der Bar vorbeigegangen, während er in der Telefonzelle gewesen war? Er vermied es, sich umzudrehen, setzte alles auf eine Karte, schlenderte gemächlich weiter, blieb sogar unter einer Straßenlaterne stehen und tat, als suche er eine Adresse in seinem Notizbuch.

Das gestohlene Auto stand immer noch am Bordstein, kein Polizist war zu sehen. Insgesamt waren etwa ein Dutzend Passanten auf der Straße, und man hörte die grölenden Stimmen einer Gruppe von Männern, die offenbar zuviel getrunken hatten.

Erst in der Rue Grange-Batelière würde Maigret wissen, ob er immer noch verfolgt wurde, und er hatte ein beklemmendes Gefühl, als er in sie einbog. Er hatte an die fünfzig Meter zurückgelegt, als er Schritte zu vernehmen glaubte, die um die Ecke kamen.

Jetzt hing alles hauptsächlich von dem großen Nicolas ab, einem wahren Koloß, der seinen Spaß an einer richtigen Keilerei hatte.

Maigret blickte nicht zur Seite, als er an der Passage Jouffroy vorbeiging, aber er wußte, daß zwei Gestalten auf den Stufen standen, die den Bürgersteig von dem geschlossenen Gitter trennten. Gegenüber waren zwei oder drei Fenster eines Hotels noch erleuchtet.

Maigret marschierte weiter, rauchte seine Pfeife und rechnete sich aus, wann der Mann die Höhe der Passage erreichen mußte. Noch zehn Schritte . . . Jetzt war er da . . .

Der Kommissar war darauf gefaßt, ein Handgemenge zu vernehmen, vielleicht das Geräusch der Kämpfenden, die sich auf dem Pflaster wälzten. Er blieb jedoch ruckartig stehen, als er einen Schuß hörte, dem nichts vorangegangen war.

Er drehte sich um und sah in der Mitte auf der Straße einen kleinen untersetzten Mann, der ein zweites, dann ein drittes Mal in Richtung der Passage schoß. An der Ecke des Faubourg Montmartre ertönte ein Pfiff: höchstwahrscheinlich Bonfils, der seine Leute alarmierte.

Die Rue Grange-Batelière war an beiden Enden bewacht. Ein Mann war die Stufen heruntergerollt, vermutlich Nicolas, denn auf den Bürgersteig hingestreckt, erschien er riesig. Und der andere, Danvers, erwiderte das Feuer. Polizisten liefen von der Ecke der Rue Drouot herbei. Einer von ihnen schoß zu früh, und Maigret hätte um ein Haar eine Kugel abbekommen. Dann rollte das Polizeiauto heran.

Der Killer hatte praktisch keine Chance, zu entkommen, und dennoch geschah durch einen der größten Zufälle dieses Wunder. In dem Augenblick, da von beiden Seiten die Polizisten vorrückten, bog ein Gemüselastwagen um die Ecke der Rue Drouot und fuhr Gott weiß warum auf den Faubourg Montmartre zu, um zu den Markthallen zu gelangen. Er donnerte mit ziemlicher Geschwindigkeit durch die Straße. Der Fahrer begriff nichts von dem, was um ihn herum passierte. Er hätte die Pistolenschüsse hören müssen. Einer der Polizisten rief ihm etwas zu, forderte ihn wahrscheinlich auf, anzuhalten, doch der Chauffeur tat in jähem Erschrecken das Gegenteil, gab Gas, und der Wagen sauste weiter.

Der Unbekannte ergriff die Gelegenheit im Fluge und sprang hinten auf den Lastwagen, während Danvers und der am Boden liegende Nicolas weiterhin hinter ihm herschossen.

Noch schien die Schlacht für die Polizei nicht verloren, denn der Streifenwagen konnte die Verfolgung aufnehmen, aber er hatte die Ecke des Faubourg Montmartre noch nicht erreicht, als ein Reifen platzte, in den hineingeschossen worden war.

Bonfils, der dem Lastwagen ausgewichen war, pfiff, so laut er konnte, um die Beamten zu alarmieren, die vermutlich an den Ecken der großen Boulevards ihren Dienst versahen. Doch die wußten ja nichts. Sie sahen einen LKW vorbeifahren und fragten sich, was man von ihnen erwartete. Passanten hatten erschrocken zu rennen begonnen, als sie Schüsse hörten.

Da wußte Maigret, daß die Partie verloren war. Er überließ die weitere Jagd Bonfils, ging zu dem großen Nicolas und beugte sich über ihn.

»Verletzt?«

»Die Kugel sitzt mitten im Bauch!« schimpfte er mit schmerzverzerrtem Gesicht.

Der Unfallwagen kam. Man zog eine Trage heraus.

»Chef, ich habe ihn bestimmt noch erwischt«, sagte Nicolas, als man ihn in das Fahrzeug schob.

Das stimmte. Als man das Pflaster in der Straßenmitte mit einer Taschenlampe ableuchtete, fand man dort, wo der Gangster während der Schießerei gestanden hatte, einige Blutspuren.

In der Ferne vernahm man noch zwei oder drei Schüsse, jedoch jenseits der großen Boulevards, in Richtung der Markthallen. Dort würde der Mann viele Gelegenheiten finden, um unterzutauchen. Es war gerade die Zeit, da die Laster aus allen Landbereichen eintrafen und man begann, Gemüse und Früchte mitten auf der Straße auszuladen. Das ganze Viertel war verstopft. Hunderte von armen Burschen lauerten darauf, mit ein paar Handgriffen etwas Geld zu verdienen, Betrunkene kamen aus den schäbigen Bars.

Maigret ging mit gesenktem Kopf zum Polizeirevier, wo er Bonfils' leeres Büro betrat. In der Mitte des Raumes stand ein kleiner Ofen, und mechanisch machte sich der Kommissar daran, Kohlen nachzulegen.

Die Polizeidienststelle lag nahezu verlassen. Zurückgeblieben war nur ein Wachtmeister mit drei Beamten, die Maigret nichts zu fragen wagten und die wie erstarrt wirkten.

Das Ganze hatte sich nicht wie gewohnt abgespielt. Es war zu schnell gegangen, mit einer verwirrenden Präzision und Härte.

»Haben Sie das Überfallkommando benachrichtigt?« fragte Maigret den Wachtmeister.

»Gleich, als ich davon erfuhr. Das ganze Markthallenviertel wird abgeriegelt.«

Das war Routine. Das führte zu nichts. Wenn es dem Mann gelungen war, aus einer einsamen, an beiden Enden bewachten Straße einem halben Dutzend bewaffneter Polizisten zu entkommen, konnte es ihm wohl nicht schwerfallen, im Gewühl der Markthallen zu verschwinden.

»Wollen Sie die Ergebnisse hier abwarten?«

»Wohin hat man Nicolas gebracht?«

»Ins Hôtel Dieu.«

»Ich fahre zum Quai des Orfèvres. Ich möchte auf dem laufenden gehalten werden.«

Er nahm sich ein Taxi und wurde auf dem Weg durch das Markthallenviertel zweimal von Polizeisperren angehalten. Die große Razzia hatte begonnen. Straßenmädchen flohen in alle Richtungen, um ihr zu entgehen. Der Gefängniswagen parkte in der Nähe einer der Hallen.

Pozzo und Luigi hatten gar nicht so unrecht, darüber war sich Maigret von Anfang an klar gewesen. Cinaglia und seine Clique waren weder Anfänger noch Amateure. Man hätte meinen können, sie errieten jede neue Bewegung der Polizei im voraus und handelten dementsprechend.

Langsam stieg er die große Treppe hinauf und durchquerte das Arbeitszimmer der Inspektoren, in dem Vacher, der von allem noch nichts wußte, gerade dabei war, sich auf dem Kocher einen Kaffee zu machen.

»Möchten Sie auch einen, Chef?«

»Gern.«

»Haben Sie die fragliche Mado angetroffen?«

Doch nach einem Blick auf den Kommissar zog er es vor, keine weiteren Fragen zu stellen.

Maigret hatte seinen Mantel abgelegt. Unbewußt hatte er den Hut aufbehalten und sich an seinen Schreibtisch gesetzt, wo er mechanisch mit einem Bleistift zu spielen begann.

Mit zerstreuter Miene wählte er die Nummer seiner Wohnung und hörte seine Frau, die ihn fragte: »Bist du es?«

»Ich komme wahrscheinlich nicht zum Schlafen nach Hause.«

»Was hast du?«

»Nichts.«

»Du scheinst nicht recht auf der Höhe zu sein. Liegt es an deiner Erkältung?«

»Vielleicht.«

»Klappt etwas nicht?«

»Gute Nacht.«

Vacher brachte ihm eine Tasse heißen Kaffee, und Maigret ging zu seinem Wandschrank, wo er immer eine Flasche Cognac aufbewahrte.

»Willst du auch einen?«

»Ein Tropfen in meinen Kaffee wäre nicht zu verachten.«

»Hat der Baron angerufen?«

»Noch nicht.«

»Hast du seine Privatnummer?«

»Ich habe sie aufgeschrieben.«

»Ruf ihn an.«

Auch das beunruhigte ihn. Baron hatte versprochen, ihm telefonisch Bescheid zu geben, und es war nicht anzunehmen, daß er um diese Zeit noch auf der Jagd war.

»Da meldet sich niemand, Chef.«

»Und Lucas?«

»Ich habe ihn ins Bett geschickt, wie Sie mir gesagt hatten.«

»Torrence?«

»Er ist der Dame in die ›Folies-Bergère‹ gefolgt, dann in eine Brasserie in der Rue Royale, wo sie mit einer Freundin zu Abend gegessen hat. Anschließend ist sie allein nach Hause gegangen, und Torrence bewacht weiter das Gebäude.«

Maigret zuckte die Achseln. Was nutzte das alles, da doch der Gegner immer schneller war als er? Wenn er an Pozzo und seine Ratschläge oder die väterliche Haltung Luigis dachte, preßte er die Zähne aufeinander. Beide hatten zum Ausdruck bringen wollen: Sie sind sehr nett, Herr Kommissar, und hier in Paris, wo Sie es nur mit lauen Verbrechern zu tun haben, sind Sie eine Kanone. Aber diese Affäre ist nichts für Sie. Das sind Burschen, die aufs Ganze gehen und die nicht davor zurückschrecken, Sie selbst anzugreifen. Lassen Sie die Finger davon! Geht Sie die Sache denn etwas an?

Er rief im Hôtel Dieu an, und es dauerte lange, bis er jemanden am Apparat hatte, der ihm eine Auskunft geben konnte.

»Er wird gerade operiert«, sagte man ihm.

»Ist es ernst?«

»Bauchschnitt.«

Lognon hatte man in den Wald von Saint-Germain geschleppt, um ihm das Gesicht mit Faustschlägen zu zerschlagen und ihm einen Pistolenkolben auf den Schädel zu donnern. Und dem großen Nicolas hatte man eine Kugel mitten in den Bauch gejagt, ehe er auch nur eine Bewegung gemacht hatte.

Anders ausgedrückt: Als der Mann dem Kommissar in die Rue Grange-Batelière folgte, hatte er mit einer Falle gerechnet und seine automatische Pistole schußbereit in der Hand gehalten. Es war ein Wunder, daß Danvers unverletzt geblieben war.

Der Gestalt nach zu urteilen, mußte es Charlie gewesen sein. Und Charlie, der Paris kaum kannte und kein Wort Französisch sprach, kam einfach her und führte mitten in der Stadt und ganz allein seinen Anschlag aus.

Mascarelli wiederum, den man auch Sloppy Joe nannte, hatte Montreal unter einem falschen Namen und in Begleitung einer Frau verlassen, mit der er keine intimen Beziehungen zu haben schien.

Die beiden anderen, Charlie und Cicero, hatten sich, ohne sich zu verbergen, unter ihrem richtigen Namen in New York eingeschifft, als seien sie Leute, die nichts zu fürchten haben, und unter ihrem echten Namen hatten sie sich auch in einem Hotel in der Rue de l'Etoile eingetragen.

Wußten sie von Anfang an, was sie hier suchten? Das war anzunehmen. Sie wußten sogar, an wen sie sich wenden konnten, falls sie Hilfe brauchten.

Maigret hätte geschworen, daß ein Mann wie Bill Larner, der nie gewaltsam vorgegangen war, ihnen nicht aus lauter Liebenswürdigkeit seine Mitarbeit angeboten hatte.

Auf die eine oder die andere Weise hatten sie sich ihn gefügig gemacht und zu einer Werkstatt geschickt, um ein Auto zu mieten.

Kannten sie, als sie in Frankreich an Land gingen, Mascarellis Adresse? Das war nicht anzunehmen, da sie fast zwei Wochen gebraucht hatten, um ihren Anschlag auszuführen.

Sie brachen nichts übers Knie und spielten kaltblütig ihre Trümpfe aus.

Wahrscheinlich hatten sie in den beiden Wochen, in denen sie ihren Angriff vorbereitet hatten, in Larners Gesellschaft des öfteren Pozzos Restaurant besucht.

Hatten sie auch in der »Manhattan Bar« verkehrt? Das war denkbar. Als Ehrenmann, der er war, hatte Luigi Maigret nichts davon gesagt. Hatte er nicht nachdrücklich von amerikanischen Geschäftsleuten gesprochen, die solchen Bandenmitgliedern lieber ein Lösegeld zahlten, als von einer Kugel getroffen zu werden?

Sloppy Joe wiederum schien informiert gewesen zu sein, da er in den letzten vierzehn Tagen, das heißt, seit die beiden anderen in Frankreich waren, doppelt vorsichtig gewesen war.

Es war eine Pokerpartie, bei der man um sein Leben spielte und bei der jeder die Karten des Gegners zu erraten schien.

Sloppy Joe fühlte sich in seinem Hotel in der Rue Richer bedroht, vergrub sich und ging nur abends, wie mancher Filmstar mit einer dunklen Brille ausstaffiert, ein paar Schritte vor die Tür.

Charlie und Cicero hatten ihn vermutlich mehrere Tage beobachtet, ihre Falle vorbereitet, und am Montagabend hatten sie in dem von Larner gemieteten Auto in der Nähe des Hôtel de Bretagne auf der Lauer gelegen.

Der Überfall dürfte sich wie bei Lognon abgespielt haben, der Wagen hält am Bordstein an, die Pistole ist auf Mascarelli gerichtet . . .

»Steig ein!«

Mitten in der Stadt, zu einer Stunde, da noch Verkehr herrscht. Waren sie aufs Land gefahren, bevor sie auf ihn schossen? Wahrscheinlich nicht. Es war anzunehmen, daß sie sich einer Pistole mit Schalldämpfer bedient hatten. Wenige Minuten später hatten sie ihn auf den Bürgersteig der Rue Fléchier geworfen . . .

Maigret malte Männchen auf ein Blatt Papier wie ein Schüler auf den Rand seiner Hefte.

In dem Augenblick, da der Wagen davonfuhr, hatte Charlie – oder Cicero – die Gestalt Lognons bemerkt. Sicher war es zu spät, um zu schießen. Überdies war es jetzt nicht mehr wichtig, ob der Mann entdeckt wurde oder nicht, denn sie hatten ihren Auftrag ausgeführt.

In all diesen Punkten war Maigret überzeugt, sich nicht zu irren. Das Auto hatte eine Runde um das Viertel gemacht, war wenige Minuten später wieder durch die Rue

Fléchier gefahren, und die beiden Männer hatten festgestellt, daß die Leiche entfernt worden war. Das konnte nicht die Polizei gewesen sein, bei der es mehr Zeit und Formalitäten erfordert hätte. Es war jedoch niemand auf dem Bürgersteig zu sehen.

Wie sollte man herausbekommen, wer die Leiche weggeschafft hatte?

»Das sind Profis«, hatte Luigi betont.

Und sie hatten in der Tat wie Berufsverbrecher gehandelt. Da sie vermuteten, daß der Mann, der sie gesehen hatte, sich das Kennzeichen ihres Wagens notieren würde, lagen sie am nächsten Tag vor der Tankstelle, wo das Auto gemietet worden war, auf der Lauer, dann folgten sie Lognons Fährte, weil sie bei ihm den Toten oder Verletzten zu finden hofften.

Charlie und Cicero, die kein Wort Französisch sprachen, konnten die Concierge oder Madame Lognon nicht ausfragen.

Sie schickten Larner hin.

Was hatten sie für Gesichter gemacht, als sie erfuhren, daß der Beobachter in der Rue Fléchier ausgerechnet ein Polizeiinspektor war? Warum stand in den Zeitungen nichts von der Affäre?

Sie hatten offenbar das größte Interesse, ihr Opfer, tot oder lebendig, wiederzufinden. Gleichzeitig mußten sie, da sie jetzt die Polizei auf ihren Spuren wußten, von der Bildfläche verschwinden.

Seither schienen sie die geringsten Bewegungen Maigrets vorausgeahnt und dementsprechend pariert zu haben.

Alle miteinander hatten sie ihr Hotel verlassen und dann, auf einen Anruf von Pozzo hin, ihren Schlupfwinkel in der Rue Brunel aufgegeben.

Die Fotos der drei Männer waren in den Zeitungen erschienen. Und wenige Stunden später war die Begleiterin von Sloppy Joe aus ihrem Hotel verschwunden. Und als Maigret dort herauskam, hatte sich Charlie Cinaglia an seine Fersen geheftet und in der Rue Grange-Batelière nicht gezögert, eine Schießerei nach Chicagoer Muster auszulösen.

»Vacher!«

»Ja, Chef . . .«

»Erkundige dich doch noch mal, ob der Baron endlich zu Hause ist.«

Die Geschichte mit dem Baron verdroß ihn immer mehr. Der Inspektor hatte ihm angekündigt, daß er eine Reihe von Lokalen besuchen wolle, in denen die Rennwelt verkehrte.

Maigret unterschätzte seinen Gegner nicht. Der Baron würde vielleicht einiges erfahren. Aber würden die anderen bei dieser Gelegenheit nicht merken, daß er ihnen auf der Spur war? Würde ihm nicht das gleiche widerfahren, was Lognon passiert war?

»Es meldet sich immer noch niemand.«

»Bist du sicher, die richtige Nummer zu haben?«

»Ich werde das überprüfen.«

Vacher rief das Amt an und versicherte sich, daß er sich nicht geirrt hatte.

»Wie spät ist es?«

»Fünf vor zwei.«

Er hatte eben daran gedacht, daß die »Manhattan Bar« eines der Lokale war, in denen man sich mit Rennwetten befaßte. Vielleicht hatte sie noch auf. Wenn nicht, war Luigi möglicherweise jetzt mit der Abrechnung beschäftigt.

Tatsächlich meldete er sich am Apparat.

»Hier Maigret.«

»Ah!«

»Haben Sie noch Gäste?«

»Ich habe vor zehn Minuten geschlossen. Ich bin allein im Lokal. Ich will jetzt gehen.«

»Sagen Sie, Luigi, kennen Sie einen Inspektor, den man den Baron nennt?«

»Den von den Rennbahnen?«

»Ja. Ich wüßte gern, ob er heute abend bei Ihnen war.«

»Ich habe ihn gesehen.«

»Wann?«

»Warten Sie. Die Bar war noch gut besetzt. Es dürfte gegen halb zwölf gewesen sein. Ja. Es war kurz nach Schluß der Theatervorstellungen.«

»Hat er mit Ihnen gesprochen?«

»Mit mir nicht.«

»Wissen Sie, mit wem er sich unterhalten hat?«

Es folgte ein Schweigen.

»Hören Sie, Luigi. Sie sind ein anständiger Kerl, und ich habe nie etwas gegen Sie gehabt.«

»Na und?«

»Einem meiner Inspektoren hat man vorhin eine Kugel in den Bauch gejagt.«

»Ist er tot?«

»Er wird gerade operiert. Eine Frau ist aus ihrem Hotelzimmer entführt worden.«

»Wissen Sie, um wen es sich handelt?«

»Um die Begleiterin von Sloppy Joe.«

Wieder Schweigen.

»Der Baron ist nicht nur zu Ihnen gekommen, um einen Schluck zu trinken.«

»Ich höre.«

»Es war Charlie, der auf meinen Inspektor geschossen hat.«

»Haben Sie ihn verhaftet?«

»Er ist uns entwischt, aber er hat auch etwas abgekriegt.«

»Was wollen Sie wissen?«

»Ich habe keine Nachricht vom Baron, und ich brauche ihn.«

»Woher soll ich wissen, wo er hingegangen ist?«

»Wenn Sie mir sagen, mit wem er sich heute abend unterhalten hat, hilft mir das vielleicht weiter.«

Erneutes Schweigen, länger als zuvor.

»Hören Sie, Kommissar, ich glaube, es wäre besser, wenn wir uns einen Augenblick sehen könnten. Ich bin mir nicht sicher, ob sich das für Sie lohnt, denn viel weiß ich nicht. Wenn ich es mir recht überlege, treffen wir uns lieber nicht bei mir. Man weiß ja nie.«

»Kommen Sie in meinem Büro vorbei?«

»Auch nicht. Nein danke! Warten Sie. Wenn Sie wollen, gehen wir ins ›Coupole‹ am Boulevard Montparnasse; vergewissern Sie sich, daß Sie nicht verfolgt werden, ich erwarte Sie dort an der Bar.«

»Wann?«

»Ich brauche nur mein Lokal zu schließen und hinzufahren. Mein Auto steht vor der Tür.«

Bevor er aufbrach, rief Maigret noch im Krankenhaus an.

»Er wird wohl durchkommen«, sagte man ihm.

Dann hatte er Bonfils am Apparat.

»Ihr habt ihn nicht erwischt?«

»Nein. Vor einer halben Stunde hat man uns benachrichtigt, daß auf der Rue de la Victoire ein Auto gestohlen worden ist. Ich habe das Kennzeichen durchgegeben.«

Immer die gleiche Taktik.

»Sag mal, Bonfils, habt ihr den anderen Wagen überprüft, der am Faubourg Montmartre stehengelassen worden ist?«

»Ich habe daran gedacht. Er ist heute morgen auf dem Lande gewesen, denn er weist frische Schmutzspuren auf. Ich habe mit seinem Besitzer gesprochen, der mir versichert hat, daß das Auto vorher sauber gewesen ist.«

Maigret nahm unten einen Wagen der Präfektur, dessen Chauffeur er wecken mußte.

»Zum ›Coupole‹!«

Luigi, der vor ihm eingetroffen war, aß in der Nähe der Bar ein Paar heiße Würstchen und trank ein Glas Bier vom Faß dazu. Es war fast niemand im Saal.

»Sie sind nicht verfolgt worden?«

»Nein.«

»Nehmen Sie Platz. Was wollen Sie trinken?«

»Das gleiche wie Sie.«

Es war das erstemal, daß Maigret Luigi außerhalb seines Lokals sah. Er war ernst und besorgt. Er begann leise zu sprechen, ohne die Eingangstür aus den Augen zu lassen.

»Ich mische mich nicht gern in solche Angelegenheiten, absolut nicht. Andererseits, wenn ich es nicht tue, habe ich Sie auf dem Hals.«

»Ganz bestimmt«, erwiderte Maigret kalt.

»Ich habe heute morgen versucht, Sie zu warnen. Inzwischen ist es wohl schon zu spät.«

»Ja, der Kampf hat begonnen, und er wird bis zum Ende durchgestanden. Was wissen Sie?«

»Nichts Genaues. Trotzdem ist es möglich, daß Sie damit

etwas anfangen können. An anderen Abenden hätte ich sicher nicht auf den Baron geachtet. Heute hat mich sein Erscheinen überrascht, weil er bereits der zweite . . .«

Er schien sich auf die Zunge beißen zu wollen, und Maigret ergänzte seinen Satz: ». . . Bulle an diesem Tag war.«

Er fügte hinzu: »Hatte der Baron getrunken?«

»Er war nicht mehr nüchtern.«

Das war einer der Fehler des Inspektors, aber er verlor selten seinen klaren Kopf.

»Er blieb eine ganze Weile allein in seiner Ecke und beobachtete die Gäste, dann hat er einen gewissen Loris angesprochen, der früher Trainer für einen der Rothschilds gewesen war. Ich weiß nicht, worüber sie sich unterhalten haben. Loris trinkt gern. Das hat auch dazu geführt, daß er seine Stellung aufgeben mußte. Sie standen am Ende der Theke, direkt an der Wand. Dann habe ich gesehen, wie sie sich zu einem der Tische im Hintergrund begaben, wo Loris den Baron Bob vorgestellt hat.«

»Wer ist Bob?«

»Ein Jockei.«

»Amerikaner?«

»Er hat lange in Los Angeles gelebt, aber ich glaube nicht, daß er Amerikaner ist.«

»Er wohnt in Paris?«

»In Maisons-Laffitte.«

»Ist das alles?«

»Bob hat darauf mehrmals telefoniert, und das dürften keine Ortsgespräche gewesen sein, denn er hat eine ganze Anzahl von Münzen verlangt.«

»Als würde er in Maisons-Laffitte anrufen?«

»So ungefähr.«

»Sie sind zusammen weggegangen?«

»Nein. Ich habe sie eine Weile aus den Augen verloren, denn es war gerade, wie ich Ihnen gesagt habe, der Hauptandrang nach Theaterschluß. Als ich wieder zu ihrem Tisch hinübersah, saßen Bob und Ihr Freund allein dort.«

Maigret war durchaus nicht klar, wo das hinführen sollte, und Luigi gab dem Kellner ein Zeichen, noch zwei Bier zu bringen.

»An der Theke saß ein Gast, der sie beobachtete«, sagte er dann.

»Wer?«

»Ein Bursche, der seit einigen Tagen hin und wieder einen Whisky bei mir trinkt. Er war übrigens heute morgen da, als Sie am Tresen standen.«

»Ein großer Blonder?«

»Er hat mir angeboten, ihn Harry zu nennen. Ich weiß nur, daß er aus Saint Louis stammt.«

»Wie Charlie und Cicero«, brummte Maigret.

»Genau.«

»Hat er nicht von denen gesprochen?«

»Er hat mir keine Fragen gestellt. Am ersten Tag ist er einen Augenblick vor dem Foto stehengeblieben, das Charlie als Boxer zeigt, und er hat merkwürdig gelächelt.«

»Er konnte verstehen, was Bob und der Baron miteinander besprachen?«

»Nein. Er beschränkte sich darauf, sie zu beobachten.«

»Ist er ihnen gefolgt, als sie gingen?«

»Soweit sind wir noch nicht. Bedenken Sie, daß ich Ihnen lediglich sage, was ich gesehen habe, und daß ich keinerlei Schlußfolgerungen daraus ziehe. Leider ist auch das schon zuviel, und es wäre mir lieber, ich wüßte Charlie tot statt verletzt. Bob ist zu mir gekommen und hat mich gefragt, ob ich Billy Fast gesehen habe.«

»Wer ist Billy Fast?«

»Eine Art Buchmacher, der auch irgendwo in Maisons-Laffitte wohnt. Er war unten. Ich weiß nicht, ob Sie schon einmal dort gewesen sind. Unter der Bar befindet sich noch ein kleiner Salon, wo sich die Stammgäste versammeln.«

»Kenne ich.«

»Bob ist zuerst allein hinuntergegangen. Dann hat er Ihren Inspektor geholt, und ich habe sie lange Zeit nicht gesehen. Viertel nach zwölf kam der Baron schließlich herauf, ging durchs Lokal und auf die Tür zu.«

»Allein?«

»Allein. Er hatte es eilig.«

»Ziemlich betrunken?«

»Nicht sehr. Es reichte.«

»Und Ihr Gast an der Theke, der große Blonde aus Saint Louis?«

»Eben, er ist gleich nach ihm gegangen.«

Maigret glaubte, das sei alles, und betrachtete mißmutig sein Glas. Was er hier erfahren hatte, mußte natürlich einen Sinn haben, aber es war verdammt schwer, ihn zu entdekken.

»Sie wissen wirklich nicht mehr?«

Luigi schaute ihm lange in die Augen, bevor er antwortete: »Sind Sie sich darüber klar, daß ich möglicherweise Kopf und Kragen riskiere?«

Maigret begriff, daß es besser war, zu schweigen und abzuwarten.

»Es versteht sich ja von selbst, daß ich Ihnen nichts gesagt habe, daß wir uns heute abend nicht gesehen haben und daß Sie sich unter keinen Umständen auf mich als Zeugen berufen.«

»Versprochen.«

»Billy Fast wohnt nicht genau in Maisons-Laffitte, sondern meistens in einem Gasthof im Wald. Ich habe ihn manchmal davon erzählen hören. Soviel ich verstanden habe, ist es ein Ort, wo gewisse Leute hin und wieder Erholung suchen. Er heißt ›Au Bon Vivant‹.«

»Er wird von einem Amerikaner geführt?«

»Von einer Amerikanerin, die einst mit einer Truppe Girls herübergekommen ist und die für Billy etwas übrig hat.«

Als Maigret seine Brieftasche zückte, hielt Luigi ihn mit einer Geste zurück und sagte mit einem entgleisten Lächeln: »Pardon! Das ist meine Sache! Man soll nicht sagen, ich würde mich von der Polizei aushalten lassen. Ober, was macht das?«

Sie wirkten jetzt beide besorgt.

7

Wie Maigret seinerseits angreift und Gefahr läuft, in ernsthafte Schwierigkeiten zu geraten

Als Vacher Maigret ins Büro kommen sah, wußte er sofort, daß es etwas Neues gab, aber er begriff auch gleich, daß jetzt nicht der Augenblick war, Fragen zu stellen.

»Bonfils hat vor ein paar Minuten angerufen«, sagte er. »Der Mann hat die Absperrung durchbrochen. Eine Marktfrau behauptet, sie habe ihn hinter einem Stapel von Körben gesehen, er habe sie jedoch durch vorgehaltenen Revolver zum Schweigen gezwungen. Das scheint zu stimmen, denn man hat Blutspuren an einem der Körbe gefunden. Auf der Rue Rambuteau hat er ein Straßenmädchen angerempelt; nach ihrer Aussage hielt er eine Schulter höher als die andere. Bonfils meint, daß der Unbekannte noch eine Weile in dem Viertel geblieben ist und je nach dem Vorgehen der Polizei seinen Standort gewechselt hat, statt zu versuchen, die Markthallengegend sofort zu verlassen. Das Gebiet wird weiter überwacht.«

Maigret, der nicht zuzuhören schien, hatte eine Automatik aus seiner Schreibtischschublade genommen und war damit beschäftigt, das Magazin zu überprüfen.

»Weißt du, ob Torrence bewaffnet ist?«

»Wahrscheinlich nicht, es sei denn, Sie hätten es ihm ausdrücklich angeraten.«

Torrence behauptete gern, daß seine Fäuste mehr wert seien als alle Waffen.

»Verbinde mich mal mit Lucas.«

»Sie haben ihn erst vor zwei Stunden ins Bett geschickt.«

»Ich weiß.«

Der Blick des Kommissars war ernst, und seine Stimme klang schleppend und müde.

»Bist du's, Lucas? Entschuldige, daß ich dich wecke, Alter. Ich dachte, es wäre dir sicher nicht recht, wenn wir noch heute nacht das Glück hätten, den Fall abzuschließen, ohne daß du dabei wärst.«

»Ich komme, Chef.«

»Nicht hierher. Du würdest Zeit gewinnen, wenn du in ein Taxi springst und dich zur Avenue de la Grande-Armée, Ecke Rue Brunel, fahren läßt. Ich muß dort Torrence abholen. Und steck dein Schießeisen ein.«

Nach einem kurzen Zögern warf Lucas ein: »Aber Janvier?«

Und diese Frage konnten nur wenige bei der Kriminalpolizei verstehen. Schon bevor der Chef von der Pistole sprach, hatte Lucas begriffen, daß es ernst war. Maigret rief ihn extra an, holte Torrence von seinem Posten weg, um ihn auch mitzunehmen, und automatisch dachte Lucas an Janvier, den anderen Getreuen, als sei es gegen jede Regel, daß dieses Unternehmen ohne ihn stattfand.

»Janvier ist zu Hause. Es würde zu lange dauern, ihn dort abzuholen.«

Er wohnte in einem Vorort, in der entgegengesetzten Richtung ihres Ziels.

»Und ich darf nicht mit?« fragte Vacher zaghaft.

»Wer soll hier die Stellung halten?«

»Buchet ist in seinem Büro.«

»Man kann ihm nicht die ganze Verantwortung allein aufbürden. Kennst du Maisons-Laffitte?«

»Ich bin oft mit dem Wagen durchgekommen. Zwei- oder dreimal habe ich Rennen besucht.«

»Ist dir die Umgebung zum Wald hin vertraut?«

»Ich bin bei schönem Wetter mit den Kindern dort gewesen.«

»Hast du von einem Gasthof gehört, der ›Au Bon Vivant‹ heißt?«

»Lokale dieses Namens gibt es da fast überall. Am einfachsten wäre es, die Gendarmerie anzurufen. Soll ich das tun?«

»Auf gar keinen Fall! Weder die Ortspolizei noch sonst jemanden. Erwähne überhaupt niemandem gegenüber etwas von Maisons-Laffitte. Hörst du?«

»Ja, Chef.«

»Gute Nacht, Vacher.«

»Gute Nacht, Chef.«

Mit einem Blick auf den Schrank, in dem die Cognacflasche stand, hatte Maigret gezaudert. Seine Taschen waren von den beiden Pistolen schwer genug. Unten fragte er den Fahrer des Polizeiautos: »Bewaffnet?«

»Ja, Herr Kommissar.«

»Hast du Kinder?«

»Ich bin erst dreiundzwanzig.«

»Das ist doch kein Hindernis.«

»Ich bin nicht verheiratet.«

Es war ein Beamter der neuen Schule, der eher einem Olympiawettkämpfer glich als den schnauzbärtigen, brummigen städtischen Polizisten, wie man sie einst an den Straßenecken sah.

Ein ziemlich starker, eisiger Wind hatte sich erhoben, der dieser Nacht einen eigenartigen Charakter verlieh. Am Himmel erblickte man zwei deutlich voneinander getrennte Wolkenschichten. Die untere trieb dicht und finster rasch mit dem Wind dahin, so daß es oft stockdunkel wurde. Doch manchmal riß die Wolkendecke auf, und man sah wie durch eine Felsspalte eine Mondlandschaft, über der hoch oben unbeweglich leuchtende Schäfchenwolken standen.

»Fahr nicht zu schnell.«

Man mußte Lucas, der am linken Seine-Ufer wohnte, etwas Zeit lassen, um zur Avenue de la Grande-Armée zu gelangen. Maigret hatte gezögert, Vachers Vorschlag anzunehmen. Einen Moment hatte er sogar daran gedacht, Bonfils einzuspannen, der sich bestimmt darüber gefreut hätte. Er war sich der Verantwortung bewußt, die er auf sich nahm, und ebenso der schwierigen Lage, in die er geraten konnte.

Denn eigentlich hatte er kein Recht, in Maisons-Laffitte etwas zu unternehmen, das außerhalb seines Dienstbereichs lag. Nach den Vorschriften hätte er sich an die Rue des Saussaies wenden müssen, die ein paar Männer des Sicherheitsdienstes abkommandiert hätte, oder er hätte ein Rechtshilfeersuchen bei der Gendarmerie des Bezirkes

Seine-et-Oise einreichen müssen, was Stunden gedauert haben würde.

Allein aus Gründen der Vorsicht schien nach dem, was er von seinem Gegner wußte und was sich in der Rue Richer abgespielt hatte, ein größeres Polizeiaufgebot erforderlich. Doch Maigret war davon überzeugt, daß gerade dann alles scheitern konnte.

Deshalb hatte er Torrence und Lucas ausgewählt. Er hätte auch Janvier mitgenommen, wenn das möglich gewesen wäre, und vielleicht, um ihm eine Chance zu geben, den kleinen Lapointe.

»Bieg in die Rue Brunel ein. Halt an, sobald du Torrence erblickst.«

Er ging vor dem Haus auf und ab.

»Steig ein! Bist du bewaffnet?«

»Nein, Chef. Sie wissen ja, das Mädchen ist nicht gefährlich.«

Maigret gab ihm eine der beiden Pistolen, während der Wagen an der Ecke der Avenue einparkte.

»Haben Sie einen Tip? Wird man sie festnehmen?«

»Wahrscheinlich.«

»Wenn ich nachgegeben hätte, hätten Sie mich nicht gefunden.«

»Warum?«

»Weil ich dann im Bett des Fräuleins liegen würde. Schon als sie ins Theater ging, hat sie mich angesprochen und gefragt: ›Warum steigen Sie nicht mit in mein Taxi ein?‹

Ich habe keinen Grund gesehen, es nicht zu tun, und sie hat ihren Schenkel an mich gedrückt.

›Wollen Sie sich die Vorstellung nicht anschauen?‹

Ich habe es vorgezogen, vor ihrer Garderobe Wache zu halten. Nur während ihres Auftritts habe ich aus der Kulisse zugeguckt. Wir sind zusammen wieder zurückgefahren.«

»Hat sie nichts erzählt?«

»Lediglich von Bill Larner. Sie scheint die beiden anderen wirklich nicht zu kennen und hat mir geschworen, daß sie Angst vor ihnen hatte. Sie hat eine Kollegin in die Rue Royale mitgenommen, um mit ihr dort einen Happen zu essen. Sie hat mich auch eingeladen, aber ich habe abgelehnt.

Dann sind wir allein hierher zurückgekehrt, und wie ein Liebespärchen haben wir eine ganze Weile vor der Haustür gestanden.

›Meinen Sie nicht, Sie könnten mich besser bewachen, wenn Sie mit hinaufkämen?‹ hat sie mich gefragt.

Ich habe begriffen. Was hätten Sie an meiner Stelle getan? Bedenken Sie, daß es mir nicht mißfallen hätte . . .«

Maigret vermutete, daß Torrence absichtlich soviel redete, weil er seine Erregung spürte. Ein Taxi hielt hinter dem Polizeiauto, eine Wagentür knallte, Lucas kam munter herangehüpft.

»Geht's los?« fragte er.

»Hast du deine Waffe eingesteckt?« Und zum Chauffeur: »Nach Maisons-Laffitte.«

Sie durchquerten Neuilly, dann Courbevoie. Es war inzwischen halb vier, und immer noch fuhren Lastwagen zu den Markthallen, schnelle Lieferwagen und schwere LKWs, nur vereinzelt Privatautos.

»Wissen Sie, wo sie sich eingenistet haben, Chef?«

»Vielleicht. Es ist nicht sicher. Der Baron hat mich nicht angerufen, wie es vereinbart war. Ich fürchte, er hatte die gleiche Idee wie Lognon und hat sich in den Kopf gesetzt, auf eigene Faust zu handeln.«

»Hat er getrunken?«

»Es scheint so.«

»Hatte er seinen Wagen bei sich?«

Maigret runzelte die Stirn.

»Er hat einen Wagen?«

»Seit vierzehn Tagen, ein Cabriolet, das er gebraucht gekauft hat und mit dem er jetzt überall herumgondelt.«

War das nicht die Erklärung für das Schweigen des Inspektors?

Hatte er nicht, als er angeregt vom Alkohol aus Luigis Bar herauskam und sein Auto vor der Tür fand, einfach Lust verspürt, nach Maisons-Laffitte hinauszufahren, um sich zu vergewissern, daß er auf der richtigen Fährte war?

Lucas fragte daraufhin: »Haben Sie die Gendarmerie angerufen?«

Maigret schüttelte verneinend den Kopf.

»Ist die Rue des Saussaies unterrichtet?«

»Auch nicht.«

Sie verstanden sich, und eine Zeitlang herrschte ein recht eindrucksvolles Schweigen.

»Sind sie noch immer zu dritt?«

»Sofern sie sich nicht getrennt haben, was ich nicht annehme. Charlie ist verletzt. Soweit man es beurteilen kann, hat er eine Kugel in die Schulter bekommen.«

Maigret berichtete in kurzen Worten von dem Geschehen auf der Rue Richer, und sie hörten ihm andächtig zu.

»Er scheint allein nach Paris gefahren zu sein. Glauben Sie, daß er die Frau holen wollte?«

»Es sieht so aus. Allerdings dürfte er zu spät gekommen sein.«

»Wenn er das Unternehmen ohne seine Kameraden ausführen wollte, dann hat er es nicht für schwierig gehalten.«

Im Grunde waren sie alle drei etwas besorgt, weil sie sich nicht auf ihrem gewohnten Gelände befanden. Normalerweise konnten sie bei so einem Fall die Reaktionen des Gegners ziemlich genau vorhersehen. Sie kannten fast alle Methoden der Verbrecher.

Durch das Vorgehen der Amerikaner wurden sie aus dem Konzept gebracht. Charlie und seine Leute handelten schneller. Und diese Schnelligkeit des Entschlusses schien ihr Hauptkennzeichen zu sein. Gleichzeitig zögerten sie nicht, sich zu erkennen zu geben, als ob die Tatsache, daß die Polizei ihre Identität wie auch ihr Tun und Treiben kannte, in ihren Augen nicht weiter von Bedeutung sei.

»Sollen wir schießen?« fragte Torrence.

»Wenn es unvermeidlich ist. Ich möchte nicht gern mit einem Toten auf den Armen dastehen.«

»Haben Sie eine Vorstellung, wie wir vorgehen sollen?«

»Keine.«

Er wußte nur, daß er nachgerade genug hatte und die Sache, so oder so, zu einem Ende bringen wollte. Diese Männer, die über den Atlantik gekommen waren, hatten mitten in Paris einen Mann niedergeschossen, anschließend Lognon zusammengeschlagen, aus nächster Nähe auf einen anderen Polizeibeamten geschossen, ganz zu schweigen von der Frau, die sie gegenüber von den Folies-Bergère entführt hatten.

Trotz der in den Zeitungen veröffentlichten Fotos, trotz ihrer Steckbriefe, die allen Polizeistationen vorlagen, bewegten sie sich in einer Stadt, die sie kaum kannten, wie zu Hause und knackten ein Auto, wenn sie eins brauchten, mit der gleichen Selbstverständlichkeit, mit der sie ein Taxi herbeiwinkten.

»Wo soll ich hinfahren?« fragte der Chauffeur, als sie die Brücke überquerten und die Lichter von Maisons-Laffitte vor sich sahen.

Sie erblickten im Mondschein das Schloß und die bleiche Fläche der Rennbahn. Die Straßen lagen verlassen, nur hier und da war ein erleuchtetes Fenster zu sehen. Sie mußten den Gasthof »Au Bon Vivant« ausfindig machen, und das einfachste war natürlich, sich auf der Polizeiwache zu erkundigen, an deren Schild sie gerade vorbeikamen.

»Fahr weiter. Da hinten ist ein Bahnübergang.«

Zum Glück brannte in dem Bahnwärterhaus Licht. Wahrscheinlich fuhr um diese Zeit ein Zug hier vorüber. Maigret stieg aus, ging hinein und sah sich einem Mann mit dickem Schnurrbart gegenüber, der vor einem Liter Wein saß.

»Kennen Sie einen Gasthof, der ›Au Bon Vivant‹ heißt?«

Eine Flut von Erklärungen folgte. Maigret mußte den Chauffeur hereinrufen, denn er fand sich mit all den Straßenkreuzungen, die man ihm nannte, und all den Abbiegungen nach links und rechts einfach nicht zurecht.

»Sie überqueren den zweiten Bahnübergang und fahren auf Etoile des Tetrons zu. Verstehen Sie? Nehmen Sie vor allen Dingen nicht die Straße zum Schloß de la Muette, sondern die, die kurz davor abgeht . . .«

Der Chauffeur schien es zu begreifen. Trotzdem hatten sie sich zehn Minuten später im Wald verfahren und mußten an jeder Kreuzung aussteigen, um die Wegweiser zu entziffern.

Die Wolkendecke hatte sich wieder geschlossen, und sie mußten sich einer Taschenlampe bedienen.

»Dort steht ein unbeleuchteter Wagen vor uns.«

»Sehen wir lieber nach.«

Er stand mitten auf der Straße, im dichten Wald. Sie gingen alle vier auf ihn zu. Maigret empfahl ihnen, ihre Pistolen zu zücken. Es war eine Landstraße zweiter Ordnung, und bei jedem Schritt raschelte Laub unter ihren Schuhen.

Vielleicht war es lächerlich, soviel Vorsicht walten zu lassen, aber der Kommissar wollte das Leben seiner Mitarbeiter nicht aufs Spiel setzen, und so brauchten sie fast zehn Minuten, um an das stehengelassene Auto heranzukommen.

Es war leer. Ein Schild am Armaturenbrett trug den Namen eines Industriellen und eine Adresse in der Rue de Rivoli. Auf dem Führersitz sah man im Schein der Taschenlampe noch frische Blutflecken.

Wieder ein gestohlener Wagen!

»Könnt ihr euch erklären, warum er ihn hier zurückgelassen hat? Es ist kein Haus in Sicht. Wenn wir an der Stelle sind, wo wir sein müßten, falls der Bahnwärter sich nicht getäuscht hat, ist der ›Bon Vivant‹ mindestens einen halben Kilometer entfernt.«

»Sieh doch mal nach, ob noch Sprit im Tank ist, Lucas.«

Das war die einfache, ganz dumme Erklärung. Charlie hatte das erstbeste Auto genommen, und plötzlich hatte er ohne einen Tropfen Benzin dagestanden. Im Wageninneren roch es noch nach Zigaretten.

»Los, weiter! Wir müssen jetzt aufpassen, daß sie uns nicht kommen hören.«

»Glauben Sie, daß der Baron hier gewesen ist?«

An einigen Stellen war die Straße matschig, aber es lag überall zuviel welkes Laub, um Reifen- oder Fußspuren erkennen zu können. Außerdem mußte man jetzt ohne Taschenlampen auszukommen versuchen.

Sie erreichten schließlich eine Wegbiegung, hinter der sich links eine Lichtung erstreckte, und auf dieser Lichtung sahen sie den schwachen Schimmer zweier Fenster, deren Gardinen zugezogen waren. Maigret gab flüsternd seine Anweisungen.

»Du bleibst hier«, sagte er zu dem Fahrer, »und du bewegst dich erst, wenn es zum Kampf kommen sollte. Du, Torrence, schleichst um das Haus herum für den Fall, daß sie dort zu entfliehen versuchen.«

»Soll ich auf die Beine zielen?«

»Ja, am besten. Lucas folgt mir, hält sich aber ein wenig abseits, um die Fenster überwachen zu können.«

Jeder von ihnen stand unter dem Eindruck der besonderen Spannung, obwohl sie alle drei schon schwierigere Festnahmen erlebt hatten. Maigret dachte vor allem an einen Polen, der monatelang der Schrecken der Bauernhöfe im Norden gewesen war und der sich schließlich in einem kleinen Pariser Hotel verschanzt hatte. Er war bis auf die Zähne bewaffnet. Auch er war ein Killer. Ein Mann, der sich umstellt fühlte, war fähig, blind in die Menge zu schießen und ein wahres Blutbad anzurichten, um selber in Schönheit zu verenden.

Was war an diesen Burschen hier so außergewöhnlich? Man hätte meinen können, Pozzo und Luigi hätten Maigret Gott weiß was für einen Komplex angehängt.

»Viel Glück, Kinder!«

»Toi, toi, toi!« brummte Torrence und klopfte auf Holz.

Und Lucas, der stets behauptete, nicht abergläubisch zu sein, wiederholte unwillkürlich ganz leise: »Toi, toi, toi!«

Soweit sie es beurteilen konnten, war der »Bon Vivant« ein ehemaliges Jagdhaus, das im Erdgeschoß und in der ersten Etage bestenfalls drei Zimmer umfaßte; das spitze Dach war mit Schiefer gedeckt, wie man in einem zufälligen Mondstrahl zu erkennen vermochte.

Maigret und Lucas näherten sich lautlos den Lichtern im Erdgeschoß, und als sie nur noch zwanzig Meter davon entfernt waren, berührte der Kommissar seinen Inspektor am Arm, um ihm anzudeuten, sich nach links zu wenden.

Er selbst verharrte ein paar Minuten reglos, bis er sicher sein konnte, daß jeder seinen Platz eingenommen hatte. Zum Glück rüttelte der Wind, der hier stärker pfiff als in Paris, an den Ästen der Bäume und fegte raschelnd das Laub über den Boden. Zwei Minuten lang bestand für alle Gefahr, denn ein plötzliches Aufreißen der Wolkendecke erlaubte dem Mond, die Landschaft so hell zu beleuchten, daß Maigret die Knöpfe an Torrences Mantel und die Pistole von Lucas blinken sah, der doch immerhin weiter von ihm entfernt war als das Haus.

Er nutzte die erste Minute, als die Wolken erneut den

Mond verdeckten, um den Zwischenraum zu überwinden, der ihn von einem der erleuchteten Fenster trennte. Es war, wie bei Pozzo, mit rotkarierten Gardinen verhängt, die jedoch schlecht zugezogen waren, so daß man durch einen Spalt ins Innere schauen konnte.

Es war die Wirtsstube mit einer Theke und einem halben Dutzend Tischen aus gewachstem Holz. An den gekalkten Wänden hingen Farbdrucke. Es gab keine Stühle in dem Raum, sondern rustikale Bänke, und auf einer dieser Bänke saß Charlie Cinaglia und wandte dem Kommissar sein Profil zu.

Sein Oberkörper war nackt, ziemlich fett, und auf seiner weißen Brust sprossen dichte schwarze Haare. Eine dicke Frau mit hellblondiertem Haar kam mit einer Schüssel voll dampfendem Wasser aus der Küche. Ihre Lippen bewegten sich, sie sprach, ohne daß die Laute ihrer Stimme nach draußen drangen.

Auch Tony Cicero war da, ohne Jacke. Auf dem Tisch lagen neben einer Flasche, die reinen Alkohol oder ein Desinfektionsmittel enthalten mußte, zwei automatische Pistolen.

Maigret warf einen Blick auf den Fußboden und entdeckte eine Waschschüssel mit rötlich gefärbtem Wasser, in dem Wattebausche schwammen.

Charlie blutete immer noch, und das schien ihn zu beunruhigen. Die Kugel hatte ihn außen an der linken Schulter getroffen und, soweit der Kommissar feststellen konnte, ein Stück Fleisch weggerissen.

Keine der drei Personen schien an die Möglichkeit einer Überraschung zu denken. Die Frau goß heißes Wasser in eine Untertasse, gab etwas von dem Inhalt der Flasche hinzu, tauchte einen Leinenlappen hinein, den sie dann auf die Wunde legte, während Charlie die Zähne zusammenbiß.

Tony Cicero, der eine Zigarre im Mund hatte, ergriff eine Whiskyflasche, die auf einem der anderen Tische stand, und reichte sie seinem Kameraden, der sie gleich an die Lippen setzte und trank.

Bill Larner war nicht zu sehen. Cicero hatte sich Maigret noch nicht von vorn gezeigt, und als er das tat, stellte der

Kommissar überrascht fest, daß er ein geschwollenes Auge hatte.

Darauf ging alles so schnell, daß sich in Wirklichkeit keiner bewußt wurde, was eigentlich geschah.

Als er Cicero die Flasche zurückgab, hatte Charlie kurz zum Fenster hinübergeblickt. Maigret war offenbar von ihnen nicht so unsichtbar, wie er glaubte, denn ohne daß Charlies Gesichtszüge auch nur vermuten ließen, daß er gewarnt war, hatte er seinen gesunden Arm ausgestreckt und mit der Hand nach einer der beiden Pistolen gefaßt.

Im gleichen Augenblick drückte Maigret ab, und wie in einem Hollywood-Film fiel Charlies Waffe zu Boden, während seine zerfetzte Hand herabhing.

Mit der gleichen Geschwindigkeit hatte Cicero, ohne sich umzudrehen, den Tisch umgestürzt, der ihm jetzt als Schutz diente; die Frau machte zwei oder drei Schritte und drückte sich in der Nähe des Fensters an die Wand, wo sie außerhalb des Schußfeldes war.

Maigret duckte sich rechtzeitig, denn eine Kugel zerschmetterte die Scheibe, gefolgt von einer weiteren, die ein Stück des Holzrahmens mitriß.

Er hörte von links eilige Schritte, es war Lucas, der herbeigerannt kam.

»Sie haben ihn nicht erwischt?«

»Ich habe einen getroffen. Vorsicht!«

Cicero schoß immer noch. Lucas robbte auf die Tür zu.

»Was soll ich tun?« rief der Chauffeur, den man zurückgelassen hatte.

»Bleib, wo du bist.«

Maigret richtete sich auf und versuchte, in das Zimmer hineinzublicken, da durchbohrte eine Kugel seinen Hut.

Er fragte sich, wo Bill Larner war und ob er in den Tanz eingreifen würde. Das war um so gefährlicher, da man keine Ahnung hatte, wo er sich aufhielt, so daß er die Möglichkeit hatte, von der Flanke aus anzugreifen, aus einem der Fenster im oberen Stockwerk zu schießen oder sie zum Beispiel von hinten zu überfallen.

Mit einem Fußtritt stieß Lucas die Tür auf.

Im selben Augenblick wurde im Inneren eine Art Kriegsschrei ausgestoßen. Es war Torrence, der brüllte: »Los, drauf, Chef!«

Auch die Frau schrie. Lucas drang ins Haus ein. Maigret richtete sich wieder auf, sah hinter dem umgestürzten Tisch zwei Männer miteinander auf dem Boden ringen, während die Wirtin nach einem Buchenscheit vor dem Kamin griff.

Lucas erreichte sie gerade noch, um sie am Zuschlagen zu hindern, und es wirkte komisch, wie der kleine Inspektor der Amerikanerin, die einen Kopf größer war als er, die Hände festhielt.

Sekunden später war Maigret ebenfalls im Zimmer. Charlie lag am Fußboden und versuchte, eine der Pistolen zu erreichen, die zwanzig Zentimeter von seiner Hand entfernt lag, und der Kommissar tat etwas, was er in seiner ganzen Laufbahn noch nicht gemacht hatte. Zum erstenmal ließ er seiner Wut freien Lauf und trat mit seinem Absatz auf die Hand des Killers.

»Bestie!« schleuderte ihm die Frau entgegen, die Lucas immer noch festhielt.

Torrence lag mit seinem ganzen Gewicht auf Cicero, der ihm die Finger in die Augen zu drücken versuchte, und Maigret mußte mehrere Ansätze machen, um dem Burschen Handschellen anzulegen.

Als Torrence sich erhob, strahlte er. Der Staub des Fußbodens klebte an seinem schweißbedeckten Gesicht, und Cicero hatte ihm nicht nur seinen Hemdkragen zerrissen, sondern ihm auch böse die Wange aufgekratzt.

»Wollen Sie ihr nicht ebenfalls Handschellen anlegen, Chef?«

Lucas, der am Ende seiner Kraft war, verlangte Hilfe, und Maigret verpaßte der Wirtin vom »Bon Vivant« die eisernen Manschetten, die Torrence bei sich hatte.

»Schämen Sie sich nicht, sich an einer Frau zu vergreifen?«

Der Chauffeur erschien im Türrahmen.

»Werde ich nicht gebraucht?«

Und Torrence, der den vor Schmerzen stöhnenden Charlie an den Schultern hochzog: »Was soll ich mit ihm machen?«

»Setz ihn in eine Ecke.«

»Als ich Schüsse hörte, entschloß ich mich, von hinten einzudringen. Die Tür war verschlossen. Ich habe eine Scheibe eingeschlagen, und schon war ich in der Küche.«

Maigret stopfte sich langsam und sorgfältig eine Pfeife, um ein wenig zu Atem zu kommen. Dann begab er sich zu einem verglasten Schrank, in dem Gläser standen.

»Wer möchte einen Whisky?«

Er blieb jedoch weiter auf der Hut und schickte den Chauffeur hinaus, um sicherzugehen, daß niemand aus dem Haus entkommen konnte. Zu Lucas sagte er: »Geh doch mal außen herum und schau nach, ob irgendwo noch ein anderer Wagen steht.«

Er warf einen Blick in die Küche, wo auf einem Tisch Reste eines kalten Abendbrots lagen; dann stieß er die Tür zu einem kleineren Raum auf, der wohl als Speisezimmer diente.

Mit seiner noch warmen Pistole in der Hand stieg er die Treppe hinauf, blieb lauschend auf dem Absatz stehen und öffnete mit dem Fuß eine andere Tür.

»Ist da jemand?«

Es war niemand drin. Es war das Zimmer der Wirtin, und wie in Pozzos Restaurant waren die Wände mit Fotos von Männern und Frauen geschmückt. Es waren mindestens hundert Fotografien, von denen viele einer Helen gewidmet waren, und auf einigen Bildern war sie selbst zu sehen, zwanzig Jahre jünger als jetzt und im Kostüm eines Girls.

Bevor Maigret sie genauer betrachtete, vergewisserte er sich, daß in den beiden anderen Zimmern niemand war. Keines der Betten war benutzt. In einem der Räume standen Koffer, in denen der Kommissar seidene Unterwäsche, Toilettengegenstände und Schuhe entdeckte, aber keinerlei Schriftstücke.

Das waren offenbar die Koffer, die Charlie und Cicero auf ihren verschiedenen Reisen mitgenommen hatten. Auf dem Boden des schwersten fand er zwei automatische Pistolen, eine mit Schalldämpfer, einen Totschläger, einen Gummiknüppel sowie eine beträchtliche Menge Munition.

Von der Begleiterin Sloppy Joes keine Spur. Dagegen

erblickte er, als er auf dem Rückweg durch die Küche kam, neben der Kaffeekanne ein Zigarettenetui mit den Initialen B. L., das darauf hindeutete, daß Larner hiergewesen war.

Lucas kehrte mit schmutzigen Schuhen von seinem Rundgang zurück.

»Kein Auto in der ganzen Gegend, Chef.«

Torrence hatte inzwischen die Hand des Verletzten untersucht, die von der Kugel durchbohrt war. Seltsamerweise blutete die Wunde nicht, es hatte sich an jeder Öffnung ein Gerinnsel gebildet, aber die Finger schwollen fast sichtbar an und wurden bläulich.

»Gibt es Telefon im Haus?«

Der Apparat befand sich hinter der Tür.

»Ruf irgendeinen Arzt in Maisons-Laffitte an, ohne zu erwähnen, daß hier die Polizei ist. Am besten erzählst du etwas von einem Unfall.«

Lucas gab zu verstehen, daß er das übernehmen würde, und zum erstenmal und nicht ohne Zögern und leichte Verlegenheit bediente sich Maigret in Gegenwart seiner Mitarbeiter seines schlechten Englisch.

Er wendete sich an Cicero, der an die Wand gelehnt auf einer Bank saß.

»Wo ist Bill Larner?«

Wie er es erwartet hatte, erhielt er keine Antwort, sondern erntete nur ein verächtliches Lächeln.

»Bill war heute abend hier. Hat er dir ein Auge blau geschlagen?«

Das Lächeln erlosch, aber Cicero machte den Mund nicht auf.

»Wie du willst. Du scheinst zäh zu sein, aber wir haben auch zähe Leute auf diesem Kontinent.«

»Ich möchte mit unserem Konsul telefonieren«, brachte Cicero schließlich hervor.

»Weiter nichts? Um diese Zeit! Und was willst du ihm bitte sagen?«

»Na schön! Sie übernehmen die Verantwortung.«

»Das will ich gerne tun. Hast du einen Arzt erreicht, Lucas?«

»Er wird in einer Viertelstunde hier sein.«

»Du hast nicht den Eindruck, daß er hingeht und die Polizei von Maisons anruft?«

»Ich glaube nicht. Er hat nichts gemerkt.«

»Es würde mich nicht wundern, wenn es hier nicht schon öfter zu bewaffneten Auseinandersetzungen gekommen wäre. Rufst du mal am Quai des Orfèvres an und fragst, ob sie Nachricht von dem Baron haben?«

Das ließ ihm keine Ruhe, ebensowenig wie das Verschwinden der Frau aus dem Hôtel de Bretagne.

»Und wenn du ihn einmal am Apparat hast, dann bitte doch Vacher, uns einen zweiten Wagen herauszuschicken. In unseren passen nicht alle hinein.«

Darauf wendete er sich Charlie zu: »Hast du mir nichts zu sagen?«

Als Antwort erhielt er einen der gröbsten Flüche der englischen Sprache, die auf die Art anspielen, wie jemand gezeugt worden ist.

»Was hat er gesagt?« fragte Torrence.

»Er hat eine diskrete Anspielung auf meine Herkunft gemacht.«

»Vacher hat von dem Baron nichts gehört, Chef. Noch vor einer Viertelstunde hatte er dessen Nummer gewählt. Bonfils scheint angerufen und gemeldet zu haben, daß ein Wagen gestohlen worden ist . . .«

»Auf der Rue de Rivoli?«

»Ja.«

»Hast du ihm gesagt, daß wir ihn gefunden haben?«

Ein Auto hielt vor der Tür, und ein noch junger Mann kam mit einer Bestecktasche in der Hand herein, wich unwillkürlich ein wenig zurück, als er die Unordnung in dem Raum, die Pistolen auf einem der Tische und schließlich die Handschellen bemerkte.

»Kommen Sie nur, Doktor. Achten Sie nicht darauf. Wir sind von der Polizei und hatten eine kleine Auseinandersetzung mit diesen Herrschaften.«

»Doktor«, begann die Wirtin, »benachrichtigen Sie die Polizei von Maisons-Laffitte, dort kennt man mich, sagen Sie, daß diese Bestien . . .«

Maigret stellte sich vor und zeigte auf Charlie, der in seiner Ecke nahe daran war, ohnmächtig zu werden.

»Ich möchte, daß Sie ihn so weit herrichten, daß er mit nach Paris kommen kann. Er hat zuerst in der Stadt etwas abgekriegt und dann ein zweites Mal hier im Verlauf unserer Streitigkeiten.«

Während Charlie behandelt wurde, ging Maigret nochmals durch das Haus, interessierte sich vornehmlich für die Fotos im Zimmer der Besitzerin, leerte darauf einen Koffer, packte alle Bilder hinein, die er von der Wand nahm, sowie die Papiere, Briefe, Rechnungen und Zeitungsausschnitte, die er in einer Schublade fand. Schließlich legte er das Zigarettenetui dazu und die sorgfältig eingepackten Gläser und Tassen, die benutzt worden waren.

Als er in die Wirtsstube zurückkam, wirkte Charlie wie betäubt, und der Arzt erklärte ihm: »Ich habe es für angebracht gehalten, ihm eine Spritze zu verabreichen, die ihn ruhig hält.«

»Was Ernstes?«

»Er hat viel Blut verloren. Vielleicht werden sie im Spital eine Transfusion vornehmen. Er ist zäh.«

Cinaglia blickte sie nur stumpf an.

»Noch jemand zu behandeln?«

»Sie trinken doch sicher ein Gläschen mit uns?«

Maigret wußte, was er tat.

In der Befürchtung, daß die Polizei von Maisons-Laffitte oder die Gendarmerie benachrichtigt wurde, wollte er es vermeiden, daß der Arzt aufbrach, bevor der von Vacher angeforderte Wagen hier war.

»Nehmen Sie Platz, Doktor. Sind Sie schon öfter im ›Bon Vivant‹ gewesen?«

»Hin und wieder, nicht wahr, Helen?«

Er schien sie recht gut zu kennen.

»Allerdings unter ganz anderen Umständen. Einmal wegen einem Jockei, der sich ein Bein gebrochen hatte und einen Monat in der ersten Etage gepflegt werden mußte. Ein anderes Mal bin ich mitten in der Nacht zu einem Herrn gerufen worden, der zuviel getrunken hatte und dessen Herz auszusetzen drohte. Ich glaube mich auch an ein Mädchen zu erinnern, dem man eines Abends, als die Gäste schon sehr angeheitert waren, versehentlich, wie man mir sagte, eine Flasche über den Schädel geschlagen hatte.«

Endlich traf das Auto ein. Man mußte Charlie, der sich nicht mehr auf den Beinen halten konnte, hineintragen. Cicero marschierte verächtlich, die Hände vor dem Bauch gefesselt, hinaus und setzte sich wortlos auf die Sitzbank.

»Fährst du mit ihnen, Torrence?«

Das war für ihn eine wohlverdiente kleine Anerkennung, denn er hatte ja die Hauptarbeit geleistet.

»Schade, daß noch nicht Tag ist und Pozzo sein Restaurant zu hat.«

Wäre es jetzt neun und nicht halb fünf gewesen, hätte Maigret vielleicht dem Verlangen nicht widerstehen können, durch die Rue des Acacias zu fahren und Pozzo aufzufordern, einen Blick in den Wagen zu werfen.

»Liefert auf dem Weg Charlie im Krankenhaus Beaujon ab. Lognon wird sich freuen, seinen Gegner unter demselben Dach zu wissen. Nehmt den anderen mit zum Quai.«

Dann zu der Frau, die ihrem Ausweis zufolge Helen Donahue hieß: »Los, gehen Sie!«

Sie blickte ihn fest an und rührte sich nicht.

»Ich habe gesagt: Los, gehen Sie!«

»Sie kriegen mich trotzdem nicht hier weg. Das ist mein Haus. Sie haben keinerlei Vollmacht. Ich verlange ebenfalls, mit unserem Konsul zu sprechen.«

»Jawohl. Darüber reden wir später. Sie wollen nicht mitkommen?«

»Nein.«

»Faß an, Lucas.«

Die beiden packten die Frau jeder an einer Seite und hoben sie hoch. Der Arzt, der sich bei dieser Szene ein Lachen nicht verkneifen konnte, hielt ihnen die Tür auf. Helen wehrte sich derart, daß Lucas sie losließ und sie hinfiel. Sie mußten den Fahrer zu Hilfe rufen.

Schließlich wurde sie in das Auto bugsiert, wo Lucas sich neben sie setzte.

»Zum Quai!« befahl der Kommissar.

Hundert Meter weiter besann er sich anders.

»Sehr müde, Lucas?«
»Es geht. Warum?«
»Ich lasse nur ungern das Nest ohne Bewachung zurück.«
»Verstanden. Ich steige aus.«

Maigret nahm auf dem Rücksitz seinen Platz ein, zündete sich seine Pfeife an und sagte höflich zu seiner Begleiterin: »Ich hoffe, der Rauch stört Sie nicht?«

Als einzige Antwort hörte er den gleichen Fluch, von dem er vorhin eine so äußerst behutsame Übersetzung geliefert hatte.

8

Wie ein gewisser Inspektor sich an das zu erinnern bemüht, was er entdeckt hat

Bequem in seine Ecke zurückgelehnt, mit hochgeschlagenem Mantelkragen und vor Erkältung und Müdigkeit brennenden Augen, starrte Maigret vor sich hin, ohne seiner Nachbarin die geringste Aufmerksamkeit zu schenken, und sie waren kaum fünf Minuten gefahren, als Helen bruchstückweise und wie im Selbstgespräch zu reden begann.

»Ich kenne gewisse Polizisten, die sich für schlau halten, denen man aber die Leviten lesen wird . . .«

Ein langes Schweigen. Wahrscheinlich wartete sie auf eine Reaktion, doch der Kommissar war wie ein unbeweglicher Block.

»Ich werde dem Konsul sagen, daß diese Leute sich wie die Wilden aufgeführt haben. Er kennt mich. Jeder kennt Helen. Ich werde erzählen, daß sie mich geschlagen haben und daß einer der Inspektoren mich sogar betatscht hat.«

Sie mußte einmal schön gewesen sein. Mit ihren fünfzig oder fünfundfünfzig Jahren sah sie noch immer gut aus. War sie betrunken oder zumindest angeheitert, als Maigret in ihr Haus eingedrungen war? Das mochte sein, war jedoch schwer zu sagen. Sie hatte die rauhe Stimme von Frauen, die viel trinken und nachts lange aufbleiben, auch deren verschwommenen Blick. Es war eigenartig, zu beobachten, wie sie minutenlang verstockt schwieg, und sie dann einen Satz murmeln zu hören, meist nur einen, der niemandem zu gelten schien.

»Ich werde auch sagen, daß man einen Mann geschlagen hat, der am Boden lag . . .«

Vielleicht wollte sie lediglich ihre aufgespeicherte Wut allmählich ablassen, möglicherweise versuchte sie jedoch, Maigret aus den Angeln zu heben.

»Es gibt Leute, die sich überlegen vorkommen, weil sie in der Lage sind, einer Frau, die nichts getan hat, Handschellen anzulegen.«

Manchmal war es so komisch, daß der Chauffeur Mühe hatte, ein Lächeln zu unterdrücken. Maigret selbst paffte unterdessen seine Pfeife und zwang sich, ernst zu bleiben.

»Ich wette, die geben mir nicht mal eine Zigarette . . .«

Er zuckte nicht mit der Wimper und forderte sie damit zu einem direkten Angriff heraus.

»Hätten Sie vielleicht eine Zigarette für mich?«

»Verzeihung! Ich wußte nicht, daß Sie mit mir sprechen. Ich habe keine bei mir, denn ich rauche nur Pfeife. Sobald wir da sind, bekommen Sie eine.«

Diesmal währte das Schweigen bis zum Pont de la Jatte.

»Die bilden sich ein, die Franzosen seien die einzig Intelligenten auf der Welt. Trotzdem, wenn Larner sie nicht informiert hätte . . .«

Jetzt schaute Maigret sie in dem schwachen Licht, das vom Armaturenbrett ausstrahlte, überrascht an, doch von ihrem Gesicht war nichts abzulesen, so daß er sich eine Zeitlang fragte, ob sie das absichtlich gesagt hatte oder nicht.

Denn im Grunde hatte sie ihm mit den wenigen Worten einen wichtigen Hinweis geliefert. Er hatte es geahnt. Von Anfang an hatte er den Eindruck gehabt, daß ein Bill Larner nicht aus freien Stücken mit Leuten wie Charlie und Cicero zusammenarbeitete. Seine Rolle schien sich übrigens darauf beschränkt zu haben, ihnen ein Auto zu besorgen, dann an der Place Constantin-Pecqueur Lognons Papiere zu durchsuchen, sie schließlich zu einer seiner Freundinnen in der Rue Brunel und am Ende wahrscheinlich zum »Bon Vivant« zu bringen.

Als Lognon in den Wald entführt worden war, hatte Bill als Dolmetscher fungiert, aber nicht geschlagen.

Heute nacht mußte er die Chance genutzt haben, daß Charlie nach Paris zurückgekehrt war und er nur Cicero vor sich hatte, um seine Freiheit wiederzugewinnen, nach der ihn spätestens verlangte, seit ihm die Affäre zu brenzlig geworden war.

Hatte er Cicero seine Absicht mitgeteilt, sich davonzumachen? Hatte der andere ihn in dem Augenblick überrascht, als er weggehen wollte, und hatte er versucht, ihn daran zu hindern? Jedenfalls hatte Bill Larner zugeschlagen. Ins Gesicht.

»Haben Sie ein Auto?« fragte Maigret die Frau.

Doch nun, da Maigret Fragen stellte, schwieg Helen und setzte ihre verächtliche Miene wieder auf.

Er erinnerte sich nicht, in der Nähe des Gasthofs eine Garage gesehen zu haben. Charlie war mit dem Wagen nach Paris gefahren, mit dem sie nach Maisons-Laffitte gekommen waren. Larner mußte sich zu Fuß durch den Wald in Richtung Hauptstraße oder Bahnhof aufgemacht haben. Er hatte jetzt mindestens zwei Stunden Vorsprung, und es bestand wenig Aussicht, ihn vor dem Überschreiten der Grenze zu erwischen.

Da sie an der Porte Maillot an einem Bistro vorbeikamen, das bereits geöffnet hatte, sagte Helen, ohne sich direkt an jemanden zu wenden: »Ich habe Durst.«

»In meinem Büro gibt es Cognac. Wir sind in zehn Minuten da.«

Der Wagen fuhr mit ziemlicher Geschwindigkeit durch die leeren Straßen. Auf den Bürgersteigen gingen die ersten Frühaufsteher. Als das Auto am Quai des Orfèvres im Hof des Justizpalastes hielt, fragte Helen, ohne sich von ihrem Sitz zu erheben: »Stimmt es, daß ich einen Cognac bekomme?«

»Aber sicher.«

Maigret stieß einen Seufzer der Erleichterung aus, denn er hatte sich einen Moment gefragt, ob man sie etwa wie im Wald tragen müsse.

»Bleib hier«, sagte er zu seinem Fahrer.

Und da er seiner Begleiterin behilflich sein wollte, die Stufen hinaufzusteigen, zischte sie: »Rühren Sie mich nicht an! Ich werde denen auch sagen, daß Sie versucht haben, mit mir zu schlafen.«

Vielleicht war das alles nur Theater. Vielleicht spielte sie immer Theater, um das Leben überhaupt ertragen zu können.

»Hier entlang . . .«

»Und der Cognac?«

»Ja . . .«

Er stieß die Tür zum Arbeitszimmer der Inspektoren auf. Torrence war mit seinem Gefangenen noch nicht da, denn er hatte ja unterwegs halten und den Verletzten ins Krankenhaus einliefern müssen. Vacher saß vor dem Telefon und musterte die Amerikanerin neugierig.

»Sie meinen, der Hörer sei nicht richtig aufgelegt? Sind Sie sicher? Ich danke Ihnen.«

»Einen Augenblick«, unterbrach ihn Maigret, als Vacher den Mund aufmachte. »Paß bitte auf sie auf.«

Er ging in sein Büro hinüber, holte die Cognacflasche und Gläser, reichte Helen eins, die es in einem Zug leerte und gleich wieder auf die Flasche zeigte.

»Nicht zuviel auf einmal. Nachher. Hast du Zigaretten, Vacher?«

Er schob ihr eine zwischen die Lippen, gab ihr Feuer, und sie blies ihm den Rauch ins Gesicht und sagte: »Ich verabscheue Sie trotzdem!«

»Haben wir niemanden, der sie bewachen könnte? Es ist besser, wenn in ihrer Gegenwart nicht zuviel gesprochen wird.«

»Warum stecken wir sie nicht in das Kabuff?«

Das war eine enge Zelle unter der Treppe, in der nur eine Holzpritsche mit einem Strohsack stand. Es gab kein Licht. Maigret zögerte und führte die Gefangene lieber in ein leerstehendes Büro, dessen Tür er verschloß.

»Und der Cognac?« rief sie ihm nach.

»Nachher.«

Er ging zu Vacher zurück.

»Bei welchem Telefon ist der Hörer nicht aufgelegt?«

»Beim Baron. Ich habe fast alle halbe Stunde seine Nummer gewählt. Bis vor einer Stunde hat es geklingelt, aber niemand hat sich gemeldet. Seit einer Stunde hört man das Besetztzeichen. Ich war besorgt und habe die Störungsstelle angerufen. Man hat mir versichert, daß der Hörer nicht richtig aufgelegt sei.«

»Weißt du, wo er wohnt?«

»Rue des Batignolles. Die Hausnummer habe ich mir notiert. Fahren Sie hin?«

»Es ist wohl besser. In der Zwischenzeit kannst du wegen Bill Larner Alarm geben. Er hat vor ungefähr drei Stunden die Gegend um Maisons-Laffitte verlassen. Ich glaube, man muß vor allem die belgische Grenze überwachen. Torrence wird gleich mit Tony Cicero kommen.«

»Und der andere?«

»Im Beaujon.«

»Haben Sie ihn fertiggemacht?«

»Nicht so schlimm.«

»Was sagen sie denn?«

»Nichts.«

Sie schauten sich plötzlich an, lauschten, und Maigret begab sich in das Büro, wo er Helen eingesperrt hatte. Trotz ihrer Handschellen war sie dabei, alles, was in ihrer Reichweite war, zu zertrümmern und Tintenfässer, die Schreibtischlampe und sämtliche Papiere auf den Boden zu werfen.

Als sie den Kommissar erblickte, lächelte sie nur und erklärte: »Ich habe mich hier ungefähr so aufgeführt wie Sie vorhin bei mir.«

»Ins Kabuff?« fragte Vacher.

»Sie hat es nicht anders gewollt.«

Auf dem Pont-Neuf begegnete ihnen der Wagen, in dem Torrence und Cicero saßen, und die beiden Fahrer winkten sich zu. Als sie die Rue des Batignolles erreichten, bemerkte Maigret sofort ein Cabriolet, das mit zwei Rädern auf dem Bordstein stand, er blickte hinein und las auf einem kleinen Schild unter einer Christophorusfigur den Namen des Barons.

Er klingelte. Die Concierge, die noch im Bett lag, drückte

die Haustür auf, und er mußte durch eine Scheibe ihrer Loge fragen, in welchem Stock der Inspektor wohnte.

»Ist er allein nach Hause gekommen?« erkundigte er sich.

»Was geht Sie das an?«

»Ich bin ein Kollege von ihm.«

Es war eines jener Häuser, in denen auf jeder Etage mehrere Parteien wohnten, vor allem Arbeiterfamilien, und bei einigen Mietern brannte schon Licht. Es bestand ein erstaunlicher Gegensatz zwischen diesem mehr als bescheidenen Wohnhaus und den aristokratischen Allüren, die sich der Baron zu geben versuchte, und Maigret begann zu begreifen, warum der Inspektor, der Junggeselle war, nie von seinem Privatleben sprach.

Im vierten Stock war an einer Tür eine Visitenkarte befestigt, auf der nur der Name ohne Berufsangabe stand. Maigret klopfte, erhielt keine Antwort und drehte auf gut Glück an dem Türknopf.

Die Tür ließ sich öffnen, und auf dem Fußboden fand er den Hut des Barons. Nachdem er Licht angemacht hatte, erblickte er links eine winzige Küche, dann ein Eßzimmer im Stil Henri II, wie man es noch in den Logen der Conciergen mit den vielen gestickten Deckchen sieht, und schließlich ein Schlafzimmer, dessen Tür weit offenstand.

Der Baron lag angekleidet quer über dem Bett, ein Arm hing an der Seite herunter, und hätte er nicht geschnarcht, hätte man glauben können, es sei ihm etwas zugestoßen.

»Baron! He! Alter! . . .«

Er drehte sich ein Stück herum, ohne jedoch aufzuwachen, und der Kommissar fuhr fort, ihn zu schütteln.

»Ich bin's, Maigret . . .«

So ging es einige Minuten weiter. Schließlich brummte der Inspektor etwas, schlug die Augen auf, stöhnte, weil ihn das Licht schmerzte, erkannte Maigrets Gesicht und versuchte in seinem Schreck, sich aufzurichten.

»Den Wievielten haben wir heute?«

Er hatte sicher fragen wollen: »Wie spät ist es?«

Denn er suchte nach dem Wecker, der zu Boden gefallen war und dessen Ticken man unter dem Bett hörte.

»Willst du ein Glas Wasser?«

Maigret holte es ihm aus der Küche, und als er zurückkam, erschien ihm der Inspektor finster und beunruhigt zugleich.

»Ich bitte um Verzeihung . . . Danke . . . Ich bin krank . . . Wenn Sie wüßten, wie elend ich mich fühle . . .«

»Soll ich dir vielleicht lieber einen starken Kaffee machen?«

»Ich schäme mich . . . Ich schwöre Ihnen, daß . . .«

»Bleib einen Augenblick liegen.«

Die Wohnung ähnelte eher dem Heim einer alten Jungfer als der Behausung eines Junggesellen, und man konnte sich den Baron vorstellen, wie er nach dem Dienst eine Schürze umband, um das Geschirr abzuwaschen oder die Zimmer zu putzen.

Als Maigret aus der Küche kam, saß der Baron mit verzweifelter Miene auf dem Bettrand.

»Trink . . . Das wird dir guttun . . .«

Er hatte sich auch eine Tasse Kaffee gemacht. Er zog seinen Mantel aus und setzte sich auf einen Stuhl. Es roch in dem Raum fürchterlich nach Alkohol. Der Anzug des Inspektors war schmutzig und zerknittert, als habe er die ganze Nacht unter einer Seine-Brücke zugebracht.

»Es ist schrecklich!« seufzte er.

»Was ist schrecklich?«

»Ich weiß nicht. Ich habe Ihnen etwas Wichtiges mitzuteilen. Etwas ungeheuer Wichtiges.«

»Schieß los!«

»Ich versuche mich zu erinnern. Was ist geschehen?«

»Wir haben Charlie und Cicero festgenommen.«

»Sie haben sie verhaftet?«

Sein ganzes Gesicht verriet seine Anstrengung.

»Ich glaube, ich bin in meinem Leben nie so besoffen gewesen. Ich fühle mich wirklich krank. Und alles wegen denen. Warten Sie. Ich erinnere mich, daß man sie nicht verhaften soll.«

»Warum?«

»Harry hat mir gesagt . . .«

Der Name war ihm wieder eingefallen, und das kam ihm wie ein Sieg vor.

»Er heißt Harry . . . Warten Sie . . .«

»Ich werde dir helfen. Du warst in der ›Manhattan Bar‹ in der Rue des Capucines. Du hast dich mit mehreren Personen unterhalten und eine Menge getrunken . . .«

»Nicht bei Luigi. Bei Luigi habe ich fast nichts getrunken. Das war nachher . . .«

»Hat man dich zum Trinken verleitet?«

»Ich weiß nicht. Ich bin sicher, daß mir das alles langsam wieder einfallen wird. Er hat mir gesagt, daß man sie nicht verhaften soll, weil man dann Gefahr laufe . . . Mein Gott, ist das schwierig . . .«

»Welche Gefahr soll man laufen? Du bist sehr spät bei Luigi herausgekommen. Dein Wagen stand vor der Tür. Du bist eingestiegen und hast wahrscheinlich die Absicht gehabt, nach Maisons-Laffitte zu fahren.«

»Woher wissen Sie das?«

»Im Laufe des Abends hat jemand, vermutlich Lope oder Teddy Brown . . .«

»Aber zum Teufel, woher wissen Sie das alles? Ich habe mit ihnen gesprochen. Jetzt erinnere ich mich. Sie hatten mich ja damit beauftragt. Ich war schon in mehreren Lokalen gewesen.«

»Wo hast du soviel getrunken?«

»Ein Glas hier, ein Glas dort. Anders geht das nicht. Oh, mein Kopf!«

»Warte.«

Maigret ging ins Badezimmer und kam mit einem nassen kalten Handtuch zurück, das er dem Baron auf die Stirn legte.

»Man hat dir von Helen Donahue und ihrem Waldgasthof ›Au Bon Vivant‹ erzählt.«

Der Inspektor starrte ihn mit weit aufgerissenen Augen an.

»Wie spät ist es?«

»Halb sechs, morgens.«

»Wie haben Sie das denn geschafft?«

»Nicht so wichtig. Als du von Luigi fortgingst und in deinen Wagen gestiegen bist, ist dir jemand gefolgt, ein großer blonder junger Mann, der sich an dich herangemacht haben muß.«

»Das stimmt. Er heißt Harry.«

»Und mit Nachnamen?«

»Er hat es mir gesagt. Ich bin sicher, daß er es mir gesagt hat, und sogar, daß es ein einsilbiger Name ist. Der Name eines Sängers.«

»Er ist Sänger?«

»Nein, aber ein Sänger heißt so. Bevor ich noch die Tür zuschlagen konnte, saß er neben mir und sagte: ›Haben Sie keine Angst!‹«

»Auf französisch?«

»Er spricht das Französische mit starkem Akzent und sehr fehlerhaft, aber man versteht ihn.«

»Amerikaner?«

»Ja. Moment. Und dann hat er erklärt: ›Ich gehöre auch irgendwie zur Polizei. Bleiben wir hier nicht stehen. Fahren Sie los. Wohin Sie wollen.‹

Und als ich das Auto gestartet hatte, hat er mir eröffnet, er sei Assistent des District Attorney. Ein Attorney scheint eine Art Untersuchungsrichter und gleichzeitig Staatsanwalt zu sein. In den Großstädten haben sie mehrere Assistenten.«

»Ich weiß.«

»Stimmt ja, Sie sind doch drüben gewesen. Er hat mich gebeten anzuhalten, weil er mir seinen Paß zeigen wollte. Bei wichtigen Fällen nehmen sich der District Attorney und seine Assistenten selber der Ermittlung an. Ist das richtig?«

»Ja.«

»Er wußte, wohin ich wollte, als ich Luigis Bar verließ. ›Sie dürfen heute nacht nicht nach Maisons-Laffitte fahren. Das bringt nichts. Ich muß vorher mit Ihnen sprechen.‹«

»Hat er es getan?«

»Wir haben uns mindestens zwei Stunden lang unterhalten, aber gerade daran kann ich mich so schlecht erinnern. Zuerst sind wir ziellos durch die Straßen gefahren, und er hat mir eine Zigarre angeboten. Vielleicht ist mir die nicht bekommen. Ich hatte Durst. Ich wußte nicht, wo wir uns befanden, aber ich hatte ein offenes Bistro gesehen. Ich glaube, es war in der Nähe der Gare du Nord.«

»Hast du ihm nicht geraten, mich am Quai aufzusuchen?«

»Doch. Er hat es nicht gewollt.«

»Warum?«

»Das ist kompliziert. Wenn ich nur nicht solche Kopfschmerzen hätte! Glauben Sie nicht, daß mir ein Glas Bier guttun würde?«

»Hast du Bier im Haus?«

»Draußen auf dem Küchenfensterbrett steht welches.«

Maigret trank auch eins. Der Baron, den die Unordnung in seinem Schlafzimmer anwiderte, hatte sich in das Eßzimmer geschleppt.

»An bestimmte Einzelheiten erinnere ich mich genau; ganze Sätze könnte ich wiederholen, doch dazwischen sind lauter Löcher.«

»Was habt ihr getrunken?«

»Alles durcheinander.«

»Er auch?«

»Er hat sich die Flaschen hinter der Theke angesehen und danach ausgewählt.«

»Bist du sicher, daß er genausoviel getrunken hat wie du?«

»Noch mehr. Der war echt besoffen. Das beweist schon, daß er einmal von seinem Stuhl gerutscht ist.«

»Du hast mir bisher nicht erklärt, warum er sich weigerte, sich mit mir in Verbindung zu setzen.«

»Dabei kennt er Sie sehr gut und bewundert Sie.«

»Ach.«

»Er hat Sie sogar bei einer Cocktail-Party kennengelernt, die man für Sie in Saint Louis gegeben hat, und er erinnert sich an eine Art Vortrag, den Sie dort gehalten haben. Er ist nach Frankreich gekommen, um Sloppy Joe zu suchen.«

»Dann hat *er* ihn von der Rue Fléchier aufgelesen?«

»Ja.«

»Was hat er mit ihm gemacht?«

»Er hat ihn zu einem Arzt gebracht. Warten Sie! Sprechen Sie nicht weiter! Da fällt mir ein ganzes Stück ein. Wegen des Arztes. Er hat mir erzählt, wie er ihn kennengelernt hat. Das war gleich nach Kriegsende. Harry, der der amerikanischen Armee angehörte, war mit irgendeinem Truppenteil in Paris stationiert. Da war er noch nicht Assistent des District Attorney. Er hat sich hier ausgetobt. Unter den Leuten, mit denen er verkehrte, war ein Arzt. Jetzt hab ich's! Es war wegen einer kleinen Freundin, die fürchtete, ein Kind zu bekommen, und die . . .«

»Abtreibung?«

»Ja. Er hat das Wort nicht ausgesprochen. Er ist sehr schamhaft. Ich habe es trotzdem verstanden. Es handelt sich um einen jungen Mediziner, der keine Praxis hat und in der Nähe des Boulevard Saint-Michel wohnt.«

»Und dort läßt Harry Sloppy Joe pflegen?«

»Ja. Ich hatte den Eindruck, daß er aufrichtig war. Und immer wieder hat er gesagt: ›Berichten Sie Maigret dies . . . und auch das . . .‹«

»Es wäre einfacher gewesen, zu mir zu kommen.«

»Er will keine offiziellen Kontakte mit der französischen Polizei haben.«

»Warum?«

»Heute nacht war mir das ganz klar. Ich erinnere mich, daß ich ihm recht gegeben habe. Jetzt ist das weniger eindeutig. Ach ja. Sie hätten zunächst den Verletzten verhören müssen, und die Zeitungen hätten darüber geschrieben.«

»Wußte Harry, daß Cinaglia und Cicero in Paris sind?«

»Er weiß alles. Er kennt sie in- und auswendig. Er war vor mir davon unterrichtet, daß sie sich im ›Bon Vivant‹ versteckt hielten.«

»Kennt er Bill Larner?«

»Ja. Ich glaube, jetzt kriege ich die Geschichte wieder zusammen. Sehen Sie, wir waren alle beide betrunken. Er wiederholte wer weiß wie oft dasselbe, wobei er zu glauben schien, daß ich als Franzose das nicht begreifen könnte.«

»Das kenne ich.«

Wie Pozzo! Wie Luigi!

»In Saint Louis ist eine große Untersuchung im Gange. Man will die Stadt von Gangstern säubern, wie man das in regelmäßigen Abständen tut. Das ist vor allem Harrys Aufgabe. Jeder kennt dort den Mann, der an der Spitze der *rakkets* steht, jemand, dessen Namen er mir genannt hat, ein einflußreicher Bursche, der sich nach außen hin als ehrbarer Bürger gibt und mit Politikern und Polizeichefs befreundet ist.«

»Die alte Geschichte!«

»Das hat er auch gesagt. Nur haben sie da drüben andere Gesetze als wir, und es ist schwer, jemanden zu verurteilen. Stimmt das?«

»Das stimmt.«

»Niemand wagt, gegen diesen Typ auszusagen, denn wer den Mund aufmachen würde, wäre innerhalb von achtundvierzig Stunden tot.«

Der Baron war ganz glücklich. Mit einemmal war ihm wieder eine Menge eingefallen.

»Erlauben Sie, daß ich noch ein Glas Bier trinke? Das tut mir gut. Möchten Sie auch?«

Er hatte noch die aschgraue Hautfarbe, Ringe unter den Augen, aber in den Pupillen begann es langsam zu funkeln.

»Wir sind dann woanders hingefahren, weil unser Lokal geschlossen wurde. Ich weiß nicht mehr, wohin. Wahrscheinlich nach Montmartre in eine kleine Nachtbar, in der drei oder vier Tänzerinnen waren. Eine kleine Brünette hat ihm zugezwinkert und sich dann auf seinen Schoß gesetzt. Außer uns war niemand mehr da.«

»Hat er von Sloppy Joe gesprochen?«

»Ich versuche, mich darauf zu besinnen. Sloppy Joe ist ein armer Kerl, hochgradig schwindsüchtig. Er hat sein ganzes Leben in *rackets* verbracht, allerdings nur als Statist. Vor zwei Monaten ist vor der Tür eines Nachtklubs in Saint Louis ein Mann ermordet worden. Wenn ich mich doch nur an die Namen erinnern könnte! Alle Welt ist davon überzeugt, daß ihn der Typ umgelegt hat, von dem ich eben erzählt habe. Für die Mordtat gab es nur zwei Zeugen, einer von ihnen war der Barbesitzer, den man am nächsten Morgen tot in seinem Schlafzimmer aufgefunden hat. Darauf hat sich Sloppy Joe zur Flucht entschlossen, weil er der zweite Augenzeuge war, und so was ist immer gefährlich.«

»Ist er nach Kanada geflohen?«

»Ja, nach Montreal. Einerseits versuchte der District Attorney seiner habhaft zu werden, um ihn zum Sprechen zu bringen; andererseits suchten die Gangster fieberhaft nach ihm, um ihn daran zu hindern.«

»Ich verstehe.«

»Ich habe das nicht begriffen. Sloppy Joe scheint Millionen wert zu sein. Sagt er aus, fliegt nicht allein eine ganze Gangsterorganisation auf, sondern gleichzeitig ein mächtiger politischer Apparat, und ich höre noch, wie Harry immer wieder sagte: ›So etwas kennen Sie hier nicht. Sie haben keine derart weitreichenden Verbrechervereinigungen, die wie Gewerkschaften organisiert sind. Ihre Aufgabe ist leichter . . .‹«

Auch Maigret glaubte ihn zu hören. Dieses Lied kannte er allmählich.

»In Montreal hat sich Sloppy Joe von seinen Landsleuten nicht weit genug entfernt gefühlt. Es gelang ihm, sich einen falschen Paß zu beschaffen. Da er auf ein Ehepaar ausgestellt war, hat er es so eingerichtet, daß ihn eine Frau begleitete, wobei er sich sagte, daß er damit die Verfolger noch eher irritieren könnte. Er hat eine Zigarettenverkäuferin aus einem Nachtlokal bewegen können, mit ihm zu fahren. Sie hatte ihr Leben lang von Paris geträumt . . . Erlauben Sie?«

Der Baron schleppte sich zum Badezimmer, aus dem er mit zwei Aspirintabletten zurückkehrte.

»Sloppy Joe hatte nicht viel Geld. Und er begriff, daß man ihn selbst in Paris schnappen würde. Deshalb schrieb er eines Tages einen langen Brief an den District Attorney, in dem er ihm seine Zeugenaussage zusicherte, wenn man ihm persönlichen Schutz garantierte, ihn dort abholte und ihm eine bestimmte Summe auszahlte. Vielleicht bringe ich das etwas durcheinander, aber im wesentlichen stimmt es.«

»Hat Harry dich beauftragt, mir das alles zu erklären?«

»Ja. Er hätte Sie beinahe angerufen. Er hätte es heute morgen getan, wenn er gestern nicht gemerkt hätte, daß ich den Schlupfwinkel der Killer entdeckt hatte. Denn sie sind echte Killer. Vor allem Charlie.«

»Wie haben Charlie und Cicero Sloppy Joes Fährte gefunden?«

»In Montreal. Durch das Mädchen, das Mascarelli mitgenommen hat. Sie hat drüben ihre Mutter, der sie unvorsichtigerweise aus Paris geschrieben hat.«

»Wobei sie die Adresse angegeben hat?«

»Eine Postlageradresse, aber sie hat hinzugefügt, sie wohne genau gegenüber einem großen Varietétheater. Als Harry sich entschlossen hatte, nach Europa zu reisen, um Sloppy Joe zu suchen und wieder nach Saint Louis zu bringen, erfuhr er, daß Cinaglia und Cicero ihm um achtundvierzig Stunden zuvorgekommen waren.«

Maigret stellte sich unwillkürlich die Existenz des armen Mascarelli vor, seit er Saint Louis verlassen hatte, sein Leben in Montreal und dann in Paris, wo er es kaum wagte, abends für ein paar Minuten vor seinem Hotel Luft zu schöpfen.

Er begriff nun, warum Cicero und Charlie einen Mietwagen gebraucht hatten. Zwei oder drei Tage hatten sie sicher in der Nähe der Folies-Bergère auf der Lauer gelegen und den günstigsten Augenblick zum Handeln abgewartet. Als sich dieser Moment endlich bot, war der Assistent des District Attorney ihnen auf den Fersen.

»Harry hat mir die Szene erzählt, die aus einem Spielfilm stammen könnte. Er war zu Fuß. Er bog um die Ecke der Rue Richer, als er Sloppy Joe erblickte, der in ein Auto stieg. Er hatte begriffen. Weit und breit war kein Taxi zu sehen, so suchte er vor dem Varietétheater nach einem Auto, das nicht abgeschlossen war.«

Es war recht komisch, sich den Assistenten des District Attorney in einem gestohlenen Wagen vorzustellen! Diese Leute, ob sie nun auf der einen oder der anderen Seite des Gesetzes standen, benahmen sich in Paris wie zu Hause. Die Menschen, die in der Nacht von Montag auf Dienstag auf den Straßen waren, hatten keine Ahnung, daß sie einer Verfolgungsjagd nach Chicagoer Muster beiwohnten. Und ohne den armen Lognon, der am Gitter der Kirche Notre-Dame de Lorette auf einen kleinen Kokainverkäufer wartete, hätte nie jemand etwas davon erfahren.

»Sloppy Joe ist nicht tot?«

»Nein. Wie Harry sagt, ist sein Arzt dabei, ihn wieder ›instand zu setzen‹. Eine Bluttransfusion war unerläßlich, und Harry selbst hat, ich weiß nicht wieviel, von seinem eigenen Blut gespendet. Er behütet ihn wie einen Bruder, ja, besser als einen Bruder. Seine ganze Karriere scheint davon abzuhängen. Wenn es ihm gelingt, Sloppy Joe lebend nach Saint Louis zu bringen, ihn bis zum Tag des Prozesses am Leben zu erhalten, und wenn der Mann in dem Augenblick nicht umkippt, sondern seine Zeugenaussage wiederholt, dann wird Harry fast ebenso berühmt werden, wie Dewey es geworden ist, nachdem er New York von seinen Gangstern gesäubert hatte.«

»Und die Frau? Hat Harry sie entführt?«

»Ja. Er hat es Ihnen verübelt, als er die Fotos von Charlie und Cicero in den Zeitungen sah.«

Diese Leute waren bei Gott stark, der eine wie der andere, der Assistent des District Attorney ebenso wie die Killer. Sie hatten angenommen, daß die Begleiterin Mascarellis beim Anblick der Fotografien reagieren und sich vielleicht an die französische Polizei wenden würde.

Und das hatte sie ja auch getan, indem sie den Rohrpostbrief an Maigret geschickt hatte.

Charlie hatte den »Bon Vivant« ganz allein verlassen, um sie zum Schweigen zu bringen. Harry war ihm jedoch um wenige Minuten zuvorgekommen und hatte sie in Sicherheit gebracht.

Sie benahmen sich so ungeniert! Sie wickelten ihre kleinen Geschäfte ab, als sei Paris eine Art Niemandsland, in dem sie tun konnten, was sie wollten.

»Ist sie auch bei dem Arzt?«

»Ja.«

»Hat Harry keine Angst, daß Charlie die Adresse herausfinden könnte?«

»Er scheint seine Vorsichtsmaßnahmen getroffen zu haben. Wenn er dort hingeht, vergewissert er sich, daß ihm niemand folgt, und er hat jemanden, der sie überwacht.«

»Wen?«

»Ich weiß es nicht.«

»Kurz, was sollst du mir genau von ihm bestellen?«

»Er bittet Sie, sich zumindest für ein paar Tage nicht um

Charlie und Cicero zu kümmern. Sloppy Joe ist frühestens in einer Woche transportfähig. Harry will ihn im Flugzeug nach Amerika mitnehmen. Und bis dahin kann es noch gefährlich werden.«

»Wenn ich recht verstehe, läßt er mir sagen, daß mich die Sache nichts anginge?«

»So ungefähr. Er bewundert Sie sehr und würde sich freuen, sich mit Ihnen, wenn alles vorbei ist, hier oder in Saint Louis einmal unterhalten zu können.«

»Die Liebenswürdigkeit selbst! Wo hast du dich von diesem Herrn getrennt?«

»Vor seinem Hotel.«

»Erinnerst du dich an die Adresse?«

»Irgendwo in der Nähe der Rue de Rennes. Ich glaube, wenn ich in der Ecke wäre, würde ich die Fassade wiedererkennen.«

»Fühlst du dich so weit in Form, daß du mitkommen könntest?«

»Kann ich mich nur schnell umziehen?«

Es wurde langsam Tag. Man hörte die Bewohner des Hauses kommen und gehen, und irgendwo ertönten Radionachrichten. Aus dem Badezimmer vernahm Maigret die prustenden Geräusche des Inspektors, und als der Baron ins Eßzimmer zurückkehrte, glich er einem Bild aus einem Modeheft, nur sein Teint wirkte immer noch wie Pappmaché.

Er schien bedrückt, als er seinen Wagen halb auf dem Bordstein stehen sah.

»Soll ich Sie hinfahren?«

»Ich nehme lieber ein Taxi. Aber du könntest deine Karre mal ordentlich parken.«

Sie gingen bis zum Boulevard des Batignolles, wo sie ein Taxi fanden.

»Zum linken Ufer. Zunächst zur Rue de Rennes.«

»Welche Nummer?«

»Fahren Sie die ganze Straße ab.«

Sie irrten eine gute Viertelstunde in dem Viertel umher, während der Baron jede Hotelfassade musterte. Dann sagte er plötzlich: »Hier ist es.«

»Bist du sicher?«

»Ich erkenne das Messingschild an der Tür.«

Sie traten ein. Ein Mann war dabei, mit einem feuchten Lappen den Flurboden zu wischen.

»Ist niemand an der Rezeption?«

»Der Chef kommt erst um acht herunter. Ich bin der Nachtportier.«

»Kennen Sie die Namen der Hotelgäste?«

»Sie stehen dort auf der Tafel.«

»Ist ein großer, blonder, ziemlich junger Amerikaner darunter, der mit Vornamen Harry heißt?«

»Bestimmt nicht.«

»Wollen Sie nicht erst einmal nachsehen?«

»Das ist nicht nötig. Ich weiß, wen Sie meinen.«

»Wieso?«

»Den Typ, der heute nacht gegen vier hier erschienen ist. Er hat mich gefragt, welche Zimmernummer Monsieur Durand habe. Ich habe ihm geantwortet, daß bei uns kein Monsieur Durand wohne.

›Und Dupont?‹ erkundigte er sich weiter.

Ich dachte, der wolle mich auf den Arm nehmen, und hab ihn scharf angesehen, zumal er sternhagelvoll zu sein schien.«

Maigret und der Baron warfen sich einen Blick zu.

»Er stand dort, wo Sie jetzt stehen, und machte keine Anstalten, wieder zu gehen. Er fingerte in seiner Tasche herum, drückte mir schließlich einen Tausend-Francs-Schein in die Hand und erklärte, seine Frage sei nur ein Vorwand, eine Frau laufe hinter ihm her und er habe das Hotel betreten, um sie abzuschütteln. Er hat mich gebeten, draußen nachzuschauen, ob kein Auto mehr zu sehen sei. Er ist noch ein paar Minuten geblieben, dann ist er gegangen.«

Der Baron war wütend.

»Der hat mich reingelegt!« brummte er zwischen den Zähnen, als sie wieder auf der Straße waren. »Glauben Sie, daß er wirklich ein Assistent des District Attorney ist?«

»Höchstwahrscheinlich.«

»Aber warum hat er das gemacht?«

»Weil diese Leute«, sagte Maigret ruhig, als sie im Taxi

saßen, »die guten wie die bösen, sich einbilden, wir seien Kinder. Eben Federgewichtler!«

»Wohin soll ich Sie jetzt fahren, Herr Kommissar?« fragte der Chauffeur, der ihn erkannt hatte.

»Zum Quai des Orfèvres.«

Und mürrisch lehnte er sich in seine Ecke.

9

Wie Maigret trotz allem ein Glas Whisky annimmt

»Der Chef ist eben gekommen, Herr Kommissar.«

»Ich gehe gleich zu ihm.«

Es war neun Uhr morgens, ein grauer Tag, und Maigret war unrasiert und hatte rot umränderte Augen. Seit einer halben Stunde hielt er sein Taschentuch in der Hand, weil er es leid war, es immerzu aus der Hosentasche ziehen zu müssen.

Dreimal hatte man ihm schon berichtet: »Die Frau macht einen Höllenlärm.«

»Soll sie weiter toben!«

Dann hatte ein Inspektor gemeldet: »Ich habe die Tür einen Spalt aufgemacht, um ihr eine Tasse Kaffee hineinzureichen, und sie hat ihn mir ins Gesicht geschüttet. Der Strohsack ist zerrissen, und sein Inhalt liegt überall herum.«

Maigret hatte die Achseln gezuckt. Er hatte Lucas anrufen lassen, um ihm mitzuteilen, daß er nicht länger im »Bon Vivant« zu wachen brauche.

»Er soll sich schlafen legen.«

Aber Lucas, der das Ende miterleben wollte, war zum Quai des Orfèvres geeilt, und auch er hatte Kinn und Wangen voller Bartstoppeln.

Und Torrence hatte sich mit Tony Cicero in einem Büro eingeschlossen, wo er ihm hartnäckig Fragen stellte, auf die der andere jedoch nur mit verächtlichem Schweigen antwortete.

»Das ist verlorene Zeit, mein Lieber«, hatte Maigret zu ihm gesagt.

»Ich weiß. Es macht mir Spaß. Er versteht nichts von dem, was ich frage, aber ich merke doch, daß es ihn beunruhigt. Er möchte wahnsinnig gern eine Zigarette rauchen, ist jedoch zu stolz, mich um eine zu bitten. Er wird es schon noch tun. Einmal hat er bereits den Mund aufgemacht und dann trotzdem nichts gesagt.«

Es herrschte eine fieberhafte Geschäftigkeit, die nur die engsten Mitarbeiter Maigrets verstehen konnten, die an dem Fall mitgewirkt hatten.

Der kleine Lapointe zum Beispiel, der ahnungslos ins Büro kam, fragte sich, warum Maigret und diese Männer heute morgen mit so wilder Verbissenheit ihrer merkwürdigen Beschäftigung nachgingen.

Die Kommissariate des 5. und 6. Arrondissements waren alarmiert worden.

»Ein Arzt, ja, wohl noch ziemlich jung. Er wohnt in der Gegend des Boulevard Saint-Michel, aber ich glaube nicht, daß er ein Schild an seiner Tür hat. Die leichten Mädchen dürften ihn kennen, denn er nimmt gelegentlich Abtreibungen vor. Man sollte die Apotheker des Viertels verhören. Er hat vermutlich am letzten Dienstag eine Menge Medikamente gekauft. Fragen Sie auch mal in den Geschäften für chirurgische Instrumente nach.«

An diesem Morgen gingen Polizeiinspektoren, die von der Affäre nichts wußten, von Tür zu Tür, von einer Apotheke zur anderen, ohne zu ahnen, daß sie sich mit Leuten beschäftigten, die aus Saint Louis angereist waren, um hier miteinander abzurechnen.

Ein anderer Kriminalinspektor war in der medizinischen Fakultät, wo er die Listen der Studenten kopierte, die in den letzten Jahren ihr Examen gemacht hatten. Wieder andere befragten die Professoren. Die Sittenpolizei war auf den Beinen, um die Straßenmädchen zu wecken, die nicht wußten, wie ihnen geschah.

»Schon mal abgetrieben?«

»Hören Sie, für wen halten Sie mich!«

»Na schön! Wir wollen dir keine Schwierigkeiten machen. Es gibt einen Arzt in diesem Viertel, der sich mit solchen Dingen befaßt. Wer ist das?«

»Ich kenne nur eine Hebamme. Haben Sie Silvie schon gefragt?«

Einschließlich der Grenzpolizisten und der Gendarmen, die auf den Straßen nach Bill Larner fahndeten, waren allein wegen der Amerikaner einige hundert Personen mobilisiert.

Maigret klopfte an eine Tür, trat ein, schloß sie hinter sich, reichte dem Leiter der Kriminalpolizei die Hand und ließ sich auf einen Stuhl fallen. Zehn Minuten lang berichtete er mit monotoner Stimme alles, was er von dem Fall wußte. Und am Ende erschien der Chef noch unschlüssiger als der Kommissar selbst.

»Was gedenken Sie zu tun? Diesen Mascarelli in Schutzhaft zu nehmen?«

Maigret hatte das erwogen, denn er war es seit langem leid, wie ein Chorknabe behandelt zu werden.

»Wenn ich das mache, hindere ich den Assistenten des District Attorney daran, seinen Gangsterchef einzulochen.«

»Und wenn Sie es nicht tun, können Sie Charlie und Cicero nicht des versuchten Mordes anklagen.«

»Genau. Bleibt Lognon. Den haben sie richtiggehend gekidnappt, wie es bei denen heißt, und in den Wald von Saint-Germain geschleppt, wo sie ihn zusammengeschlagen haben. Sie sind auch gewaltsam in seine Wohnung eingedrungen, und Charlie hat schließlich auf der Rue Grange-Batelière einen Inspektor niedergeschossen.«

»Er wird behaupten, er sei angegriffen worden oder habe sich in einer Falle geglaubt, und der Schein spricht ja für ihn. Sein Anwalt wird sagen, er sei friedlich durch die Straße gegangen, als er plötzlich zwei Männer erblickte, die Miene machten, sich auf ihn zu stürzen.«

»Gut. Nehmen wir an, daß es so abläuft. Dann haben wir immer noch Lognon, und das bringt ihnen ein paar Jahre Knast ein, mindestens jedoch einige Monate.«

Der Chef konnte sich angesichts Maigrets eigenwilliger Miene ein Lächeln nicht verkneifen.

»Die Frau hat mit der Affäre Lognon nichts zu tun«, warf er noch ein.

»Ich weiß. Die wird man laufenlassen müssen. Deswegen lasse ich sie toben. Auch gegen Pozzo habe ich nichts in der

Hand. Aber früher oder später wird man ihn bei einem krummen Ding ertappen, und dann schließen wir seine Kneipe.«

»Verärgert, Maigret?«

Nun war es an ihm, zu lächeln.

»Geben Sie zu, Chef, die haben es arg getrieben. Hätte Lognon sich in der Nacht von Montag auf Dienstag nicht so eifrig gezeigt, hätte sich das alles praktisch vor unserer Nase abgespielt. Und in Kürze hätte man die Geschichte in Saint Louis erzählt. Ich höre nahezu, wie jemand fragt: ›Und die französische Polizei?‹

›Die französische Polizei? Die hat nur gesehen, daß geschossen wurde! . . . Offenbar . . .‹«

Es war elf Uhr, und Maigret hatte soeben Madame Lognon Rede und Antwort stehen müssen, die ihn heute schon zum zweitenmal angerufen hatte, als sich ein Inspektor vom 6. Arrondissement am Telefon meldete.

»Hallo? Kommissar Maigret? Der Arzt heißt Louis Duvivier und wohnt in der Rue Monsieur-le-Prince 17b.«

»Ist er im Augenblick zu Hause?«

»Ja.«

»Sind noch andere Personen bei ihm?«

»Die Concierge meint, seit einigen Tagen lebe ein Kranker in seiner Wohnung, und das hat sie verwundert, weil er gewöhnlich nur weibliche Patienten hat. Eine Frau ist allerdings auch da.«

»Seit wann?«

»Seit gestern.«

»Sonst niemand?«

»Ein Amerikaner, der fast täglich kommt.«

Maigret legte auf, und eine Viertelstunde später stieg er langsam die Treppen zur Wohnung des Arztes hinauf. Es war ein altes Haus ohne Aufzug, und Duvivier wohnte im sechsten Stock. Links neben der Tür hing ein Klingelzug. Als er geläutet hatte, hörte er Schritte auf dem Korridor. Dann öffnete sich die Tür einen Spalt breit, er erblickte ein Gesicht, stieß mit dem Fuß den Türflügel auf und brummte: »Was machst du denn hier?«

Er hätte beinahe laut losgelacht. Der Mann, der ihn mit einer automatischen Pistole in der Hand empfing, war kein anderer als ein gewisser Dédé-de-Marseille, der in den Kneipen der Rue de Douai sein Unwesen trieb. Dédé wußte nicht, was er sagen sollte, sah den Kommissar aus großen, runden Augen an und versuchte, seine Waffe zu verbergen.

»Ich habe nichts angestellt, das versichere ich Ihnen!«

»*Hello!* Monsieur Maigret!«

Der große blonde Amerikaner kam in Hemdsärmeln aus einem Mansardenzimmer mit Oberlicht, das wie ein Maleratelier aussah.

Sein Gesicht war ein wenig aufgedunsen und sein Blick wie bei dem Baron etwas verschwommen. Trotzdem wirkte er fast fröhlich. Er streckte ihm die Hand entgegen.

»Ich dachte mir schon, daß ich zuviel geredet habe und Sie schließlich meine Adresse herauskriegen würden. Sind Sie mir sehr böse?«

Eine junge Frau trat aus der Küche, wo sie auf dem Kocher gerade irgend etwas zubereitete.

»Darf ich Ihnen vorstellen . . .«

»Ich würde lieber mit Ihnen hinuntergehen.«

Er hatte ein Bett bemerkt, in dem jemand lag, ein braunhaariger Mann, der sich zu verstecken suchte.

»Ich verstehe. Einen Augenblick, bitte.«

Kurz darauf erschien er mit Rock und Hut.

»Was soll ich tun?« fragte Dédé ihn und wandte sich gleichzeitig an Maigret.

»Was du willst«, antwortete der Kommissar. »Die Kerle sind hinter Schloß und Riegel.«

Auf der Treppe sprachen Maigret und sein Begleiter kein Wort. Als sie unten waren, schlugen sie die Richtung zum Boulevard Saint-Michel ein.

»Ist das wahr, was Sie eben sagten?«

»Soweit es Cicero betrifft, ja. Charlie liegt im Krankenhaus.«

»Hat Ihr Inspektor Ihnen das ausgerichtet, worum ich ihn bat?«

»Wann glauben Sie mit dem Mann zurückfliegen zu können?«

»In drei oder vier Tagen. Das hängt vom Arzt ab. Werden Sie ihm Schwierigkeiten machen?«

»Sagen Sie, Monsieur Harry ... Wie war doch der Name?«

»Pills.«

»Richtig. Wie der Sänger. Das hat mir der Baron erzählt. Stellen Sie sich einmal vor, ich würde in Ihr Land kommen und mich dort so verhalten, wie Sie es hier getan haben?«

»Ich nehme den Verweis an.«

»Das ist keine Antwort.«

»Sie würden große Schwierigkeiten haben.«

»Woher kennen Sie Dédé?«

»Aus den Nachtlokalen am Montmartre, wo ich kurz nach dem Krieg den größten Teil meiner Nächte verbracht habe.«

»Sie haben ihn zur Bewachung des Verletzten eingestellt?«

»Ich konnte nicht Tag und Nacht in der Wohnung bleiben. Der Arzt auch nicht.«

»Was wollen Sie mit der Frau machen?«

»Sie hat kein Geld für die Rückreise. Ich werde ihr die Überfahrt bezahlen. Ihr Schiff geht übermorgen ab.«

Sie waren vor einer Bar angekommen, und Harry Pills blieb stehen, zögerte und murmelte dann: »Meinen Sie nicht, wir sollten ein Gläschen trinken? Das heißt, würden Sie mir gestatten, daß ich Sie ...«

Es war ein komischer Anblick, diesen großen athletischen Jungen wie einen schlichten Lognon erröten zu sehen.

»Vielleicht gibt es hier keinen Whisky«, warf Maigret ein.

»O doch. Ich kenne das Lokal.«

Er bestellte, erhob sein Glas und hielt es einen Augenblick vor sich. Maigret, der nach wie vor mürrisch war, sah ihn an wie ein Mann, der noch viel auf dem Herzen hat, und sagte schließlich mit halb spöttischer und halb versöhnlicher Miene:

»Auf *Gay Paris,* wie Sie sagen!«

»Immer noch verärgert?«

Vielleicht nur, um ihm zu zeigen, daß er gar nicht so ärgerlich war, oder weil Pills sympathisch wirkte, trank Maigret ein zweites Glas. Und da er nicht gut fortgehen konnte, ohne selbst eine Runde zu bezahlen, bestellte er ein drittes.

»Hören Sie, mein lieber Maigret . . .«

»Nein, Harry, jetzt rede ich . . .«

Gegen Mittag sagte Pills: »Sehen Sie, Jules . . .«

»Was hast du denn?« fragte Madame Maigret. »Man könnte ja meinen . . .«

»Ich habe einen Schnupfen, das ist alles, und werde mich mit einem Grog und zwei Aspirintabletten ins Bett legen.«

»Willst du nichts essen?«

Ohne zu antworten, ging er durchs Eßzimmer, betrat das Schlafzimmer und begann sich auszukleiden. Wäre seine Frau nicht gewesen, hätte er sich womöglich mit Socken ins Bett gelegt.

Er hatte es ihnen jedenfalls gezeigt . . . Und wie!

8. September 1951

Inhalt

Georges Simenon

in der K-Reihe bei Volk und Welt

Drei Fälle
aus dem Leben des Kommissars Maigret *(1982)*

Maigrets erste Untersuchung
Maigret und das Verbrechen in Holland
Maigret und der Minister

Drei Zufälle
im Leben des Kommissars Maigret *(1984)*

Maigret hat Angst
Hier irrt Maigret
Maigret gerät in Wut

Dreimal Beifall für Maigret *(1986)*

Maigrets Pfeife
Maigret und der Mann auf der Bank
Maigret, Lognon und die Gangster

Kommissar Maigret und die Frauen *(1987)*

Maigret und das Dienstmädchen
Maigret und die alte Dame
Mademoiselle Berthe und ihr Geliebter